10|18
12, avenue d'Italie — Paris XIIIe

Du même auteur
aux Éditions 10/18

SÉRIE « Charlotte et Thomas Pitt »

L'ÉTRANGLEUR DE CATER STREET, n° 2852
LE MYSTÈRE DE CALLANDER SQUARE, n° 2853
LE CRIME DE PARAGON WALK, n° 2877
RESURRECTION ROW, n° 2943
RUTLAND PLACE, n° 2979
LE CADAVRE DE BLUEGATE FIELDS, n° 3041
MORT À DEVIL'S ACRE, n° 3092
MEURTRES À CARDINGTON CRESCENT, n° 3196
SILENCE À HANOVER CLOSE, n° 3255
L'ÉGORGEUR DE WESTMINSTER BRIDGE, n° 3326
L'INCENDIAIRE DE HIGHGATE, n° 3370
BELGRAVE SQUARE, n° 3438
LE CRUCIFIÉ DE FARRIERS' LANE, n° 3500
LE BOURREAU DE HYDE PARK, n° 3542
TRAITORS GATE, n° 3605
PENTECOST ALLEY, n° 3665
ASHWORTH HALL (à paraître en janvier 2005)

SÉRIE « William Monk »

UN ÉTRANGER DANS LE MIROIR, n° 2978
UN DEUIL DANGEREUX, n° 3063
DÉFENSE ET TRAHISON, n° 3100
VOCATION FATALE, n° 3155
DES ÂMES NOIRES, n° 3224
LA MARQUE DE CAÏN, n° 3300
SCANDALE ET CALOMNIE, n° 3346
UN CRI ÉTRANGLÉ, n° 3400
MARIAGE IMPOSSIBLE, n° 3468
PASSÉ SOUS SILENCE, n° 3521
ESCLAVES DU PASSÉ, n° 3567
FUNÉRAILLES EN BLEU, n° 3640
► MORT D'UN ÉTRANGER, n° 3697
THE SHIFTING TIDE (à paraître en juin 2005)

À L'OMBRE DE LA GUILLOTINE, n° 3690

À David Thompson,
pour son amitié et son aide précieuse

REMARQUE : Tous les personnages de ce roman sont fictifs, à l'exception de William Colman, qui méritait de figurer dans cette histoire, mais dont les actes et propos sont bien entendu le fruit de mon imagination. J'espère qu'ils sont dignes de lui.

L'éclatante odeur de l'eau,
L'exquise odeur de la pierre,
L'odeur de la rosée, du tonnerre,
Les vieux ossements enfouis sous terre,
Dans ces senteurs parfois ils errent,
Et pour peu qu'on les délaisse, vont s'égarer.

Extrait du *Chant de Quoodle* (1913)

G. K. CHESTERTON

PROLOGUE

Sur le quai, alors que le crépuscule enveloppait la ville, Monk observait les reflets des lumières sur les eaux brumeuses de la Tamise. Il venait de résoudre sa dernière enquête, et vingt guinées se trouvaient bien au chaud au fond de sa poche. Derrière lui, coches et fiacres circulaient dans la pénombre de cette soirée printanière, et des éclats de rire venaient ponctuer le claquement des sabots et le cliquetis des harnais.

Monk était trop loin de Fitzroy Street pour rentrer à pied, mais prendre un cab serait une dépense superflue. L'omnibus suffirait bien. Rien ne pressait, car Hester ne serait pas à la maison. Cette nuit-là, elle travaillait au dispensaire de Coldbath Square qu'elle avait créé, grâce aux fonds de Callandra Daviot, dans le but d'apporter une aide médicale aux filles de joie qui recevaient des coups ou tombaient malades, la plupart du temps durant l'exercice de leur métier.

Malgré la fierté qu'il éprouvait à l'égard d'Hester, il souffrait de ne plus passer ses soirées en sa compagnie. Il était stupéfait de la façon dont, depuis leur mariage, il s'était habitué à partager ses pensées avec elle, à l'entendre rire, à écouter ses idées, ou tout simplement à regarder dans une pièce et l'y trouver. Lorsqu'elle s'absentait, il manquait une certaine chaleur à leur maison.

Quelle différence avec l'ancien Monk ! Par le passé, il ne se serait jamais livré à personne et n'aurait jamais laissé quiconque prendre une place assez importante dans sa vie pour que sa présence ait une influence sur celle-ci. Ce qui l'étonnait le plus, c'était de constater à quel point il préférait sa nouvelle personnalité.

Au fil de sa rêverie, il en vint à repenser à Kristian Beck, et aux conséquences dramatiques pour lui du dernier meurtre sur lequel il avait enquêté. Ce que Beck avait découvert à propos de sa femme et lui avait bouleversé ses certitudes, ainsi que les fondations de son identité — son héritage familial, sa culture, sa foi, et même son moi profond. Rien de ce qu'il croyait savoir n'était vrai.

Monk était on ne peut mieux placé pour comprendre le trouble qui avait dû s'emparer de lui. Six ans plus tôt, en 1856, un accident de fiacre lui avait volé sa mémoire et l'avait poussé à reconstituer son identité. Des preuves irréfutables lui avaient permis, par déduction, d'en apprendre beaucoup sur lui — même si certains éléments étaient admirables, d'autres, bien trop nombreux à son goût, lui déplaisaient ou restaient tapis dans l'inconnu.

En dépit de son bonheur, ces vastes pans de son passé auxquels il n'avait pas accès venaient parfois le hanter. À la suite de l'affaire Beck, de nouveaux doutes avaient germé en lui — il souffrait de ne presque rien connaître de ses racines, de ceux qui l'avaient élevé et des croyances qu'on lui avait inculquées.

Il avait grandi dans un petit village côtier du Northumberland où vivait toujours sa sœur Beth. Il l'avait perdue de vue, par sa seule faute — en partie parce qu'il craignait ce qu'elle pourrait lui apprendre à son sujet, mais aussi parce qu'il se détachait de ce passé dont il ne se souvenait pas. À ses yeux, plus rien ne le rattachait à cette vie-là et aux soucis qui y étaient associés.

Beth aurait pu lui parler de ses parents, et sans doute aussi de ses grands-parents, mais il ne l'avait pas questionnée à ce sujet.

Devait-il essayer, maintenant qu'il en ressentait un plus grand besoin, de renouer le contact avec elle pour en savoir davantage ? Risquait-il alors, comme Kristian, de découvrir qu'il n'avait rien en commun avec ses origines, qu'il n'appartenait pas au même monde que ses aïeux ? Il risquait d'apprendre, comme Kristian là encore, que leurs convictions allaient à l'encontre des siennes.

Si Monk devait enfin tout connaître de lui, découvrirait-il qu'un inconnu, détestable qui plus est, sommeillait en lui ?

Il fit volte-face et remonta le petit chemin en direction de l'endroit où il pourrait traverser la rue et prendre l'omnibus.

S'il décidait d'écrire à Beth, il attendrait un peu. Auparavant, il désirait en savoir davantage. Les déconvenues de Kristian ne cessaient de le tracasser. De plus, il avait peur, car les éventualités étaient trop nombreuses et trop inquiétantes, et ce qu'il avait reconstruit à force de travail lui était trop précieux pour le mettre en péril.

CHAPITRE PREMIER

On entendit un grand vacarme devant la clinique pour femmes de Coldbath Square, où Hester accomplissait son service de nuit. Lorsque la porte s'ouvrit, elle se détourna du poêle, un morceau de bois encore à la main. Trois femmes apparurent dans le vestibule en se soutenant les unes les autres. Leurs vêtements bon marché étaient tout déchirés et, comme leur visage, éclaboussés de sang. Leur peau, à la lumière de la lampe à pétrole suspendue au mur, avait un teint jaunâtre. L'une d'elles, dont les cheveux blonds s'échappaient d'un chignon défait, tenait sa main gauche comme si elle craignait de s'être cassé le poignet.

La plus grande, au milieu, avait les cheveux détachés et s'efforçait de reprendre son souffle. Du sang maculait le devant de sa robe de satin et tachait ses pommettes saillantes.

La dernière, qui à trente-cinq ans passés était la plus âgée, portait des marques violacées sur les bras, le cou et la mâchoire.

Tout en poussant les autres à aller se réchauffer dans la salle oblongue au plancher bien propre et aux murs blanchis à la chaux, elle interpella Hester.

— Mrs. Monk ! Y va encore falloir que vous nous aidiez. Kitty est drôlement mal en point. Pis moi aussi, d'ailleurs. Et je crois bien que Lizzie elle a le poignet cassé.

Hester posa la bûche et s'approcha d'elles, en s'assurant d'un coup d'œil que Margaret préparait bien eau chaude, compresses et bandages, et mettait les herbes médicinales à infuser afin de faciliter le nettoyage des plaies. Cet établissement était destiné aux femmes qui n'auraient pu payer un médecin ou auraient été refusées par des dispensaires réservés à une catégorie de la population jugée plus respectable. L'idée venait de son amie Callandra Daviot, qui avait fourni les fonds de départ avant que des affaires personnelles ne l'appellent hors de Londres. C'était aussi par son intermédiaire qu'Hester avait rencontré Margaret Ballinger, laquelle cherchait par tous les moyens à fuir un prétendant fort honorable mais ennuyeux à mourir. La savoir engagée dans une telle entreprise avait tant effrayé ledit gentleman qu'il avait, au dernier moment, renoncé à sa demande, au grand soulagement de Margaret, mais au grand dam de la mère de celle-ci.

Hester conduisit la plus âgée vers un fauteuil au centre de la pièce, à côté de la table.

— Venez, Nell, la pressa-t-elle. Asseyez-vous.

Elle prit un air navré.

— C'est Willie qui vous a encore battue ? À mon avis, vous pourriez trouver quelqu'un de mieux pour vous.

Elle examina les hématomes sur ses avant-bras, qu'une main avait à l'évidence serrés très fort.

— À mon âge ? rétorqua Nell, amère, en s'installant. Allons donc, Mrs. Monk ! Je sais bien que ça part d'une bonne intention, mais vous avez pas les pieds sur terre, c'est le moins qu'on puisse dire. Ou alors vous me proposez votre beau brun ?

Elle eut un regard à la fois coquin et désabusé.

— Dans ce cas, y se peut qu'un de ces quatre matins je vous prenne au mot. Il a vraiment quelque chose de spécial. L'air pas commode, mais amusant quand même, vous voyez ?

Elle partit d'un gros rire, lequel laissa place à une quinte de toux terrible qui la plia en deux.

D'elle-même, Margaret versa un peu de whisky dans une tasse, reboucha la bouteille, et y ajouta de l'eau chaude. Sans prononcer un mot, elle la tendit à Nell jusqu'à ce que celle-ci, le visage zébré de larmes, fût en mesure de le tenir. La prostituée tenta de reprendre son souffle, but un peu, eut un renvoi, puis avala une gorgée plus généreuse.

Hester se tourna vers la dénommée Kitty. La jeune femme, qui ouvrait de grands yeux effrayés, était tellement tendue que ses épaules déchiraient presque la fine étoffe de son corsage.

— Mrs. Monk ? murmura-t-elle d'une voix rauque. Votre mari…

— Il n'est pas ici, la rassura Hester. Personne ici ne vous fera de mal. Où êtes-vous blessée ?

Kitty ne répondit pas. Elle tremblait si fort qu'elle en claquait des dents.

— Allez, bécasse, s'impatienta Lizzie. Elle va pas te mordre, et elle est pas du genre à bavasser. Si Nell jacte avec elle, c'est parce qu'elle en pince pour son bonhomme. C'est un type comme il faut, pour sûr. Élégant, un vrai prince.

Elle serra son poignet cassé contre elle et grimaça de douleur.

— Bon, grouille un peu, maintenant. T'as peut-être toute la nuit, mais pas moi.

Kitty jeta un coup d'œil aux lits métalliques alignés par rangées de cinq de chaque côté de la salle, aux éviers en pierre contre le mur du fond, puis aux seaux et aux aiguières remplis au puits à l'angle de la place. Enfin, au prix d'un grand effort, elle parvint à se maîtriser et se tourna vers Hester.

— Je me suis battue, commença-t-elle d'un ton calme. C'est pas si grave. En fait, il y a eu plus de peur que de mal.

La façon dont elle s'exprimait surprit Hester : elle avait la voix grave, un peu rocailleuse, et une élocution claire. À un moment de sa vie, elle avait dû recevoir des rudiments d'éducation. Un brusque accès de pitié envahit Hester, mais elle s'efforça de n'en rien laisser paraître. La jeune femme avait sans doute déjà assez conscience de sa déchéance sans qu'on vienne la lui rappeler.

— Ce sont de vilaines marques que vous avez là.

Hester les examina de plus près. Quelqu'un avait dû lui serrer la gorge, et elle avait une profonde égratignure juste au-dessus de la poitrine, comme si on l'avait griffée délibérément.

— Ce sang, c'est le vôtre ? s'enquit-elle en désignant les taches sur le devant de son corsage.

Kitty frémit et poussa un soupir.

— Non, non, ce n'est pas le mien ! Je... À mon avis, j'ai dû lui atteindre le nez quand je lui ai rendu ses coups. Ça va aller. Par contre, Nell saigne, elle. Il faut que vous regardiez ça. Et puis Lizzie s'est cassé le poignet, ou quelqu'un s'en est chargé pour elle.

Même si elle se montrait plus loquace, elle tremblait toujours, et Hester estima qu'elle était loin d'être en état de repartir. Elle aurait aimé savoir si d'autres contusions se cachaient sous ses habits, ou si on l'avait déjà battue, mais elle ne posa aucune question. L'une des règles qu'elles avaient établies d'un commun accord voulait qu'elles n'interrogent pas les filles sur leur vie personnelle et ne fassent part à personne de leurs déductions ou des conversations qu'elles surprenaient parfois. Leur seule mission consistait à apporter de l'aide sans outrepasser les limites de leurs compétences, ou celles de Mr. Lockwood, qui passait de temps en temps, et qu'elles pouvaient joindre sans trop de difficulté en cas d'urgence. Ce dernier avait échoué aux tout derniers examens de ses études de médecine, davantage à cause de sa faiblesse pour la boisson que par ignorance ou inaptitude. Il se faisait une joie de leur apporter de l'aide en échange de leur compagnie, d'un peu de gentillesse, et du sentiment d'avoir sa place quelque part.

Il aimait bien discuter, partager sa nourriture — qu'en l'occurrence on lui avait donnée plus souvent que vendue —, et, lorsqu'il rencontrait des problèmes d'argent, il venait passer la nuit sur l'un des lits.

Margaret proposa une tasse de remontant à Kitty, et Hester examina la profonde entaille au bras de Nell.

— Il va falloir suturer.

Nell grimaça. Les travaux d'aiguille d'Hester, elle connaissait.

— Sinon, ça va tarder à cicatriser.

— Si vous recousez toujours comme vous m'avez raccommodé la main, même le plus filou des patrons d'atelier y voudrait pas de vous, la taquina-t-elle. Il manque plus que les boutons !

Lorsque Hester ôta le tissu de la plaie, le saignement reprit et Nell inspira entre ses dents.

— Bon sang ! s'exclama-t-elle, livide. Faites un peu gaffe, quand même. Vous vous y prenez comme un bûcheron !

Hester ne prêtait plus attention à ce genre de sarcasmes anodins, qui n'étaient qu'un moyen pour Nell d'étouffer sa peur et sa douleur. Depuis l'ouverture du dispensaire un mois et demi plus tôt, c'était sa quatrième visite.

— Comme vous vous êtes occupée des soldats en Crimée, avec Florence Nightingale, on pourrait croire que vous seriez plus douce, pas vrai ? poursuivit Nell. Je parie que nos gars y sont morts autant entre vos mains qu'au combat. C'est qui qui vous payait ? Les Russes ?

Elle jeta un coup d'œil à l'aiguille que Margaret avait préparée pour Hester. Son teint devint grisâtre, et elle détourna la tête afin de ne pas voir la pointe lui percer la peau.

— Regardez la porte, lui conseilla Hester. Je vais tâcher de me dépêcher.

— C'est censé me rassurer, ça ? Tiens, v'là encore l'autre gras du bide.

— Pardon ?

— Le père Jessop, quoi ! répondit Nell avec mépris alors que se refermait la grande porte.

Un homme enrobé vêtu d'une redingote et d'un gilet de brocart tapait des pieds comme pour chasser l'eau de ses chaussures, même s'il n'avait pas plu de la journée.

— Bonsoir, Mrs. Monk, dit-il d'un ton patelin. Miss Ballinger.

La lèvre légèrement retroussée, il posa un bref regard sur les trois autres femmes. Bien qu'il se gardât d'émettre le moindre commentaire, on lisait sur son visage un sentiment de supériorité, un petit air d'amusement, ainsi qu'une étincelle d'intérêt qui lui déplaisait et qu'il aurait niée avec vigueur.

Il considéra Hester de la tête aux pieds.

— C'est la croix et la bannière pour vous trouver, madame. Ça ne m'enchante guère de devoir arpenter les rues à cette heure afin de venir vous voir. Je vous dis cela en toute franchise.

Avec grand soin, Hester fit un point de suture à Nell.

— J'espère bien que c'est toujours le cas, Mr. Jessop, rétorqua-t-elle d'un ton froid, sans même lever les yeux vers lui.

Nell bougea un peu et poussa un petit ricanement, qui se transforma en cri de douleur lorsqu'elle sentit le fil de soie lui traverser la chair.

— Voyons, tenez-vous tranquille ! la tança Jessop tout en suivant l'aiguille des yeux, fasciné. Estimez-vous heureuse qu'on s'occupe de vous !

Il s'efforça de détourner le regard.

— Bon, Mrs. Monk, discuter de mes affaires privées devant ces malheureuses me déplaît, mais je n'ai pas le temps d'attendre que vous puissiez m'accorder une minute.

Il glissa les pouces dans les poches de son gilet rouge.

— Comme vous le savez sans doute, il est une heure moins le quart, et j'aimerais rentrer chez moi. Il faut que nous revoyions notre arrangement.

Il désigna la salle d'un geste vague.

— Votre activité n'est pas le meilleur moyen de rentabiliser des biens fonciers. Je vous fais une fleur en vous louant ces locaux à si bas prix.

Il se balança sur ses talons d'avant en arrière.

Hester s'immobilisa et le regarda.

— Non, Mr. Jessop, nous devons nous en tenir aux clauses existantes, qui ont été rédigées par des avocats. Elles sont toujours valables.

— Je dois préserver ma réputation, poursuivit-il, en regardant tour à tour chacune des prostituées avant de revenir à Hester.

— Une réputation de générosité est bénéfique à tout un chacun, répliqua-t-elle en reprenant ses soins.

Cette fois-ci, Nell ne broncha pas.

— D'accord, mais il y a charité et charité.

Jessop pinça les lèvres et reprit son petit mouvement de bascule.

— Certains méritent plus que d'autres, vous comprenez ?

— Le mérite ne m'intéresse pas, Mr. Jessop. Ce qui m'importe, c'est d'apporter mon aide à celles qui en ont besoin. Et cette femme, dit-elle en désignant Lizzie, souffre de fractures qu'il faut soigner. Nous ne pouvons nous permettre de vous payer davantage, et de toute façon vous n'avez pas le droit de nous le demander.

Elle ligatura le dernier point de suture et leva la tête vers lui. Ses yeux lui évoquèrent des bonbons à la menthe.

— Avoir la réputation de ne pas tenir sa parole est bien plus nuisible pour un homme d'affaires, ajouta-t-elle. Pour n'importe qui, d'ailleurs. De plus, il est bon de bénéficier de la confiance des autres, surtout dans ce domaine.

Le visage de Jessop se durcit. Il avait les lèvres serrées et les joues marbrées.

— Seriez-vous en train de me menacer, Mrs. Monk ? demanda-t-il avec calme. Ce serait fort peu judicieux, croyez-moi. En plus du reste, vous avez besoin d'amis. Surtout dans ce domaine, conclut-il en l'imitant.

Avant qu'Hester ait pu prononcer un mot, Nell foudroya Jessop du regard.

— Faites gaffe à ce que vous dites, monsieur. Vous pouvez peut-être maltraiter des putains comme nous…

Elle avait prononcé le mot avec dédain, comme lui-même aurait pu le faire.

—… mais Mrs. Monk, elle, c'est une vraie dame. En plus son mari c'était un condé, et maintenant il fait ça à son compte pour des clients privés. Mais attention, c'est pas pour ça qu'il a pas de relations…

Ses yeux brillaient d'admiration et de satisfaction.

— Et puis s'il faut, il vous secouera les puces. Vaut mieux pas lui chercher des noises, parce que vous regretteriez le jour où que vous êtes né ! Demandez donc à vos escrocs de copains s'ils aimeraient avoir affaire à William Monk. Rien qu'à l'idée, vous crèveriez de trouille, tiens !

Jessop s'empourpra, mais il ne lui répondit pas. Il lança un regard noir à Hester.

— Attendez un peu la fin de votre bail, Mrs. Monk. Il vous faudra trouver d'autres locaux, mais moi je mettrai en garde les autres propriétaires contre vous. Quant à Mr. Monk, cracha-t-il, il peut bien s'adresser à tous les policiers du monde ! Moi aussi, j'ai des amis, et tous ne sont pas des tendres !

— Mince alors ! railla Nell en feignant la stupéfaction. Et moi qui croyais que vous nous parliez de Sa Majesté la reine !

Jessop se détourna et, après un dernier regard glacial à Hester, ouvrit la porte et laissa pénétrer l'air de la place pavée, froid et humide en ce début de printemps. Sur la pierre, la rosée brillait à la lumière du réverbère qui se dressait vingt mètres plus loin et illuminait l'angle de la maison du bout de la rue — crasseuse, aux avant-toits noirs et dégoulinants, et à la gouttière tordue.

Il ne referma pas derrière lui et s'engagea d'un pas pressé dans Bath Street en direction de Farringdon Road.

— Quel salaud ! s'emporta Nell, l'air outré, avant d'examiner son bras. Vous faites des progrès, commenta-t-elle de mauvaise grâce.

— Merci, répondit Hester en lui adressant un sourire.

Nell le lui rendit.

— Vous inquiétez pas, ça va aller ! Si ce gros plein de soupe vous cherche encore des crosses, prévenez-nous. C'est vrai que des fois Willie il me flanque des coups alors qu'il devrait pas, mais en tout cas, on pourra compter sur lui pour lui mettre son poing sur la gueule, à ce sale porc.

— Merci, dit Hester avec sincérité. Je tâcherai de m'en souvenir. Vous voulez encore un peu d'infusion ?

— Et comment ! Avec un peu de gnôle, tiens.

Nell tendit sa tasse.

— Un peu moins de gnôle, cette fois, recommanda Hester à Margaret qui réprima un sourire.

Hester porta son attention sur Lizzie, qui paraissait de plus en plus nerveuse à mesure qu'approchait son tour.

Réduire sa fracture allait être très douloureux. Pour les opérations plus sérieuses, on utilisait des anesthésiques depuis plusieurs années. Ceux-ci rendaient possibles toutes sortes d'incisions profondes, comme celles nécessaires à l'extraction d'un calcul ou d'un appendice enflammé. En revanche, pour les blessures de cette catégorie, et pour ceux qui ne pouvaient ou ne voulaient pas aller à l'hôpital, il n'existait toujours rien de plus efficace qu'une bonne dose d'alcool et quelques herbes qui atténuaient la douleur.

Hester ne cessa de parler de tout et de rien — du temps, des camelots du quartier et de leur marchandise

— afin de distraire le plus possible Lizzie. Habituée à soigner de terribles plaies aux abords des champs de bataille, là où on ne trouvait pas d'anesthésiant, et pas toujours de brandy, hormis pour désinfecter les bistouris, elle travaillait vite. La vitesse représentait leur seul salut. Cette fois-ci, la peau était intacte, et l'on ne voyait que l'angle inhabituel du poignet et la douleur sur les traits de la jeune femme. Hester saisit la fracture avec délicatesse, mais Lizzie se mit à haleter et eut un haut-le-cœur lorsque les extrémités de l'os brisé frottèrent l'une contre l'autre. D'un geste prompt et assuré, elle remit l'os d'aplomb et le maintint en place pendant que Margaret, les dents serrées, bandait le poignet aussi fermement que possible sans couper la circulation sanguine.

Lizzie vomit. Hester lui tendit son whisky, agrémenté d'une infusion. Le breuvage était amer, mais l'alcool et la chaleur allaient l'apaiser, et les plantes calmeraient son estomac et lui permettraient de dormir un peu.

— Vous allez passer la nuit ici, annonça Hester avec douceur tout en aidant Lizzie à se mettre debout. Nous devons garder un œil sur ce bandage. Si votre main gonfle trop, il faudra qu'on le desserre un peu, ajouta-t-elle en la conduisant vers le lit le plus proche cependant que Margaret tirait le drap.

Blanche comme un linge, Lizzie lança un regard effrayé à Hester.

— L'os va se recoller, lui assura cette dernière. Surtout, prenez bien soin de ne pas le cogner.

Elle fit asseoir sa patiente sur le matelas, lui ôta ses souliers, puis lui souleva les jambes jusqu'à ce qu'elle ait la tête contre les oreillers, puis Margaret remonta les couvertures.

— Restez un peu allongée ici, lui conseilla Hester. Ensuite, si vous voulez vous installer mieux, je vous apporterai une chemise de nuit.

Lizzie hocha la tête.

— Merci, mademoiselle, dit-elle avec émotion.

L'espace d'un instant, elle chercha quelque chose à ajouter, puis se contenta de sourire.

Hester retourna auprès de Kitty, qui attendait patiemment son tour. C'était une jeune femme d'une grande beauté. Elle ne se prostituait pas depuis assez longtemps pour avoir la peau marquée ou ternie par la mauvaise nourriture et l'excès d'alcool. Hester se demanda un instant à la suite de quels malheurs domestiques elle en était arrivée là.

Elle examina ses lésions. Il s'agissait surtout d'hématomes qui noircissaient vite, comme après une altercation trop brève pour qu'elle se retrouve avec les mêmes blessures que Nell et Lizzie. La grosse entaille sur sa poitrine devait être nettoyée, pourtant une suture ne serait pas nécessaire. Le saignement n'étant pas très abondant, un peu d'onguent suffirait à favoriser la cicatrisation. Les ecchymoses seraient douloureuses quelque temps, mais l'arnica ferait l'affaire.

Lorsque Margaret eut apporté de l'eau chaude et d'autres compresses propres, Hester se mit au travail avec le plus de douceur possible. Kitty sourcilla à peine quand elle lui toucha son éraflure afin d'essuyer le sang séché et d'exposer les lèvres de la plaie. Fidèle à son habitude, elle ne demanda pas comment cela était arrivé. Les souteneurs n'hésitaient pas à corriger leurs prostituées quand ils estimaient qu'elles ne travaillaient pas assez ou qu'elles gardaient une part trop importante de leurs gains. Il arrivait aussi que les femmes se livrent entre elles à des combats violents, en général pour des questions de territoire. Mieux valait ne pas se montrer trop curieuse, et, de toute façon, en savoir plus ne l'aurait pas avancée à grand-chose.

Lorsque Hester eut fait le nécessaire et donné à Kitty sa tasse de remontant, la jeune femme la remercia et s'en alla. La tête haute, elle traversa la place et disparut dans l'ombre noire de la prison, en direction du nord.

Nell secoua la tête.

— Quand même... je trouve que le tapin, c'est pas pour elle, la pauvre poule !

Que répondre à cela ? Les femmes en arrivaient à la prostitution pour des centaines de raisons, le plus souvent pour compléter le salaire trop maigre d'une autre activité. Au bout du compte, c'était toujours une question d'argent.

Les yeux plissés, Nell la regarda d'un air attendri et désabusé.

— Vous êtes pas très bavarde, pas vrai ? Bon, ben, je pense qu'on se reverra bientôt. Si vous avez besoin de moi un de ces quatre...

Après avoir salué Margaret d'un signe de tête, elle sortit à son tour et ferma la porte en douceur.

Hester croisa le regard de Margaret et y lut pitié et tristesse. Les mots étaient inutiles — tout avait déjà été dit. Leur rôle consistait à soigner, pas à prêcher la bonne parole à des femmes dont elles ne comprenaient la vie qu'en partie. Au début, Margaret avait essayé de changer les choses et, guidée par ses convictions, de transmettre ce qu'elle estimait être juste. Petit à petit, elle avait découvert à quel point elle connaissait peu ses propres envies, hormis son refus de s'enfermer dans un mariage qui ne lui offrirait pour seuls sentiments que courtoisie et respect mutuels. D'abord, une telle condition pouvait paraître confortable, mais au fil du temps, à force d'étouffer ses rêves, elle aurait fini par considérer son mari comme son geôlier, et se haïr pour s'être montrée aussi malhonnête. La décision ne revenait qu'à elle seule.

En la prenant, elle s'aventurait dans l'inconnu, consciente qu'elle se fermait des portes à tout jamais, et qu'elle serait peut-être amenée à le regretter. Même si elle s'interrogeait rarement sur ce à quoi elle avait renoncé, elle avait parfois parlé à cœur ouvert avec Hester, pendant les nuits où elles n'avaient eu à s'occuper que de peu de patientes, allant même jusqu'à évoquer le prix à payer pour les différentes sortes de solitude — celle que perçoivent les autres, ou encore celle que l'on cache derrière un mariage et la vie de famille. Tout choix comportait un risque, mais Margaret comme Hester n'auraient su accepter le compromis.

— Ne serait-ce que pour son bien à lui, je ne peux pas l'épouser ! avait conclu Margaret avec un petit rire timide. Le pauvre, il mérite mieux que ça. Je m'en voudrais trop, et à lui aussi, de m'avoir laissée faire.

Puis elle était partie chercher un seau d'eau afin de laver le sol, comme en ce moment.

Elles rangèrent les bandages et les onguents puis, chacune leur tour, allèrent grappiller quelques instants de sommeil.

Dans la nuit, elles reçurent la visite de deux autres femmes. La première avait besoin de points de suture à la jambe. La seconde avait froid, était hors d'elle et portait de vilaines marques de coups. Après une grande tasse de thé enrichie de quelques gouttes de brandy et d'arnica, elle se sentit d'attaque pour regagner sa chambre et affronter la journée à venir, dont elle passerait sans doute la plus grande partie à dormir.

À l'aube, le temps était clair et doux. À huit heures, alors qu'Hester prenait un petit déjeuner constitué de pain grillé et de thé, la porte s'ouvrit en grand et la silhouette d'un agent de police se détacha dans l'embrasure inondée de soleil. Il entra d'office.

— Mrs. Monk ? fit-il d'une voix grave et un peu éraillée.

Les policiers ne se présentaient presque jamais au dispensaire. On leur avait fait comprendre sans ambages qu'ils n'y étaient pas les bienvenus. En général, ils respectaient les soins qu'on y prodiguait, et se contentaient, lorsqu'ils souhaitaient s'adresser à l'une des prostituées, d'aller la trouver ailleurs. Qu'est-ce qui pouvait bien l'amener ici de si bonne heure ?

Hester posa sa tasse et se leva.

— Oui ? Qu'y a-t-il, agent Hart ?

Elle l'avait déjà croisé plusieurs fois pendant son service.

Il ôta son casque. Il paraissait non seulement fatigué de sa nuit de travail, mais abattu par une lassitude plus profonde. Quelque chose l'avait heurté et le tracassait encore.

— Avez-vous reçu des patientes, cette nuit, assez mal en point, comme si on les avait rossées ?

Il jeta un coup d'œil à la théière, déglutit, puis reporta son attention sur Hester.

— Comme presque toutes les nuits, oui. Nous avons toujours notre lot de coups de couteau, de fractures, de gros bleus et de problèmes de santé. Parfois, quand il fait mauvais, elles viennent juste se réchauffer. Vous le savez bien.

Il respira à fond, poussa un soupir et passa la main sur son crâne dégarni.

— C'est d'une vraie bagarre que je vous parle, Mrs. Monk. Si je vous demande ça, c'est que j'ai une bonne raison. Alors contentez-vous de me répondre, d'accord ?

— Voulez-vous un thé ? Avec une tartine ? s'enquit-elle afin de gagner un peu de temps.

Il hésita. Son épuisement sautait aux yeux.

— Ouais… c'est pas de refus.

Lorsqu'il se fut assis en face d'elle, Hester lui servit une tasse.

— Un peu de confiture ?

Il posa les yeux sur la table et se fendit d'un sourire maussade.

— Oh, du cassis ! s'exclama-t-il d'une voix douce.

— Vous en voulez ?

Elle avait posé la question pour la forme tant la réponse lui semblait évidente. Comme Margaret dormait toujours, mettre le pain à griller lui offrirait quelques minutes supplémentaires.

Elle revint munie de deux belles tranches, en beurra une pour chacun d'eux, puis lui présenta le pot de confiture. Il se servit une bonne cuillerée, puis l'étala sur sa tartine, qu'il dévora avec un plaisir patent.

— Vous avez eu du monde, conclut-il au bout d'un moment, en la dévisageant d'un air presque désolé.

— Trois femmes. À une heure moins le quart, ou dans ces eaux-là. Une quatrième est passée vers trois heures, et une dernière une heure plus tard.

— Toutes se sont battues ?

— Ça en avait l'air. Je ne leur ai pas demandé. On ne leur pose jamais de questions, ici. Pourquoi ?

En attendant qu'il lui réponde, Hester observa le constable. À en juger par les cernes sous ses yeux, il avait de trop nombreuses nuits de sommeil à rattraper ; sur ses manches, elle vit de la poussière et ce qui ressemblait à du sang. En y regardant de plus près, son pantalon en était couvert aussi. Sa main était éraflée, et un de ses ongles en partie arraché. Ç'aurait dû être douloureux, mais il semblait ne pas s'en soucier. Un sentiment de compassion, mêlé d'une peur glaçante, l'envahit.

— Qu'est-ce qui vous amène ici ? lui demanda-t-elle.

— On a eu un meurtre. À la maison close d'Abel Smith, dans Leather Lane.

— Je suis navrée.

Quelle que soit la victime, tous les homicides étaient à déplorer — deux vies gâchées, et un deuil particulièrement pénible pour les proches. Dans un quartier comme celui-ci, et dans des dizaines d'autres à Londres, ce genre de crime était monnaie courante. Venelles et places obscures ne se trouvaient qu'à quelques mètres de rues passantes, mais ces endroits dérobés abritaient un tout autre monde, où se mêlaient monts-de-piété, bordels, ateliers pleins d'ouvriers exploités, et immeubles surpeuplés qui puaient les ordures et le bois de charpente pourri. La prostitution était une activité dangereuse, à cause des risques de maladie et, si l'on y survivait assez longtemps, de la misère, lorsqu'on devenait trop vieille pour travailler — dès trente-cinq ou quarante ans.

— Pourquoi êtes-vous venu me trouver ? Le tueur s'en est pris à quelqu'un d'autre ?

Yeux plissés et lèvres pincées, le constable la dévisagea, non pas d'un air de mépris, mais avec compassion et tristesse.

— La victime n'est pas une femme, précisa-t-il. Si c'était le cas, ce n'est pas vers vous que je me tournerais. Elles ont beau se battre de temps en temps, elles ne vont jamais jusqu'à tuer. Pas à ma connaissance, en tout cas.

— Ah bon, c'est un homme ? s'étonna Hester. C'est un souteneur qui l'a tué, d'après vous ? Que s'est-il passé ? C'était un ivrogne ?

Hart but une gorgée de thé, content de laisser le liquide brûlant lui apaiser la gorge.

— Je n'en sais rien. Abel jure que ses filles n'ont rien à voir là-dedans.

D'emblée, Hester choisit de n'accorder aucun crédit à cet élément.

— Pas très surprenant.

Hart protesta.

— Le hic, Mrs. Monk, c'est que le macchabée, c'est un rupin... un rupin de première, même. Vous auriez vu ses habits... Je sais reconnaître quand c'est de qualité. Et puis il était propre. Les mains, les ongles et tout... Il avait la peau douce, aussi.

— Vous savez qui c'est ?

— Pas encore. On lui a volé sa bourse et ses cartes de visite, s'il en avait sur lui. De toute façon, quelqu'un va bien s'inquiéter de son absence. On va vite le découvrir.

— Même les hommes de son rang fréquentent les prostituées, fit-elle remarquer.

— D'accord, mais pas celles qu'on trouve chez Abel Smith. Enfin, peu importe, s'empressa-t-il d'ajouter. Le problème, quand un aristo se fait refroidir, c'est qu'on nous demande d'arrêter le coupable en moins de deux, et qu'il y en a toujours qui font tout un barouf pour qu'on nettoie le quartier, qu'on élimine la prostitution et qu'on rende les rues plus sûres pour les gens convenables, expliqua-t-il avec un mépris flagrant.

— S'il était resté chez lui auprès de sa femme, il serait peut-être encore en vie, rétorqua Hester, amère. En tout cas, je ne puis vous être utile. Qu'est-ce qui vous fait croire qu'une prostituée a été blessée et qu'elle pourrait détenir des renseignements ? De plus, rien ne vous garantit qu'elle serait prête à vous aider.

Il haussa les sourcils.

— Vous pensez que c'est un coup de son marlou ?

— Pas vous ? Pourquoi une prostituée l'aurait-elle tué ? Et surtout, comment ? L'a-t-on poignardé ? Je ne connais aucune fille qui porte un couteau sur elle ou qui s'en prenne à ses clients. Il leur arrive de griffer ou de mordre, mais à ma connaissance, ça ne va jamais plus loin.

— À votre connaissance ?

Elle esquissa un sourire pincé.

— Nous n'avons jamais d'hommes, ici.

— Que des femmes, hein ?

— Pour des raisons médicales, expliqua-t-elle. De toute façon, si un homme se faisait mordre ou griffer par une prostituée, que voulez-vous que nous fassions pour lui ?

— À part vous payer une bonne tranche de rigolade, pas grand-chose, reconnut-il avant de reprendre un air grave. Néanmoins, cet homme est mort, Mrs. Monk, et d'après l'aspect du corps, il s'est battu avec une femme avant que ça tourne mal. Il a des égratignures et des entailles dans le dos, et des fractures si nombreuses qu'on ne sait pas où donner de la tête.

Hester resta interdite. Elle avait imaginé un combat entre deux hommes s'achevant tragiquement, le plus robuste des deux portant à son adversaire un coup malheureux, ou le plus petit se servant d'une arme.

— Pourtant, vous m'avez dit qu'on l'avait volé, non ? fit-elle remarquer. Il a peut-être été attaqué par des voyous ?

— Pas dans ce quartier. C'est à ça que servent les souteneurs. S'ils veulent gagner de l'argent, les clients doivent se sentir en sécurité.

— Alors pourquoi celui-là est-il mort ? demanda calmement Hester, qui commençait à comprendre pourquoi Hart était venu la trouver. Je ne vois pas comment une fille aurait pu lui infliger de telles blessures.

Hart se mordit la lèvre.

— En fait, il semblerait qu'il ait chuté.

— Ah bon ?

— D'assez haut, même. Peut-être dans un escalier.

Soudain, le tableau devint plus clair. Pris par surprise, il avait fort bien pu être poussé par une femme.

— Que faites-vous de ses égratignures ? On ne se blesse pas de la sorte en dégringolant des marches.

— On a retrouvé pas mal de tessons de verre. Du sang aussi… une vraie mare. Il a peut-être cassé un verre avant de le lâcher et de tomber dessus.

En prononçant ces paroles, il prit un air affecté, comme si ce drame le touchait de près. D'un geste des plus las, il se passa de nouveau la main dans les cheveux.

— En tout cas, Abel jure que ça ne s'est pas passé chez lui, et au vu des éléments en notre possession, je le crois.

— Pourquoi une des filles d'Abel l'aurait-elle tué ? demanda Hester en leur servant une autre tasse de thé. Ça n'aurait pas pu être un accident ? Et s'il avait trébuché et perdu l'équilibre ?

— Ce n'est pas en bas qu'on l'a retrouvé, et toutes nient cette version. Il était étendu par terre dans une des chambres du fond.

— Où étaient les tessons ?

— Dans le passage et au pied de l'escalier.

— Si ça se trouve, elles l'ont déplacé avant de comprendre qu'elles ne pouvaient plus rien pour lui. Ensuite, elles ont nié pour éviter les ennuis. La panique pousse parfois à proférer les mensonges les plus idiots.

Les yeux dans le vague, il regardait vers le poêle ventru et s'exprimait d'une voix trop basse pour porter plus loin que la table où ils étaient assis.

— Il s'est battu. Les griffures qu'il a au visage, elles peuvent pas venir d'une chute. Ça ressemble plutôt à des marques d'ongles de femme. Et puis il était mort... avec tous ces os brisés et le coup qu'il a reçu à la tête. Impossible qu'il se soit déplacé après ça. En plus, il avait du sang sur les mains, mais aucune blessure à cet endroit du corps. Sa mort n'a rien d'un accident, Mrs. Monk. Enfin, pas complètement.

— Je vois.

Il soupira.

— Ça va semer une sacrée pagaille. La famille va faire tout un foin ! Ils vont exiger qu'on patrouille dans les rues et qu'on cuisine toutes les prostituées. C'est sûr qu'ils vont pas aimer... et les clients encore moins. Les souteneurs, je vous en parle même pas. Ça va mettre tout le monde dans une humeur massacrante jusqu'à ce qu'on trouve la coupable, et là, à tous les coups ils vont la pendre, la pauvre putain.

Il était trop dépité pour se rendre compte qu'il avait employé un terme désobligeant devant Hester, ou penser à s'excuser.

— Je ne peux rien pour vous, conclut-elle d'une voix douce, en se rappelant ses patientes de la nuit. Celles qui sont passées me voir sont toutes reparties, mais j'ignore où.

— Vous connaissez leur nom ? demanda-t-il sans trop d'espoir.

— Tout ce que je leur demande, c'est un surnom pour m'adresser à elles.

— Ça me fera toujours un point de départ.

Il posa sa tasse et plongea la main dans sa poche, d'où il sortit un calepin et un crayon à papier.

— J'ai vu une Nell, une Kitty et une Lizzie. Plus tard, une Mariah et une Gertie.

Après un instant de réflexion, il rangea son crayon.

— Ça ne va pas m'avancer beaucoup, dit-il d'un ton maussade. Elles se font toutes appeler Mary, Lizzie ou Kate. Dieu sait comment on les a baptisées, si elles l'ont été un jour.

Hester examina son visage à la lumière crue du matin. Une barbe de plusieurs jours lui assombrissait les joues, et il avait le bord des paupières rougi. Il semblait ressentir plus de sympathie pour les filles de joie que pour leurs clients. D'après elle, il ne souhaitait pas vraiment arrêter celle — s'il s'agissait bien d'une femme — qui avait poussé l'homme dans l'escalier. La coupable serait sans doute pendue pour ce qui en somme n'était peut-être qu'un accident. Toutefois, qui voudrait croire une telle version si la femme sur le banc des accusés était une prostituée, et la victime un homme riche et respecté ? Quel juge ou juré accepterait d'admettre qu'un tel individu pouvait porter une part de responsabilité dans le drame qui lui avait coûté la vie ?

— Navrée, mais je ne peux pas vous aider, répéta-t-elle.

— De toute façon, même si vous le pouviez, je sais bien que vous ne le feriez pas…

Il se leva avec lenteur et trépigna un peu, comme s'il se sentait à l'étroit dans ses souliers.

— Je devais juste vous interroger, au cas où.

Il était presque dix heures quand le cab déposa Hester devant chez elle.

Monk, assis dans le boudoir où il recevait en général ceux qui venaient solliciter ses services, était occupé à lire des documents étalés devant lui.

Surprise de le trouver là, elle en ressentit néanmoins un grand plaisir. Même s'ils se connaissaient depuis plus d'un lustre, leur mariage remontait à moins de deux ans, et la joie que celui-ci lui procurait était toujours vivace. Sans autre raison, elle se prit à sourire.

Le visage de Monk s'adoucit lorsqu'il la vit. Il poussa ses papiers de côté, se leva, et lui lança un regard interrogateur.

— Tu rentres tard, fit-il remarquer, non sur un ton de reproche, mais de bienveillance. Tu as mangé quelque chose ?

— Quelques tartines, répondit-elle d'un air détaché.

Elle était toute débraillée et savait qu'elle empestait le vinaigre et le phénol, mais elle avait tout de même envie qu'il lui donne un baiser.

Il lui défit sa capote, qu'il posa négligemment sur le fauteuil, puis l'embrassa avec plus de tendresse qu'elle ne s'y attendait. Elle répondit à son étreinte avec une égale ferveur, puis se souvint des femmes esseulées qu'elle venait de soigner, et le serra encore un peu plus fort.

— Qu'est-ce qui ne va pas ? demanda-t-il lorsqu'il remarqua son changement d'attitude.

— Il y a eu un meurtre, cette nuit. C'est pour ça que je suis en retard. Un policier est venu me voir, ce matin.

— Ah bon, pourquoi ? Qu'est-ce que tu pouvais savoir à ce propos ?

Elle savait ce qu'il imaginait — une prostituée blessée qui se présente au dispensaire puis, de retour à sa maison close, se fait frapper de nouveau, à mort cette fois-ci.

— C'est un homme qui s'est fait tuer, un client, en quelque sorte. D'après la police, il se serait battu avec une des filles, qui d'une manière ou d'une autre l'aurait poussé dans un escalier. L'agent que j'ai vu voulait savoir si j'avais eu des patientes qui portaient des marques de coups et des coupures.

— C'est le cas ?

— Bien sûr. Il en passe toutes les nuits ! La plupart du temps, c'est la raison de leur visite, quand ce n'est pas pour soigner une maladie vénérienne. Je n'ai pu apporter aucune aide à la police parce que j'ignore où les trouver et comment elles ont été blessées.

Il la repoussa un peu afin de mieux scruter son visage.

— Si tu le pouvais, tu les aiderais, les enquêteurs ?

— Je ne pense pas, reconnut-elle. Je n'en sais rien…

Bien qu'il esquissât un sourire, il n'était pas dupe.

— Bon, d'accord… je suis bien contente de ne pas en savoir plus. Ça m'évite de devoir choisir entre collaborer ou non. D'après l'agent Hart, la victime est un « rupin », alors la police va remuer ciel et terre à la demande de la famille.

Elle eut une grimace de dégoût.

— À coup sûr, on va nous raconter qu'il s'agissait d'un philanthrope qui arpentait les venelles isolées pour sauver les âmes de ces pauvres femmes dévoyées !

Monk releva la tête et, d'un geste très doux, dégagea le front d'Hester.

— C'est assez invraisemblable… mais pas impossible. On croit toujours ce qui nous arrange — du moins le plus longtemps possible.

Elle posa la tête contre le menton de Monk.

— Quoi qu'il en soit, ce n'est pas une raison pour persécuter toutes ces femmes qui sont déjà assez misérables comme ça, ou les souteneurs, qui du coup vont passer leurs nerfs sur elles. Ça ne changera rien.

— Pourtant, il faudra bien trouver le coupable. Tous ces gens vont devoir se faire à l'idée.

CHAPITRE II

Hester avait beau s'attendre à voir la police harceler les prostituées et toute femme qui ne serait pas en mesure de justifier sa présence dans le quartier, une fois devant le fait accompli, elle resta tout de même interdite. Dès le lendemain soir, elle put juger des conséquences du drame. Margaret ne viendrait pas lui prêter main-forte ; elle devait retrouver les gens de son milieu à une soirée mondaine, où elle s'attacherait à récolter de nouveaux dons destinés à payer le loyer du local, les bandages et les médicaments. D'autres dépenses venaient s'ajouter à la liste, comme le bois pour le poêle, le phénol et le vinaigre pour la désinfection et, bien entendu, la nourriture.

Sa première patiente n'était pas blessée mais souffrante. Hester mit sa fièvre intermittente sur le compte d'une affection vénérienne, mais une fois offerts un peu de réconfort et une infusion pour faire baisser sa température et la détendre, elle ne pouvait pas grand-chose.

— Vous avez faim ? s'enquit Hester en lui tendant la tasse. Je peux vous proposer du pain et un petit bout de fromage, si ça vous tente.

La femme secoua la tête.

— Nan, merci. Le remède, ça ira.

Hester considéra son visage pâlot et ses épaules voûtées. Âgée de vingt-cinq ou vingt-six ans tout au plus, elle était déjà lasse ; une mauvaise alimentation, le manque de sommeil et la maladie lui volaient toute son énergie.

— Voulez-vous passer la nuit ici ? lui proposa-t-elle.

Ce n'était pas tout à fait la fonction du dispensaire, mais, en l'absence de cas plus graves, rien ne l'empêchait de profiter d'un des lits.

Une étincelle brilla un instant dans le regard de la jeune femme.

— Combien que ça coûte ? demanda-t-elle, méfiante.

— Rien du tout.

— Je peux rester jusqu'à demain matin, alors ?

— Vous êtes libre de repartir quand vous voulez… le matin, c'est très bien.

— Ouais, ben d'accord. Ça me va.

L'air toujours aussi peu convaincu, elle pinça les lèvres.

— Ça sert à rien de rester dehors, dit-elle d'un ton maussade. Y a pas un client. Ça grouille de cognes. Personne peut bosser, même pas celles qui sont encore propres. C'est la faute à ce rupin qui s'est fait buter hier soir. Quelle conne, celle qu'a fait ça ! Drôle d'idée.

Elle but une gorgée de son infusion et fit la grimace.

— Vous pouvez mettre du sucre, si vous voulez, mais ça risque d'être encore pire.

— Nan, c'est bon. Je vais m'habituer.

— S'ils trouvent la coupable, peut-être que tout va rentrer dans l'ordre. Comment vous appelle-t-on ?

— Betty, répondit la jeune femme après une grande gorgée de son breuvage.

— Vous ne voulez toujours rien manger ? Même pas un peu de pain grillé ?

— Ouais, je veux bien, tout compte fait…

Hester en prépara deux tranches, qu'elle agrémenta de fromage.

Betty attendit qu'Hester en prenne une pour elle et se servit, l'air satisfait, presque empressé.

— Sa famille doit en avoir, du pognon, reprit-elle au bout d'un moment. Les argousins y courent dans tous les sens, les bougres. D'habitude, ils sont pas trop contrariants. Ils savent qu'on fait ça pour gagner notre croûte, et qu'on force personne à venir nous voir. Ça regarde que nous et les clients.

Elle ne reprit la parole qu'après avoir mangé plus de la moitié de son encas.

— Faut croire qu'ils viennent chercher ce que leur bonne femme veut pas leur donner. Moi ça me dépasse, mais bon, tant mieux pour nous, hein.

Hester sentait croître sa curiosité. Participer à toutes ces enquêtes avec Monk lui avait donné le goût de la déduction, et qui plus est, elle s'inquiétait des conséquences de ces événements pour le quartier.

— À votre avis, pourquoi une des filles pourrait en vouloir à un client au point de le tuer ? Elle devait bien se douter que ça se terminerait comme ça.

— J'en sais trop rien. Même ivre morte, elle aurait dû se montrer un peu plus maligne, pas vrai ? Elle va nous attirer des emmerdes pas croyables, cette imbécile.

Malgré ses invectives, on percevait dans sa voix plus de résignation que de colère, et elle porta toute son attention sur son fromage et ne prononça plus un mot. Hester n'évoqua plus ce sujet avant le lever du jour, quand elle fut tirée du sommeil par l'agent Hart qui tambourinait à la porte.

Le constable paraissait affligé. Il jeta un coup d'œil dans la salle et vit qu'un seul lit était occupé.

— La nuit a été calme ? commenta-t-il sans surprise.

De façon sans doute involontaire, son regard se porta sur le poêle et la bouilloire.

— J'allais boire une tasse de thé, annonça Hester. Vous en voulez ?

Il sourit face à tant de délicatesse, et accepta.

Lorsqu'ils furent attablés, il prit la parole. Dehors, il faisait jour, mais il n'y avait encore presque pas de circulation. Au nord, la prison de Coldbath dressait sa masse imposante. Le soleil adoucissait l'aspect de ses murs et se reflétait sur un tas d'ordures dans le caniveau. Les rainures entre les pavés étaient encore humides.

— Si je comprends bien, vous n'avez pas dû entendre grand-chose...

— Non, mis à part qu'on trouve des policiers à tous les coins de rue et que les prostituées ne travaillent presque pas. J'imagine que ça vaut aussi pour d'autres.

Il eut un rire désabusé.

— Ça oui ! Les cambrioleurs et les voleurs, en particulier ! Le quartier est si sûr qu'on peut se balader de Coldbath à Pentonville avec une pièce d'or dans la poche et l'y retrouver à l'arrivée ! Les habitués nous fuient comme la peste.

— Dans ce cas, peut-être qu'ils vous aideront. Faites en sorte que la vie reprenne son cours normal. Alors, vous l'avez identifié ?

L'air grave et préoccupé, Hart leva les yeux vers elle.

— Ouais. Son fils s'est inquiété parce qu'il devait se rendre à un rendez-vous d'affaires très important. Apparemment, il était pas du genre à les rater. Alors le fils s'est présenté au poste de police pour se renseigner au sujet d'éventuels accidents... Il vivait au nord de Royal Square, en face de St. Peter, mais les flics de là-bas nous ont prévenus, et de toute façon nous on cherchait un peu partout, comme on savait que le type habitait pas notre secteur. Le fils est venu reconnaître le corps. Ce foin qu'il nous a fait, comme quoi les rues sont pas sûres pour les gens respectables, dans quel monde qu'on vit et tout le toutim... Il va écrire à son député au Parlement, qu'il a dit.

Il secoua la tête d'un air perplexe.

— Pour le bien de sa famille, il serait préférable qu'il reste le plus discret possible, répondit Hester. Si l'on retrouvait le cadavre de mon père chez Abel Smith, j'aimerais que cela ne s'ébruite pas. Même si on l'y trouvait vivant, d'ailleurs.

Le constable lui sourit un instant, puis reprit un air sérieux.

— Il s'appelait Nolan Baltimore. Il dirigeait une société de construction de chemins de fer. C'est son fils Jarvis qui va en reprendre la direction, et il nous mènera la vie dure tant qu'on n'aura pas pendu le coupable.

Hester comprenait la douleur et le sentiment d'injustice qu'on devait ressentir à la suite d'un tel drame, mais d'après elle, le jeune Baltimore allait regretter sa véhémence. Quelles qu'aient été les raisons de la présence de son père dans Leather Lane, il y avait a priori peu de chances pour qu'elles aient été louables, et il serait sans nul doute préférable pour la famille que les circonstances de sa disparition restent inexpliquées.

À présent, cette issue leur était fermée. Ce n'était plus qu'une idée fugitive, un instant de répit avant la désillusion et l'humiliation, les rires étouffés lorsqu'ils entreraient dans une salle, les chuchotements, les invitations qui se tarissent, les amis soudain trop occupés pour les recevoir ou leur rendre visite. Tout l'argent du monde ne pourrait racheter ce qu'ils étaient sur le point de perdre.

— Et si les filles de chez Abel Smith n'avaient rien à voir dans cette histoire ? suggéra-t-elle. Il se peut que le meurtrier ait suivi Mr. Baltimore jusqu'à Leather Lane et saisi l'occasion de l'agresser lorsqu'elle s'est présentée…

Hart la fixa du regard, l'air à la fois plein d'espoir et d'incrédulité.

— Si c'est le cas, puisse Dieu nous venir en aide ! soupira-t-il. Parce qu'on ne le retrouverait jamais. Ça pourrait être n'importe qui !

— Avez-vous des témoins ?

— On sait pas qui croire ! Son fils affirme que c'était quelqu'un d'honnête et heureux en affaires, un type très respecté dont les amis puissants exigeront que justice soit rendue et qu'on débarrasse les rues de Londres de sa racaille.

— Ce n'est pas surprenant. Que pourrait-il dire d'autre ? S'il veut protéger sa mère, il n'a pas le choix.

— Et puis sa sœur, aussi, qu'est pas encore mariée. C'est sûr que ça va lui nuire, si on découvre que son père fréquentait les filles de joie.

Il fronça les sourcils.

— C'est quand même bizarre, non ? C'est vrai quoi, pourquoi un homme qui va sans doute lui aussi dans ce genre d'endroit rejette une jeune fille parce que son père faisait la même chose ? Je comprends pas les gens… pas les bourgeois, en tout cas.

— Ce n'est pas le jeune homme qui la rejettera, monsieur l'agent. Ce sera plutôt sa mère, lui expliqua Hester.

— Ah bon ?

Il posa sa tasse vide sur la table.

— Ouais, bien sûr. Je vois. Bref, on n'en est pas plus avancés. Je sais toujours pas par où commencer, à part chez Abel Smith, qui veut pas démordre que Baltimore a pas été tué chez lui.

— Et le médecin légiste, qu'en pense-t-il ?

— Il sait toujours pas. D'après lui, Baltimore a succombé à ses fractures et à une hémorragie interne, mais il ignore s'il est cané en bas des marches ou ailleurs. S'il s'est tué dans l'escalier, c'est n'importe qui qu'aurait pu le pousser.

— Si ça se trouve, il est tombé tout seul parce qu'il était ivre ?

— Si on exauçait trois de mes vœux, là tout de suite, croyez-moi que celui-là il en ferait partie, dit-il, rêveur. De Coldbath jusqu'à Pentonville au nord et Smithfield au sud, c'est un vrai nid de guêpes. Pour l'instant, on n'a que les tapineuses et les maquereaux à dos, mais d'ici un ou deux jours, on va recevoir des protestations tout ce qu'il y a de plus discret des richards qui peuvent plus venir prendre un peu de bon temps sans tomber sur un policier. S'ils râlent, ça va faire des mécontents. Et s'ils le font pas, beaucoup seront à cran. Bref, à tous les coups on perd.

Hester, qui compatissait en silence, lui servit une autre tasse de thé et lui donna une autre tartine, qu'il dévora avec un plaisir évident avant de la remercier et de s'en aller, dépité, reprendre sa tâche ingrate.

Le lendemain, la mort de Nolan Baltimore faisait les gros titres. Sa famille était accablée par le chagrin, et toute la bonne société s'offusquait qu'un homme aussi respectable puisse être victime d'une agression en pleine rue et mourir dans de telles circonstances. L'affaire prit une ampleur nationale, et Jarvis Baltimore jura de partir en croisade contre le crime et la prostitution qui gangrenaient la capitale. La police métropolitaine avait failli à son devoir envers les citoyens, et il était de la responsabilité de tout homme concerné de mettre un terme à ce laisser-aller.

Ce qui inquiéta bien plus Hester, le soir qui suivit la deuxième visite de l'agent Hart, fut de voir arriver une jeune femme blessée au point que trois de ses amies devaient la porter. Celles-ci, furieuses et effrayées, attendirent blotties les unes contre les autres dans le coin de la salle, sans la quitter des yeux.

Recroquevillée sur la table, toute tremblante, la prostituée se tenait l'abdomen, du sang suintant entre ses doigts.

Blême, Margaret interrogea Hester du regard.

— Très bien, fit cette dernière d'un ton calme. Envoyez une de ses amies chercher Mr. Lockwood. Qu'il vienne le plus vite possible.

Margaret indiqua à l'une des femmes où quérir le docteur et lui dit de ne pas revenir avant de l'avoir trouvé. Puis, agissant par gestes machinaux tant elle était ébranlée, elle apporta tout le nécessaire pour les soins.

Hester devait endiguer l'hémorragie et surmonter son effroi face à une telle blessure, en s'efforçant de se souvenir de la Crimée où, après la charge de la brigade légère à Balaklava ou la bataille de l'Alma, elle avait aidé à décharger des chariots de corps mutilés, morts et mourants mêlés, aux membres tranchés net par la lame d'un sabre ou réduits en bouillie par un éclat d'obus.

Elle avait réussi à les aider. Pourquoi en serait-il autrement cette fois-ci ? Hester était là pour accomplir une tâche, non pour donner libre cours à ses sentiments, si profonds et généreux fussent-ils. Cette femme avait besoin de soins, pas de pitié.

— Détendez-vous, lui dit-elle avec douceur. Je vais arrêter le saignement.

Seigneur, pourvu qu'elle réussisse ! Elle serra les mains crispées de sa patiente dans les siennes, et se sentit gagnée par sa terreur, comme si l'espace d'un instant elles ne faisaient plus qu'une. La sueur perla sur sa peau et coula en gouttelettes froides.

— Vous allez pouvoir l'aider ? demanda l'une des autres, qui n'avait pu s'empêcher d'approcher malgré sa peur.

— Je pense que oui, répondit Hester. Comment s'appelle-t-elle ?

— Fanny.

Hester se pencha vers la blessée.

— Fanny, laissez-moi regarder, dit-elle avec fermeté.

Avec plus de force cette fois, elle écarta les mains de la jeune femme et vit l'étoffe ensanglantée. Elle pria le ciel que Lockwood arrive vite. Elle allait avoir besoin d'aide.

Avec les ciseaux que Margaret lui tendit, elle découpa la robe.

— Bandages, demanda-t-elle sans lever la tête. En rouleau.

Elle souleva le morceau de tissu, qui laissa apparaître la chair à vif d'où le sang coulait toujours mais ne giclait pas. Le soulagement déferla en elle et la sueur vint de nouveau lui picoter la peau. Tout compte fait, il ne s'agissait peut-être que d'une blessure superficielle. Aucune artère ne semblait atteinte. Néanmoins, il n'y avait pas de temps à perdre. D'une voix étranglée, elle demanda des compresses, du brandy et une aiguille munie d'un fil de boyau de chat.

Dans son dos, une des femmes se mit à pleurer.

Hester parla tout le temps qu'elle travailla, sans prêter attention à ce qu'elle racontait. Margaret lui tendait des gazes neuves et retirait celles qui étaient imbibées de sang.

Que pouvait bien fabriquer Lockwood, bon Dieu ? Était-il encore ivre, allongé dans le lit de quelqu'un, sous une table, ou pire, dans un caniveau où personne ne pourrait le reconnaître et encore moins aller le chercher pour le dégriser ? Elle le maudit à voix basse.

Ayant perdu le compte des minutes, elle ne se souvenait pas si la jeune femme était partie depuis longtemps. Les points de suture accaparaient tellement son esprit qu'elle n'entendit pas la porte s'ouvrir et se refermer.

Soudain, deux autres mains vinrent l'aider, gracieuses, puissantes, et propres surtout. À force de rester penchée sur sa patiente, son dos lui fit mal quand elle se redressa, et elle mit un instant à ne plus voir flou l'homme qui se tenait près d'elle. Celui-ci avait retroussé les manches de sa chemise au-dessus des coudes, et ses cheveux blonds lui collaient au front comme s'il s'était aspergé le visage. Il regarda la plaie.

— Beau travail, la félicita-t-il. J'ai l'impression que vous l'avez eue.

— Où étiez-vous passé ? demanda Hester entre ses dents, envahie par un profond soulagement mais furieuse qu'il ne soit pas arrivé plus tôt.

Il eut un sourire désabusé et haussa les épaules, puis reporta son attention sur la blessure. Avec adresse et délicatesse, il l'examina tout en jetant de temps à autre un coup d'œil à la patiente pour s'assurer qu'elle ne grimaçait pas.

Hester envisagea un instant de s'excuser pour son reproche implicite, mais estima que cela n'avait plus d'importance. Comme elle ne le payait pas, il ne lui devait sans doute rien.

Le saignement semblait avoir cessé. Elle tendit à Lockwood les derniers bandages, imbibés de baume, qu'il appliqua sur la cicatrice avant de s'écarter de la table.

— Ce n'est pas méchant, annonça-t-il. Il va tout de même falloir veiller à ce que ça ne s'infecte pas.

Sachant que personne ne lui répondrait, il ne prit pas la peine de demander ce qui s'était passé.

— Donnez-lui un peu de bouillon de viande, ou du sherry si vous en avez, mais pas tout de suite. Pour le reste, vous le savez sans doute mieux que moi, conclut-il avec un sourire.

Hester hocha la tête. Maintenant que le coup de feu était passé, une grande fatigue la submergea. Elle avait la bouche sèche et tremblait un peu. Margaret s'occupait de faire bouillir de l'eau afin de pouvoir nettoyer le plus gros du sang et préparer du thé.

Hester s'adressa aux femmes qui attendaient toujours, l'air interrogateur :

— Il va falloir un peu de temps, leur expliqua-t-elle avec douceur. Pour l'instant, on ne peut rien affirmer, il est encore trop tôt.

— Elle pourrait pas rester ici ? demanda l'une d'entre elles. S'il vous plaît, madame. Si elle rentre, c'est sûr qu'il va recommencer.

— Qu'est-ce qui ne tourne pas rond, chez lui ? explosa Hester. Il aurait pu la tuer. C'est un dément, ou quoi ? Vous feriez bien de vous débarrasser de lui. Vous n'avez donc rien dans…

— C'est pas Bert qu'a fait ça ! s'empressa d'ajouter une des autres. Je le sais parce qu'il était ivre mort quand ça s'est passé. Je peux le jurer, je l'ai vu de mes yeux. Quel bon à rien, ce mufle !

— C'est un client, alors ? demanda Hester, surprise et de plus en plus furieuse.

— Nan !

La femme frémit.

— Qu'est-ce que t'en sais, toi ? rétorqua celle du milieu d'un air maussade. Fanny, elle a tellement la frousse qu'elle veut rien nous dire, madame… En tout cas c'est pas son mac, parce qu'il était saoul comme un cochon et même pas en état de lever le petit doigt.

Elle grimaça.

— En plus, à quoi que ça rime de flanquer une raclée à une de ses filles si après elle peut plus travailler ? Merde alors ! On a déjà assez de mal à gagner notre croûte comme ça, en ce moment !

— Qui a pu s'en prendre à elle, dans ce cas ? demanda Hester tandis que Margaret versait de l'eau bouillante dans une bassine et y ajoutait de l'eau froide.

Lockwood retroussa un peu plus ses manches, sans se soucier de les salir, et se mit à se laver. Hester l'imita, et il lui tendit la serviette.

Margaret prépara du thé pour tout le monde. Heureuse de pouvoir enfin s'asseoir, Hester laissa volontiers Lockwood aller vider la cuvette dans l'égout.

Étendue sur la table, la tête sur un oreiller, Fanny était blanche comme un linge. Il était trop tôt pour envisager de la déplacer, même pour la mettre au lit.

— Alors, qui ? insista Hester en dévisageant les femmes.

— Aucune idée, répondit la première.

Elle accepta la tasse que lui tendait Margaret.

— C'est bien pour ça qu'on a eu la frousse. Fanny, elle travaille bien. Elle est pas voleuse et elle fait qu'est-ce qu'on lui dit, la pauvre. Si ça se trouve, avant elle avait un métier convenable.

Elle baissa la voix.

— Servante ou quelque chose comme ça. Puis elle s'est fait renvoyer, et elle a pas eu le temps de dire ouf qu'elle s'est retrouvée sur le trottoir. Elle parle pas beaucoup, mais je parie qu'elle en a vu de toutes les couleurs.

Lockwood revint et prit sa tasse de thé.

— Si je pouvais choper celui qu'a fait ça... intervint celle du milieu. Je lui trancherais la... pardon, madame, mais je vous jure que c'est vrai.

— La ferme, Ada ! la réprimanda sa comparse. Y a des cognes partout. Y a qu'à se pencher pour en trouver, tiens. Ils se font bousculer de tous les côtés, les pauvres. Y en a qui leur disent de nous embarquer, et d'autres qui leur demandent de nous laisser tranquilles pour qu'ils puissent venir prendre du bon temps. Les condés, ils s'agitent comme des mouches et finissent par se marcher sur les pieds.

— Ouais ! Et pendant ce temps-là, y a des petites comme Fanny qui se font saigner par des détraqués ! ajouta Ada, le visage crispé et la voix rendue aiguë par un émoi qu'elle avait du mal à maîtriser.

Hester ne les contredit pas. Elle se contenta de réfléchir calmement, et ne leur posa plus de questions. Les trois femmes les remercièrent et, après avoir promis à Fanny de revenir, s'en allèrent dans la nuit.

Au bout d'une heure, Lockwood examina Fanny, qui avait bien meilleure mine, ou du moins semblait beaucoup moins effrayée. Après avoir aidé Hester et Margaret à la transférer dans le lit le plus proche et promis de repasser le lendemain, il s'en alla.

Hester suggéra à Margaret d'aller dormir un peu pendant que de son côté elle se chargerait de la surveillance. Plus tard, elles inverseraient les rôles. Au matin, Bessie Wellington viendrait s'occuper du local et le garder propre. Ancienne prostituée, elle avait ensuite dirigé une maison close, jusqu'à ce que la concurrence la jette sur la paille. À présent, elle se réjouissait de pouvoir passer la journée au chaud, et se montrait assez douce avec les patientes. Même si sa connaissance du quartier valait presque autant que son travail, elle ne demandait aucune rémunération.

Lorsque Hester revint le lendemain soir, Bessie, le visage empourpré et les cheveux tirés en chignon, l'attendait à la porte et jetait des coups d'œil nerveux à droite et à gauche. Elle bouillait d'indignation.

— Ce porc de Jessop est encore venu réclamer de l'argent ! pesta-t-elle d'une voix qui se voulait basse mais qui porta presque à l'autre bout de Coldbath Square. Je lui ai offert une tasse de thé, et il a refusé ! V'là qu'il est méfiant, en plus, le bougre !

— Qu'aviez-vous mis dedans ? demanda Hester en réprimant un sourire.

Quand elle entra, son regard se porta tout de suite sur le lit où se trouvait Fanny. Elle vit l'enchevêtrement noir de ses cheveux et la bosse que formait son corps sous les couvertures.

— Elle va bien, la pauvre petite, dit Bessie d'une voix où grondait la colère. J'ai pas pu lui arracher un mot sur celui qui lui a fait ça. Je comprends pas, moi. À sa place, je cracherais son nom à qui voudrait bien l'entendre, et même aux autres !

Elle secoua la tête.

— Ce que j'avais mis dedans ? Juste un peu de réglisse, reprit-elle. Et puis une goutte de whisky pour cacher le goût, aussi. Mal m'en a pris. C'est dommage de gâcher du bon whisky comme ça. Remarquez, le mauvais whisky, ça existe pas !

Elle lui fit un grand sourire qui découvrit ses dents écartées.

— Vous l'avez jeté ? demanda Hester, inquiète.

Bessie lui lança un regard en biais.

— Pour sûr que je l'ai balancé ! Vous imaginez pas que je vais donner du thé froid à quelqu'un, non ? fit-elle en prenant un air innocent.

Hester ne put s'empêcher de souhaiter, au moins un peu, que Jessop l'ait bu. Bessie ne voulait sans doute rien d'autre que lui causer un grand désagrément et le mettre dans l'embarras. À moins que…

Hester alla voir Fanny, qui avait toujours peur et souffrait beaucoup. Lui ôter ses bandages, s'assurer que la plaie ne s'infectait pas, refaire le pansement et la convaincre de prendre une collation demanda une demi-heure. Hester venait à peine de terminer quand la porte s'ouvrit et laissa pénétrer une bourrasque d'air humide et froid. Elle se retourna et vit une femme, dont elle n'aurait su estimer l'âge, debout à l'entrée. Vêtue d'une tenue ordinaire de servante, elle avait la mine renfrognée par la désapprobation. Même son nez était froncé, bien qu'il fût impossible de savoir si cela était dû à l'odeur de phénol et de lessive de soude, ou au dégoût profond qui brûlait en elle.

— Oui ? fit Hester d'un air interrogateur. Que puis-je pour vous ?

— Est-ce ici que l'on accueille les femmes blessées qui… enfin qui sont…

Elle se tut, apparemment incapable de prononcer le mot qu'elle avait en tête.

— Prostituées ? termina Hester avec dureté. Oui, c'est bien ici. Vous êtes blessée ?

Humiliée, la femme rougit, puis le sang quitta son visage, qui vira au gris. Elle tourna les talons et ressortit.

Bessie étouffa un rire.

L'instant suivant, une autre femme, plus jeune et d'allure très différente, entra à son tour. Elle avait le teint clair, une chevelure blonde très épaisse, et un air plaisant en dépit d'un visage trop lisse pour être joli. Nerveuse, elle semblait lutter contre des émotions violentes, mais n'affichait aucun signe de blessure ou de souffrance physique. La qualité de sa tenue, bien qu'elle fût noire de pied en cap, indiquait qu'elle y consacrait beaucoup d'argent, et son maintien — tête haute, regard droit — montrait qu'elle n'était pas une fille des rues, prospère ou non. Gênée, Hester comprit que la première devait bel et bien être sa domestique, forcée de venir jusque-là. Elle regretta de l'avoir un peu bousculée.

Hester posa l'assiette et la cuillère avec lesquelles elle donnait à manger à Fanny, et alla à sa rencontre.

— Bonsoir. Puis-je vous aider ?

— Est-ce vous la responsable, ici ? demanda la jeune femme.

Malgré une voix grave un peu rauque, comme si elle était tendue au point d'en avoir la gorge nouée, son élocution était parfaite.

— Oui. Je m'appelle Hester Monk. Je vous écoute.

— Je suis Livia Baltimore. Si je ne m'abuse, cet endroit…

Elle s'efforça de ne pas regarder autour d'elle.

— … est un refuge où l'on accueille les femmes de la rue blessées. Je vous prie de m'excuser si je fais erreur. Ce n'est pas mon intention de vous insulter, mais ma servante m'a affirmé que c'est bien ici.

Toute crispée, elle tenait les poings serrés le long de son corps.

— Ce n'est pas une insulte, Miss Baltimore, répondit Hester d'un ton posé. Si je suis ici, c'est parce que je l'ai choisi. La médecine a pour vocation d'aider ceux qui en ont besoin, non de les juger.

Elle hésita à évoquer Nolan Baltimore, puis son instinct prit le dessus :

— Toutes mes condoléances, Miss Baltimore. Entrez, je vous prie.

Livia Baltimore jeta un coup d'œil derrière elle, puis referma la porte.

— Merci. Il se peut que vous soyez à même de m'aider, moi aussi.

— Si j'étais au courant de quoi que ce soit, je l'aurais déjà signalé à la police, rétorqua Hester en revenant vers la table.

Elle savait ce que venait chercher la jeune femme. C'était somme toute assez naturel, et cela dénotait un grand courage, à défaut de sagesse. Hester fut émue à l'idée de la douleur que cette femme allait éprouver en découvrant à quoi ressemblaient les lieux que fréquentait son père, quel qu'ait été le but de sa visite. En restant chez elle, elle aurait bien plus protégé ses sentiments, ses rêves et son deuil. En tout cas, il se pouvait qu'en plus d'obtenir des renseignements, elle fût en mesure d'en fournir. Même si de vastes pans de la vie de son père lui étaient inconnus, elle ne pouvait totalement ignorer sa personnalité.

— Voulez-vous du thé ? Avec le temps qu'il fait ce soir…

Livia accepta son offre. La domestique avait dû recevoir pour instruction d'attendre dans la voiture. Soit Livia souhaitait que cette conversation demeure privée, soit la servante avait refusé de rester plus longtemps dans un tel endroit. À moins que ce ne soient les deux à la fois.

Le souffle bruyant, Bessie remplit une nouvelle fois la bouilloire à l'aiguière posée par terre, et la mit sur le feu.

— Ça va prendre quelques minutes, prévint-elle de mauvaise grâce.

La condescendance lui faisait horreur.

— C'est très bien, la remercia Hester avant de se tourner vers Livia. J'ignore ce qui a pu arriver à Mr. Baltimore, dit-elle avec douceur. Ici, je ne m'occupe que de blessures et de maladies. Je ne pose pas de questions.

— Vous devez bien entendre ce qui se raconte ! insista Livia. La police refuse de donner la moindre information. En revanche, ils parlent à mon frère, et j'ai appris qu'une prostituée était impliquée et avait peut-être été blessée.

Ses mains gantées de noir ne cessaient de triturer son réticule.

— Il se peut qu'ayant vu une femme se faire attaquer, il ait essayé de lui venir en aide, et que les voyous s'en soient pris à lui. Alors elle se serait sans doute présentée ici, n'est-ce pas ?

Ses yeux brillaient d'espoir et de détresse mêlés.

— En effet, reconnut Hester, consciente que l'hypothèse était plausible, mais peu probable.

— Dans ce cas, vous l'auriez vue, vous ou votre bonne, non ?

D'un petit signe du menton, Livia désigna Bessie, qui se tenait bras croisés à côté du poêle.

— C'est vrai, oui, reconnut Hester. Cependant, de nombreuses femmes passent ici chaque nuit, et toutes sont blessées ou souffrantes.

— Mais cette nuit-là… la nuit où on l'a… tué ?

Oubliant sa répugnance, Livia se pencha un peu en avant.

— Qui est venu ici, alors ? Qui était blessé, et susceptible d'avoir assisté au… meurtre ?

Ses yeux s'emplirent de larmes, mais elle n'y prêta pas attention.

— La justice ne vous importe-t-elle pas, Mrs. Monk ? Mon père était un homme respectable et généreux. Il a travaillé très dur pour réussir, et il adorait sa famille ! On l'a assassiné, ça ne vous touche pas ?

— Bien sûr que si.

Hester ne savait quoi répondre à la jeune fille — car en somme c'est tout ce qu'elle était — sans l'accabler de faits qu'elle ne pourrait ni comprendre ni croire.

— Tous les meurtres me touchent.

— Alors aidez-nous ! l'implora Livia. Vous les connaissez, ces femmes. Dites-moi quelque chose !

— Non, je ne les connais pas. Je m'efforce de les soigner au mieux… rien de plus.

Livia ouvrait de grands yeux, interdite.

— Mais…

— Elles arrivent par cette porte, là, expliqua Hester en montrant l'entrée de la salle. Parfois je les ai déjà vues, parfois non. Elles viennent pour une entaille, des contusions, des fractures, ou parce qu'elles se trouvent à un stade avancé d'une maladie, la plupart du temps la syphilis ou la tuberculose. Je ne leur demande rien d'autre que leur prénom ou un sobriquet, afin de pouvoir m'adresser à elles. Je fais tout mon possible, et souvent ce n'est pas grand-chose. Quand elles sont assez remises, elles repartent.

— Vous ne savez jamais comment elles ont subi leurs blessures ? insista Livia en haussant le ton. Il faut quand même que vous sachiez ce qui s'est passé !

Hester baissa les yeux.

— Ce n'est pas la peine. En général, c'est un client qui a perdu son calme, ou alors elles ont gardé un peu d'argent de leurs passes, et leur souteneur les bat. De temps à autre, elles marchent sur les plates-bandes d'une autre, ce qui ne manque pas de provoquer une bagarre. La concurrence est féroce. Enfin, bref, quelle que soit la raison, ça ne change rien pour moi.

À l'évidence, Livia ne comprenait pas. Il s'agissait d'un univers et même d'un langage trop éloignés de ce qu'elle connaissait, et qui dépassaient son imagination.

— Qu'est-ce qu'un… souteneur ?

— Celui qui est censé les protéger. Et qui leur prend la plus grosse partie de leurs gains.

— Pourquoi ?

— Parce que c'est une activité dangereuse pour une femme seule. La plupart d'entre elles n'ont pas le choix. Les souteneurs sont propriétaires des bâtiments, à tel point qu'ils possèdent presque la rue tout entière. Ils empêchent les autres de faire du mal aux prostituées, mais si eux les trouvent paresseuses ou croient qu'elles les escroquent, ce sont eux qui les frappent, en général pas assez fort pour leur laisser des marques au visage ou les mettre hors d'état de travailler. Seul un imbécile abîme ce qui lui appartient.

Livia secoua la tête comme pour en chasser cette idée.

— Qui les brutalise assez pour qu'elles doivent venir vous voir, alors ?

— Des clients ou d'autres prostituées, je ne demande pas.

Livia se laissa aller à jeter un coup d'œil autour d'elle, et son regard se posa sur les placards, dont certains étaient verrouillés. Hester le remarqua.

— Phénol, lessive de soude, potasse, vinaigre, énuméra-t-elle. C'est très utile pour la désinfection. Comme le tabac, que nous gardons sous clé.

Livia eut l'air surpris.

— Du tabac ? Vous laissez les gens fumer ? Même les femmes ?

— On s'en sert pour la fumigation, expliqua Hester. C'est très efficace, surtout contre les poux, les tiques et autres parasites…

Livia fit la grimace, comme si elle pouvait sentir la puanteur d'un tel procédé.

— Tout ce que je veux savoir, c'est ce qu'elles ont vu. Ce qui est arrivé à mon père.

Hester l'examina. Malgré son visage juvénile, sa peau dénuée de rides et son regard volontaire, le deuil la minait déjà. Le monde n'était plus le même que trois jours plus tôt, et son innocence était perdue à tout jamais.

Hester s'efforça de trouver les mots qui dissuaderaient cette jeune fille de poursuivre ses recherches et la renverraient à sa vie, où elle croirait ce que bon lui semblerait. À moins qu'un procès n'ait lieu, elle n'aurait jamais à apprendre les raisons de la présence de son père dans Leather Lane.

— Laissez aux policiers le soin de le découvrir, s'ils le peuvent.

— Ils n'avancent pas d'un pouce ! s'indigna Livia. Ces prostituées refusent de leur parler ! Pourquoi le feraient-elles ? C'est quelqu'un de leur connaissance qui a tué mon père. Elles doivent avoir peur de le dénoncer.

— Comment était votre père ? demanda Hester, qui le regretta sur-le-champ.

C'était idiot. Comment une femme décrit-elle son père dans un tel cas ? De façon idéalisée, faussée par le deuil, la loyauté, et le souci de décence qui nous interdit de parler en mal des morts.

— Enfin… qu'est-ce qui aurait pu le pousser à venir dans Leather Lane le soir ? se corrigea-t-elle.

Livia eut l'air un peu gênée, et sur la défensive.

— Je l'ignore. Sans doute les affaires.

— Qu'en pense votre mère ?

— Nous n'en discutons pas, répondit Livia comme s'il s'agissait d'une question des plus incongrues. Maman est invalide. Nous essayons de lui épargner tout ce qui peut lui être pénible. Mon père dirigeait une société de chemins de fer, qui va bientôt achever une nouvelle ligne. Elle va relier les docks de Londres à Derby. Nous possédons aussi une usine à Liverpool, où l'on fabrique des wagons. D'après Jarvis — mon frère —, il devait se rendre à un rendez-vous, sans doute en rapport avec des terrassiers ou d'autres ouvriers.

Ne sachant que lui répondre, Hester ne put la regarder dans les yeux. Il ne s'agissait pas du genre d'affaire que l'on réglait à Leather Lane, surtout la nuit, mais à quoi bon le signaler à la fille de Baltimore ?

— Si c'est le cas, les prostituées n'en sauront rien, dit-elle plutôt. Elles s'efforcent de vivoter au mieux en vendant leur corps, et le paient très cher.

De nouveau, elle perçut l'incompréhension chez son interlocutrice.

— D'après vous, leur place est à l'usine ? À l'atelier ? Savez-vous combien on les paie, dans ces endroits ?

Livia marqua un temps d'hésitation.

— Non…

— Connaissez-vous les horaires qu'on leur impose ?

— Non plus… mais…

— Vous trouvez ça honnête, vous ?

Une pointe de mépris perça dans sa voix, et elle sentit que Livia s'en était froissée.

— Elles ne peuvent rester honnêtes à un shilling et six pence la journée pour quatorze ou quinze heures de travail, ajouta-t-elle d'un ton plus doux, malgré la colère sous-jacente, dirigée non pas contre Livia mais contre de telles injustices. Sur le trottoir, elles peuvent empocher de une à deux livres en une nuit, même après avoir décompté la part de leur souteneur.

— Mais… commença de nouveau Livia, en regardant la forme recroquevillée de Fanny.

— À présent vous connaissez les risques qu'elles courent. Allez donc dans un atelier, un de ces jours, vous verrez si c'est mieux. Ces endroits sont exigus, mal éclairés, sales, et bondés. Bien que ce ne soient pas les mêmes qu'ici, les maladies n'y manquent pas. Quand on est mort, on est mort, quelle qu'en soit la cause.

— Vous pourriez au moins les interroger ? suggéra Livia d'un air plus humble.

— Je le ferai, lui promit Hester, de nouveau prise de compassion. Je vous en prie, n'en attendez pas trop de ce côté-là. Je ne crois pas qu'une d'entre elles soit au courant. Si votre père était là pour affaires, les prostituées n'auront rien à voir dans cette histoire. D'après la police, on l'a retrouvé dans la maison close d'Abel Smith… qui se situe bien dans Leather Lane, mais Abel jure qu'aucune des filles qui travaille chez lui n'est impliquée. Il est possible qu'il dise la vérité, et que votre père ait été tué par celui qu'il venait rencontrer, conclut-elle, bien qu'elle répugnât à mentir de la sorte.

— C'est sûrement cela, enchaîna Livia, qui se raccrochait à l'espoir comme à une bouée de sauvetage. Merci pour votre bon sens, Mrs. Monk.

Hester profita de son avantage, au moins en partie pour le bien de Livia.

— Votre frère devrait cesser d'insister auprès de la police pour qu'elle chasse les prostituées des rues, suggéra-t-elle. Si elles n'ont rien à voir dans cette histoire, les harceler ne servira qu'à les rendre encore plus muettes.

— D'accord, mais si elles ne savent rien…

— Même si elles n'ont rien vu, elles finiront bien par entendre quelque chose. Le moindre bruit circule très vite, par ici.

— Je ne sais pas. Jarvis ne m'écoute…

Avant qu'elle ait pu terminer sa phrase, la porte s'ouvrit en grand, et un jeune homme livide appela à l'aide d'une voix rendue rauque par la panique. La pluie avait plaqué ses cheveux sur son front et trempé ses vêtements légers, qui collaient à son torse frêle.

Livia fit volte-face et Hester se leva au moment où un individu bien plus massif entrait en titubant, une jeune femme dans les bras. Celle-ci était si pâle qu'à la lumière du gaz sa peau prit un teint cireux. Elle avait les yeux fermés, et sa tête dodelinait comme celle d'un pantin.

Hester indiqua la plus grande table, que rien n'encombrait.

— Posez-la ici.

— Vous n'avez pas un lit, plutôt ?

L'homme réprima un sanglot ; une colère à peine moins douloureuse que la terreur qui le dévorait lui déformait le visage.

Habituée à ce genre de situation familière de ceux qui perdaient leur sang-froid, Hester ne portait aucun jugement et ne s'offusquait pas des réflexions injustes.

— Il faut que je l'examine, expliqua-t-elle. Pour cela, j'ai besoin d'une surface rigide et bien éclairée. Mettez-la ici.

L'implorant du regard pour qu'elle l'aide et trouve une solution que lui ne pouvait imaginer, l'homme obéit.

Il posa la jeune femme avec le plus de précautions possible, mais il était évident qu'elle souffrait de nombreuses fractures. Ses bras et ses jambes avaient une drôle de position, sa chair était enflée et ses hématomes noircissaient à vue d'œil. Sa peau était gris-blanc. Même si elle respirait, ses paupières ne réagissaient pas du tout.

— Vous allez pouvoir l'aider ? demanda l'homme.

— Je vais essayer. Que s'est-il passé ? Vous le savez ?

— Quelqu'un lui a foutu une raclée, tiens ! fulmina-t-il. Ça se voit pas ? Vous êtes aveugle ou quoi ?

— Bien sûr que ça se voit, répondit Hester en regardant la femme. Ce que je veux savoir, c'est quand et comment vous l'avez trouvée, si on l'a poignardée ou tailladée. Si vous pouvez tout m'expliquer sans que j'aie besoin de la déplacer, c'est mieux. Je vois l'état de ses bras et de ses jambes. Avez-vous vu si on l'a battue à coups de pied ou de poing ?

— Bon sang ! Vous croyez que je serais resté les bras ballants ? Je l'aurais tué, le s-salaud, s-si j'avais été là ! bégaya-t-il dans un effort futile pour trouver des mots assez durs afin d'exprimer la rage qui brûlait en lui. Si vous pouvez pas l'aider, tâchez au moins de pas lui faire plus de mal, d'accord ?

Avec une grande délicatesse, Hester posa les mains sur les bras de la jeune femme et palpa les extrémités des os là où la chair était abîmée. Elle décela une fracture dans le bras gauche, et deux autres dans le droit. Le genou gauche était enflé, et au moins deux petits os du pied droit étaient cassés. Une clavicule était fracturée, mais Hester n'y pourrait pas grand-chose. Lorsqu'elle découpa le corsage, elle découvrit une ecchymose violette d'au moins vingt centimètres de large qui s'étendait des côtes jusque sous la taille. Voilà ce qu'elle redoutait : une hémorragie interne contre laquelle elle était impuissante. Ses notions d'anatomie étaient plutôt bonnes — elle avait tout appris dans des conditions bien réelles, sur les champs de bataille, en observant les blessures béantes des soldats, loin des conditions artificielles et peu éprouvantes de la faculté de médecine, ou de ses dissections de cadavres. Elle connaissait l'emplacement des principales artères, et les risques encourus lorsqu'elles étaient atteintes.

— Faites quelque chose, nom de Dieu ! la supplia l'homme, qui se balançait d'un pied sur l'autre tant il s'inquiétait.

Impassible, Hester continua à répertorier le plus de lésions possible sans déplacer le corps. Elle regrettait que Margaret ne soit pas là pour l'aider. Bessie avait beau être serviable, il lui manquait le calme et les mains assurées de son assistante. Ayant passé sa vie parmi elles, elle s'identifiait trop aux patientes. Hester lut la douleur et la peur qui la minaient et l'empêchaient de la seconder.

— Allez chercher Mr. Lockwood, ordonna-t-elle.

Bessie, soulagée de pouvoir se rendre utile, fila sans même s'arrêter pour prendre son chapeau.

Comme si l'homme n'était pas là, Hester se tourna vers Livia.

— Miss Baltimore ! dit-elle d'un ton autoritaire. Auriez-vous l'obligeance de me passer le rouleau de bandage que vous voyez sur la table ? Et ensuite d'aller me chercher une éclisse dans ce placard, là ? En fait, apportez-m'en trois.

Avec une grande lenteur, Livia se leva. Blême, elle paraissait sur le point de s'évanouir.

— Dépêchez-vous, s'il vous plaît… ajouta Hester en tendant la main.

Se mouvant comme si elle était ailleurs, Livia obéit ; d'un geste maladroit, elle roula le bandage à ses extrémités, puis alla jusqu'au placard. Elle revint un instant plus tard et tendit une attelle à Hester.

— À présent, tenez les épaules de la jeune fille, s'il vous plaît. Appuyez-vous dessus. Il faut qu'elles restent immobiles.

— Pardon ?

— Allez-y ! Faites peser votre poids sur ses épaules. Soyez ferme mais douce.

Elle leva la tête.

— Vite ! Je vais replacer ces os afin qu'ils se ressoudent le plus droit possible. Ce sera bien plus facile tant qu'elle sera inconsciente. Vous imaginez la douleur si nous attendons qu'elle revienne à elle ?

Livia restait pétrifiée.

— On n'attrape pas de maladies comme ça ! Allez, venez m'aider ! Je ne peux la soigner seule. Vous êtes venue ici découvrir qui a tué votre père. Si vous n'êtes même pas capable de poser le regard sur ce monde-là, comment voulez-vous apprendre quoi que ce soit ? Vous voulez que ces personnes vous aident ? Alors vous feriez bien d'y mettre un peu du vôtre.

Toujours aussi pâle, Livia s'exécuta.

Hester la remercia puis, avec douceur, saisit l'avant-bras et, sentant le raclement écœurant des os, elle tira. Livia lui tendit éclisse et bandage. Hester serra le tout le plus fort possible. Par chance, il n'y avait aucune plaie ouverte, et donc aucun risque d'infection, mais elle craignait toujours une hémorragie interne.

Assistée par une Livia sous le choc et d'autant moins enthousiaste, elle se chargea des autres fractures. L'homme entretint le feu et alla chercher de l'eau. Hester appliqua un cataplasme sur la clavicule et les côtes cassées.

— Nous n'avons plus qu'à attendre, maintenant.

— Elle va s'en sortir ? demanda l'homme.

— Je n'en sais rien, répondit Hester en toute franchise. Nous ferons tout notre possible.

— Je…

Il déglutit.

— J'espère que vous m'en voulez pas si j'ai été un peu brusque, tout à l'heure. Je suis censé garder l'œil sur elle, mais elle travaille pas dans le coin. La plupart du temps, je sais même pas qui c'est qui la cogne.

Il se passa une grosse main sur le visage, comme pour en chasser ses émotions.

— Bon Dieu ! Pourquoi cette petite garce a été jacasser ? Moi je lui répète tout le temps de la fermer ! Enfin, elles ont pas toujours toute leur tête. Elles s'imaginent que parce qu'un homme les paie il va bien les traiter. Mais y a des clients qui croient qu'avec une demi-couronne ils peuvent acheter votre âme ! Les salauds !

Il commença à pousser un grondement sourd comme s'il allait se racler la gorge et cracher, mais il se ravisa.

— Pour l'instant, vous ne pouvez rien de plus, lui expliqua Hester d'un ton doux. Autant rentrer chez vous. Comment s'appelle-t-elle ?

— Alice.

Hester se tourna vers Livia Baltimore.

— Cela vaut pour vous aussi. Votre voiture vous attend toujours non loin d'ici, n'est-ce pas ?

— Oui, répondit Livia d'une toute petite voix.

Hester se demanda quel accueil allait lui réserver la domestique — sans doute glacial, à cause des reproches qu'elle n'oserait formuler. Il se pouvait aussi qu'elle démissionne le lendemain et assomme la pauvre Mrs. Baltimore du récit indigné de cet épisode. Livia allait avoir besoin de tout son courage et de toute sa patience pour faire face aux conséquences de sa visite.

— Merci pour votre aide, dit Hester en esquissant un sourire. Si j'apprends quoi que ce soit qui puisse vous être utile, je contacterai la police.

Livia sortit une carte de son réticule et la lui tendit.

— Prévenez-moi. Vous pouvez m'écrire ou passer me voir.

— Je n'y manquerai pas, promit Hester, consciente que Livia hésitait à partir.

— Je vous accompagne à votre voiture, offrit l'homme.

Livia eut l'air surprise, puis soulagée. Son visage fut un instant illuminé par ce qui aurait presque pu être de la bonne humeur.

Elle le remercia et regagna Coldbath Square, l'homme sur ses talons.

Dix minutes plus tard, Bessie revint accompagnée de Lockwood, fatigué et débraillé comme à son habitude, mais tout à fait enclin à l'aider.

— Vous mangez pas comme il faut ! le réprimandait Bessie, comme elle l'avait fait depuis qu'elle l'avait trouvé, apparemment. De la viande rouge et du pâté de rognons, voilà ce qu'il vous faut.

Elle alla jusqu'au poêle.

— Je vais vous préparer du thé. Je peux pas faire plus. Mais faut vous en prendre qu'à vous !

Comme elle n'expliquait pas ce qu'elle entendait par là, Lockwood lança un regard désabusé à Hester, empreint cependant d'une certaine affection. Il comprenait Bessie mieux qu'elle ne se comprenait elle-même.

Hester lui énuméra les soins qu'elles avaient donnés à Alice et l'amena auprès d'elle.

Avec méticulosité, il l'examina un long moment, mais il ne sut éclairer Hester sur ce qui lui importait : y avait-il hémorragie ou non ?

Il secoua la tête et posa un regard plein de compassion sur la jeune femme.

— Je suis navré. Je ne peux rien vous dire là-dessus. En tout cas, si demain matin son état n'a pas empiré, elle devrait survivre. Je repasserai en milieu de journée, ou dans ces eaux-là. En attendant, je ne peux rien de plus que vous. Vous vous en êtes très bien sortie.

Quand Hester se réveilla peu après sept heures, il faisait grand jour et Bessie se tenait penchée au-dessus d'elle, les yeux brillants, les cheveux en bataille malgré son chignon qui tentait de résister, et la robe encore plus froissée que d'ordinaire.

— Elle a repris connaissance ! annonça-t-elle dans un murmure retentissant. Elle a pas l'air au mieux, la pauvre petite. Vous devriez aller la voir. La bouilloire est sur le feu. Vous aussi, vous avez une tête de déterrée.

— Merci, répondit Hester d'un ton assez sec, avant de se redresser et de grimacer.

Elle avait mal à la tête et se sentait encore plus fatiguée qu'avant d'aller se coucher. Elle se leva, puis vit la jeune fille étendue non loin d'elle, les yeux ouverts, le visage à peine moins blanc que l'oreiller.

— Ne bougez pas, lui ordonna Hester d'un ton paisible. Vous êtes en sécurité, ici.

La jeune fille exhala ses mots plus qu'elle ne les prononça :

— Je suis cassée partout à l'intérieur. Bon Dieu, j'ai mal !

Elle avait une voix douce et une bonne élocution, très distincte de celle des femmes de la rue.

— Je sais, mais ça finira par s'atténuer, lui promit Hester, en espérant qu'elle disait vrai.

— Mais non, rétorqua Alice, résignée. Je vais mourir. C'est mon châtiment, sans doute.

Au lieu de regarder Hester, elle fixait le plafond avec des yeux vides.

Hester posa la main sur la sienne, en appuyant le moins possible.

— C'est douloureux, mais vos os vont se remettre.

Soudain, les yeux de la jeune femme s'emplirent de larmes. Mais ses blessures étaient trop nombreuses pour qu'on pût la prendre dans ses bras.

— Contentez-vous de vous reposer, lui conseilla Hester, frustrée de ne pouvoir l'aider davantage. Nous allons nous occuper de vous. Voulez-vous que je prévienne quelqu'un ?

— Non !

Elle tourna la tête vers Hester.

— Je vous en prie !

— Je n'avertirai personne si vous ne le souhaitez pas. Ne vous inquiétez pas !

— Je ne veux pas que ça se sache, reprit Alice. Tout ce que je demande, c'est de mourir ici et d'être enterrée... là où l'on met ceux que personne ne connaît, dit-elle, non par apitoiement sur elle-même, mais par désir d'avoir un peu d'intimité et d'en finir au plus vite.

Hester ignorait comment l'aider, et même si elle le pouvait. La meilleure solution était sans doute de la laisser tranquille, mais sa rage de vivre lui interdisait de permettre à quelqu'un d'autre d'abandonner le combat. Être vaincu était tout autre chose, mais la jeune femme ne s'en trouvait pas encore là.

— Qui vous a fait ça ? Vous ne voulez pas l'empêcher de s'en prendre à une autre ?

Alice tourna un peu la tête.

— Vous ne pourrez pas l'arrêter. Personne ne le peut.

— Bien sûr que si, à condition de savoir comment s'y prendre et d'être assez nombreux à essayer, affirma Hester. Pour cela, vous devez nous aider. Qui est-ce ?

Alice détourna de nouveau le regard.

— Vous ne pourrez rien contre lui. Il est dans son droit. Je lui dois de l'argent. Je lui ai emprunté une trop grosse somme, et je n'ai pas eu de quoi le rembourser.

— Qui ça ? Votre souteneur ?

— Autant que vous le sachiez. Il ne peut rien de plus contre moi, maintenant. Mais je ne connais pas son nom, enfin, le vrai. J'étais quelqu'un de convenable, à l'époque. Je travaillais comme gouvernante ! Vous vous rendez compte ? J'enseignais aux enfants des riches, à Kensington. Et puis je suis tombée amoureuse.

Une immense amertume affleurait dans sa voix, laquelle était si faible qu'Hester devait fournir un effort pour l'entendre.

— Nous nous sommes mariés et avons connu six mois de bonheur... mais un jour, j'ai découvert qu'il jouait. C'était plus fort que lui, à ce qu'il disait. C'était peut-être vrai. En tout cas, il n'a pas arrêté et s'est mis à perdre.

Elle respira profondément et se crispa sous l'effet de la douleur. Il lui fallut un petit moment avant de reprendre la parole.

— J'ai emprunté de quoi régler ses dettes, et puis il m'a quittée. Le problème, c'est que je devais toujours rembourser. C'est à ce moment-là que mon créancier m'a dit qu'il pouvait s'occuper de moi si je faisais le tapin... surtout dans son bordel, destiné à des hommes qui aiment les filles correctes... qui s'expriment bien et ont de bonnes manières. Ils déboursent bien plus, pour ça. Ainsi, je pouvais m'acquitter et retrouver ma liberté.

— Alors vous y êtes allée, conclut Hester.

C'était compréhensible — la peur, les promesses, la perspective d'échapper au désespoir. Le prix à payer ne devait pas paraître plus terrible qu'une vie de misère annoncée.

— Non, pas tout de suite. J'ai attendu encore trois mois. À ce moment-là, la dette avait doublé. Ça remonte à deux ans.

Elle se tut.

Bessie approcha, munie d'une tasse de bouillon, le regard interrogateur.

— Tenez, offrit Hester, essayez d'en boire un peu.

Alice ne prit pas la peine de répondre. Son esprit était ailleurs — elle devait se souvenir du chagrin enduré, du sentiment de défaite, et peut-être d'humiliations qu'elle ne pourrait jamais oublier.

Hester la prit par l'épaule et la releva de quelques centimètres. Alice eut un hoquet de douleur mais n'opposa pas de résistance. Elle s'appuya contre Hester, la tête lourde comme du plomb, les bras raides et le corps rigide.

L'air soucieux, Bessie lui porta la tasse aux lèvres, d'un geste si doux que le contact de sa main sur sa peau ne devait rien provoquer de plus qu'une sensation de chaleur.

Alice mit un quart d'heure à terminer le bouillon ; Hester ignorait s'il lui serait utile, mais elle ne savait pas quoi lui proposer d'autre.

Alice sombra dans un sommeil agité, et lorsqu'aux environs de neuf heures Margaret arriva, son optimisme concernant ses recherches de fonds s'éteignit au moment où Hester lui rapporta les événements de la nuit.

— C'est monstrueux ! s'indigna-t-elle. Alors comme ça quelqu'un prêterait de l'argent à des femmes dans le besoin, avant d'exiger qu'elles le remboursent en travaillant dans une maison close pour des hommes qui aiment les filles comme il faut… afin de… faire je ne sais quoi ?

— Avec la police qui court partout dans le quartier, elles ne gagnent pas de quoi régler leurs dettes, alors on les bat, termina Hester à sa place. C'est ce qui se passe, en effet. Fanny est sans doute l'une d'entre elles, mais elle est trop terrorisée pour nous l'avouer.

Elle se souvint de Kitty, qui elle aussi s'exprimait de façon correcte et avait un maintien fier.

— Dieu sait combien elles sont en tout.

— Qu'allons-nous faire ? demanda Margaret.

L'idée de rester sans agir ne lui avait même pas traversé l'esprit. Elle n'en attendait pas moins d'Hester ; son regard franc et plein de bravoure ne permettait pas d'en douter.

Hester ne voulait pas la décevoir, pas plus que celles qui plaçaient leurs espoirs en elle pour accomplir ce dont elles étaient incapables. Pourtant, ces motivations étaient dérisoires. Avant tout, il y avait le sort effroyable qu'auraient pu subir des centaines de femmes de sa connaissance, voire elle-même, pour peu que le destin en ait décidé autrement.

— Je n'en sais rien, admit-elle. Pas pour l'instant. Mais j'aurai bientôt une idée, n'ayez crainte.

Elle en parlerait à Monk. Celui-ci était intelligent, imaginatif et opiniâtre. L'assurance d'obtenir son aide l'emplit d'une certaine chaleur. Ces pratiques allaient le révolter tout autant qu'elle.

— Bientôt, répéta-t-elle.

CHAPITRE III

Avant le retour d'Hester, le matin qui suivit l'agression d'Alice, Monk reçut une nouvelle cliente. Lorsqu'elle entra dans la pièce, il émanait d'elle la tension et la nervosité contenue propres à tous ceux qui venaient solliciter ses services. Il lui donna environ vingt-trois ans, la trouva jolie et dotée d'un maintien plein de grâce et de vitalité. Vêtue d'une jupe noire et d'une veste cintrée assortie, faites d'une étoffe à l'évidence coûteuse mais discrète, qui lui allaient à la perfection, elle portait à la main un sac carré bien plus grand qu'un réticule.

— Mr. Monk ? demanda-t-elle, par simple formalité.

Son air décidé indiquait sans doute possible qu'elle était venue là parce qu'elle savait à qui elle s'adressait.

— Je m'appelle Katrina Harcus. Vous conduisez des enquêtes pour le compte de clients privés, c'est bien cela ?

— Enchanté, Miss Harcus, répondit-il en lui désignant l'un des deux gros fauteuils confortables installés près de la cheminée.

Un feu y brûlait, ce jour-là. On était au printemps, mais la température restait fraîche en début de matinée et en soirée, surtout pour quelqu'un qui restait assis et traversait une période de doute.

— C'est exact. Asseyez-vous, je vous prie, et dites-moi en quoi je peux vous aider.

Elle prit place et posa son sac à ses pieds. D'après sa forme, Monk supposa qu'il contenait des documents, ce qui démarquait déjà Miss Harcus de ses autres clientes. Le plus souvent, les femmes qui se présentaient à son bureau le faisaient pour des raisons d'ordre privé, non pour les affaires : perte de bijoux, suspicion à l'égard d'un domestique, désir d'en savoir davantage sur un gendre ou une bru éventuels sans se trahir en interrogeant leurs connaissances.

Il s'assit en face d'elle.

Elle s'éclaircit la gorge comme pour chasser son anxiété, puis prit la parole d'une voix claire et grave.

— Je suis sur le point de me fiancer à Mr. Michael Dalgarno.

Elle ne put réprimer un sourire lorsqu'elle prononça son nom, et la lueur dans ses yeux ne trompait pas quant à ses sentiments pour lui. Néanmoins, elle se hâta de poursuivre, sans attendre ses félicitations.

— Il est associé dans une grosse société de construction de chemins de fer.

Son visage se crispa, et Monk ne put que remarquer la tension qui croissait en elle. Il avait l'habitude d'observer ses interlocuteurs de très près : l'inclinaison de la tête, les mains serrées ou détendues, les ombres du visage, tout ce qui trahissait ce qu'on essayait de lui cacher.

Il ne l'interrompit pas.

Elle respira à fond et souffla en silence.

— C'est très délicat, Mr. Monk. Je dois pouvoir vous parler en toute confiance, comme si vous étiez mon avocat, reprit-elle en le fixant du regard.

Elle avait de très jolis yeux, d'un brun doré plutôt que marron.

— Je ne peux taire un crime, Miss Harcus, si je possède des preuves de son existence, la prévint-il. Hormis cette exception, tout ce que vous me confierez restera confidentiel.

— S'il est question d'un crime, que se passe-t-il ? demanda-t-elle dans un murmure.

— S'il est prémédité, je dois chercher à l'empêcher par tous les moyens, y compris en informer la police. S'il a déjà eu lieu, je dois lui faire part de tous les renseignements portés à ma connaissance, dans la mesure où je peux les attester. Sinon, je me rendrais coupable de complicité.

Elle avait éveillé sa curiosité. Quel genre d'aide cette jeune femme impassible attendait-elle de lui ? Son attitude était assez inhabituelle, et sa requête promettait de l'être davantage. Il se rendit compte qu'il serait très déçu s'il se voyait contraint de refuser l'affaire.

— Je comprends. C'est bien un crime que je redoute, et c'est justement pour vous demander de l'empêcher, si c'est possible, que je suis venue. Si j'avais les moyens de m'en charger moi-même, je le ferais. Cependant, mon souci premier est de protéger Michael — Mr. Dalgarno. Certes, je peux me tromper, mais quoi qu'il arrive, mes soupçons ne doivent jamais s'ébruiter !

— Bien entendu, convint-il, désireux de lui épargner les explications qu'à l'évidence elle trouvait pénibles. Si les différentes parties sont innocentes, ce serait à tout le moins gênant, et s'il y a un coupable, celui-ci ne doit pas être averti.

Il la vit soulagée de constater qu'il comprenait vite.

— Parlez-moi donc de ce que vous redoutez, Miss Harcus.

Réticente à franchir le pas qui l'engagerait une fois pour toutes, elle hésita.

— Il s'agit d'éléments que j'ai glanés au cours de mes conversations avec Mr. Dalgarno, commença-t-elle en guettant sa réaction. Des bribes de renseignements que j'ai entendues çà et là… et d'autres provenant des documents que je vous ai apportés. Je…

Elle détourna le regard pour la première fois.

— Je les ai pris… enfin, volés, si vous préférez.

Il s'efforça de ne pas se montrer étonné.

— Je vois. Où ça ?

Elle leva la tête.

— Chez Mr. Dalgarno. Je suis inquiète à son sujet, Mr. Monk. Je pense que certains profitent de la construction de la nouvelle ligne de chemins de fer pour commettre des malversations, et je crains fort qu'il soit impliqué, même si je n'ai aucun doute concernant son innocence. Enfin… presque aucun. Parfois, même les gens honnêtes cèdent à la tentation quand leurs amis se lancent dans une affaire frauduleuse. La loyauté peut parfois… tromper le jugement, surtout quand on doit sa prospérité à la générosité et à la confiance d'un autre.

Un souvenir lointain et douloureux revint à la mémoire de Monk, mais il n'en laissa rien paraître. Il ne pouvait lui avouer combien il avait une conscience aiguë de ce genre d'engagement, et qu'il connaissait la douleur de l'échec dans ce domaine.

— Cette escroquerie, Mr. Dalgarno pourrait en tirer profit ? s'enquit-il d'un ton posé.

— Bien sûr. Il a le statut d'associé, alors si la compagnie gagne plus d'argent, lui aussi.

Elle se pencha un peu en avant, d'un mouvement des plus discrets, mais sa détermination sautait aux yeux.

— Je suis prête à tout donner pour prouver son innocence et éviter qu'il subisse les conséquences de cette affaire, s'il devait y en avoir.

— Quelles conversations avez-vous surprises, au juste, et qui y prenait part ?

L'évocation des chemins de fer avait ravivé en lui quelques réminiscences un peu floues — ombre et lumière, trouble et douleur, impressions remontant à une période antérieure à son accident. Depuis, il avait reconstruit sa vie, bâti une existence nouvelle et satisfaisante, tout en cherchant à assembler les éléments de sa personnalité qu'il avait dénichés par ses propres moyens et les fragments de mémoire qui remontaient à la surface. Néanmoins, la plus grande partie lui échappait toujours, évanouie dans un recoin de son esprit, inaccessible, et effrayante parce que inconnue.

Ce que ses recherches lui avaient appris sur l'ancien Monk n'avait pas toujours été agréable : il avait découvert un homme aux dents longues, impitoyable, malin, courageux, davantage craint qu'apprécié.

— Des histoires de gros bénéfices, répondit-elle, mal à l'aise. Ils doivent terminer la ligne très bientôt. En ce moment, ils posent le dernier tronçon, et ensuite, ils pourront l'inaugurer.

Il s'efforçait de comprendre pourquoi elle soupçonnait une entreprise malhonnête.

— Il est pourtant assez ordinaire que ce genre de travaux rapporte d'importants profits, n'est-ce pas ?

— Certes. Toutefois, personne ne cherche à ce qu'ils restent secrets à tout prix et… il y a autre chose que je ne vous ai pas encore dit.

— Je vous écoute.

Elle scruta son visage comme si la moindre inflexion, aussi minime fût-elle, était importante à ses yeux, et se lança :

— S'il y a bien malversation, et qu'elle concerne l'achat des terrains, il s'agira d'une faute morale très grave. En revanche, si elle a trait à la construction même de la voie, le creusement de tunnels ou la construction de ponts et de viaducs, que les travaux ne sont pas effectués comme il faut, qu'on n'emploie pas les bons matériaux ou qu'on se base sur des plans médiocres, imaginez-vous l'ampleur des conséquences ?

— Quel genre de conséquences, d'après vous ?

— Le pire que l'on puisse imaginer, Mr. Monk, serait qu'un train déraille. Un tel accident pourrait coûter la vie à des dizaines de personnes, voire des centaines.

À l'idée d'une telle horreur, elle s'interrompit.

Un déraillement. Sans que Monk en connaisse la raison, ce mot remua quelque chose dans son esprit, comme une lame coupante et sournoise. Un tel drame était sans doute atroce, mais pourquoi lui paraissait-il plus terrible qu'un naufrage, ou toute autre catastrophe, naturelle ou imputable à l'homme ?

— Vous comprenez ?

La voix de la jeune femme lui parut très lointaine.

— Bien sûr ! répondit-il d'un ton tranchant.

Avec effort, il reporta son attention sur Miss Harcus et le problème qui l'amenait.

— Vous craignez qu'à cause d'une escroquerie au sein de la compagnie de nombreuses personnes périssent victimes d'un accident. D'après vous, il est possible que Mr. Dalgarno partage la responsabilité d'un tel risque, même s'il vous semble peu probable qu'il soit impliqué de son plein gré. Vous voudriez que je tire cette affaire au clair afin d'empêcher qu'un tel malheur se produise.

— Veuillez m'excuser, dit-elle d'une petite voix, sans toutefois baisser les yeux. Je regrette d'avoir mis en doute votre capacité à me comprendre. C'est en effet ce que je vous demande. Je vous en prie, avant d'ajouter quoi que ce soit, examinez les documents que j'ai apportés. Au cas où l'on remarquerait leur absence, je ne puis vous les laisser, mais je suis convaincue qu'ils ont leur importance.

Elle sortit une liasse de son sac et se pencha pour la lui tendre.

Monk s'en empara vivement.

Il déplia la première feuille. Il s'agissait de la carte topographique d'une zone rurale, en grande partie vallonnée, à travers laquelle était représentée une ligne de chemin de fer. Il lui fallut un certain temps pour reconnaître la région. C'était le comté du Derbyshire, sur une bande qui s'étendait en gros entre Londres et Liverpool.

— C'est la nouvelle ligne que construit la compagnie de Mr. Dalgarno ?

Elle hocha la tête.

— Oui. Elle traverse de très belles terres, entre zones minières et grandes villes. Elle sera souvent empruntée, pour le transport à la fois de passagers et de marchandises.

Préférant s'abstenir de répéter sa remarque sur les profits qui n'avaient rien d'anormal, il s'intéressa au document suivant, la carte d'un secteur bien plus petit de la même région, et donc bien plus détaillée. Cette fois, les légendes figuraient dans les coins de la feuille, et l'échelle au bas. Toutes les variations d'altitude étaient portées, ainsi que la nature du terrain. En l'examinant, il eut un curieux sentiment de familiarité, comme s'il l'avait déjà vue. Pourtant, il n'avait jamais mis les pieds dans le Derbyshire. Quelques points culminants étaient répertoriés, et, comme les noms des villes et villages, ils lui étaient inconnus.

Katrina Harcus attendait en silence.

Les autres documents étaient des actes de cession de terrain — la construction d'une voie ferrée en exige un grand nombre, car les terres appartiennent toujours à quelqu'un. Obtenir le droit de les traverser exige parfois un travail de longue haleine.

Aux yeux de certains enthousiastes, les droits du progrès prévalaient sur tout le reste. Tout édifice qui constituait un obstacle au chantier devait être démoli, y compris les vieilles églises et abbayes, les monuments commémoratifs, les grandes œuvres architecturales et les habitations.

Monk revint à la carte. Soudain, il comprit l'origine de son trouble — ce n'était pas la région cartographiée en elle-même, mais le fait qu'il s'agissait d'un relevé topographique où l'on avait tracé une proposition d'itinéraire. Il en avait déjà eu entre les mains par le passé. Il y avait un rapport avec Arrol Dundas, son ami et mentor à l'époque où, jeune homme, il avait quitté le Northumberland, celui envers qui il avait justement le genre de loyauté et la dette de reconnaissance évoqués par Katrina Harcus. Monk était alors un banquier d'affaires déterminé à faire fortune. Dundas lui avait appris à se comporter en gentleman et à mettre à profit son charme, son adresse et son talent à jouer avec les chiffres pour conseiller des investissements tout en empochant une commission.

Monk avait tiré la plupart de ces conclusions grâce à des éléments fragmentaires glanés au fil d'autres enquêtes — bribes de souvenirs, réminiscences fugaces —, sans jamais vraiment en obtenir une image précise. De plus, ces rappels s'accompagnaient toujours d'un sentiment de douleur et d'impuissance. Il avait connu un échec cuisant. À la vue de cette carte, le chagrin le submergea de nouveau. Arrol Dundas était mort, il le savait. Son ami avait péri en prison, voué à l'opprobre pour un crime dont on l'avait accusé à tort. Monk, qui connaissait la vérité, avait tout tenté pour convaincre les autres de son innocence, en vain.

En revanche, il ignorait où et quand cela s'était passé. Quelque part en Angleterre, avant son entrée dans la police, qu'il avait rejointe à cause de son incapacité à contribuer à la victoire de la justice lors de cette affaire. Il n'en avait pas appris davantage, peut-être d'ailleurs parce qu'il ne le voulait pas. C'était le passé d'un Monk avec lequel il ne se sentait presque plus aucun point commun. Sa jeunesse appartenait à cet homme dur et ambitieux qui méprisait les faibles. De toute façon, il ne pouvait plus rien pour Dundas, ni le sauver, ni le réhabiliter. Alors à quoi bon ?

Il émergea de sa rêverie et retrouva le présent où, dans son bureau de Fitzroy Street, il tenait une liasse de documents à la main et regardait une jeune femme qui lui demandait de prouver à tous, et peut-être avant tout à elle-même, que son fiancé n'était pas coupable de fraude.

— Puis-je prendre quelques notes, Miss Harcus ?

— Bien entendu, s'empressa-t-elle de répondre.

Monk admirait le courage et le sang-froid dont elle avait déjà fait preuve en emportant ces documents. Après avoir été chercher du papier, une plume et un encrier, qu'il posa sur la petite table près de son fauteuil, il se mit à recopier les informations figurant sur les cartes, les coordonnées rectangulaires, les noms des principales villes et les grandes lignes de l'itinéraire.

À partir des autres documents, il releva la superficie et le prix des terrains rachetés ainsi que le nom des anciens propriétaires. Puis il étudia le reste de ce que Miss Harcus lui avait apporté. Il s'agissait de bons de commande et de reçus pour d'énormes quantités de matériel — bois, acier, dynamite, outils, chariots, chevaux, nourriture pour les hommes et les bêtes —, et de la liste sans fin des salaires versés à toute la main-d'œuvre — terrassiers, palefreniers, forgerons, charrons, charpentiers et arpenteurs, ainsi qu'une dizaine d'autres catégories d'artisans et d'ouvriers qualifiés au rôle moins important.

Un telle entreprise s'avérait titanesque. Les sommes investies représentaient une fortune colossale. Cependant, la construction d'une voie ferrée était toujours une question de spéculation et s'apparentait à une partie de quitte ou double. C'était pour cette raison que l'on faisait appel à des hommes tels qu'Arrol Dundas.

Dundas par le passé, Dalgarno aujourd'hui, et l'ancien Monk il y avait un certain nombre d'années.

Il lui fallait se pencher de très près sur ces documents. Les survoler ne suffirait pas. S'il s'y trouvait quoi que ce soit de frauduleux, l'observateur moyen ne le remarquerait pas. Dans le cas contraire, Katrina Harcus n'aurait eu aucun mal à le repérer, et selon toute vraisemblance à le comprendre. À moins, bien sûr, que ce ne soit déjà le cas et qu'elle n'ait pas eu la force d'en parler à Dalgarno, en espérant que Monk saurait l'arrêter avant qu'il ne soit trop tard.

Il se plongea dans une lecture minutieuse des factures et reçus. Deux d'entre eux étaient signés par Michael

Dalgarno, et les autres par un certain Jarvis Baltimore. Les dépenses semblaient raisonnables, les additions correctes, et rien ne semblait avoir été omis. Certaines parcelles avaient coûté très cher, mais il s'agissait de terres autrefois occupées par des ouvriers ou des fermiers. Apparemment, on n'en avait pas donné plus que la valeur du terrain.

Il passa aux pages concernant les salaires. Le montant correspondait bien à ce que pouvait attendre un ouvrier qualifié. Les maçons recevaient vingt-quatre shillings par semaine, comme les charpentiers et les forgerons. Les piocheurs en gagnaient dix-neuf, et les pelleteurs dix-sept. Ces deux derniers montants lui parurent trop élevés d'un shilling ou deux. Il regarda la signature au bas de la page — Michael Dalgarno. Cela relevait-il pour autant de la fraude ?

Il étudia la dernière page. Les piocheurs recevaient vingt-quatre shillings, les pelleteurs vingt-deux shillings et six pence. La signature était celle de… Le sang se mit à lui marteler la tête. Il eut beau cligner des paupières, le nom figurait clairement sous ses yeux — William Monk.

Katrina Harcus dit quelque chose, mais il n'entendit rien d'autre qu'un amalgame de sons indistincts.

Cela ne rimait à rien. Pourtant, c'était bien son nom et son écriture. À quand remontait ce document ? Sans doute pourrait-il prouver qu'il s'agissait d'une erreur.

Une date ! Elle se trouvait en haut de page, juste sous le nom de la société : Baltimore & Fils, le 27 août 1846. Dix-sept ans plus tôt. Que faisait ce bordereau parmi ces papiers ? Il leva la tête vers Katrina Harcus, qui le regardait, les yeux brillants et pleins d'espoir.

— Avez-vous trouvé quelque chose ? s'enquit-elle, le souffle court.

Devait-il la mettre au courant ? À cette seule idée, tout en lui se crispa. Voilà ce qu'il craignait — qu'elle ait su depuis le début mais ait attendu qu'il comprenne par lui-même. Tout ce qu'elle avait à cœur, c'était Dalgarno. Quelqu'un avait ressorti par inadvertance une vieille feuille de comptes, qui s'était retrouvée mêlée à des documents récents. Qu'il s'agît de la même compagnie tenait du hasard. Cela dit, il n'y avait là rien d'extraordinaire. Les gros entrepreneurs n'abondaient pas, dans ce domaine. Ce n'était pas une telle coïncidence.

— Pas encore, répondit-il avec difficulté.

Il avait la bouche sèche.

— Les chiffres me paraissent corrects, mais je vais tout passer au crible. En tout cas, à première vue, rien ne semble suspect.

— Je les ai entendus parler d'un profit énorme, bien supérieur aux bénéfices ordinaires, dit-elle d'un ton impatient, les sourcils froncés. Si la fraude sautait aux yeux, poursuivit-elle en désignant les documents, je l'aurais vue. J'ai très peur, Mr. Monk, tout d'abord pour Michael — sa réputation et son honneur, et même sa liberté, sont en jeu. On peut aller en prison pour un tel délit.

Monk se glaça. Il était bien placé pour le savoir ! Comme si ça ne remontait qu'à quelques jours, quelques heures, il revoyait le visage blême d'Arrol Dundas dans le box des accusés au moment du verdict. Il se rappelait le moment où ils s'étaient quittés pour la dernière fois. De plus, il savait avec précision quand Mrs. Dundas lui avait annoncé la mort de son mari : Monk lui avait rendu visite et l'avait trouvée dans le salon. Il se souvenait de la lumière éblouissante qui se reflétait sur les vitrines et masquait presque les chiens en porcelaine du Staffordshire qui s'y trouvaient. Le thé avait tiédi. Elle restait assise seule, laissant le temps s'écouler, comme si la terre s'était arrêtée de tourner.

— Je sais, répondit-il d'un ton brusque. Je vais examiner de près les acquisitions de terrains et la qualité des matériaux employés, et m'assurer que les travaux effectués correspondent bien à ce qui est indiqué ici. Si un défaut risque de provoquer un déraillement, je le découvrirai, je vous le promets, Miss Harcus.

C'était là un engagement bien téméraire, il s'en rendit compte en prononçant ces mots, mais la force qui lui commandait d'agir écrasait toute velléité de prudence.

Elle se détendit, sourit pour la première fois depuis son arrivée, puis se leva.

— Merci, Mr. Monk. Vous ne sauriez me faire plus plaisir. Je suis sûre que vous serez à la hauteur de mes espérances. En fait, vous correspondez en tout point à ce que j'avais imaginé de vous.

Elle attendait les documents. Pouvait-il garder ceux où figurait son nom ? Impossible. Elle le regardait.

Lorsqu'elle les eut rangés dans son sac, elle sortit cinq souverains de son porte-monnaie.

— Cet acompte sera-t-il suffisant ?

— Bien sûr. Où pourrai-je vous trouver afin de vous tenir au courant des progrès de mes recherches ?

Le visage de Miss Harcus redevint grave.

— Je dois faire preuve de la plus grande discrétion. Comme vous en conviendrez, Mr. Dalgarno et la famille Baltimore ne doivent en aucun cas deviner mes soupçons.

— C'est évident.

— Je ne sais à qui me fier, et j'ignore qui parmi mes proches choisirait de me soutenir ou non, aussi j'estime plus prudent de ne soumettre personne à ce dilemme. Je me rendrai aux Royal Botanic Society Gardens[1], près de l'entrée, chaque jour à deux heures à partir d'après-demain.

Elle esquissa un sourire.

— Ce ne sera pas une corvée pour moi. J'aime beaucoup les plantes, et ma présence ne surprendra personne. Merci, Mr. Monk. Au revoir.

1. Aujourd'hui les Queen Mary's Gardens, dans Regent's Park. *(N.d.T.)*

— Au revoir, Miss Harcus. Je vous y retrouverai dès que j'aurai du nouveau.

Après son départ, il resta assis quelque temps à relire ses notes. Mis à part la feuille de comptes signée de sa main, rien ne lui paraissait suspect. À l'évidence, ces documents ne représentaient qu'une partie infime de ce qui avait dû s'accumuler au fil d'années d'activité. Cependant, qui se montrerait assez imprudent pour falsifier des reçus et risquer qu'un autre en décèle les incohérences ? Les différences devaient résider entre les montants indiqués sur le papier et la réalité. Pour en avoir le cœur net, il lui faudrait aller enquêter sur le terrain, dans le Derbyshire.

Si en revanche, comme cela paraissait plus probable, la fraude consistait en une manœuvre malhonnête lors de l'acquisition des terres, il pourrait retrouver les exemplaires originaux des expertises au cadastre, puis chercher les titres de propriété, les transferts d'argent et tout ce qui pourrait lui servir.

Lorsque Hester revint, peu avant onze heures, éreintée et apeurée par les événements de la nuit, il se sentit soulagé. Elle rentrait plus tard que d'habitude, et il avait fini par s'inquiéter. Il s'efforça de chasser de sa tête tout ce qui avait trait aux chemins de fer, même cette fameuse feuille où apparaissait son nom. Hester avait travaillé la nuit entière, et elle était si pressée de lui parler qu'elle attendit à peine de s'être assise.

— Non, merci, répondit-elle lorsqu'il lui proposa du thé. William, il se pratique à Coldbath un commerce des plus abjects.

Elle lui raconta le sort de ces jeunes femmes qui vendaient leur corps pour rembourser leurs dettes.

— Ils prennent plaisir à les humilier comme ils ne peuvent le faire avec les autres prostituées, expliqua-t-elle, en rage. Comment l'empêcher ?

— Je n'en sais rien, répondit-il avec franchise, non sans se sentir coupable. Hester, on exploite des femmes de la sorte depuis la nuit des temps. J'ignore comment y remédier, excepté de temps à autre dans des cas particuliers.

Hester refusait d'en rester là. Elle s'assit sur le bord de son fauteuil, le dos raide, toute crispée.

— Il y a bien une solution !

— Pas forcément. Pas en ce bas monde, en tout cas. Si c'est le cas, cependant, je t'aiderai du mieux que je pourrai. Pour l'instant, je travaille sur une nouvelle enquête, pour découvrir s'il y a eu malversation dans la construction d'une ligne de chemin de fer.

Il lut la réprobation sur son visage.

— Non, ce n'est pas qu'une histoire d'argent ! s'empressa-t-il de préciser. Si une voie ferrée est construite sur un terrain obtenu de manière frauduleuse, ou si quelqu'un tire un bénéfice excessif de l'entreprise, alors c'est illégal, et même immoral… De plus, si l'étude topographique est erronée et que le sol s'affaisse sous le poids d'un chargement de charbon, ou que les ponts sont bâtis avec des matériaux de mauvaise qualité ou par une main-d'œuvre peu qualifiée, il existe de gros risques d'accident ! As-tu pensé au nombre de victimes possibles en cas de déraillement ? Combien de passagers voyagent dans un train ?

Hester perdit son air agacé. Elle poussa un long soupir.

— Je veux bien qu'il puisse y avoir fraude concernant le terrain, je n'y connais rien, mais les terrassiers, eux, connaissent leur métier. Ils refuseront de travailler avec du mauvais matériel et de construire une voie de qualité médiocre.

Elle parlait avec une grande assurance, comme si elle n'exprimait pas son opinion mais un fait avéré.

— Comment peux-tu le savoir ? demanda-t-il, sans condescendance, mais par simple curiosité.

— Les terrassiers, je les connais bien, répondit-elle en réprimant un bâillement.

— Pardon ? Quand en as-tu rencontré ?

— Quand j'ai servi en Crimée, expliqua-t-elle en chassant une mèche de son front. Durant l'hiver 1854-1855, nous étions coincés devant Sébastopol, pendant le siège, à quinze kilomètres du port de Balaklava, et la seule route d'accès était si détrempée que même un chariot n'aurait pu y passer. Les soldats mouraient de froid et du choléra.

Elle secoua la tête, comme si ce souvenir restait douloureux.

— Nous manquions de vivres, de vêtements et de médicaments. Alors on nous a envoyé d'Angleterre des centaines d'ouvriers pour nous construire une voie ferrée… et ils ont réussi. Sans aucune aide, en plein hiver russe, ils se sont mis au travail ; ç'a été pénible, mais tout était terminé en mars. Une ligne à deux voies, avec en plus des branches annexes.

Elle lui lança un regard où brilla une étincelle de fierté et de défi, comme s'il s'agissait d'hommes qu'elle avait commandés — elle avait d'ailleurs dû en soigner certains, victimes d'accidents ou atteints par la fièvre.

— Tu ne m'en avais jamais parlé.

— L'occasion ne s'est pas présentée, répondit-elle en étouffant un autre bâillement. Tous étaient volontaires, et je ne crois pas que ce sera différent ici. Enfin, tu peux toujours chercher à savoir s'il y a déjà eu des catastrophes dues à une négligence des terrassiers.

— C'est prévu. Tu devrais aller te coucher, maintenant.

Il posa les mains sur les siennes.

— Ne pense plus à tes usuriers et à tes prostituées. La violence existera toujours. Tout ce que tu peux faire, c'est aider les victimes.

— C'est plutôt lamentable ! ragea-t-elle.

— Il en va de même pour la police, rétorqua-t-il en esquissant un demi-sourire. Nous n'avons jamais empêché qu'un crime soit commis, nous avons seulement arrêté les coupables par la suite.

— D'accord, mais vous les avez traduits en justice !

— Parfois, pas toujours. Contente-toi de faire de ton mieux, et cesse de te miner pour ce qui n'est pas à ta portée.

Elle acquiesça, lui donna un baiser, puis gagna leur chambre presque en titubant.

Monk se rendit dans la City afin d'entamer ses recherches. Il eut beau essayer de se concentrer, l'image de sa signature sur un reçu rédigé dix-sept ans plus tôt le tourmentait en permanence, comme une douleur lancinante. Il ne cherchait même pas à nier qu'il s'agissait de la sienne — cette écriture familière, énergique, plus assurée qu'à présent, tracée par l'ancien Monk, avant qu'il se penche sur lui-même et découvre la façon dont les autres le percevaient.

Il alla voir un banquier d'affaires pour qui il avait résolu une petite énigme domestique.

— Baltimore & Fils ? répéta John Wedgewood, qui éprouvait la plus grande difficulté à dissimuler sa curiosité.

Dans le bureau lambrissé de chêne, un cabaret en cristal se trouvait au bout de la table, mais Monk avait refusé un whisky.

— C'est une compagnie de bonne réputation. Financièrement saine. Quelle tragédie, surtout pour la famille ! Je suppose que ce sont les proches qui vous ont chargé d'enquêter ? Ils ne se fient pas à la police.

Il pinça les lèvres.

— C'est très sage de leur part. Enfin, vous allez devoir agir très vite si vous voulez devancer le scandale.

Monk ne comprenait rien à ce qu'il racontait. Sa perplexité devait sauter aux yeux, car Wedgewood comprit avant que Monk ait eu le temps de formuler une réponse.

— On a retrouvé le cadavre de Nolan Baltimore dans un bordel de Londres, il y a deux jours, lui expliqua le financier en fronçant les sourcils d'un air de dégoût mêlé d'un autre sentiment, peut-être la compassion. Veuillez m'excuser, j'ai tiré la conclusion hâtive qu'on vous avait confié la tâche de découvrir la vérité avant la police, et si possible de la convaincre de se montrer discrète.

— Ce n'est pas le cas. En fait, je m'intéresse à la société, pas à Mr. Baltimore en particulier. Fournissent-ils un travail de qualité ? Quelle est la qualification et l'honnêteté de ceux qui travaillent pour eux ?

Wedgewood prit un air intrigué.

— À quel égard ?

— Tous.

— Vous vous renseignez à la demande d'un investisseur potentiel ?

— En quelque sorte.

— Leur chiffre d'affaires est bon, répondit Wedgewood sans hésiter. Ça n'a pas toujours été le cas. Ils ont connu un passage difficile il y a quinze ou seize ans, mais ils ont réussi à le surmonter. J'ignore quels problèmes ils ont rencontrés, mais à cette époque, c'était le cas de beaucoup de monde. C'était une période de grande croissance. On prenait des risques.

— Et leur main-d'œuvre ? insista Monk.

Wedgewood parut surpris.

— Ils emploient les terrassiers itinérants, comme tout le monde. Poseurs de rails, mineurs, maçons, charpentiers et forgerons... Et puis aussi des mécaniciens, des monteurs, des contremaîtres, des pointeurs, des commis, des dessinateurs et des ingénieurs. Quoi qu'il en soit, tous sont compétents, sinon ils ne travailleraient pas longtemps. Les ouvriers eux-mêmes y veillent. Leur vie dépend de la qualité du travail de chacun. Ce sont les meilleurs du monde, et le monde le sait ! Les terrassiers anglais construisent des voies partout en Europe et en Amérique, en Afrique et en Russie, et il ne fait aucun doute qu'ils iront aussi en Inde et en Chine, ainsi qu'en Amérique du Sud. Pourquoi pas ? Tout pays a besoin de voies ferrées.

Monk s'arma de courage pour poser la question qu'il redoutait tant.

— Y a-t-il eu des accidents ?

— Dieu sait qu'ils sont nombreux sur ces chantiers. Cependant, à ma connaissance, aucun n'a été causé par une construction médiocre.

— Par des matériaux de mauvaise qualité, peut-être ?

Wedgewood secoua la tête.

— Ils connaissent leur métier, Monk. Un terrassier ne se servira jamais d'une pierre de la mauvaise taille ou d'une planche défectueuse. Ils sont obligés d'être très pointilleux. S'ils n'étayent pas un mur comme il faut, ou qu'ils n'utilisent pas assez de bois de charpente, tout risque de leur tomber sur la tête. C'est mon métier de savoir ces choses, et jamais je n'ai entendu parler d'un terrassier qui ait commis une erreur.

— Pourtant il y a bien des collisions, des déraillements !

Wedgewood ouvrit de grands yeux.

— Bien sûr, malheureusement. Des catastrophes terribles. Mais jamais à cause de la voie.

— À cause de quoi, alors ?

Monk retint son souffle, non par crainte pour Katrina Harcus, mais pour lui ! C'était Arrol Dundas qu'il avait à l'esprit, et sa culpabilité dans ce qui s'était passé dix-sept ans auparavant.

Wedgewood le regardait d'un drôle d'air.

— Toutes sortes de choses. L'erreur d'un conducteur, des wagons trop chargés, des freins défectueux ou une mauvaise signalisation.

Il se pencha un peu en avant.

— Que recherchez-vous, Monk ? Si quelqu'un veut investir dans Baltimore & Fils, il suffit de se renseigner dans le milieu de la finance. Pas besoin d'un détective privé. N'importe quel banquier d'affaires peut s'en charger.

— J'ai un client très nerveux, argumenta Monk. Et si le terrain n'était pas approprié ?

— Le problème ne se pose pas, répondit Wedgewood sur-le-champ. Les bons terrassiers peuvent construire sur n'importe quoi, et c'est d'ailleurs ce qu'ils font : sur du sable, même des marécages — la seule différence, c'est que ça coûte plus cher. Ils doivent poser des pontons ou enfoncer des pilotis jusqu'à atteindre le soubassement. Vous êtes sûr que vous n'enquêtez pas sur lui en particulier ?

Monk sourit.

— Oui, j'en suis sûr. Ce ne sont pas les Baltimore qui m'emploient, ni aucun de leurs proches. Sa mort ne m'intéresse en rien, à moins qu'elle ne soit en rapport avec son honnêteté professionnelle.

— J'en doute, dit Wedgewood d'un air triste. Elle n'est due qu'à une regrettable erreur de jugement.

Monk le remercia et s'en alla, décidé à se pencher de plus près sur l'idée qui le taraudait davantage à chaque instant. Il concevait sans peine que personne ne veuille prendre le risque de se livrer à une fraude qui pourrait être compromise par un terrassier scrupuleux, et dont les profits se révéleraient de surcroît assez minimes. Il était bien plus facile, moins dangereux, et sans doute plus profitable de jouer sur l'achat des terres.

Monk n'en fit pas part à Hester, mais une telle manœuvre lui paraissait plus plausible, plus familière aussi, même si aucun souvenir ne venait appuyer cette impression. Tout ce qu'il ressentait, c'était une anxiété diffuse, une ombre noire au fond de son esprit.

Le lendemain, il commença des recherches plus précises. Qui décidait de l'itinéraire d'une ligne de chemin de fer ? À combien se montaient les fonds prévus pour l'acquisition des terres ? D'où provenait l'argent ? Qui procédait aux relevés topographiques ? Qui achetait ?

Ce fut seulement lorsqu'il eut obtenu les informations voulues — qui toutes convergeaient vers un seul point, la compagnie de chemin de fer —, qu'il s'interrogea sur le sort des personnes dépossédées dont on avait sacrifié les maisons sur l'autel du progrès, et celles qui travaillaient une terre désormais morcelée ou creusée de tranchées.

Aucune des réponses ne le surprit, comme s'il les avait autrefois connues aussi bien que le petit employé propret qui le renseignait. Ce dernier eut l'air quelque peu dérouté par sa question.

— Ils partent vivre ailleurs, monsieur. Difficile de rester chez eux !

— Sont-ils tous d'accord ?

— Non, monsieur, ça se passe pas toujours sans accrocs. Parfois, s'il s'agit d'un grand domaine, qui appartient à un aristocrate ou quelqu'un d'influent, alors il faut le contourner. C'est la seule solution. Ceux qui ont du pouvoir, qui siègent au Parlement ou ailleurs, peuvent faire en sorte que leurs propriétés soient épargnées. Et puis bien sûr, y a des nobles qui font des pieds et des mains pour que leur chasse soit pas coupée en deux.

— Vous parlez de bois où l'on tire le coq de bruyère et le faisan ? demanda-t-il, surpris.

Il s'attendait à entendre parler des terres cultivées.

— Plutôt le renard, en fait. Pendant une chasse à courre, c'est moins facile de sauter des rails qu'une haie.

Une lueur dans ses yeux trahit une certaine satisfaction à faire ce commentaire, mais il ne précisa pas sa pensée. On lui avait appris très tôt à garder ses opinions pour lui.

— Bien, fit Monk.

— Vous étiez parti à l'étranger, monsieur ?

— Pourquoi ?

— Ben, je me demandais comment ça se fait que vous sachiez pas ça. Les journaux en ont fait tout un plat, y a pas très longtemps. Sur les protestations, tout ça. « Le chemin de fer, qu'ils disaient, c'est l'œuvre du Démon. Si le Seigneur avait voulu qu'on se déplace de cette manière et à cette vitesse, Il nous aurait conçus avec une peau en fer et des roues en guise de pieds. »

— Et s'il n'avait pas voulu qu'on réfléchisse, il ne nous aurait pas pourvus d'un cerveau, rétorqua Monk sur-le-champ, tout en ayant l'impression d'avoir déjà prononcé ces mots.

— Allez dire ça aux pasteurs dont les églises sont démolies !

Sur le visage de l'employé, on lisait à la fois de la crainte révérencielle et un amusement qu'il s'efforçait de masquer.

— Démolies ? répéta Monk, comme si cela lui paraissait invraisemblable, même s'il savait qu'il s'agissait de la vérité.

Pendant une fraction de seconde, il revit un visage émacié assombri par l'indignation, souligné par un col de pasteur.

— Oui, je comprends.

Il ne voulait pas en savoir davantage à ce sujet. Ce souvenir était déplaisant, chargé de culpabilité.

— Ça, ils protestent, c'est sûr. Ils se rassemblent par dizaines, et accusent les constructeurs d'être des adorateurs du Veau d'or, des suppôts de Satan, et de mettre le pays à sac, etc.

Il se gratta la tête.

— Faut reconnaître que je serais pas très content si c'était sur la tombe de mes parents que passait le train pour Paddington… Je crois que moi aussi j'irais brandir des pancartes et maudire les profiteurs responsables de tout ça.

— Est-il arrivé que certains ne se contentent pas de menaces ? A-t-on déjà saboté des voies ?

Le commis prit un air horrifié.

— Vous parlez de faire sauter un train, c'est ça ? Bon sang, j'espère bien que non !

Il se mordit la lèvre.

— D'un autre côté, maintenant que vous m'en parlez, y a eu quelques gros accidents, sans qu'on sache à chaque fois à quoi c'était dû. En général, on fait porter le chapeau au conducteur ou au serre-frein. Une fois, ça remonte à environ seize ans, y a eu une catastrophe terrible sur la ligne de Liverpool. C'était horrible. Je vivais encore chez mes parents, et je me souviens que mon père est entré dans le salon, blanc comme un linge. C'était un dimanche, à l'heure du déjeuner. Comme on était allés à l'église, on n'avait pas vu le journal du matin.

« — Où est le journal, George ? lui demande ma mère.

« — Faut pas le lire, aujourd'hui, Lizzie, qu'il a répondu. Ça vaut pour toi aussi, Robert, il me dit. Y a eu une collision sur la ligne de Liverpool. Y a une centaine de morts, et Dieu sait combien de blessés. Je vous préviens parce que vous allez en entendre parler, mais lisez pas les articles. C'est plein de détails qu'y vaut mieux pas que vous appreniez, et des dessins qu'y vaut mieux pas que vous voyiez.

« Tout ça pour ménager ma mère, bien sûr.

— Mais vous l'avez quand même lu…

— Ben oui ! Et je le regrette. Ce que mon père il avait pas dit, c'est qu'un convoi de charbon avait percuté un train qu'emmenait des petits enfants au bord de la mer.

Ses lèvres se pinçaient sous l'effet de l'émotion, et il devait chasser de son esprit cette vision, comme s'il avait encore sous les yeux le dessin représentant les corps enchevêtrés et les sauveteurs qui, poussés par le devoir et terrifiés par ce qui les attendait, essayaient d'arriver jusqu'aux blessés pendant qu'il était encore temps.

Était-ce ce souvenir qui restait tapi au fond de son esprit, comme une fosse de pestiférés attendant d'être rouverte ? Quel genre d'homme était-il pour être en partie responsable d'une chose pareille, ou ne serait-ce qu'en avoir eu connaissance, et l'oublier ? Pourquoi, s'il n'y avait pas pris part, ne ressentait-il pas seulement une peine dépourvue de culpabilité, comme l'homme assis en face de lui ?

Qu'avait-il fait à cette époque ? Qui était-il avant cette fameuse nuit où, il y avait presque sept ans, un accident l'avait effacé et recréé en l'espace d'un instant, lui avait donné un nouveau départ sans pour autant l'absoudre ?

Qu'y avait-il de plus important, ou de plus redoutable, que de l'apprendre ?

— Quelle était la cause de la collision ?

— J'en sais rien. On l'a jamais découverte. Comme je vous l'ai dit, on a mis ça sur le dos d'un mécanicien et d'un serre-frein. La solution facile, quoi, vu qu'ils étaient morts et qu'ils pouvaient pas se défendre. Enfin, c'était peut-être eux les responsables. Qui sait ?

— Qui a construit la voie ferrée ?

— Aucune idée, monsieur. En tout cas, elle était impeccable. Elle sert toujours, et il s'est plus jamais rien passé.

— Quand est-ce arrivé ?

— Je m'en souviens pas, monsieur. Des collisions, y en a eu d'autres. Je me rappelle celle-là parce que c'était la plus terrible…

— D'accord, mais ce genre de catastrophe ne se produit jamais sans raison, insista Monk.

Même s'il brûlait de s'entendre répondre que la négligence humaine ne faisait aucun doute et que la cause n'avait rien à voir avec la conception ou la construction de la voie, sans preuve il ne pourrait s'en persuader. Arrol Dundas avait été jugé et jeté en prison par un jury qui le croyait coupable d'escroquerie. Pourquoi ? À présent, Monk n'en savait plus rien, mais à l'époque ? Aurait-il pu sauver Dundas s'il avait décidé d'admettre son implication à lui ? Y avait-il un rapport avec ce fameux accident ? En était-il en partie responsable ? Cette peur l'enveloppait comme la nuit tombante et menaçait de lui ravir toute la chaleur et la douceur qu'il avait acquises depuis.

— En tout cas, si quelqu'un savait quelque chose, personne n'en a parlé, conclut le commis.

— Oui… bien entendu. Je vous prie de m'excuser. Où puis-je me renseigner au sujet des acquisitions foncières et des études topographiques ?

— Le mieux, c'est de vous présenter au chef-lieu de comté. Si c'est cette affaire qui vous intéresse, allez à Liverpool.

— Merci.

— Bah, de rien. J'espère que ça vous aidera.

— Oui, oui, merci encore.

Monk quitta le bureau quelque peu confus. C'était Liverpool qui importait, mais Liverpool attendait depuis seize ans, et à présent il enquêtait pour le compte de Katrina Harcus. Si une fraude était à l'origine de la première catastrophe, il devait plus que tout autre en empêcher une nouvelle.

Il repassa chez lui prendre des affaires de rechange et une somme d'argent suffisante, et expliquer à Hester où il allait et pourquoi. Puis il se rendit en fiacre à la gare d'Euston et prit le premier train pour Derby.

Le voyage, qui coûtait dix-neuf shillings et trois pence, dura presque quatre heures, avec un changement à Rugby. La voiture de deuxième classe se divisait en trois compartiments — chacun contenait douze sièges en bois étroits et nus. Ces compartiments étaient séparés par des cloisons couvertes de réclames. Le plafond étant très bas, Monk avait dû se pencher pour ne pas se cogner. En première, le wagon aurait été plus spacieux mais, malgré un prix supérieur, pas forcément plus propre ou plus plaisant, même si les vitres auraient empêché les marchands ambulants de passer la tête par les ouvertures et de souffler leur haleine chargée de gin au nez des voyageurs lors des arrêts en gare.

Comme toujours à la mi-mars, soleil et pluie alternaient et le temps était frisquet, mais le train n'était pas chauffé et seuls les passagers de première avaient droit aux chaufferettes métalliques que l'on remplissait d'eau chaude. Malgré tout, les conditions de voyage restaient meilleures que dans les « *Parliamentary trains*[1] », mis en service à la suite du vote de la loi de Lord Palmerston, qui voulait rendre le train accessible aux plus modestes, à raison d'un penny par mile parcouru.

À Rugby, Monk fut ravi de pouvoir se dégourdir les jambes, utiliser les commodités et acheter un sandwich à l'un des camelots du quai.

Il prit aussi un journal pour le reste du trajet. Comme il s'était rendu en Amérique au tout début de la guerre de Sécession[2], il s'intéressa à un article sur l'avancée des troupes de l'Union, sous le commandement d'un certain Samuel R. Curtis, général de division, qui entamaient une campagne dans le Missouri. D'après les dernières dépêches, les Confédérés, surpassés en nombre, avaient battu en retraite dans le nord-ouest de l'Arkansas.

Monk frémit au souvenir du carnage auquel il avait assisté l'été précédent, de l'horreur incontrôlable qu'il avait alors ressentie, et du courage dont avait fait preuve Hester en portant secours aux blessés. Son admiration pour elle n'avait jamais été plus forte.

Il contempla le paysage paisible qui défilait au-dehors avec une tendresse accrue, et une envie nouvelle de le protéger de la violence ou de l'indifférence.

Le lendemain, à Derby, il passa la journée aux archives à examiner les documents concernant les acquisitions des terres nécessaires à la construction de la ligne, d'un bout à l'autre du comté, jusqu'à en avoir la vue trouble. Malgré ses efforts, il ne détecta rien d'illégal. Certes, on avait fait des bénéfices, profité de l'ignorance de certains, dépossédé des centaines de familles de leur foyer — même si on avait aussi fait un effort pour les reloger —, et d'énormes sommes d'argent avaient circulé.

Monk essaya de raviver son adresse d'ancien banquier. S'il y avait eu la moindre malversation, celle-ci

1. « Trains du Parlement. » *(N.d.T.)*
2. Voir *Esclaves du passé*, 10/18, n° 3567. *(N.d.T.)*

était trop bien dissimulée pour qu'il puisse la déceler. Peut-être en aurait-il été capable seize ou dix-sept ans plus tôt, mais ce n'était plus le cas.

Le chemin de fer représentait le progrès. Dans un pays comme l'Angleterre, qui comptait nombre de mines, d'élevages, de chantiers navals et d'usines textiles, les canaux ne pouvaient résister à la concurrence des voies ferrées, plus rapides et plus adaptables, à même de traverser les montagnes, gravir les collines et franchir les vallées sans recourir aux écluses, dont l'utilisation s'avérait longue et coûteuse. Les dégâts inhérents à l'expansion de ce mode de transport ne pouvaient être évités. Fermiers, propriétaires terriens, pasteurs ou habitants des villes et villages n'auraient pas vu le creusement de canaux d'un meilleur œil.

Monk vit des articles illustrés de dessins qui montraient des mécontents brandissant des pancartes, et des vignettes dans les quotidiens et les périodiques qui représentaient les locomotives fumantes et rugissantes comme l'œuvre du Démon, alors qu'elles n'étaient en fait que celle de l'industrie et du temps. La corruption, si corruption il y avait, était dans la nature de l'homme.

À force d'étudier ces pages, tout lui devint de plus en plus familier. Le temps s'arrêta, comme une roue bloquée par une dent d'engrenage ; Monk aurait pu lever les yeux et, à la place de la chambre d'auberge vide ou des tables isolées des archives ou de la bibliothèque, voir Arrol Dundas qui lui souriait.

La deuxième nuit, il se réveilla dans le noir, abasourdi par le silence et incapable de se souvenir de l'endroit où il se trouvait. Dans sa tête, il entendait toujours les cris de gens furibonds qui, la figure rendue blême par le chagrin, se bousculaient devant lui.

Essoufflé comme après une course et crispé, il s'était redressé sans s'en rendre compte. Que signifiait ce cauchemar ? Il voulait s'enfuir, courir sans se retourner et le semer à tout jamais.

Or il savait par expérience que nos peurs nous poursuivent toujours.

Tout en lui refusait de faire face à ces visages accusateurs. Ces individus étaient si réels qu'il se sentait meurtri, comme s'ils avaient pu l'atteindre pour de bon. Il n'existait aucune échappatoire, car ils faisaient partie de lui et de son identité.

Avec lenteur, il se recoucha dans ses draps de nouveau froids. Il tremblait. De quoi le croyaient-ils coupable ? D'avoir pris leurs terres, éventré leur ferme, dévasté un domaine, démoli leur foyer, ou encore profané un cimetière ? Ses actes n'avaient rien eu de personnel, il n'avait agi que pour le compte de la compagnie !

Pourtant, comment ne pas prendre à cœur la perte de sa maison, de la terre cultivée depuis des générations par ses ancêtres, ou encore la destruction des tombes de sa famille ?

S'agissait-il de cela ? Un refus aveugle du changement provoqué par la peur ? Dans ce cas, il n'était coupable que d'avoir été l'instrument du progrès. Mais alors pourquoi souffrait-il, et pourquoi redoutait-il de se rendormir ?

Et si la cause de son tourment n'était pas une histoire de terres mais l'événement infiniment plus grave auquel il osait à peine penser… la collision ?

CHAPITRE IV

Le lendemain matin, il fallut une heure et demie à Monk pour se rendre sur le chantier de la nouvelle ligne.

La journée était belle, et un petit vent faisait ondoyer l'herbe, transportait les odeurs de terre et de printemps, et le bruit des moutons dans le lointain. Du haut de sa monture, il voyait les aubépines aux branches basses déjà feuillues. Bientôt, elles crouleraient presque jusqu'à terre sous le poids de bourgeons blancs. Il suivait un sentier qui grimpait doucement vers le sommet situé à environ un mile, que contournait le dernier tronçon de voie ferrée.

Bien qu'il n'ait pas monté depuis longtemps, il s'était senti à l'aise dès qu'il avait pris place sur la selle.

Au loin, sur sa droite, il apercevait les toits d'un village à demi caché par des arbres, au-dessus desquels se dressait le clocher d'une église.

Un lapin surgit des herbes presque sous les sabots du cheval et courut sur une dizaine de mètres avant de disparaître.

Monk se détourna en souriant comme pour faire part de sa surprise, puis se souvint avec stupéfaction qu'il était seul. Qui s'attendait-il à trouver à ses côtés ? Il lui semblait le voir, cet homme de grande taille aux cheveux blancs, au visage allongé, au nez proéminent et aux yeux foncés. Lui aussi souriait, devinant si bien la pensée de

Monk que ce dernier n'avait même pas besoin de la formuler. C'était là une idée apaisante.

Arrol Dundas. Il eut soudain la certitude qu'ils avaient voyagé à cheval ensemble, par des journées de printemps semblables à celle-ci, dans des paysages de tous genres, vers des lignes de chemin de fer en construction où travaillaient des centaines de terrassiers. Il entendait encore les cris, le bruit sourd des pioches, la résonance du fer sur la roche et le grondement des roues contre les planches, aussi bien que si tout cela provenait de derrière la pente. Il revoyait les ouvriers courbés, presque tous barbus, qui maniaient la pelle, poussaient des brouettes de terre et de pierres, et exhortaient les chevaux à avancer. Dundas et lui allaient contrôler l'avancée des travaux et estimer le temps restant jusqu'à leur achèvement, ou encore régler les éventuels problèmes.

Il essaya de se souvenir de plus de détails, non pas d'ordre affectif mais pratique. De quoi s'étaient-ils entretenus ? Que savait-il au sujet de l'acquisition des terres ? En quoi consistait l'escroquerie ? D'après Hester, on pouvait construire une voie sur tout type de terrain. Ce n'était qu'une question de coût. Les terrassiers savaient aussi percer des tunnels dans l'argile ou le schiste, la craie et le grès. Là encore, ce n'était qu'une question de coût. On en revenait toujours à l'argent.

La fraude qu'il cherchait à découvrir n'avait-elle consisté qu'en versements de pots-de-vin à l'arpenteur géomètre par des propriétaires désireux de préserver leur domaine ? Ou bien des parcelles sans valeur avaient-elles été vendues pour un montant excessif, et les profits partagés avec le responsable des achats, qui aurait ainsi escroqué à la fois la société et les investisseurs ?

Il s'agissait d'une fraude grossière, mais pouvait-on l'avoir négligée, du moins un certain temps, tant elle était flagrante ? Quelle arrogance d'imaginer pouvoir s'en tirer à bon compte !

Arrol Dundas était-il arrogant ? Monk essaya encore une fois de raviver en lui les souvenirs de cet homme qu'il avait si bien connu, mais plus il se concentrait, plus la mémoire lui échappait, comme un objet situé à la limite de son champ de vision qui disparaissait s'il essayait de le regarder de plus près.

Le vent tiédissait ; dans le ciel, Monk entendait le chant plaisant des alouettes. Il fut pénétré par une impression d'éternité. Voilà à quoi devait ressembler le monde quand le train n'était encore qu'un fantasme de l'homme, quand les troupes de Wellington se rassemblaient afin de traverser la Manche, ou celles de Marlborough, ou même celles d'Henri VIII avant de partir pour le camp du Drap d'or.

Les rayons du soleil sur son visage ravivèrent en lui un sentiment d'affection, de bien-être, mais rien de plus — la réminiscence d'une grande communauté d'esprit, d'une joie disparue parce que Dundas était mort, seul en prison, déshonoré, et que sa femme, isolée, ne pouvait plus vivre dans la ville qui était la sienne.

Avait-il eu des enfants ? Monk en doutait. Il n'en gardait aucun souvenir. D'une certaine manière, Monk avait été comme un fils pour lui, le jeune homme qu'il avait éduqué, à qui il avait transmis son savoir, son amour du beau, de l'art et des plaisirs, des livres, des mets délicats, du bon vin, des beaux habits. Il se rappelait un bureau magnifique en bois soyeux, chatoyant, marqueté, d'une couleur semblable à un verre de brandy traversé de lumière.

Il se revit soudain, avec une grande clarté, devant le miroir d'un tailleur, plus jeune, de carrure plus fine ; Dundas se tenait derrière lui, le visage si distinct qu'il voyait les pattes-d'oie creusées par les années.

— Pour l'amour du ciel, tiens-toi droit ! lui disait-il. Et puis change-moi cette cravate, et noue-la comme il faut. Tu as l'air d'un godelureau !

Monk, qui la trouvait plutôt élégante, s'était senti blessé.

Pourtant, il savait que Dundas ne se trompait jamais en matière de goût. Monk avait absorbé ses conseils comme du papier buvard, et son style vestimentaire avait gardé l'empreinte brouillée mais reconnaissable de son mentor.

Arrivé au sommet de la butte, le panorama le subjugua. Champs et landes recouvraient l'escarpement où il se trouvait et se déroulaient jusqu'à d'autres hauteurs à une dizaine de miles de là. La voie inachevée y serpentait en direction d'une brusque dépression où coulait un cours d'eau bordé de marécages et enjambé par les arches incomplètes d'un viaduc. Une fois terminé, celui-ci dépasserait un mile de long. C'était un ouvrage d'une beauté saisissante. Penser aux prouesses techniques qu'exigeait la construction d'une telle voie ferrée l'emplit d'allégresse, d'une sorte d'enthousiasme spirituel quant au potentiel de l'homme. Lorsque la dernière traverse serait posée, les grandes machines de fer, plus puissantes que des centaines de chevaux, transporteraient des tonnes de marchandises ou des dizaines de passagers d'une ville à l'autre à une vitesse incroyable, sans jamais faiblir. C'était là un chef-d'œuvre complexe de beauté et de force mêlées, où la nature était domptée afin de servir l'avenir.

Ses propres paroles lui revinrent en mémoire :

— Il va être à l'heure !

Monk se souvenait de la joie qu'il ressentait toujours en de tels instants. Ce n'était pas une question d'argent ou de gain matériel. Ce qui lui plaisait, c'était le sentiment de réussite, le moment où ils entendaient le sifflet au loin, apercevaient le panache de vapeur blanche et entendaient le grondement du train qui apparaissait à l'horizon, superbe monstre de puissance apprivoisée. À ses yeux, cela confinait à la perfection.

Dundas partageait son sentiment. Monk en avait la certitude. À maintes reprises, ils avaient parcouru des miles jusqu'à tomber d'épuisement pour le seul plaisir de voir une locomotive au départ d'un voyage inaugural. Monk se rappelait la peinture verte étincelante, les pièces d'acier lustrées, les roues qui restent silencieuses jusqu'au coup de sifflet, puis le visage des cheminots qui s'illumine quand la grande bête, comme un géant qui s'éveille, se met enfin en branle. Ensuite, la locomotive prenait peu à peu de la vitesse — un jet de vapeur, un halètement, un tour de roues, puis un autre, et encore un autre. Le train était une des plus belles créations de l'époque — il allait révolutionner la marche des nations et, à terme, celle du monde. D'après Dundas, participer à son essor, c'était façonner l'histoire.

Monk entendait encore l'intensité dans sa voix chaleureuse, sa diction méticuleuse, comme s'il s'était efforcé de perdre un accent qui lui déplaisait, de la même façon qu'il avait appris à Monk à perdre le sien.

Qu'est-ce qui avait pu le lier à Dundas ? Au début, sans doute l'ambition, et par la suite, il l'espérait, la reconnaissance. Plus tard, l'amitié avait dû prendre la part la plus importante. À présent, il ressentait surtout un sentiment de perte, souffrait de l'absence d'amitié dans sa vie, et nourrissait la certitude de lui devoir bien plus que le savoir et la réussite.

Il essaya de rassembler d'autres pièces du puzzle — des souvenirs de rires partagés, de camaraderie pendant les voyages. Outre les trajets à cheval, il y avait aussi les moments passés à la table d'un pub, les rayons du soleil sur une bande herbeuse le long d'un canal, le pain, les cornichons et la bière, les voix inconnues. De tous ces souvenirs se dégageait une impression de grande sérénité.

Il s'ébroua pour revenir au présent et regarda en contrebas. Partout s'échinaient des centaines d'ouvriers, à qui la perspective conférait une silhouette écrasée. À environ un mile du viaduc, ils perçaient un passage dans une hauteur. Monk apercevait la cicatrice pâle que dessinait la paroi rocheuse, et la pente par où les hommes « grimpaient » les brouettées de terre et de pierres jusqu'au sommet, se tenant en équilibre avec une grande habileté sur les planches étroites. Il s'agissait d'une tâche des plus dangereuses. Un seul mauvais pas et l'on pouvait chuter et se retrouver écrasé sous le poids de son chargement.

Les terrassiers avaient presque terminé. L'éminence n'était pas assez haute pour justifier un tunnel. Monk se rappelait les travaux qu'exigeait un tel ouvrage : l'excavation, la consolidation et le maçonnage. L'odeur de l'argile lui revint comme s'il en avait senti à peine quelques minutes plus tôt, puis il se rappela le son régulier des gouttes qui tombent et leurs éclaboussures lorsqu'elles s'écrasent sur la tête ou les épaules. Il s'agissait d'une entreprise harassante, il le savait. Les hommes travaillaient parfois trente-six heures d'affilée, ne s'arrêtant que quelques instants pour manger, avant qu'une autre équipe vienne les remplacer.

Il talonna son cheval et descendit la côte avec précaution jusqu'à arriver sur le plat, à une centaine de mètres de la voie. À présent, les bruits du chantier lui parvenaient de toutes parts.

Lorsqu'il mit pied à terre, l'homme qui se trouvait le plus près leva la tête vers lui, cessa de creuser un instant et se redressa lentement. La sueur dessinait des rigoles sur sa peau couverte de poussière. Il examina les vêtements de ville et les bottes de bonne qualité que portait Monk, puis le cheval à côté de lui.

— Vous bossez avec l'inspecteur ? demanda-t-il. Il est pas encore là. Vous avez un jour d'avance.

Il se détourna à demi.

— Hé, Hedgehog[1] ! cria-t-il à l'intention d'un homme trapu à la tignasse roussâtre. T'es sûr que tu creuses où qu'il faut ?

1. « Hérisson. » *(N.d.T.)*

Un peu plus loin, une demi-douzaine d'ouvriers partirent d'un gros rire, puis tous reprirent leur travail.

Hedgehog fit une moue.

— Nan, Cont, y vaut mieux qu'on recommence tout et qu'on perce cette bonne grosse colline, là !

— Y va encore nous falloir environ trois semaines, dit Cont à Monk, si c'est ce que vous voulez savoir. Je vous ai jamais vu, avant. Vous venez de Londres ?

— Où est votre contremaître ? s'enquit Monk au lieu de répondre.

— C'est moi, le contremaître. Contrairy York. Trois semaines, je vous dis. Plus vite, on peut pas.

— Je vois ça.

Les yeux plissés, Monk examina la voie ferrée. Construire la dernière portion du viaduc demanderait au moins deux semaines, et il resterait ensuite les traverses et les rails à poser. La plus grande partie de la ligne était composée d'une double voie, mais elle devenait simple entre la brèche dans l'éminence et la sortie du viaduc. La direction devait avoir prévu des horaires de sorte que les trains puissent se croiser. Sur un itinéraire tel que celui-là, n'utiliser qu'une seule locomotive à la fois se révélerait bien trop coûteux.

Monk avait étudié la carte du terrain. Pour aller au plus court, il aurait fallu passer par la butte qu'il venait de franchir.

— Vous n'auriez pas pu traverser cette colline-là ? demanda-t-il. Ça vous aurait évité de bâtir un viaduc.

— Pour sûr qu'on aurait pu, répondit Contrairy d'un air désinvolte. Mais à quel prix ! Elle est trop élevée pour qu'on puisse y percer un passage ouvert, et les tunnels, y a rien de plus cher. Jetez donc un œil à la hauteur, sur votre carte ! En plus, c'est du granite. Ça aurait pris trop de temps…

Monk se détourna et regarda le tertre. Il sortit un relevé topographique de sa poche, regarda l'altitude indiquée, puis de nouveau la crête. Une idée fugace lui traversa l'esprit et disparut sans qu'il ait pu l'identifier — il n'éprouva rien de plus qu'une impression de malaise qu'il ne sut expliquer. Il allait devoir vérifier les autres itinéraires possibles, trouver qui possédait les terres, déterminer qui bénéficiait de droits acquis, estimer le coût de construction d'un tunnel qui permettrait un tracé plus direct, et le comparer à celui de la petite brèche percée là, ajouté à celui du viaduc, des terres et des rails supplémentaires. Ce serait une tâche longue et ardue, mais la réponse, s'il y en avait une, se trouvait dans les chiffres.

Il remercia le terrassier, remonta en selle et repartit, plongé dans ses pensées. Sur le papier, les documents lui semblaient corrects. Les investisseurs avaient tout ratifié. Certaines terres nécessaires au nouvel itinéraire étaient onéreuses, mais pas plus que celles du premier. Ce qui ferait la différence, c'était les dépenses cachées : les pots-de-vin pour influencer les décisions concernant l'achat des terrains. Là pouvait résider la fraude.

Malgré la brise, le temps restait doux. Pour la deuxième fois dans la journée, un lapin surgit, regarda autour de lui, puis détala sur une vingtaine de mètres avant de disparaître dans un terrier.

Monk ne saisit que plus tard la signification de ce petit événement. Alors qu'il se trouvait sur un autre coteau, plus froid à cause du vent d'est, il regarda les nuages d'altitude filer dans le ciel et ressentit une impression d'obscurité en dépit de la lumière vive.

Soudain, il se rappela avoir déjà vu un lapin prendre peur, s'enfuir et s'abriter sous terre. À la vue de ce spectacle, l'effroi s'était lentement emparé de lui.

Pourquoi ? Qu'y avait-il de plus ordinaire qu'un lapin qui se réfugie sous la terre criblée d'un vaste réseau de galeries ? Il ressortirait sans doute ailleurs, une centaine de mètres plus loin.

Seulement, si un lapin réussissait à creuser ce sol, ce serait un jeu d'enfant pour une légion de terrassiers équipée d'explosifs de percer un tunnel. La colline ne pouvait être constituée de granite — le relevé topographique mentait !

Il s'en souvenait, à présent : le choc quand il avait compris, la lueur de sa lampe à pétrole ondoyant sur le papier lorsqu'il avait ouvert la carte à plat sur la table de sa chambre d'hôtel afin d'y lire la légende. Toutefois, il avait beau se creuser la tête, fermer les yeux pour tenter de recréer le passé, il ne se rappelait rien d'autre.

Bien sûr, certaines parcelles généraient des profits et d'autres non. Cependant, les investisseurs devaient avoir procédé à des vérifications. Ils avaient sans doute des auxiliaires compétents dans ce domaine. La fraude devait résider dans une manœuvre plus subtile qu'un simple mensonge, que la butte soit en granite plutôt qu'en argile, en craie ou en conglomérat.

Et puis il était toujours taraudé par la réminiscence confuse et effrayante de quelque chose de noir, brouillé et violent, l'acier qui se brise, le métal qui se déchire, les étincelles dans la nuit, puis les flammes — et une peur si intense qu'elle lui nouait l'estomac et lui crispait les muscles au point de les rendre douloureux.

Pourtant rien ne semblait relier les deux faits. Coupable ou non, Arrol Dundas avait été condamné. Une collision s'était produite, et peu de temps après la mort de Dundas, Monk avait quitté le monde de la finance pour entrer dans la police, bien décidé à faire respecter le droit, ce qui devait signifier qu'à l'époque il avait cru à une injustice.

Cependant, il ne pouvait rien de plus pour aider Katrina Harcus ou découvrir une vérité plus noble au sujet de Michael Dalgarno. Si l'on se livrait à une fraude au sein de Baltimore & Fils, alors Dalgarno y participait, mais elle ne consistait qu'à tirer un profit illégitime des acquisitions foncières. L'escroquerie ne pouvait causer aucun tort important à qui que ce soit, à part un certain manque à gagner pour les investisseurs. Néanmoins, cela restait à prouver, et l'on ne connaissait jamais l'issue des spéculations financières. Monk pouvait toujours demander un audit officiel si des pièces à conviction venaient étayer sa théorie.

Le temps était venu de cesser de fuir la vieille vérité qui formait le noyau de sa peur. Des bribes de souvenirs ne se révéleraient pas très utiles. Il devait employer les talents de détective qu'il avait tant affûtés, commencer par des faits avérés qui interdisaient toute mauvaise interprétation. Il connaissait la date inscrite sur la feuille où figurait son nom. Cela prouvait qu'il avait travaillé un jour pour Baltimore & Fils, sans indiquer à quel endroit, ni si ses activités avaient un rapport avec l'escroquerie qui avait causé la perte de Dundas.

Se pouvait-il qu'il ait existé plusieurs fraudes ? Non, ç'aurait été une coïncidence bien étonnante.

Absurde ! Tout ça, ce n'était que des mensonges pour se rassurer ! Bien sûr qu'il pouvait y en avoir eu plusieurs. Celui qui s'y livre une fois, s'il s'en tire sans encombre, a toutes les chances de recommencer. Dès lors, la question était de savoir si Dundas s'était fait prendre à sa première tentative, à la troisième, ou à la vingtième.

Secoué par un haut-le-corps si brusque qu'il en surprit son cheval, Monk se rendit compte qu'il venait d'envisager la culpabilité de Dundas. En fait, il l'avait même considérée comme acquise. Quel revirement ! Lui qui n'avait jamais eu l'ombre d'un doute quant à son innocence…

Il tira sur la bride pour mener son cheval sur le sentier, contourner le versant de la colline et suivre la direction de l'écurie, d'où il regagnerait la gare et prendrait un train pour Londres.

Où allait-il trouver des archives concernant la banque de Dundas ? Il ne savait même pas où elle était située. Peut-être l'avait-on emprisonné au plus près du tribunal, lequel devait se trouver dans la grande ville la plus proche du lieu du délit, ou celle où résidaient les principaux investisseurs.

Il réfléchissait toujours à un point de départ lorsqu'il pénétra dans la cour de l'écurie et mit pied à terre à contrecœur. C'était un bon cheval, et Monk avait pris plaisir à le monter, malgré tous les bons souvenirs et la tristesse que cela avait réveillés en lui.

Lorsqu'il eut payé le palefrenier, il quitta les odeurs de cuir, de foin et de chevaux, les bruits de sabots sur les pavés et les voix douces des hommes qui parlaient aux bêtes. Ne voulant pas voir ce spectacle, bien qu'il le visualisât avec une grande clarté, il ne se retourna pas.

Un peu plus tard, il régla en hâte sa note d'auberge, alla chercher son sac et partit. Le chef de gare, un grand chapeau haut de forme sur la tête et ses médailles de Crimée accrochées à la poitrine, se tenait presque au garde-à-vous sur le quai. Monk ignorait à quoi correspondaient ses décorations, mais Hester, elle, l'aurait su.

Il s'entretint brièvement avec lui, puis se mit à faire les cent pas le long du quai en attendant le train. À l'origine, son intention avait été de revenir à Londres en possession de renseignements à fournir à Katrina Harcus. Il n'avait pas oublié sa promesse, loin de là. Au moins, il avait un peu avancé dans ce sens. Baltimore & Fils semblait avoir tiré des profits exagérés des parcelles contournant la colline qu'il avait eu tant de plaisir à gravir. D'après lui, le relevé topographique de cette hauteur, comme l'autre, avait été falsifié. La traverser aurait été tout à fait possible — d'abord en y taillant un couloir, puis, si nécessaire, en y creusant un tunnel.

Si nécessaire ?

Quelque chose vint encore lui taquiner la mémoire, un souvenir en rapport avec les coordonnées rectangulaires concernant les superficies sur la carte, mais il ne sut identifier ce dont il s'agissait. Tout les bouts de ficelle qu'il attrapait finissaient par lui échapper et ne le menaient nulle part.

Il entendit le train avant que celui-ci n'apparaisse au détour de la voie, brillant, rugissant, crachant de la vapeur, et ne s'arrête dans un vacarme de bruits métalliques. Le mécanicien souriait de toutes ses dents. Le chauffeur s'essuya le front de sa grosse main et étala de la suie sur sa peau.

Des portes s'ouvrirent et se refermèrent en claquant. Quelqu'un tirait avec peine une caisse en bois. Un porteur se précipita à son aide.

Monk monta en voiture et s'assit sur un des sièges en bois inconfortables. Quelques minutes plus tard, le sifflet retentit, le train s'élança dans un soubresaut et prit de la vitesse.

Le voyage lui parut interminable, ponctué par d'innombrables arrêts dont il profitait pour descendre se dégourdir les jambes sur le quai. Bercé par le cliquetis des rails et secoué en rythme de gauche à droite, Monk finit par s'endormir et rêver, puis il se réveilla en sursaut, endolori, inquiet des découvertes terribles qui l'attendaient. Il s'efforça de rester éveillé, les yeux grands ouverts, à regarder le paysage défiler.

Dans sa tête, les pensées tourbillonnaient. Dalgarno avait-il pu réitérer la fraude de Dundas ? La vieille feuille de comptes où figurait la signature de Monk remontait à dix-sept ans, et l'escroquerie qui avait causé la perte de Dundas avait eu lieu peu de temps après, bien avant que Dalgarno puisse occuper le moindre poste dans la compagnie. Il devait même être encore à l'école !

La première fraude avait-elle été pratiquée aux dépens de Baltimore & Fils ? Ou la collaboration de Monk avec eux était-elle fortuite ? Si la banque de Dundas finançait la construction de voies ferrées, celui-ci devait entretenir des relations avec de nombreuses compagnies.

Pourtant la fraude était identique ! Du moins en avait-elle l'air. Monk se souvenait du lapin, de la modification du tracé pour un itinéraire plus long, les mécontents, la colère, la remise en question du choix des parcelles, et les accusations de profits excessifs.

Transposait-il des événements du passé, glanés parmi les débris de sa mémoire disloquée, dans le présent, là où ils n'avaient pas leur place ?

Non. Katrina Harcus était venue le trouver parce qu'elle avait surpris une conversation où Dalgarno et Jarvis Baltimore parlaient d'énormes bénéfices qu'il fallait taire, et qu'elle craignait une manœuvre malhonnête. Il s'agissait d'éléments concrets, non de souvenirs peut-être erronés, et tout à fait actuels. Tout comme le meurtre de Nolan Baltimore, qu'il soit lié à la construction de la voie ferrée ou non.

Lorsque le train entra enfin en gare d'Euston, Monk descendit et se hâta vers la sortie, bousculé par des passagers fatigués et pressés.

Le hall immense sur lequel débouchait le quai, surmonté d'un majestueux toit bombé, grouillait de marchands, de voyageurs qui se dépêchaient pour attraper un train, de porteurs chargés de malles et de boîtes, d'amis ou de proches qui venaient accueillir ceux qui arrivaient ou dire au revoir à ceux qui partaient. Des cochers cherchaient leur maître ou leur maîtresse.

Un petit vendeur de journaux criait les dernières nouvelles. Alors qu'il passait à côté de lui, Monk entendit quelque chose à propos des troupes de l'Union, en Amérique, qui avaient pris l'île de Roanoke, au large de la Caroline du Nord. La violence de cette guerre lui paraissait très lointaine ; la chaleur écrasante, la poussière et le sang de la bataille dans laquelle Hester et lui s'étaient retrouvés impliqués appartenaient désormais à un autre monde.

Lorsqu'il arriva enfin chez lui, Hester se trouvait déjà à Coldbath Square.

Le lendemain matin, il partit tôt prendre un petit déjeuner chaud. À son retour, Hester dormait en chien de fusil, un bras encore tendu comme si elle avait essayé de poser la main sur lui.

Hésitant à la tirer de son sommeil, il demeura immobile un instant. Le fait qu'elle ne s'agite pas, qu'elle ne remarque même pas sa présence, indiquait à quel point elle devait être épuisée. En d'autres circonstances, il aurait eu pour réflexe de la réveiller quand même. Au lieu de lui en vouloir, elle se serait tournée vers lui et aurait souri.

Ce jour-là, il résista à cette envie. Que lui aurait-il dit, de toute façon ? Qu'il n'avait rien découvert d'autre à Derby que des réminiscences floues ? Qu'une collision avait eu lieu autrefois, si terrible que les bribes de souvenirs qui lui revenaient le hantaient de plus en plus, et qu'il n'osait pas se pencher sur les causes de cette catastrophe par peur de découvrir qu'il y était impliqué, sans savoir de quelle façon ? De plus, il n'avait rien trouvé qui puisse être utile à sa cliente.

Il alla se laver, se raser et se changer. Hester dormait toujours lorsqu'il partit retrouver Katrina Harcus aux Royal Botanic Gardens.

Par cet après-midi de mars lumineux et venteux, une foule de visiteurs avait décidé de venir admirer les premières fleurs, le vert vif de la pelouse, et les grands arbres aux branches encore nues où le vent s'engouffrait en rafales bruyantes. Malgré le soleil, les dames avaient abandonné leurs ombrelles. En fait, elles avaient parfois besoin de leurs deux mains pour empêcher leur chapeau de s'envoler et leur jupe de se soulever et dévoiler leurs jupons.

Au bout d'un moment, il repéra Katrina. Une certaine noblesse dans son maintien la distinguait des autres. Elle sembla le reconnaître sur-le-champ et vint à sa rencontre sans même feindre la surprise.

Les joues empourprées, peut-être davantage à cause du vent et du soleil que de l'excitation à l'idée de progrès qu'il était de toute façon prématuré d'espérer, elle s'arrêta devant lui, le souffle court.

— Mr. Monk ! Qu'avez-vous appris ?

Un gentleman assez âgé qui se promenait seul se retourna et leur sourit d'un air bienveillant, sans doute parce qu'il croyait à un rendez-vous galant. Deux jeunes gens qui marchaient bras dessus, bras dessous les saluèrent d'un signe de tête et se serrèrent un peu plus l'un contre l'autre.

— Presque rien, Miss Harcus, répondit-il doucement, afin qu'on ne puisse surprendre leur conversation.

La déception, trop intense pour qu'elle puisse la dissimuler, se peignit sur le visage de Katrina.

— J'ai procédé à des recherches sur la main-d'œuvre et les matériaux employés, poursuivit-il. À ce qu'on m'a dit, les terrassiers sont trop compétents pour accepter d'utiliser du matériel de mauvaise qualité. En plus de leur réputation et de leur gagne-pain, c'est leur vie qui en dépend. Ils ont construit des voies ferrées partout dans le monde, et, à ma connaissance, aucune n'est de mauvaise qualité.

— Dans ce cas, d'où proviennent ces bénéfices cachés ? Ce n'est pas suffisant, Mr. Monk ! Des éléments importants vous ont échappé. Si les matériaux sont bons, on les a peut-être achetés de façon malhonnête.

Animée par une forte émotion, elle le regardait droit dans les yeux. Il se rendit compte à quel point elle aimait Dalgarno, et combien elle avait peur de le voir entraîné dans une malversation qui pouvait le perdre, et peut-être le faire jeter en prison.

Il lui offrit son bras, qu'elle saisit après un instant d'hésitation, puis ils se promenèrent côte à côte entre les parterres.

— Je ne me suis pas encore intéressé de près à la possibilité d'une fraude concernant l'achat des terres.

Katrina gardait une main très légère sur son bras, geste délicat, plus par confiance que par familiarité.

— Je vous en prie, cherchez dans cette voie, Mr. Monk, l'implora-t-elle. Je tremble à l'idée de ce qui pourrait arriver si l'on ne découvre pas la vérité avant qu'il soit trop tard. En plus de prévenir la perte d'un homme impliqué malgré lui dans un crime, nous éviterons peut-être à un grand nombre de personnes de périr ou de voir leur vie brisée par une collision.

— Pourquoi redoutez-vous tant un tel accident, Miss Harcus ? s'enquit-il en fronçant les sourcils. Rien ne permet de craindre un travail défectueux de la part des terrassiers. Si nous avons affaire à un cas d'escroquerie, c'est illégal, bien sûr, mais il n'en résultera aucune catastrophe.

Elle baissa les yeux et se détourna de façon à ce qu'il ne puisse la voir que de profil, et elle ôta la main de son bras.

— Je ne vous ai pas tout dit, Mr. Monk. J'espérais ne pas avoir à vous en parler. J'ai honte de m'être arrêtée en haut de l'escalier pour écouter la conversation qui se tenait plus bas dans le vestibule. Comme j'ai un pas très léger, il est rare qu'on m'entende arriver. Je ne le fais pas exprès ; c'est une habitude que ma mère m'a inculquée quand j'étais enfant. « Les dames se déplacent avec grâce, en silence », me répétait-elle toujours.

Elle respira à fond, et il la vit cligner les paupières très rapidement, comme pour refouler des larmes.

— Quelle conversation avez-vous surprise, Miss Harcus ? demanda-t-il d'un ton doux, regrettant de ne pas pouvoir la réconforter davantage, voire appréhender ce chagrin insaisissable qui sautait aux yeux. Je suis navré d'insister, mais si je veux frapper aux bonnes portes, je dois le savoir.

Elle lui répondit d'un ton posé, sans cesser de regarder de côté :

— J'ai entendu Jarvis Baltimore dire à Michael que tant qu'on ne découvrirait pas leurs manœuvres, tous les deux seraient riches, et que cette fois aucun accident ne viendrait amoindrir les profits, ou que s'il y en avait un, personne ne ferait le rapprochement.

D'un mouvement vif, elle se tourna vers lui, blême, les yeux brillants, l'air implorant.

— Peu importe le lieu de la catastrophe… Il est question de vies humaines. Je vous en prie, Mr. Monk, faites tout ce qui est en votre pouvoir pour sauver ces pauvres gens !

En son for intérieur, Monk se sentait glacé, toujours tourmenté par l'image violente des cadavres enchevêtrés.

— Je vous le promets. Je vous tiendrai au courant de toutes mes découvertes. Cependant, n'attendez pas de réponse avant trois ou quatre jours.

Katrina Harcus lui sourit, le visage illuminé par le soulagement.

— Merci, dit-elle avec une douceur soudaine, une chaleur qui paraissait vouloir envelopper Monk. Je vous attendrai ici chaque après-midi.

Après avoir posé la main sur son bras une dernière fois, elle repartit par l'allée où deux vieilles dames discutaient, leur adressa un signe de tête, puis disparut hors du parc.

Monk fit volte-face et revint sur ses pas, toujours hanté par une angoisse dont il ne pouvait se départir. Son trouble n'était pas dû à une image précise — il ne ressentait qu'un poids, comme s'il avait repoussé un souvenir hors de sa mémoire depuis si longtemps que les contours de celui-ci avaient fini par s'émousser, mais que sa présence ne l'avait jamais quitté. Qu'avait-il refusé de voir par le passé ? La culpabilité. Il connaissait déjà le sentiment d'échec pour n'avoir su aider Dundas, dont la mort avait encore accentué son malaise. En premier lieu, quel rôle avait-il joué dans cette fameuse fraude, lui, le disciple de Dundas ? En tout cas, il n'avait jamais douté de l'innocence de son mentor.

Était-ce en connaissance de cause ou par naïveté ? Et s'il avait caché la vérité pour ne pas se compromettre ?

Il traversa l'Outer Circle, se rendit à grands pas vers York Gate pour gagner Marylebone Road, où il prit un fiacre pour Dudley Street, plus au sud, où se trouvaient les bureaux de Baltimore & Fils. L'heure était venue de rencontrer Michael Dalgarno afin de se forger sa propre opinion du jeune homme.

Alors qu'il gravissait l'escalier lambrissé de chêne, Monk réfléchissait vivement. Une fois devant l'employé qui répondit à la cloche de la réception, il avait arrêté les grandes lignes du discours qu'il allait tenir. Par mesure de précaution, il décida de se présenter sous un faux nom et choisit celui d'Hester.

— Bonjour, monsieur. Que puis-je pour vous ?

— Bonjour, répondit Monk d'un ton assuré. Je m'appelle Latterly. Je travaille pour Findlay & Braithwaite, de Dundee, qui souhaite acquérir du matériel roulant destiné à servir sur les chemins de fer en France, ainsi qu'en Suisse, si l'investissement s'avère concluant.

Le commis hocha la tête.

— Baltimore & Fils jouit d'une excellente réputation, poursuivit Monk. Aussi souhaiterais-je obtenir conseil concernant une transaction d'un montant important, qui devra être la plus avantageuse possible. Si le responsable des achats fonciers et matériels pouvait me consacrer un peu de temps, nous aurions tous à y gagner.

— Bien sûr, Mr. Latterly, répondit l'employé d'un ton mielleux en remontant ses lunettes sur son nez épaté. Je vais demander à Mr. Dalgarno s'il peut vous recevoir. Si vous voulez bien patienter ici.

Monk jeta un coup d'œil aux diverses peintures et gravures saisissantes qui ornaient les murs, dont plusieurs représentaient des chantiers spectaculaires, des falaises enserrant des gorges où travaillaient des légions de terrassiers, silhouettes minuscules écrasées par l'immensité du décor. Des passerelles reliaient les différents niveaux entre eux, lesquels étaient parsemés de chariots pleins de pierres, tractés par des chevaux qui luttaient contre le poids du chargement. Les hommes abattaient leurs pioches, vidaient des pelles, hissaient et creusaient.

Sur le tableau suivant, l'artiste avait peint les arcades délicates d'un viaduc qui traversait la moitié d'une vallée marécageuse. Là encore, une multitude d'ouvriers et de chevaux soulevaient, portaient, bâtissaient pour permettre à la voie ferrée de poursuivre son inexorable avancée, de transporter les produits de l'industrie d'une ville à l'autre.

Il passa au mur d'en face, où l'on avait accroché des tableaux de somptueuses locomotives en marche. Il ressentit une fierté depuis longtemps oubliée, un frisson d'excitation mêlée d'appréhension, une grande euphorie.

Lorsque la porte s'ouvrit, il se retourna d'un air presque coupable, comme si on l'avait surpris en train de prendre plaisir à une activité prohibée.

— Magnifique, n'est-ce pas ? commenta l'employé d'un air fier. Si vous voulez bien me suivre. Mr. Dalgarno va vous recevoir, monsieur.

— Merci. C'est très beau, en effet.

Il rechignait à quitter les tableaux, comme si les contempler plus longtemps pouvait lui en apprendre davantage. Le commis l'emmena dans un cabinet spacieux mais meublé de façon modeste, comme celui d'une société qui n'aurait pas encore engrangé assez de bénéfices pour se permettre des acquisitions de luxe en plus de réinvestir l'argent dans de futurs projets.

Néanmoins, Michael Dalgarno avait une telle présence qu'un bureau sculpté ou des fauteuils neufs auraient paru superflus. À peu près aussi grand que Monk, il avait la grâce d'un homme conscient de son élégance. En plus de lui aller à la perfection, ses vêtements étaient tout à fait appropriés à sa situation — délicats, discrets, avec la petite touche personnelle qui le distinguait de la masse. Dans son cas, il s'agissait d'un nœud de cravate de facture assez inhabituelle. Il avait des cheveux foncés très ondulés, des traits réguliers contrebalancés par quelques imperfections qui conféraient un certain caractère à son visage, lequel ne laissait transparaître aucune émotion.

— Enchanté, Mr. Latterly, dit-il d'un ton courtois, sans l'empressement qui eût trahi un trop grand appât du gain. En quoi puis-je vous être utile ?

Il fit signe à Monk de s'installer dans un des fauteuils, puis s'assit à son tour.

Ce bureau était presque familier à Monk, comme s'il lui avait un jour appartenu. Piles de documents, de bordereaux et de factures, tout lui semblait connu. Dans la bibliothèque qui se trouvait derrière Dalgarno, on avait rangé des livres traitant des chemins de fer du monde entier, des atlas, des index géographiques, des cartes d'état-major, des annuaires d'aciéries, de scieries, d'une douzaine de sous-traitants plus ou moins importants pour la construction de voies ferrées.

— Je représente une compagnie dont le client tient à rester anonyme pour l'instant, expliqua-t-il, comme s'il s'agissait d'une façon banale de traiter une affaire. Il a l'occasion de vendre à l'étranger une grosse quantité de matériel roulant, en particulier des voitures de passagers et des wagons de fret.

Dalgarno eut beau le dissimuler, Monk perçut son intérêt.

— Bien entendu, je sollicite tous les fournisseurs pour obtenir la meilleure marchandise au meilleur prix, poursuivit-il. Je cherche à conclure un marché qui profitera aux différentes parties. On m'a décrit Baltimore & Fils comme une société plus imaginative que la plupart, capable de témoigner une grande sollicitude et d'apporter des conseils individualisés à un bon client.

Il vit croître l'attention de son interlocuteur. Monk était maître dans l'art d'observer les autres comme de déchiffrer le moindre signe, et il fit en sorte que Dalgarno s'en aperçoive. Il se cala un peu plus dans son fauteuil, sourit, et garda le silence.

Dalgarno comprit.

— Bien. De quelle quantité est-il question, Mr. Latterly ?

La réponse surgit sur-le-champ d'un recoin inexploité de sa mémoire.

— En premier lieu, cinq cents miles de voie ferrée. Si l'opération est concluante, alors ce nombre se montera à trois mille sur une période de dix ans. Environ la moitié du tracé passera sur un terrain facile, l'autre nécessitera pas mal de déblai et de dynamitage, et à peu près six miles de tunnels. En ce qui concerne le matériel roulant, il faudra compter au départ une centaine de wagons de fret, et peut-être autant de voitures de passagers, mais nous avons en tête d'excellents fournisseurs pour ces dernières. Bien entendu, nous sommes ouverts à toute nouvelle proposition, si elle s'avère meilleure.

— Que je comprenne bien, Mr. Latterly…

Dalgarno paraissait tout à fait détendu, comme s'il ne portait qu'un intérêt limité à la proposition de Monk, mais celui-ci distinguait la tension de ses muscles sous les lignes élégantes de sa veste, et savait avec exactitude ce qu'il ressentait. Quelques années plus tôt, il s'était trouvé dans la position de Dalgarno. Il le sentait, comme si en ce moment même les rôles étaient inversés. Plus qu'un simple souvenir, il s'agissait d'une compréhension presque viscérale.

Monk lui ôta les mots de la bouche :

— Vous allez me demander si par meilleure j'entends moins coûteuse. Ce qui m'importe, c'est de tirer le maximum de l'investissement, Mr. Dalgarno. Tout doit être fiable — un accident coûte cher — et durable. Un élément qui doit être remplacé avant l'heure entraîne beaucoup de frais — à cause de la sous-traitance, du transport, de la destruction de l'ancienne pièce et, surtout, de l'inactivité forcée en attendant d'obtenir la nouvelle.

Avec un grand naturel, Dalgarno se fendit d'un large sourire.

— C'est entendu, Mr. Latterly. Je puis vous assurer que les offres de Baltimore & Fils correspondront à tous vos critères.

À son tour, Monk sourit de façon plus franche. Il n'avait aucune intention de s'engager à quoi que ce soit, afin de paraître crédible aux yeux de Dalgarno et de rester en sa compagnie le plus longtemps possible. Déjà, il lui semblait peu probable que le jeune homme puisse être le pantin d'un autre. Monk ne pourrait jamais rencontrer Nolan Baltimore pour savoir si celui-ci avait pu berner certains de ses plus jeunes collaborateurs, mais si c'était le cas, Monk doutait que Dalgarno ait pu faire partie de ceux-là. Il discernait chez lui vivacité d'esprit et confiance en soi, comme s'il pouvait plonger dans ses pensées et deviner son moi profond. Monk comprenait tout à fait pourquoi Katrina Harcus était amoureuse de lui, mais pas pourquoi elle était convaincue de son innocence. Sans doute était-elle aveuglée par ses sentiments.

— Si je vous fournis tous les détails, reprit-il, serez-vous en mesure de m'indiquer les délais, le coût et les conditions d'ici un mois ?

— Bien sûr, répondit Dalgarno sans hésitation. La livraison risque de demander un peu de temps, surtout pour le matériel roulant. Nous devons déjà satisfaire une commande substantielle, qui doit être expédiée en Inde. Vous devez savoir que ce pays se développe à une cadence effrénée.

— Certes. Malgré tout, j'en suis impressionné !

Bien qu'il ne sût pourquoi, Monk était abasourdi.

Dalgarno se détendit et joignit les mains devant lui.

— Ce n'est pas nous qui nous chargeons du transport. Malheureusement, nous ne sommes pas encore assez importants pour cela. Néanmoins, nous fournissons notre matériel à une autre société. Enfin, je suppose que vous le savez déjà.

Prenant pour acquis que Monk le mettait à l'épreuve, Dalgarno lui répondait en toute franchise.

Monk se reprit vite. Bien qu'il ne dît rien, il le laissa paraître sur son visage.

— Pouvez-vous vous engager pour votre directeur ?

La figure de Dalgarno s'assombrit. Déterminer s'il s'agissait d'une réaction authentique ou d'une question de convenance était impossible.

— Notre directeur nous a quittés récemment, répondit-il. Son fils, Mr. Jarvis Baltimore, a pris sa succession.

— Je suis navré. Toutes mes condoléances.

— Merci. Vous comprendrez que Mr. Jarvis Baltimore soit en ce moment occupé à régler certaines affaires familiales et à apporter son réconfort à sa mère et à sa sœur. C'est d'ailleurs auprès d'eux que je dois me rendre ce soir, Mr. Latterly. La mort de Mr. Baltimore a été soudaine et inattendue. Enfin, tout cela est le cadet de vos soucis, et les chemins de fer n'attendent pas. Je vous donne ma parole que ce malheur ne nous fera pas manquer à nos engagements. Toute promesse de notre part sera honorée à la lettre.

Il se mit debout et tendit le bras.

Monk se leva à son tour et lui serra la main. Dalgarno avait une poigne puissante et franche qui dénotait une grande assurance doublée d'un appétit de réussite dans lesquels Monk reconnaissait celui qu'il avait été… il n'y avait pas si longtemps. Bien qu'il eût abandonné la finance et les investissements, en devenant policier il n'avait fait que diriger ailleurs son ambition. Chaque enquête était une bataille, un défi personnel.

Pour accomplir la tâche que lui avait confiée Katrina Harcus, Monk devait apprendre le maximum de choses sur Jarvis Baltimore.

— Une dernière question, Mr. Dalgarno, dit-il d'un air détaché. Il existe toujours un risque que l'acquisition des terres pose un problème. Les meilleures affaires peuvent s'embourber si l'avancée de la voie rencontre une trop forte opposition. Tout le monde ne voit pas le progrès d'un bon œil.

L'expression du visage de Dalgarno indiquait qu'il comprenait.

— Qui se charge de ces achats ici ? s'enquit Monk. Vous-même ? Mr. Baltimore ?

Monk crut percevoir une légère hésitation chez Dalgarno, mais peut-être seulement parce qu'il avait voulu la voir.

— Nous nous en occupons tous à un moment ou à un autre. C'est en effet une composante de notre métier sujette à contrariétés.

— Vous tous ?

— Mr. Nolan Baltimore s'impliquait aussi dans ce domaine.

— Très bien.

Monk allait poursuivre lorsqu'un homme apparut, le visage un peu rouge et l'air impatient.

— Michael, je…

Lorsqu'il vit Monk, il s'arrêta net.

— Désolé, j'ignorais que vous aviez un client. Jarvis Baltimore, se présenta-t-il.

Monk lui trouva la poigne un peu trop ferme, celle d'un homme décidé à faire sentir son autorité.

— Mr. Latterly vient de la part d'un client qui désire passer une commande importante de matériel roulant, expliqua Dalgarno.

Baltimore eut beau prendre un air détendu et intéressé, il avait du mal à masquer la tension qui l'habitait.

— Je suis sûr que nous pourrons vous aider, Mr. Latterly. Si vous nous fournissez les exigences de votre client, nous vous présenterons un devis pour tous les articles.

— Et les services ?

Monk haussa les sourcils.

— Mr. Dalgarno m'a dit que vous vous chargiez aussi de la négociation pour l'achat des terres et des droits de passage.

Baltimore sourit.

— En effet. Moyennant commission, bien sûr !

Il jeta un bref coup d'œil à Dalgarno, puis reporta son regard sur Monk.

— Veuillez nous excuser, mais nous devons mettre fin à cette conversation pour aujourd'hui. Ma famille a connu un deuil il y a peu, et Mr. Dalgarno est un de nos amis très proches. Nous le considérons pour ainsi dire comme un des nôtres. Ma mère et ma sœur nous attendent tous les deux ce soir…

Monk regarda Dalgarno et le vit prendre sur-le-champ un air de circonstance. Était-ce par ambition, par affection ou par compassion ? Rien ne lui permettait de le déterminer.

— Je suis sûr que vous comprenez, reprit Baltimore.

— Bien entendu. Toutes mes condoléances. Il ne s'agissait que d'un entretien préliminaire. Je vais présenter mon rapport à mes commettants, qui me donneront de nouvelles instructions. Merci beaucoup de m'avoir reçu, Mr. Baltimore, Mr. Dalgarno.

Il prit congé et, sur le chemin du retour, ressassa les impressions qu'il s'était formées.

— Qu'as-tu pensé de Dalgarno ? lui demanda Hester une heure plus tard, tandis qu'ils dînaient de poisson grillé et de purée de pommes de terre aux oignons. Tu crois qu'il est impliqué dans une affaire d'escroquerie ?

Surpris par le caractère tranché de la réponse qu'il avait à donner, Monk hésita un instant avant de prendre la parole. Sa fourchette en l'air, Hester le regardait d'un air intéressé.

— J'ignore s'il y a eu fraude ou pas, mais si c'est le cas, je doute fort qu'on l'ait dupé. Il m'a semblé instruit, intelligent, et bien trop ambitieux pour laisser place au hasard ou mettre son avenir entre les mains d'un autre.

— Alors l'opinion que Miss Harcus a de lui est faussée par l'amour qu'elle lui porte ?

Elle eut un petit sourire désabusé.

— Nous avons tous tendance à idéaliser ceux à qui l'on tient. Vas-tu lui dire qu'il est tout à fait capable de s'occuper seul de sa réputation ?

— Non, répondit-il, la bouche pleine. Du moins pas avant de savoir avec certitude s'il est coupable de malversation ou pas.

Hester fronça les sourcils.

— Pourquoi est-elle convaincue qu'il y a quelque chose de suspect ? Si Dalgarno est innocent, qui est coupable, d'après elle ?

Elle posa sa fourchette et cessa de manger.

— William, est-il possible qu'il s'agisse de Nolan Baltimore, l'homme qu'on a retrouvé assassiné dans Leather Lane, et que sa mort soit liée à cette fameuse fraude plutôt qu'à la prostitution ? Je sais qu'il ne se trouvait sans doute pas dans ce quartier pour affaires, s'empressa-t-elle de préciser. Je sais bien comment Abel Smith gagne sa vie !

Sa bouche forma un petit sourire pincé.

— Je suppose que Baltimore s'était rendu là pour ça. Cependant, il paraît plausible que son assassin l'ait suivi et ait choisi cet endroit pour dissimuler le mobile réel, non ? Ensuite, il aurait laissé Baltimore sur place pour qu'on croie à une altercation avec une prostituée, ce que tout le monde a avalé, à part sa famille. Est-ce que je t'ai dit que sa fille est venue me voir à Coldbath Square pour savoir si j'avais en ma possession des éléments permettant de le laver de tout soupçon ?

Monk se pencha brusquement en avant.

— Quoi ? Tu ne m'en as jamais parlé !

— Ah bon… eh bien, j'en avais l'intention. Enfin, ça ne change pas grand-chose. Je ne peux rien lui dire. Ce qui est sûr, c'est que la famille préférera croire que le crime n'a aucun rapport avec la prostitution.

— Une histoire d'escroquerie ne les enchantera guère plus, rétorqua Monk en esquissant un sourire.

Néanmoins, cette théorie déclencha un déclic dans son esprit. Elle collait avec ce qu'il avait vu de Dalgarno et de Jarvis Baltimore, avec ce que Katrina Harcus croyait de son fiancé, et paraissait plus crédible que celle d'un meurtre dû à un malheureux concours de circonstances.

Hester attendait sa réponse.

— C'est vrai, reconnut-il en se resservant. Ce que je ne sais toujours pas, c'est s'il y a fraude. Ou alors, si tu vois juste, s'il faut en parler au passé ! Je vais retourner dans le Derbyshire dès demain. Il va me falloir trouver des cartes à grande échelle, et ensuite examiner de près les travaux qu'ils effectuent.

Elle eut l'air perplexe.

— Ça va te suffire ? Étudier des cartes et le terrain ?

Le moment était venu de lui parler de ses récentes réminiscences, de son sentiment de bien connaître le monde de la construction de voies ferrées et les difficultés inhérentes à l'achat des terres. Depuis longtemps déjà, elle savait tout de ses bribes de souvenirs concernant Arrol Dundas, et de son incapacité à prouver la vérité à l'époque des faits. Elle comprendrait sans peine pourquoi il tenait tant à découvrir la vérité sur Baltimore & Fils, que ce soit à la demande de Katrina Harcus ou non. S'il lui expliquait ses craintes dès à présent, il lui serait ensuite plus aisé d'avouer qu'il avait été un jour impliqué au moins en partie dans une fraude, et donc responsable de la catastrophe qui avait pu en découler.

Puis il pensa à son travail auprès des prostituées. Elle allait y retourner bientôt — elle était déjà prête —, et entamer une longue nuit d'un labeur harassant et ingrat. Il risquait de ne pas la revoir avant son retour du Derbyshire. Peut-être devait-il attendre un moment plus opportun, lorsqu'il pourrait rester auprès d'elle et l'assurer que… que quoi ? Qu'il n'avait plus rien en commun avec celui qu'il était autrefois ?

— Je n'en sais rien, dit-il, ce qui était presque vrai. Je ne vois pas d'autre point de départ possible.

CHAPITRE V

Ce soir-là, sachant Monk en proie à de violents tourments dont elle ne pouvait saisir la nature, Hester se sentait maussade et désemparée. Soit il refusait de lui en faire part, soit il en était incapable. Pendant son absence, comme il lui manquait, elle en avait profité pour s'investir davantage à Coldbath Square, mais elle aurait aimé n'y retourner que bien plus tard, voire rester avec lui, s'il en avait exprimé le désir.

Il n'en avait rien fait. Tendu, préoccupé, il avait paru presque soulagé quand, peu avant dix heures, elle lui avait dit au revoir.

La nuit étant froide, elle se réjouit de la chaleur qui vint l'envelopper lorsqu'elle entra. Assise à la table, occupée à coudre des boutons sur une chemise blanche, Bessie leva la tête et prit un air réjoui à son arrivée.

— Vous avez l'air gelée, commenta-t-elle. Une bonne tasse de thé brûlant vous fera le plus grand bien.

Elle se leva.

— Vous voulez une goutte de gnôle, dedans ?

Sachant par avance qu'Hester refuserait, comme toujours, elle n'attrapa même pas la bouteille. Pourtant, elle lui en proposait à chaque fois. C'était une sorte de rituel.

— Non, merci, répondit Hester, le sourire aux lèvres, en accrochant son manteau mouillé à la patère. Enfin, ne vous privez pas pour moi.

Cette réponse faisait aussi partie du rituel.

— C'est une idée… rétorqua Bessie.

Pendant que cette dernière s'assurait que la bouilloire chauffait, Hester alla s'occuper de ses patientes.

Fanny, la jeune femme qui avait reçu un coup de couteau, avait de la fièvre et souffrait beaucoup, mais Hester n'eut pas de mauvaise surprise. Guérir d'une telle blessure exigeait du temps. Sa température semblait avoir baissé.

— Vous avez mangé un peu ?

— Trois fois rien, murmura Fanny. J'ai pris du bouillon. Merci.

Bessie approchait, ombre épaisse et rassurante entre les lits, loin de la lumière du bout de la pièce.

— Mr. Lockwood, il l'a trouvée très bien, annonça-t-elle d'un ton enjoué. Il est passé vers midi. Aussi sobre qu'un chameau, ajouta-t-elle fièrement, comme si elle y était pour quelque chose.

C'était peut-être le cas.

— Lui avez-vous offert à déjeuner ? demanda Hester sans s'arrêter d'examiner Fanny.

— Qu'est-ce que ça peut faire ? On peut bien lui donner un peu de purée et quelques saucisses !

Hester sourit car elle savait que Bessie avait pris sur ses provisions déjà maigres.

— Bien sûr, confirma-t-elle, en feignant de ne se douter de rien. C'est bien peu pour toute l'aide qu'il nous apporte.

— Et comment ! appuya Bessie avec vigueur, tout en jetant un regard quelque peu suspicieux à Hester. Et pis il s'est occupé d'Alice, la pauvre petite. Il a dit qu'elle allait pas trop mal. Un bon bout de temps, qu'il lui a parlé. Avec Miss Margaret, ils lui ont mis des cataplasmes d'arnica, comme qu'on a fait l'autre soir, et j'ai l'impression que ça l'a soulagée.

L'inquiétude perçait dans la voix de Bessie. Hester savait qu'elle voulait lui demander si Alice allait s'en sortir, mais que la peur de sa réponse l'en empêchait.

Le fait que la jeune femme ait survécu à ses blessures aussi longtemps était de bon augure. Si elle avait souffert d'une hémorragie interne, comme ils l'avaient craint, elle serait déjà morte.

Hester alla à son chevet et la trouva qui somnolait, en train de marmonner, comme agitée par des rêves. Elle ne pouvait rien pour elle. Soit son organisme se remettrait en temps voulu, soit la fièvre ou la gangrène l'emporteraient. Bientôt, à son réveil, elles lui donneraient à boire, puis la rafraîchiraient avec un chiffon mouillé et lui passeraient une chemise de nuit propre.

Hester revint à la table où Bessie laissait infuser le thé et se servait une bonne lampée de whisky.

Les rues grouillaient toujours de policiers qui passaient leur temps à interroger tout le monde. La plupart d'entre eux, souvent déjà affectés dans le quartier, connaissaient bien les filles et les hommes qui venaient se payer du bon temps avec elles — même si à cause du climat de tension ceux-ci devenaient rares. Les autres commerces ne se portaient guère mieux : tous ceux qui travaillaient à la limite de la légalité étaient à cran. Personne n'avait envie de se payer une menthe à l'eau, des fleurs, un casse-croûte, un nouveau chapeau ou un jouet pour un enfant. Seuls les vendeurs d'allumettes et de lacets semblaient s'en sortir.

Peu avant minuit, Jessop passa encore réclamer un loyer plus élevé. Les prostituées alitées s'étaient déjà plaintes de sa présence, et recommenceraient s'il ne mettait fin à ses visites. Comme à leurs yeux il représentait l'autorité de près ou de loin, il les rendait nerveuses. Hester le lui expliqua et lui demanda de s'en aller. Il sourit d'un air satisfait et s'attarda un peu plus, jusqu'à ce que Bessie remplisse un seau d'eau chaude, de lessive et de vinaigre, et se mette à frotter le sol en éclaboussant exprès ses souliers, ce qui ne manqua pas de le froisser et de le faire fuir. Bessie s'efforça alors de laver à la va-vite quelques mètres de plancher, puis vida son seau. Hester et elle allèrent s'allonger un peu et réussirent à dormir par intermittence sans presque être dérangées de la nuit, ne devant se lever que deux fois pour s'occuper d'Alice.

— Il va bien finir par trouver un moyen de se débarrasser de nous, n'est-ce pas ? commenta Margaret d'un air peiné lorsque Hester lui relata les faits à son arrivée, peu après neuf heures le lendemain, pendant que Bessie faisait quelques commissions.

Margaret était quelqu'un de trop honnête pour qu'Hester l'abreuve de mensonges. Ce jour-là plus que tout autre, elle ressentait un grand besoin de franchise.

— J'en ai bien peur, reconnut-elle en lui adressant un sourire désabusé.

Ne pouvant se permettre des dépenses superflues, elles s'attachaient à trier les bandages qui pourraient encore servir.

— Il va nous mettre à la porte à la première occasion. C'est ce qu'il attend depuis le début.

Margaret resta silencieuse un instant, puis demanda :

— Que va-t-on faire pour l'usurier et les prostituées battues ?

Hester, qui y réfléchissait depuis qu'elle avait appris la vérité de la bouche d'Alice, avait conclu qu'elles ne pouvaient pas agir seules sans risquer d'envenimer la situation. L'usure n'était pas un délit auquel il était facile de s'attaquer. Elle avait caressé un certain nombre d'autres idées, mais sans jamais réussir à concevoir un plan cohérent qu'elles pourraient mettre à exécution.

Ce matin-là, elle se sentait plus démunie que jamais face à la douleur parce que son bonheur et sa confiance étaient assombris par la distance dont Monk faisait preuve envers elle.

— Nous avons besoin d'aide, déclara-t-elle, sa décision déjà prise. De quelqu'un qui connaisse la loi bien mieux que nous.

— Mr. Monk ? demanda Margaret sur-le-champ.

— Non, un avocat. Nous devrions lui rendre visite dès l'ouverture du cabinet. Bessie sera revenue, d'ici là, et nous ne devrions recevoir aucune patiente qui ne pourrait attendre notre retour.

— D'accord, mais comment trouver quelqu'un qui s'intéresse à un cas comme celui d'Alice ou de Fanny ? De plus, nous n'avons pas d'argent. Tout part déjà dans le loyer et les fournitures, dit-elle avec fermeté, au cas où Hester aurait eu envie d'agir de façon moins sensée et de passer outre aux priorités.

— Je sais au moins où commencer, répondit Hester d'un ton posé. Ne vous inquiétez pas, je ne toucherai pas à nos fonds.

Elle n'avait pas envie d'annoncer tout de suite à Margaret qu'elle envisageait de s'adresser à Sir Oliver Rathbone. Autrefois, il avait failli demander Hester en mariage. Après avoir hésité, il avait finalement renoncé à se déclarer. Peut-être avait-il compris qu'elle n'était pas prête à prendre une telle décision, ou encore qu'elle ne pourrait aimer personne comme elle aimait Monk. À l'époque, elle ignorait si ce dernier partageait ses sentiments, ce qu'elle n'avait découvert que plus tard.

Tous les trois étaient amis, d'une certaine manière. Rathbone éprouvait toujours une profonde tendresse à l'égard d'Hester. Elle le savait, tout comme Monk devait s'en douter. Cependant, ils se battaient côte à côte pour défendre une cause qui dépassait blessures et déceptions personnelles. Rathbone n'avait jamais refusé un dossier auquel il croyait, quelle qu'ait été sa difficulté, qu'il ait semblé perdu d'avance ou non, et en aucun cas parce que c'est Monk qui le lui avait présenté.

Margaret et elle se rendraient à Vere Street lui raconter tout ce qu'elles savaient. Au moins, cela leur permettrait de ne plus porter seules leur fardeau. Soudain, Hester se rendit compte qu'elle aurait beaucoup de plaisir à le voir et se sentirait réconfortée par l'estime et la confiance qu'il lui témoignait.

Il était onze heures et demie passées lorsqu'on introduisit Margaret et Hester dans le cabinet de Rathbone, meublé d'un magnifique bureau marqueté et de bibliothèques pleines de livres, et mis en valeur par les fenêtres qui donnaient sur la rue.

Un grand sourire aux lèvres, l'avocat vint accueillir Hester. À peine plus grand que la moyenne, il devait tout son charme à l'intelligence qui se dégageait de son visage, à son humour ironique et délicat, et à son immense confiance en lui. Aristocrate, il avait l'aisance de ceux qui ont toujours bénéficié des privilèges de la fortune et de l'éducation.

— Hester, quel plaisir de vous revoir, même si c'est sans doute un problème qui vous amène ici ! dit-il, sincère. Qui est accusé à tort, et de quoi ? Je suis sûr qu'il s'agit d'une histoire de meurtre. C'est toujours le cas, avec vous.

— Pas encore, répondit-elle, touchée par la douceur dans sa voix.

Alors qu'elle se tournait pour présenter Margaret, elle remarqua une étincelle d'intérêt dans le regard de Rathbone, comme s'il la reconnaissait ou se réjouissait de la voir.

— Voici Margaret Ballinger. Sir Oliver Rathbone.

Les joues quelque peu rosies, Margaret s'apprêta à répondre, mais Rathbone lui coupa l'herbe sous le pied.

— Nous nous sommes déjà rencontrés. Lors d'un bal, j'ai oublié lequel... en tout cas, nous avons dansé tous les deux. C'était juste avant cette affaire terrible avec l'architecte[1]. Ravi de vous revoir, Miss Ballinger.

1. Voir *Mariage impossible,* 10/18, n° 3468. *(N.d.T.)*

Son plaisir paraissait authentique. Margaret, un peu tremblante, respira à fond.

— Merci de nous recevoir au débotté, Sir Oliver. C'est très aimable de votre part.

— Hester m'apporte toujours des casse-tête sans cesse plus fascinants, répondit-il en les invitant à s'asseoir. Vous me dites qu'il n'y a pas encore eu de meurtre. Dois-je en déduire que vous vous attendez à ce que cela arrive ? demanda-t-il d'un ton léger mais dénué de toute dérision.

— Deux femmes ont déjà subi des blessures très graves, et d'autres suivront, répondit Hester une fraction de seconde trop vite à son goût. Miss Ballinger et moi louons un local à Coldbath Square dans lequel nous prodiguons des soins aux prostituées blessées ou malades. L'une d'entre elles serait une ancienne gouvernante qui a emprunté une grosse somme d'argent pour rembourser les dettes que lui a laissées son mari en la quittant.

Consciente que ses mots se bousculaient dans sa bouche, elle s'efforça de parler plus lentement.

— Son usurier lui a proposé de devenir prostituée pour des hommes qui prennent plaisir à humilier et violenter des femmes autrefois respectables.

Elle se réjouit de l'air outré de Rathbone. S'il avait pu l'écouter sans sourciller, elle lui en aurait voulu.

Rathbone lança un regard à Margaret, perçut la colère qui l'habitait, et s'adoucit davantage.

— Continuez, dit-il en se tournant de nouveau vers Hester.

— Vous devez être au courant qu'un certain Mr. Nolan Baltimore a été assassiné dans Leather Lane il y a un peu plus d'une semaine ?

— En effet.

— Depuis, la police a multiplié les rondes dans le quartier, ce qui a pour conséquence de priver ces femmes de clientèle. Comme elles ne gagnent pas d'argent, ou très peu, elles sont dans l'impossibilité de payer leur prêteur, ce qui leur vaut d'être battues.

Elle se pencha en avant d'un air grave.

— Je vous en prie, Oliver, on doit bien pouvoir faire quelque chose pour arrêter ces pratiques. La terreur ou la honte les empêchent de se défendre elles-mêmes.

Consciente de trop en demander, elle le regarda chercher un moyen de la dissuader en douceur. Elle aurait voulu se maîtriser, s'être montrée sensée, mais la souffrance de ces femmes lui était trop pénible.

— Hester… commença-t-il.

— Je sais que tout le monde à Coldbath Square et Leather Lane agit dans l'illégalité ! s'empressa-t-elle d'ajouter avant qu'il ait pu poursuivre. Il devrait en être autrement ! Devons-nous toujours attendre qu'on vienne nous demander de l'aide pour agir ? Parfois, il faut prendre les devants !

Hester remarqua que Margaret s'était crispée. Qu'une femme s'adresse à un homme de façon aussi directe devait la choquer. C'était inconvenant, et sûrement pas un moyen de trouver un mari ou de le garder.

— C'est-à-dire décider pour les autres ? s'étonna Rathbone en esquissant un sourire désabusé. Ça ne vous ressemble pas.

— Je suis infirmière, pas avocat ! rétorqua-t-elle avec vigueur. Très souvent, ceux que je dois aider sont incapables de se prendre en charge eux-mêmes. Alors c'est à moi de savoir ce dont ils ont besoin et d'agir !

Cette fois, le sourire de Rathbone fut chaleureux et plein de tendresse.

— Je le sais. C'est une forme de courage que j'ai toujours admirée en vous. Je la trouve un peu écrasante, car je ne la possède pas.

Hester sentit les larmes lui monter aux yeux. Elle le savait sincère, et cela la toucha plus qu'elle ne s'y attendait. Néanmoins, elle ne voulait pas baisser les bras. Le respect de Rathbone ne serait d'aucune aide à Fanny et Alice.

— Oliver...

Margaret lui coupa la parole :

— Sir Oliver, dit-elle d'un ton pressant, les joues rouges mais le regard ferme, si vous aviez vu cette femme, ses jambes et ses bras cassés, si vous aviez pu voir sa souffrance, sa peur, et la honte qu'elle éprouve à se prostituer, vous partageriez notre révolte, nous qui nous efforçons de la soigner en sachant qu'une fois remise sur pied elle retournera dans la rue parce que sa dette court toujours...

— Miss Ballinger...

— Alors...

Elle se tut soudain, rougissant davantage lorsqu'elle se rendit compte de sa hardiesse.

— Je vous prie de m'excuser, dit-elle sur un ton de contrition. Ce n'est pas votre domaine. De plus, nous n'avons même pas de quoi vous payer...

Elle se leva, les yeux baissés tant elle était gênée.

— C'était un acte de désespoir...

— Miss Ballinger !

Rathbone se leva à son tour et fit le tour de son bureau.

— Je vous en prie, comprenez bien que je ne fais pas preuve de mauvaise volonté, seulement, je sais ce qui est à ma portée ou non ! Je vous promets que je vais me pencher sur ce problème, et s'il est possible d'agir par le biais de la loi, je vous préviendrai et me mettrai à votre service. L'argent n'entre pas en ligne de compte dans ma décision. Si j'hésite, c'est parce que je ne veux pas promettre ce que je ne peux offrir.

Margaret releva la tête et lui lança un regard reconnaissant.

— Merci.

Hester fut stupéfaite de constater que si Rathbone accédait à cette requête en dépit de ses intérêts et hors de son champ de compétence, c'était pour ne pas décevoir Margaret. Ce n'était pas à Hester qu'il cherchait à faire plaisir, comme ç'avait toujours été le cas par le passé. Elle avait beau être contente, et reconnaissante, bien sûr, qu'il ait accepté, elle se sentit vexée qu'il ne l'ait pas fait pour elle. Cela ne sautait pas aux yeux — il ne s'était pas montré moins chaleureux envers elle —, mais il ne lui portait pas la même attention. Elle le ressentit aussi sûrement qu'un changement de température. Même si elle ne voulait pas que Sir Oliver reste amoureux d'elle pour le restant de ses jours alors qu'elle n'aurait jamais d'yeux que pour Monk, elle avait l'impression qu'une porte s'était fermée devant elle, et d'une certaine manière, cela la blessait.

Rathbone lui faisait face — elle devait à tout prix sourire.

— Merci. Je pense que nous vous avons dit tout ce que nous savons. Pour l'instant, il est plus question du principe que des femmes elles-mêmes, mais si nous en apprenons davantage, nous vous tiendrons au courant.

N'ayant plus rien à ajouter, et conscientes qu'il les avait reçues au détriment d'autres clients, elles le remercièrent une nouvelle fois et partirent. Cinq minutes plus tard, un fiacre les ramenait à Coldbath Square. Plongées dans leurs pensées, aucune ne prononça un mot. Margaret, les joues empourprées et les yeux écarquillés, tournait presque le dos à Hester et regardait par la vitre. Aucune parole ne pouvait indiquer plus clairement qu'elle n'avait pas oublié sa première rencontre avec Rathbone, et que l'impression qu'elle en gardait ne s'était pas estompée. Cependant, il était délicat de se livrer à Hester à ce sujet. À sa place, Hester n'en aurait pas parlé non plus, aussi n'envisageait-elle pas de s'en mêler. Son amitié pour Margaret, basée sur la simplicité et l'honnêteté, exigeait aussi de faire preuve de respect et de discrétion.

De son côté, elle n'avait pas non plus envie de partager ce qui occupait son esprit : la difficulté de trouver les prostituées endettées et de les convaincre qu'on pouvait les aider — si cela se révélait en effet possible —, et que persévérer à vouloir s'acquitter de leurs dettes ne leur apporterait rien d'autre que des souffrances supplémentaires. Avant tout, il fallait avoir la certitude qu'il s'agissait de la vérité.

De toute façon, Margaret travaillait à Coldbath Square depuis assez longtemps pour en avoir conscience, et Hester se contenta de regarder la rue elle aussi et se concentra sur des réflexions plus prosaïques.

Dans l'après-midi, on leur amena une autre prostituée, elle aussi battue à cause de ses dettes. Ses blessures n'avaient rien de grave, mais elle avait très peur, ce qui la distinguait des autres, qui le plus souvent ne ressentaient que colère et détresse. Pendant qu'Hester et Margaret soignaient ses plaies, dues à des coups de couteau, douloureuses bien que peu profondes, elle ne prononça presque aucun mot et refusa de nommer le responsable.

Margaret et Hester la gardèrent quelques heures, le temps de s'assurer que le saignement avait cessé et qu'elle s'était remise du choc. Margaret lui demanda de rester un peu plus, mais la jeune femme secoua la tête, récupéra son châle déchiré — autrefois joli, décoré de fleurs et de franges — et s'en alla vers Farringdon Road.

Margaret resta immobile au milieu de la salle à regarder les placards bien rangés, les tables et le plancher tout propres.

Hester haussa les épaules.

— Autant nous réjouir de ne pas avoir d'autre blessée, dit-elle en s'efforçant de sourire. Vous voulez rentrer chez vous ? Il n'y a pas grand-chose à faire, et Bessie va bientôt arriver, au cas où.

Margaret grimaça.

— Pour traîner derrière maman, à recevoir de gentilles dames qui me regardent avec un air navré en cherchant à savoir pourquoi j'ai repoussé un si beau parti ? commenta-t-elle d'un ton amer. À coup sûr, elles penseront qu'un problème personnel, trop intime pour en faire part à quiconque, m'en a empêchée, et concluront que j'ai perdu ma virginité ! Pourquoi n'offre-t-on aux jeunes femmes que cette seule alternative — la chasteté ou la soumission ? demanda-t-elle, l'air soudain furieux. Qu'en est-il du courage, de la sincérité de ses opinions ?

— Parce que ces vertus-là effraient, répondit Hester sans hésiter, en adressant à Margaret un sourire forcé mais plein de compassion.

— Quelle plus grande solitude que d'être mariée à un homme qui dit seulement ce qui d'après lui nous fait plaisir, sans tenir compte de sa propre opinion ? J'aurais l'impression de vivre dans une pièce couverte de miroirs où tous les autres visages ne seraient qu'un reflet du mien !

— À mon avis, ce serait une forme d'enfer très particulière, commenta Hester, qui se demanda soudain comment on pouvait désirer une telle vie, bien qu'elle connût de nombreuses femmes dans cette situation. En tout cas, vous avez le don pour décrire vos sentiments d'une façon très parlante, ajouta-t-elle, admirative. Vous devriez essayer de transposer vos idées en dessin…

— Ça vaudrait la peine, en effet. J'en ai plus qu'assez de me limiter au prévisible, de reproduire ce que je vois sans introduire aucun sens caché.

— Moi, je sais à peine tracer une ligne droite, confessa Hester.

Margaret lui décocha un sourire.

— En art, les lignes droites n'existent pas, sauf peut-être pour la ligne d'horizon de l'océan ! Que diriez-vous d'une tourte chaude pour le déjeuner ? Je connais un bon marchand à l'angle de Mount Pleasant et de Warner Street.

— Quelle bonne idée ! Avec de la pâte feuilletée et beaucoup d'oignons, s'il vous plaît.

En fin d'après-midi, Bessie arriva munie d'un panier où s'entassaient des herbes, du thé, une bouteille de brandy et une miche de pain. Lorsqu'elle l'eut posé sur la table, elle parcourut la salle du regard, puis ôta son chapeau et sa pèlerine.

— Personne ! pesta-t-elle en accrochant ses affaires. Y a presque pas un chat dans la rue, non plus, à part les cognes ! À ce qu'on dit, c'était pareil cette nuit.

Elle décocha un regard plein de reproche à Hester, comme si d'une manière ou d'une autre celle-ci avait échoué à y changer quelque chose.

— Je sais bien ! répondit Hester d'un ton acerbe. Ils sont toujours censés trouver le meurtrier de Nolan Baltimore.

— C'est un maquereau qu'il a voulu berner, tiens ! Je vois pas qu'est-ce que ça peut être d'autre. S'ils croient qu'à force de poser la question on va finir par leur répondre ! À mon avis, y a personne qui sait, à part celui qui l'a tué. Lui y risque pas de parler, parce qu'il se balancerait au bout d'une corde avant d'avoir eu le temps de dire ouf.

Elle alla mettre de l'ordre dans le placard de façon à pouvoir y ranger ses commissions.

— C'est marrant, hein ? Un prêteur peut rosser une fille à mort, et tout le monde s'en tamponne ! Par contre, allez refroidir un rupin qui voulait pas payer ce qu'y devait, et là, v'là la moitié des flicards de la ville qui rappliquent et qui perdent leur temps à poser des questions en sachant qu'on leur répondra pas. Des fois, je me demande s'ils réfléchissent pas avec leur derrière !

Elle regarda son panier d'un air furibond.

— J'ai pas trouvé de beurre. Faudra se contenter de confiture.

Margaret cessa d'agiter la grille du poêle et posa la bouilloire sur le rond.

— Personne fiche rien ! reprit Bessie, intarissable. Ceux-là qu'ont de l'argent, ils ont peur de venir à cause des condés… tout ça parce qu'il faut que « les rues soient sûres ». Du coup, ceux qui vivent ici peuvent rien acheter parce que personne n'a le moindre sou ! C'est drôlement tordu, leur machin.

Que répondre ? Même Hester et Margaret n'avaient aucune raison concrète de rester. Toutes deux en convinrent.

— Ouais, allez-vous-en, acquiesça Bessie. Y va pas se passer grand-chose, ici. Si ce gros porc de Jessop se pointe, je lui préparerai une bonne tasse de thé !

Elle se fendit d'un sourire démoniaque.

— Bessie ! s'offusqua Hester.

— Quoi ? Si ça lui réussit pas, je sais quoi lui donner pour le faire vomir ! Je le laisserai pas crever, ce salaud, je le jure.

Elle cracha dans sa paume et se signa.

Hester lança un bref regard à Margaret, et toutes deux réprimèrent un sourire.

Durant le trajet du retour et tout le reste de la soirée, Hester pensa néanmoins aux prostituées et aux agents affectés à la surveillance du quartier.

Bien qu'elle ait essayé de lutter contre celle-ci, la conclusion s'imposait : les policiers ne partiraient qu'une fois le meurtre de Nolan Baltimore résolu. S'ils avaient dû éclaircir l'affaire, ils auraient sans doute déjà réussi, à présent. Réaction prévisible, la communauté s'était fermée face à cette présence policière. Par peur de se compromettre, personne ne fournirait le moindre renseignement digne d'intérêt. La plupart des habitants des environs de Leather Lane, au moins en complément de salaire, pratiquaient toutes sortes d'activités illégales : recel, fabrication de faux documents, voire des billets de banque, vol à la tire, cambriolages, tricherie aux cartes.

Elle pourrait chercher conseil, sinon de l'aide, auprès de Monk. Peut-être lui serait-il utile d'en savoir le plus possible sur celui qui, encore deux semaines plus tôt, dirigeait Baltimore & Fils. S'il y avait eu fraude, lui plus que tout autre aurait dû être au courant — il se pouvait même qu'il en soit l'instigateur. Envisager que sa mort soit liée à cette escroquerie paraissait logique.

D'ailleurs, l'hypothèse que Michael Dalgarno ait pu le suivre jusqu'à Leather Lane et l'y tuer pour le faire taire s'imposait.

Pourquoi Monk ne creusait-il pas davantage dans ce sens ?

Parce qu'il s'attelait trop à découvrir la nature de la fraude et à déterminer si elle risquait de provoquer une catastrophe.

Sans trop avoir la tête à ce qu'elle faisait, elle l'attendit. À partir de six heures, elle se prit à guetter le bruit des sabots, de la porte et de ses pas. Quand ceux-ci lui parvinrent enfin, aux environs de huit heures et quart, elle se sentit prise de court et courut presque à sa rencontre.

Monk, voyant qu'elle semblait attendre quelque chose, lui fit un bref sourire, puis détourna le regard. Sa lassitude et son trouble sautaient tant aux yeux qu'elle hésita un instant à ne rien lui dire d'autre que quelques mots affectueux. Devait-elle lui demander s'il avait déjà dîné, le questionner sur sa journée de manière à lui permettre de répondre de façon succincte ou sincère ? Non, elle ne pouvait le laisser se dérober. S'il ne voulait pas briser la glace, elle devait s'en charger.

— Alors, du nouveau sur cette histoire de fraude ? s'enquit-elle d'un ton indiquant qu'elle ne se contenterait pas d'une réponse évasive.

— Rien de probant, dit-il en accrochant sa veste. La compagnie a empoché des bénéfices excessifs lors de l'achat des parcelles, mais rien d'extraordinaire pour ce genre de transactions. Il leur est aussi arrivé de perdre de l'argent.

Hester eut l'impression qu'il venait de refermer une porte. Bien qu'elle ne sût pas trop quoi lui demander d'autre, elle refusait d'en rester là. Elle l'observa se promener dans la pièce, l'air agité et le regard fuyant, toucher des objets et les mettre en ordre. S'acharnait-elle à l'importuner alors qu'il n'avait besoin que de compréhension ? Se montrait-elle égoïste en exigeant qu'il écoute ses problèmes alors qu'il était épuisé ?

Ou bien enfonçait-elle ses défenses au moment où elles étaient encore minces et faciles à pénétrer ?

— Nous devons découvrir qui a tué Nolan Baltimore, annonça-t-elle sans ambages.

— Ah bon ? fit-il, l'air dubitatif, en contemplant les braises dans la cheminée.

La soirée était fraîche, et Hester avait allumé un feu autant pour réchauffer son cœur que la pièce.

— S'il a escroqué quelqu'un, Leather Lane est l'endroit idéal pour l'assassiner, répliqua-t-elle avec l'espoir qu'il pose enfin le regard sur elle. Le tueur réalise un coup double : il met son crime sur le dos d'un autre et salit la réputation de sa victime.

Cette fois-ci, il leva les yeux et eut un sourire forcé. L'espace d'un instant, il sembla plus détendu, mais l'anxiété revint sur-le-champ instaurer une distance entre eux.

— En fait, quand je dis « nous », je veux parler de Margaret Ballinger et moi. Ou bien tout le monde à Coldbath. Tous les jours, plus de filles reçoivent des coups parce qu'elles ne peuvent rembourser leurs dettes. Avec ces policiers dans tous les coins, personne ne peut travailler.

— En somme, tu veux découvrir le meurtrier de Baltimore pour que la police s'en aille et que les prostituées puissent reprendre leurs activités, c'est ça ? commenta-t-il avec une pointe de sarcasme qu'elle ne put s'empêcher de remarquer. Tes convictions me semblent douteuses, Hester.

— Si je pouvais changer le monde de façon qu'aucune femme n'ait à se prostituer, je n'hésiterais pas ! rétorqua-t-elle avec colère. Tu n'as qu'à me dire par où commencer. Leur trouver un gagne-pain plus décent, peut-être ? Ou bien faire en sorte que les hommes n'éprouvent plus l'envie — ou le besoin — de payer une autre femme que la leur pour leur plaisir...

Elle perçut sa surprise mais n'y prêta pas attention.

— Peut-être que tous les hommes devraient être mariés, et que leurs femmes devraient accéder à tous leurs désirs ? Mieux encore, les hommes devraient avoir des désirs qu'ils puissent satisfaire de façon honorable. Voilà qui résoudrait au moins la moitié du problème ! Ensuite, il ne resterait plus qu'à transformer l'économie. Dès lors, changer la nature de l'homme serait plutôt aisé !

— Voilà qui fait beaucoup, commenta-t-il posément. Je croyais que tu me demandais juste de résoudre le crime de Nolan Baltimore...

La colère la quitta. Elle n'avait pas envie de se disputer avec lui. Ce qu'elle désirait de tout son cœur, c'était le serrer dans ses bras et le décharger au moins en partie du fardeau qui l'accablait.

Mieux valait essuyer une rebuffade en essayant que ne rien tenter. Elle s'avança vers lui pour le forcer à la regarder dans les yeux, ou à détourner le regard.

— Tout ce que je veux, ce sont tes conseils, dit-elle. Aide-moi, s'il te plaît. Comment dois-je m'y prendre ? Quelles questions dois-je poser ? Même si elles se méfient de la police, certaines prostituées me feront confiance.

— Ne te mêle pas de ça, Hester.

Il fit mine de vouloir lui caresser la joue mais se ravisa.

— C'est trop dangereux. Même si elles ont assez confiance en toi pour venir se faire soigner, tu n'appartiens pas à leur monde.

Elle lui saisit la main et la serra fort.

— Justement si, William, ça aurait pu m'arriver ! Il n'y a pas très longtemps, ces femmes endettées étaient tout à fait respectables. L'une était gouvernante, l'autre domestique, une autre encore femme mariée… Alors pourquoi pas infirmière ? Souviens-toi qu'avant de t'épouser, je gagnais ma vie en travaillant chez des particuliers. À cause d'une petite erreur ou d'un coup de malchance, j'aurais pu devoir emprunter de l'argent, puis faire le trottoir pour rembourser.

Elle sourit d'un air sarcastique et ajouta :

— Enfin, si j'avais été un peu plus jeune !

— Bien sûr que non, la contredit-il, d'un ton doux mais très sûr de lui. Tu ne te serais jamais abaissée à cela, quel qu'ait été ton âge. Tu aurais fomenté une rébellion, ou pris un bateau pour l'Amérique, voire planté un poignard dans le ventre de ton prêteur, mais tu ne serais jamais allée à l'abattoir sans te défendre.

— Tu as parfois tendance à surestimer mon courage, protesta-t-elle tout en se sentant touchée par son admiration envers elle. J'ignore comment j'aurais réagi. Dieu merci, je n'ai jamais été confrontée à ce problème.

Il resta silencieux un instant, puis se pencha vers elle et l'embrassa longuement, avec une telle tendresse qu'elle en eut les larmes aux yeux.

Puis il alla s'enfermer dans la pièce qui lui servait de bureau.

Lorsqu'il vint se coucher, elle dormait à poings fermés. Elle se réveilla dans la nuit et se rapprocha de lui, mais il ne bougea ni ne la toucha. À son réveil, il était déjà parti. Elle trouva une lettre sur la commode.

Hester,

Je suis parti approfondir mes recherches sur les acquisitions des terres, en partie parce qu'à mon sens c'est là que réside la fraude, mais surtout parce que je sais qu'Arrol Dundas a été condamné pour ce genre de délit dans des circonstances a priori similaires. Il se peut d'ailleurs que la même compagnie, Baltimore & Fils, ait été concernée. Je n'en ai pas la preuve, mais j'en suis presque convaincu. Tu comprendras, je l'espère, pourquoi j'éprouve un tel besoin de tirer tout cela au clair.

Si je peux faire en sorte que Dalgarno ne finisse pas ses jours en prison lui aussi, pour un crime qu'il n'aurait pas commis, il est de mon devoir d'agir en ce sens. Je n'échouerai pas une deuxième fois. Il est possible que je doive retourner dans le Derbyshire.

Je t'en prie, Hester, sois prudente ! Travailler à Coldbath auprès de personnes en difficulté, incapables de te rendre la pareille, même en te disant la vérité, est déjà suffisant. Elles ne pourront te protéger si tu attires sur toi l'attention de ceux qui les maltraitent.

Si tu ne prends pas garde, ne serait-ce que par égard pour moi, fais-le au moins pour elles. Si tu étais blessée, ou pire, vers qui pourraient-elles se tourner ?

Par le passé, tu as, à juste titre et avec éloquence, fustigé les généraux de la guerre de Crimée qui sacrifiaient leurs troupes dans des manœuvres vaines ! Tu dis souvent qu'une femme doit se montrer plus prosaïque et ne pas chercher la gloire à tout prix — alors prouve-le !

J'espère qu'à mon retour tu auras cessé de courir deux lièvres à la fois — dont le mien —, et si je le peux, je t'aiderai à découvrir le meurtrier de

Nolan Baltimore, si la police ne s'en est toujours pas chargée.

Même si je n'en donne pas toujours l'impression, je t'aime de tout mon cœur, et j'ai pour toi une admiration dont je ne mesure même pas l'importance.

William

Comment pouvait-il lui écrire autant et ne pas réussir à lui parler en face ? À peine la question lui vint-elle à l'esprit qu'elle obtint la réponse, des plus évidentes : elle pouvait lire et relire une lettre, mais pas lui tirer les renseignements qu'elle ne fournissait pas.

Il l'aimait, cela ne faisait aucun doute. Pourquoi ne pouvait-il pas aussi avoir confiance en elle — en sa loyauté, en sa compréhension, en son courage ? Que craignait-il chez elle ?

Y songer se révélait trop douloureux. Elle décida de retourner à Coldbath Square. Au moins, elle aurait de quoi s'occuper, même s'il ne s'agissait que de chercher un moyen de récolter des fonds. Peut-être devraient-elles commencer à chercher un autre local ? L'amitié que lui témoignait Margaret lui était précieuse, même si elle s'avérait moins apaisante depuis leur passage chez Rathbone.

Se montrer jalouse serait mesquin et fort déplacé ! Hester s'en voudrait beaucoup de se laisser aller à une telle bassesse.

Margaret arriva tard, mais pour l'heure, cela importait peu. À cause de la tension ambiante, de nombreuses querelles éclataient çà et là et certains craquaient sous l'effet de la peur, mais le plus souvent, les victimes des rixes étaient des hommes, et les blessures d'une nature à guérir avec le temps et quelques soins — pour la plupart bleus, coupures superficielles et crânes douloureux. Les souteneurs prenaient davantage soin de ne pas abîmer leurs prostituées, leur seul atout en ces temps difficiles.

Certes, on savait dans le quartier que cette période de récession allait finir un jour, mais celle-ci durait depuis assez longtemps pour faire connaître au plus grand nombre le goût amer de la réalité. Tous vivaient au jour le jour.

— Comment va Fanny ? demanda Hester en arrivant. Et Alice ?

— Pas trop mal, répondit Bessie qui, assise à la table près d'une tasse de thé à moitié vide, la regarda d'un œil torve. C'est calme. Pire qu'un cimetière. Y a deux filles qui sont venues pour se faire soigner des maladies, c'est tout. Je pouvais pas grand-chose pour elles, les pauvres. Miss Margaret est pas encore arrivée. Partie faire le tour des baraques de rupins, à tous les coups. Jamais vu quelqu'un changer autant ! Au début, elle décrochait pas un mot, et maintenant elle a un sacré culot. Si elle pouvait, elle demanderait de l'argent à tout le monde. On lui donne six pence et elle revient toute contente en annonçant qu'elle a quelques livres de plus pour nous.

Hester sourit, malgré le caractère sinistre de cette matinée pluvieuse. En effet, Margaret avait puisé une grande assurance, et même une certaine joie de vivre, dans ce travail, ce qui représentait une réussite en soi.

Bessie avait vu juste : une demi-heure plus tard, Margaret revenait aussi radieuse qu'un rayon de soleil.

— Encore vingt guinées ! s'écria-t-elle d'un air fier. Et on m'a promis davantage !

Elle les tendit à Hester, les yeux brillants, le visage rayonnant.

Hester s'efforça de se réjouir de ce succès, même si elle n'avait à la bouche qu'un goût d'échec.

— C'est formidable. Ça va nous protéger de Jessop encore un peu, et nous donner du temps. Merci beaucoup.

Margaret eut l'air affligée.

— Vous n'allez pas lui donner plus que ce qui a été convenu, n'est-ce pas ?

Hester se détendit un peu — elle rit presque.

— Jamais de la vie !

Margaret sourit à son tour.

— Que pouvons-nous faire, aujourd'hui ? Comment vont Fanny et Alice ? demanda-t-elle en regardant vers les lits.

— Elles dorment, répondit Bessie. Pour l'instant, on peut rien de plus pour elles, à part les garder ici et leur filer à manger.

Elle regarda la pluie qui éclaboussait les fenêtres et fit la moue.

— Bon, faut que j'aille acheter deux trois petites choses.

— Restez encore un peu au sec.

Hester prit sa décision.

— Margaret et moi devrons aller faire une course d'ici une demi-heure. C'est important.

— Ah ouais ?

Bessie eut l'air dubitative. Bien qu'elle n'estimât pas Hester capable de se prendre en charge, elle n'avait pas l'audace de le lui dire en face.

— C'est quoi donc que je peux pas faire pour vous ?

Hester n'avait pas l'intention de se confier à Bessie, par simple précaution, mais aussi parce qu'elle n'était pas sûre de réussir dans son entreprise.

Pourtant, elle se ravisa et décida de se montrer franche.

— Si nous voulons résoudre les problèmes que cause la présence des policiers, s'empressa-t-elle de répondre avant de perdre son sang-froid, nous devons découvrir ce qui est arrivé à Nolan Baltimore.

Elle ne prêta pas attention au regard perplexe de Margaret et au bruit de succion que produisit Bessie en aspirant de l'air entre ses dents.

— J'ai l'intention de commencer par poser au moins quelques questions. Ceux qui refusent de s'adresser à la police accepteront peut-être de se livrer à moi.

— Comment que vous allez vous y prendre ? Qui c'est qui va vous parler, à votre avis ? Puis d'abord, à qui que vous allez demander ?

— Aux gens de Leather Lane, voyons, répondit Hester, qui mit sa pèlerine à sécher. Nous devons savoir si Baltimore venait là souvent, ou s'il s'agissait de sa première visite. Si c'était un habitué, quelqu'un saura nous renseigner sur lui — qui il fréquentait d'autre, comment il se comportait hors de chez lui. J'aimerais savoir s'il ne venait que pour fréquenter les prostituées ou s'il pouvait y mener quelque autre affaire. Son meurtrier est peut-être une de ses connaissances. Sa mort n'a peut-être aucun rapport avec les habitants du quartier !

— Bon Dieu ! Ça serait quelque chose, pas vrai ?

— Néanmoins, il se peut que les gens d'ici ne connaissent pas son nom, fit remarquer Margaret. Je ne pense pas qu'il ait donné sa véritable identité !

— C'est vrai, convint Hester. Ce qu'il nous faut, c'est un portrait.

Margaret écarquilla les yeux.

— Un portrait ! Comment diable en obtenir un ? Seule sa famille doit en posséder, et les chances sont maigres qu'on veuille bien nous en prêter un !

Hester respira à fond et se lança.

— En fait, j'ai une idée en tête. Je ne sais pas très bien dessiner, mais vous si.

— Oh ! s'écria Margaret, qui se mit à secouer la tête, sans toutefois quitter Hester des yeux. Ça non !

— Avez-vous une meilleure idée ? demanda Hester en feignant l'innocence.

Bessie comprit et fut horrifiée

— Ça alors ! La morgue ! Vous allez dessiner un cadavre ?

— Vous pensez… enfin… qu'ils vont nous laisser… ? chuchota Margaret.

— Eh bien, disons que nous devrons peut-être enjoliver un peu, admit Hester avec une ironie désabusée, mais j'ai bien l'intention de tout tenter.

Soudain, elle devint grave.

— C'est d'une importance capitale.

— Tant que vous vous chargez d'enjoliver.

— Bien entendu, répondit Hester, pas encore tout à fait sûre des arguments qu'elle allait avancer.

Elle aurait tout le temps d'y réfléchir sur le chemin de la morgue la plus proche, à environ un mile de Coldbath, où l'on devait avoir emmené Baltimore.

— Je n'ai ni papier ni crayon, prévint Margaret. En revanche, j'ai un peu d'argent à moi…

— Parfait, approuva Hester. Nous irons acheter le nécessaire à la boutique de Mrs. Clark, à l'angle de Farringdon Road. Il faudra prendre une gomme, aussi, car nous n'aurons pas droit à plusieurs tentatives.

Margaret haussa les épaules, puis poussa un petit rire nerveux, presque un gloussement. Hester la crut à deux doigts de perdre son sang-froid.

— Ce n'est rien ! s'empressa de la rassurer Margaret. C'est juste que j'imaginais la réaction de mon vieux professeur de dessin s'il apprenait ça ! Il était tellement prude que ça vaudrait la peine de voir sa tête ! Il ne me faisait représenter que des jeunes filles bien sages. Avec mes sœurs, nous devions toujours nous dessiner les unes les autres. Il n'osait même pas nous donner des gentlemen comme modèle. Il aurait une attaque s'il apprenait que je m'apprête à dessiner un cadavre ! J'espère qu'il sera recouvert d'un drap, en tout cas.

— Si ce n'est pas le cas, je vous demande d'en ajouter un à votre portrait, commenta Hester en s'esclaffant, non par amusement, mais parce que envisager une situation absurde était le seul moyen de rendre tout cela supportable.

Après s'être couvertes, elles sortirent sous la pluie et marchèrent d'un pas vif. Elles achetèrent le nécessaire à dessin, puis se rendirent en hâte à la morgue, édifice hideux sis un peu en retrait de la rue.

— Que dois-je dire ? s'enquit Margaret tandis qu'elles gravissaient les quelques marches.

— Contentez-vous d'être d'accord avec moi, répondit Hester à voix basse.

À peine eurent-elles passé la porte qu'elles se trouvèrent face à un vieil homme qui portait des favoris blancs et avait une voix étonnamment aiguë, presque de fausset.

— Bonjour, mesdames. Que puis-je pour vous ?

Leur bloquant le passage aussi sûrement que s'il écartait les bras, il leur fit un petit salut. Fixant Hester sans même cligner des yeux, il attendait qu'elle explique leur présence.

Hester soutint son regard.

— Bonjour, monsieur. J'espère que vous accéderez à notre demande, par délicatesse envers Miss Ballinger.

L'air peiné, elle désigna Margaret.

— Elle rentre à peine de l'étranger, où elle rendait visite à sa mère qui s'est installée là-bas pour le climat plus clément — à cause de sa santé, vous comprenez —, et vient d'apprendre la mort tragique de son oncle.

En vain guetta-t-elle le moindre signe de compassion. Elle n'osa pas regarder Margaret de peur d'attirer l'attention sur son air stupéfait.

Le gardien de la morgue s'éclaircit la gorge.

— Et ?

— Je l'accompagne de façon qu'elle puisse lui rendre un dernier hommage, reprit Hester. Elle ne pourra pas assister aux funérailles. Dieu sait quand celles-ci auront lieu.

— Vous voulez voir un de nos corps ?

Il secoua la tête.

— Je vous le déconseille, mesdames. Ça sera pas joli. Vaut mieux que vous vous souveniez de lui vivant.

— Ma mère me posera des questions, intervint enfin Margaret d'une voix rauque.

— Vous aurez qu'à dire qu'il avait l'air paisible, répliqua le gardien d'une voix presque dénuée d'expression. Elle fera pas la différence.

Margaret réussit à prendre un air offusqué.

— Mais non, voyons, je ne peux lui mentir comme ça ! En outre... elle risque de me demander de le lui décrire, et je ne l'ai pas vu depuis si longtemps que je pourrais me tromper. Ce serait terrible. Je... je vous serais fort reconnaissante si je pouvais me rendre auprès de lui au moins quelques instants. Certes, vous pourrez nous accompagner, si vous le souhaitez.

Hester grinça des dents et jura à voix basse. Une description orale de Nolan Baltimore ne servirait à rien. Comment Margaret avait-elle pu ne pas le comprendre ? Hester essaya de croiser son regard, sans succès. Margaret concentrait son attention sur le gardien, et s'efforçait peut-être aussi de ne pas tenir compte de l'odeur légèrement écœurante qui flottait dans l'air humide.

— Eh bien... fit-il, l'air songeur, moi ça me dérange pas, et lui non plus, de toute façon. Par contre, ce sera pas de ma faute si vous vous évanouissez, hein !

Il se tourna vers Hester.

— Je vous conseille d'aller avec elle. Si elle tourne de l'œil, ou vous d'ailleurs, moi j'irai pas chercher le toubib, vous vous débrouillerez, compris ?

— Tout à fait, répondit Hester d'un ton très brusque.

Puis elle se souvint du rôle qu'elle s'était assigné et changea d'attitude.

— Tout à fait, répéta-t-elle, cette fois avec beaucoup plus de déférence. Vous avez raison. Nous nous conduirons comme il se doit.

— C'est bien.

Le gardien se détourna et ouvrit la marche jusqu'à la chambre froide où l'on entreposait les corps qui devaient être conservés longtemps.

— Pourquoi lui avez-vous dit de rester ? demanda Hester en étouffant presque son chuchotement.

Le gardien s'arrêta et se retourna.

— Je vous demande pardon ?

Hester se sentit rougir jusqu'aux oreilles.

— Je... je disais que c'était gentil de votre part de rester...

— Pas le choix, répondit-il, grognon. Les cadavres sont sous ma responsabilité. Y en a qui croient que c'est pas important, mais vous pouvez pas savoir ce que certains proches peuvent faire avec les dépouilles. Y a des vrais détraqués.

Il ricana.

— Puis y en a qui cherchent à voler des corps pour les disséquer... si c'est pas malheureux, ça.

Blême, Margaret eut un serrement de gorge, mais elle garda son sang-froid.

— Tout ce que je veux, c'est voir oncle Nolan. Je préférerais ne pas entendre davantage de ces horreurs. Je comprends bien que votre vigilance soit nécessaire. Je m'en réjouis, d'ailleurs.

— Je fais que mon devoir, répondit le gardien d'un ton sec avant d'ouvrir une porte qui donnait sur une petite salle froide aux murs blanchis à la chaux. Nolan Baltimore, c'est ça ? C'est là-bas, au fond.

Il alla jusqu'à la quatrième et dernière table, où reposait un corps recouvert d'un grand drap en coton écru. Le gardien observa Margaret d'un air sceptique, comme pour évaluer les risques qu'elle s'évanouisse, ou qu'elle soit une source d'ennui de quelque manière que ce soit. En poussant un soupir de résignation, il découvrit le cadavre jusqu'aux épaules.

Margaret produisit un petit chuintement entre ses dents et tangua comme si elle se tenait sur le pont d'un navire.

Hester s'avança en hâte vers elle et la saisit avec fermeté, assez fort pour que c'en soit douloureux.

Margaret glapit mais sembla retrouver son équilibre.

Toutes les deux baissèrent les yeux sur le visage gris-blanc marbré. Les traits étaient rudes, les joues replètes et la mâchoire forte. Malgré ses yeux fermés, leurs orbites en laissaient deviner la forme. Baltimore avait eu le crâne dégarni et des cheveux ondulés d'un blond roussâtre foncé. À l'évidence, c'était un homme de belle carrure, aux bras épais. Évaluer sa taille restait difficile, mais il devait approcher le mètre quatre-vingts.

Le plus difficile était d'imaginer cette figure colorée, animée par la vie et l'intelligence. Pourtant, pour être à la tête d'une compagnie comme Baltimore & Fils, cet homme avait dû posséder adresse, imagination et dynamisme.

— Merci, fit Margaret dans un murmure. Il… il a l'air en paix. Comment est-il mort ?

— On fait de notre mieux, répondit le gardien, comme si on venait de lui adresser un compliment.

— Comment ? répéta-t-elle.

— J'en sais rien. D'après la police, il serait tombé d'un escalier. Là ça se voit pas, mais à l'intérieur il est cassé de partout. Pis bien sûr on l'a arrangé un peu.

— Merci.

Margaret peinait à respirer. Le froid et l'odeur de phénol étaient à deux doigts d'avoir raison d'elle.

Hester observa la forme sur la table. Des cadavres, elle en avait vu plus d'un, bien que la plupart n'aient pas été aussi regardables que celui-là. Sans même le palper ou le découvrir davantage, elle décela dans sa position des angles peu naturels. Nettoyé ou pas, beaucoup d'os étaient cassés, et les articulations démises. La chute avait dû être violente. En examinant sa tête, elle remarqua de fines égratignures qui s'étendaient de dessous l'oreille gauche jusqu'à la glotte, puis reprenaient sur la clavicule. Des ongles ? Il s'agissait de griffures, pas de coupures, récentes et à vif, à présent dépourvues de sang bien sûr, mais la peau avait un aspect déchiré, comme si elle n'avait jamais eu le temps de cicatriser.

— Ça vous suffit ? demanda le gardien, qui la regarda et fronça les sourcils.

— Oui… oui, merci, répondit Margaret. Je… j'aimerais m'en aller, maintenant. J'ai fait mon devoir. Pauvre oncle Nolan. Merci beaucoup pour votre…

Incapable de garder son calme, elle ne termina pas sa phrase.

Hester comprit qu'elle était à bout de forces. C'était sans doute la première fois qu'elle voyait un cadavre. Une prostituée était morte à Coldbath, mais dans des conditions fort différentes : après beaucoup d'émotion et de chagrin, elles avaient ressenti une sorte d'apaisement. Ici, il régnait une température polaire, et la pièce empestait la pierre froide et le phénol. De plus, la mort remontait à plusieurs jours.

Elle prit Margaret par l'épaule et la soutint, en essayant de réprimer sa déception. Au moins, elle avait en tête une image qu'elle pourrait tenter de décrire.

À la sortie, elles remercièrent le gardien une dernière fois, puis partirent à une allure à la limite de l'impolitesse.

— Du thé ! s'écria Margaret d'un ton haletant. Je veux m'asseoir quelque part, au sec !

— Vous ne préférez pas rentrer à Coldbath ? Je ne suis pas sûre de ce qu'on va trouver ici…

— Je veux le dessiner avant d'oublier ! lança Margaret, impatientée. Debout sous la pluie, ça me sera difficile !

Hester fut désarçonnée.

— C'est possible ?… Enfin vous pouvez…

— Bien sûr, voyons ! Si je m'y mets tant que son visage est net dans ma tête ! Pour l'instant, j'ai l'impression que cette image ne me quittera jamais, mais le bon sens et surtout l'espoir me soufflent le contraire.

Margaret jeta un coup d'œil alentour et pressa le pas afin de trouver où s'abriter, et Hester dut courir sur quelques mètres afin de la rattraper et de la saisir par le bras pour l'empêcher de rentrer dans un camelot qui espérait lui vendre des lacets.

Au bout d'un moment, elles finirent par trouver une taverne où elles s'installèrent dans un coin et commandèrent deux demi-pintes de cidre et deux parts de tourte chaude. Dès qu'on les eut servies, Margaret sortit son matériel et se mit à dessiner. De temps à autre, elle buvait une gorgée, mais elle ne toucha pas à son assiette.

Hester se sentit soudain affamée. De son côté, le soulagement éclipsait des sentiments plus ténus, et elle se réjouissait de voir Margaret réussir à donner vie et personnalité à son portrait. Sous ses yeux, le visage de Nolan Baltimore prenait forme au point qu'elle eut presque l'impression de l'avoir connu.

— C'est magnifique ! commenta-t-elle, admirative, en s'essuyant les doigts dans son mouchoir avant de terminer son verre. Avec ça, le doute ne sera pas possible.

Margaret leva la tête, flattée.

— Je ferais mieux d'en dessiner un autre, dit-elle d'un ton grave. Si nous perdions celui-ci, nous aurions beaucoup de mal à poursuivre nos recherches.

Sur ce, elle se mit à croquer Baltimore selon un angle de vue un peu différent, davantage de trois quarts.

Hester alla au comptoir chercher deux autres demi-pintes, puis patienta pendant que Margaret terminait par un troisième portrait, très détaillé, enrichi par des ombres qui lui conféraient presque du volume.

Avant de courir le risque d'attirer l'attention, elles partirent et rentrèrent par les rues humides malgré un ciel à présent dégagé et une petite brise qui promettait de faire durer le beau temps.

L'après-midi à Coldbath fut très calme. Hester alla dormir un peu en prévision de ses projets, qui devaient lui prendre une bonne partie de la soirée. Elle savait que Monk ne serait pas chez eux et n'aurait donc besoin d'aucune explication pour son absence. Elle n'avait pas l'intention d'emmener Margaret avec elle.

De toute façon, il fallait que deux personnes restent sur place, au cas où il faudrait aller chercher Mr. Lockwood.

Malgré quelques protestations de Margaret, Hester perçut en elle un certain soulagement quand elle annonça que Bessie ne pourrait s'en sortir seule si elles recevaient une blessée grave.

— Oui, je suppose, reconnut-elle avec une réticence sincère. Mais vous, alors ? Vous ne devriez pas non plus y aller seule ! Dieu sait ce qui pourrait vous arriver, et nous ne le saurions même pas ! Pourquoi ne pas…

Hester sourit.

— Pourquoi ne pas quoi ? Vous ne trouverez pas de meilleure idée. J'agirai avec une grande prudence, je vous le promets. Je ressemble assez aux femmes qui vivent dans le quartier, et elles ont l'habitude de circuler seules. De toute façon, il y a des policiers partout ! Tout le monde le sait. Tant que je n'ai pas l'air de racoler, ce à quoi je vais mettre un soin tout particulier, je ne courrai pas plus de risques qu'une autre.

Sans attendre d'autre argument de la part de Margaret ou de Bessie, ou de finir par entendre raison, elle prit un vieux châle dans la réserve de vêtements et sortit. La soirée était belle et douce. Regardant droit devant elle, elle s'en alla d'un pas rapide en direction de Leather Lane.

Elle avait l'intention de commencer par la maison close où l'on avait retrouvé Nolan Baltimore, mais elle devait agir avec précaution, pour ne pas attirer l'attention d'un policier, notamment celle de l'agent Hart, qui la reconnaîtrait sur-le-champ et se douterait de ses intentions.

Elle régla son pas sur celui de la femme d'un certain âge qui la devançait, resta à environ cinq mètres de distance et s'efforça de ne pas avoir l'air différente d'elle aux yeux d'un observateur peu averti. Au croisement où

Bath Street devenait Lower Bath Street, elle traversa l'artère de Theobald's Road et prit Leather Lane.

L'air fatigué et abattu, un agent se trouvait en poste au coin de la rue. Comment pourrait-elle montrer un portrait à ceux qu'elle croiserait sans qu'il la remarque ? Elle n'avait pas d'autre choix que de procéder sous les rares réverbères. Personne ne pourrait reconnaître le portrait dans l'obscurité plus près des murs, sous un porche ou dans une ruelle.

L'agent l'observa en silence, sans paraître lui porter grand intérêt. Tant mieux. Cela signifiait qu'elle se fondait bien dans le décor. C'était peu flatteur, mais pour l'instant nécessaire. Un sourire pincé aux lèvres, elle poursuivit son chemin.

Une prostituée était appuyée contre le lampadaire suivant. La lumière illuminait sa tête nue et se reflétait dans ses cheveux. Sans doute encore loin d'avoir vingt ans, elle n'était pas vraiment jolie, mais elle gardait une certaine fraîcheur. Hester ne l'avait jamais vue, et elle eut soudain le trac de s'adresser à une parfaite inconnue.

Cependant, c'était peut-être le seul moyen d'obtenir des résultats, et elle refusait de rentrer à Coldbath Square pour annoncer aux autres qu'elle avait flanché ! Ce serait encore pire que ce que cette fille pourrait lui répondre.

— Excusez-moi, commença-t-elle, hésitante.

La jeune femme la regarda, les yeux déjà hostiles.

— Traîne pas ici, ma biche, dit-elle d'une voix basse et calme. C'est mon coin, et mon mac il va te taillader s'il te trouve ici. Va te chercher un autre endroit.

Elle observa Hester avec plus d'attention.

— T'es pas bien belle, mais tu marches la tête haute. Y en a que ça leur plaît. Essaie donc par là-bas, lui conseilla-t-elle en lui indiquant la masse imposante de la brasserie de Portpool Lane.

Hester ravala sa mauvaise humeur avec peine. Elle se sentait piquée au vif, ce qui était ridicule. Même si elle se savait aimée, s'entendre dire qu'elle n'était pas bien belle ne lui plaisait guère. En tout cas, ce n'était pas le moment de répliquer.

— Je ne cherche pas à empiéter sur votre domaine, répondit-elle d'une voix posée.

Cette jeune femme ne faisait que défendre son gagne-pain. Elle avait sans doute dû lutter pour obtenir tout ce qu'elle possédait, et devait encore se battre pour le garder.

— Je veux juste vous questionner sur un homme que vous avez pu voir par ici.

— Écoute, ma biche, si ton jules vient dans le coin chercher son plaisir, t'as qu'à faire comme si de rien n'était et t'occuper de tes gosses et de ta maison. Si t'as un toit et de quoi bouffer, estime-toi heureuse.

Hester eut un temps d'hésitation. Que pourrait-elle bien inventer pour que la jeune femme la croie et lui fournisse les renseignements voulus ? Celle-ci se détournait déjà. La seule réponse était peut-être la vérité.

— Il s'agit de l'homme qu'on a assassiné, reprit-elle d'un ton brusque, à la fois excitée et angoissée d'avoir sauté le pas. Je souhaite voir la police quitter le quartier de façon que tout revienne à la normale.

La jeune fille avait l'air perplexe. Hester ne pouvait que continuer sur sa lancée.

— Les enquêteurs n'arrivent pas à démasquer le coupable ! Le seul moyen de les voir partir, c'est qu'un autre s'en charge à leur place.

Elle sortit le portrait de Nolan Baltimore de sa poche. Les yeux plissés, la jeune fille l'examina.

— C'est lui ? demanda-t-elle, intriguée. Jamais vu. Désolée.

Hester essaya de juger à son visage si elle pouvait se fier à elle.

La fille eut un sourire sans joie.

— C'est vrai. Je sais qu'on l'a retrouvé chez Abel Smith, c'est tout.

— Merci.

Hester hésitait à lui demander si elle savait où se trouvait le lupanar où l'on trouvait des femmes comme elle, celles qui gardaient un air digne. Il s'agissait peut-être de la maison close qui appartenait à l'usurier. Elle prit sa respiration.

La fille lui lança un regard noir, de nouveau hostile.

— Merci, répéta Hester.

Après avoir interrogé tous ceux qu'elle croisait jusqu'à High Holborn, elle poursuivit ses recherches en remontant Farringdon Road, puis traversa Hatton Wall et revint à Leather Lane. Personne ne reconnut avoir vu Nolan Baltimore.

Maintenant qu'il faisait noir, la température avait beaucoup fraîchi. De moins en moins de monde circulait dans les rues. Un homme vêtu d'un manteau trop grand pour lui marchait d'un pas pressé en traînant un peu une jambe, jetant son ombre courbe sur les pavés tandis qu'il passait sous le réverbère.

Sur le trottoir d'en face, une femme allait d'un air détaché, comme si elle se sentait tout à fait sûre d'elle. Lorsqu'elle tourna à l'angle et prit Hatton Wall, un fiacre ralentit. Hester ne vit pas si elle y montait.

Un mendiant entra sous un porche et s'y laissa tomber, comme pour s'y abriter pour la nuit.

Les efforts d'Hester n'avaient abouti à rien. Elle ne savait même pas si on lui mentait par peur ou par malveillance, ou si en effet personne n'avait vu Nolan Baltimore.

Si c'était vraiment le cas, cela signifiait-il pour autant qu'il n'était pas venu ? Ou juste qu'il s'était montré très discret ? Un homme tel que lui ne s'efforcerait-il pas de ne pas être reconnu ?

En tout cas, elle savait où se trouvait l'établissement d'Abel Smith, et elle décida en dernier recours de s'y rendre et de l'interroger. Elle revint sur ses pas jusqu'à une courte ruelle perpendiculaire à Leather Lane, et gravit un escalier branlant. Tout autour d'elle, elle entendait les gouttes d'eau tomber, le bois craquer et, de temps à autre, une cavalcade de petites pattes griffues. Cela lui rappela les rats à l'hôpital de Scutari — elle serra les dents et pressa le pas.

La porte s'ouvrit ; elle sursauta, et un chauve souriant la regarda. La lumière derrière lui transformait en halo les rares cheveux blancs qui lui restaient.

— Vous vous êtes égarée, c'est ça ? demanda-t-il, en zézayant comme s'il avait une dent cassée.

Ce ne fut qu'une fois en haut des marches qu'elle se rendit compte qu'elle le dépassait d'une dizaine de centimètres.

— Tout dépend d'où je me trouve, répondit-elle, heureuse de ne pas être essoufflée. Si c'est bien la maison d'Abel Smith, alors je ne me suis pas trompée d'endroit.

Il secoua la tête.

— Je veux bien tenter tous les genres, ma biche, mais t'es pas faite pour ici.

Il l'examina de bas en haut.

— Si t'es au bout du rouleau, je veux bien te filer une chambre pour la nuit, mais faudra te trouver une autre turne pour demain soir. T'es pas le genre de poule que je propose.

— En effet, convint-elle. Néanmoins j'en connais plusieurs qui le sont. C'est moi qui tiens le dispensaire de Coldbath Square où l'on soigne certaines de vos filles quand elles sont blessées ou malades.

Il plissa les yeux et siffla entre ses dents.

— J'ai personne qu'est malade, ici, et j'ai demandé aucune aide !

— Je ne suis pas là pour ça.

Elle décida de broder un peu.

— Si je suis venue, c'est pour faire en sorte que la police s'en aille et que tout le monde puisse reprendre le travail.

— Ah ouais ? Et comment que vous comptez vous y prendre, tiens ?

Il la toisa d'un air sceptique.

— On dit que ce rupin qui s'est fait trucider était chez moi, mais on l'a jamais vu, sauf une fois qu'il était mort !

Il renifla.

— J'ai jamais buté un client, moi ! Ça serait rudement con, en tout cas. Mais ces crétins veulent pas me croire.

— Où se trouve l'escalier d'où il est censé être tombé ?

— Pourquoi donc ? Qu'est-ce que ça peut vous faire ?

— Pourquoi le cacher ? riposta-t-elle.

— Fichez-moi le camp ! s'écria-t-il en la chassant d'un signe de la main. Vous allez réussir qu'à m'attirer des emmerdements. Allez, ouste !

Derrière elle, un rat renversa une caisse vide qui tomba en produisant un bruit sourd et mouillé. Elle ne bougea pas.

— J'essaie de vous aider, espèce d'imbécile ! ragea-t-elle. S'il n'est pas mort ici, c'est qu'on l'a tué ailleurs ! Son meurtre n'avait rien à voir avec les prostituées, et si je parviens à le prouver, la police cessera de nous harceler, et la vie reprendra son cours ! C'est bien ce que vous voulez, non ?

Les yeux de Smith n'étaient presque plus que des fentes se détachant sur sa face rose.

— Pourquoi ? Je pensais que vous étiez juste une bonne âme qui cherche à sauver celle de ces pauvres diablesses. Vous mijotez quelque chose, pas vrai ?

Il hocha la tête plusieurs fois de suite.

— C'est quoi, votre affaire ? Qu'est-ce que vous fabriquez à Coldbath Square ?

Hester sauta sur l'occasion de se montrer ferme.

— Ça ne vous regarde pas ! lâcha-t-elle sèchement. Bon, est-on obligés de discuter de ça là où tout le monde peut nous entendre ?

Avec réticence, il dégagea le passage et lui ouvrit en grand. Elle entra sur un palier étroit qui menait à une demi-douzaine de portes. D'une drôle de démarche — il se balançait comme un vieux loup de mer —, Smith alla jusqu'à la quatrième porte et entra dans ce qui se révéla être un salon au mobilier autrefois vert et rouge, mais qui avec le temps avait passé et pris une couleur de feuilles mortes. Contre le mur du fond, un bureau était recouvert de papiers. Devant elle, elle vit un fauteuil et une toute petite cheminée pleine de cendres. L'odeur de renfermé était pesante. La chaleur n'aurait fait qu'aggraver les choses.

— J'aimerais m'adresser à quelques-unes de vos filles, annonça Hester.

— Elles savent rien, répondit Smith d'un ton plat.

— Je me fiche de ce que vous pouvez bien fabriquer ici ! s'emporta-t-elle, consciente de perdre son sang-froid, sans pour autant pouvoir se maîtriser. Elles auront peut-être vu cet homme dans la rue ! Vous avez dit qu'il n'est pas venu de lui-même — alors qui l'a amené ici ? Vous ne vous demandez pas qui a bien pu vous jouer ce tour ?

— Et comment ! cracha-t-il, son teint rosé et son air innocent soudain remplacés par une allure de bébé maléfique. Ada ! cria-t-il d'une voix tonitruante.

À l'étage du dessous, on entendit un peu de bruit, mais personne n'apparut.

— Ada ! hurla-t-il de plus belle.

La porte s'ouvrit d'un seul coup, et une femme replète de la taille de Smith surgit, ses boucles noires tombant en grappes autour de son visage rougeaud, les yeux lançant des éclairs de colère. Après l'avoir regardé, elle dévisagea Hester.

— Bonne à rien, commenta-t-elle sans qu'on lui ait rien demandé. Trop maigre. C'est pour ça que tu m'as appelée, imbécile ? T'as donc rien dans le crâne ? T'as pitié d'elle, c'est ça ?

Elle pointa un doigt boudiné sur Hester.

— Pour chez nous, ça ira pas, en tout cas, espèce de gros…

Remarquant que Smith ne tentait pas de se justifier, elle se tut. Elle comprit son erreur et se tourna vers Hester.

— Bon, qu'est-ce que vous fichez ici, alors ? Vous avez perdu votre langue ?

Hester lui montra le portrait de Nolan Baltimore, auquel Ada jeta à peine un coup d'œil.

— Il est mort, dit-elle d'un ton neutre. Y a un salaud qui l'a laissé chez nous, mais nous on y est pour rien. On l'avait jamais vu, et personne peut prouver le contraire !

— C'est votre parole contre la leur, commenta Hester, raisonnable.

Terre à terre, Ada tenait trop à se préserver pour ergoter sans raison valable.

— C'est quoi que vous voulez, alors ? Qu'est-ce que ça peut vous faire de savoir qui l'a laissé ici ?

Hester décida de tenter le tout pour le tout et sentit la chair de poule la gagner :

— Je souhaite trouver son meurtrier afin que la police quitte le quartier. Je voudrais aussi découvrir qui prête de l'argent à des femmes et se fait ensuite rembourser en les mettant sur le trottoir.

Les yeux noirs d'Ada s'écarquillèrent davantage.

— Tiens donc ! Pourquoi ça ?

Sa question fusa comme un projectile.

— Tant qu'il y aura des policiers partout, personne ne travaillera. Personne ne pourra donc payer ses dettes. Les esprits s'échauffent, et de plus en plus de prostituées seront blessées.

Ada se montrait toujours dubitative.

— Depuis quand les femmes comme vous s'inquiètent de savoir si nous autres on a du travail ? demanda-t-elle, les yeux plissés. Je croyais que vous pensiez qu'à nous chasser des rues et à faire revenir la morale, termina-t-elle d'un ton aussi tranchant que le fil d'un rasoir.

— Si vous croyez que poster des agents à chaque coin de rue sera suffisant pour ça, vous vous trompez ! rétorqua Hester. Il n'y a pas de « comme vous » ou « comme nous » qui tienne. Toutes les femmes peuvent se retrouver sur le trottoir pour rembourser leur usurier. Il se peut qu'on les destine à des hommes aux goûts particuliers, mais elles prennent ce qui vient. C'est toujours mieux que de se faire frapper presque à mort.

— Nous, on bat jamais personne ! s'indigna Ada.

En dépit de son ton suffisant, Hester la sentit sincère.

— Est-ce que vous pourvoyez à des exigences particulières ?

— Pas en proposant le genre de filles que vous dites. Les nôtres, elles veulent gagner leur vie, c'est tout, et elles touchent juste de quoi s'en sortir.

Hester regarda autour d'elle. Les propos d'Ada étaient plausibles, même s'il était fort possible qu'Abel et elle possèdent un ou plusieurs établissements différents de celui-là. Quoi qu'il en soit, si on avait tué Nolan Baltimore dans un autre bordel tenu par Abel Smith, ce dernier n'aurait sans doute pas fait transporter le corps jusque-là.

Le silence d'Hester agaçait Ada.

— Nous, on fait rien de ce genre ! se défendit-elle. Y a rien de louche chez nous. Et puis on cogne pas.

Elle renifla fort.

— À moins qu'une fille se mette à mal nous parler et mérite qu'on la corrige. Il faut bien qu'y ait un peu de discipline, sinon on obtient rien. Personne a de respect pour un gros mollasson comme lui ! conclut-elle en lançant un regard méprisant à Smith.

— Pourrais-je discuter avec quelques-unes de vos filles, pour savoir si quelqu'un a vu Mr. Baltimore dans le quartier ou sait où il a pu aller ?

Ada réfléchit un instant.

— Pourquoi pas ? répondit-elle enfin. Mais y passez pas la nuit ! Les temps sont durs, alors on a pas de temps à perdre !

Hester ne prit même pas la peine de lui répondre.

Elle passa près d'une heure à interroger des femmes toutes aussi lasses et effrayées les unes que les autres, mais qui ne semblaient porter aucune trace de coups. Aucune d'elles ne devait être prête à reconnaître avoir vu Nolan Baltimore autre part qu'en bas de l'escalier.

— Quelle question ! lui répondit une dénommée Polly d'un air des plus dédaigneux. C'était un rupin. Le pognon lui sortait par les oreilles.

Son rire se changea en grognement, expression de dégoût plus que de colère.

— Vous nous avez bien vues, madame ? Vous pensez qu'un bonhomme comme lui il va venir ici pour nous ? Ce qu'il cherche, c'est quelque chose de spécial, et il a les moyens de se l'offrir.

Elle haussa les épaules puis remonta la bretelle de sa robe, qui lui avait glissé le long de l'épaule.

— Il devait aller chez Squeaky Robinson.

— Squeaky Robinson ? Qui est-ce ?

— Aucune idée, s'empressa de répondre Polly. C'est plus dans le coin de Coldbath et de la brasserie. Vers Hatton Wall, ou Portpool Lane, peut-être. Je préfère pas savoir. À votre place, je m'en approcherais pas trop non plus.

Hester se leva.

— Merci. Votre aide m'a été précieuse.

— Moi, je vous ai rien dit, protesta Polly d'un ton abrupt en remettant sa bretelle en place une nouvelle fois et en jurant à voix basse.

— Bien sûr, la rassura Hester. À part que Baltimore n'est pas mort ici, et qu'il ne venait jamais à Leather Lane.

— Voilà, répondit Polly d'un ton assuré. Jamais !

Hester la croyait. Sur le chemin du retour, elle ressassa ces éléments et finit par être convaincue qu'on avait assassiné Nolan Baltimore ailleurs avant de le déposer chez Abel Smith pour lui faire porter le chapeau.

Cependant, elle n'était pas beaucoup plus avancée dans ses recherches, même si elle allait garder en mémoire le nom de Squeaky Robinson et le fait que, d'après Polly, il proposait des filles à des hommes aux goûts particuliers et coûteux.

CHAPITRE VI

À grands pas, Monk traversa la pelouse de Regent's Park en direction des Royal Botanic Society Gardens, sans presque remarquer les autres promeneurs. Son esprit était écartelé entre le passé et le présent. L'un détenait la clé de l'autre, et il trouverait peut-être les deux dans les bribes de renseignements que possédait Katrina, enfermés sous la chape de ses sentiments. Voilà au moins un point qu'ils avaient en commun. Inquiète pour Dalgarno, ce qu'elle ignorait à son sujet l'effrayait. Monk était tout aussi terrifié, mais pour lui.

Le soleil, qui brillait avec une grande intensité et diffusait les teintes argentées et dorées du printemps, avait attiré dans les jardins une foule de badauds. Ayant pris son courage à deux mains pour la retrouver, Monk ressentit une déception aiguë lorsque au bout de plusieurs minutes il ne la vit toujours pas. Des dizaines de femmes de tous âges se promenaient dans le parc, portant soie et dentelle colorées, mousseline brodée, chapeaux à fleurs, et ombrelles qui formaient une forêt de pointes dépassant des coupoles de tissu déployées. Elles marchaient par groupes de trois ou quatre en riant, ou bien au bras d'un admirateur, la tête haute.

Monk pestait de devoir revenir le lendemain. Il ne savait ni où elle vivait, ni comment la trouver, ni quelles pistes explorer en attendant de la revoir.

— Mr. Monk !

Il fit volte-face et la vit juste derrière lui. Il se réjouissait tant de son arrivée qu'il ne prêta pas attention à ce qu'elle portait, remarquant seulement que ses vêtements étaient clairs et décorés de motifs discrets. C'était son visage qu'il regardait, ses magnifiques yeux surmontés de longs sourcils noirs, et il se rendit compte qu'il souriait. Cela allait sans doute donner de faux espoirs à Katrina, mais quand bien même son sourire équivalait à un mensonge, il ne put s'en départir.

— Miss Harcus ! Je... je craignais que vous ne veniez pas, s'empressa-t-il de dire, faute de trouver des paroles plus exactes.

Elle scruta son visage.

— Avez-vous du nouveau ? demanda-t-elle, le souffle presque court.

Ce ne fut qu'à cet instant qu'il remarqua sa pâleur. Il percevait son émotion, comprimée comme un ressort prêt à rompre.

— Non, répondit-il d'un ton plus abrupt que voulu tant il s'en voulait de l'avoir induite en erreur. Sauf que je n'ai rien découvert d'irrégulier concernant les décisions de Mr. Dalgarno.

Comme il s'y attendait, il ne distingua aucun soulagement dans son regard. Au contraire, elle se crispa davantage et secoua la tête.

— Non... c'est impossible...

— J'ai tout examiné ! insista-t-il. Il y a peut-être eu quelques irrégularités lors de l'acquisition des terres...

— Des irrégularités ? Comment ça ? Est-ce légal ou non ? Je ne suis pas tout à fait ignare, Mr. Monk ! Certains ont fini en prison pour des « irrégularités », comme vous dites, si elles étaient intentionnelles et que leurs auteurs en ont profité. Parfois même quand elles n'étaient pas voulues, mais qu'ils n'ont su prouver leur innocence !

— Oui, je sais, répondit Monk d'un ton très calme. En ce qui nous concerne, la fraude doit être avérée, mais je ne trouve rien.

Katrina prit sa respiration comme si elle s'apprêtait de nouveau à lui couper la parole, mais Monk s'empressa de poursuivre.

— La fraude que je soupçonne consisterait à modifier le tracé de la voie ferrée pour contenter un fermier ou un propriétaire qui aurait refusé de voir son domaine coupé en deux. Il se peut qu'on ait versé des pots-de-vin, mais je serais fort surpris si l'on pouvait en retrouver la trace. Les gens se montrent discrets à ce sujet.

Conscient qu'en restant immobiles ils attiraient davantage l'attention sur eux, il lui offrit son bras, et sentit ses doigts à travers le tissu de sa veste lorsqu'elle le saisit.

— Mais qu'en est-il de la collision ? s'écria-t-elle, une pointe de panique dans la voix. Et les dangers encourus ? Ce n'est pas qu'une question de… de profit individuel contestable. C'est…

Elle chuchota le mot :

— … un meurtre ! D'un point de vue moral, au moins.

Lui lançant un regard noir, avec dans les yeux un sentiment de terreur qui effraya Monk, elle lui tira sur le bras pour qu'ils s'arrêtent.

— Je sais, reconnut-il avec douceur en se tournant vers elle. Pourtant, j'ai examiné la voie ferrée moi-même, Miss Harcus, et c'est un domaine qui m'est familier. D'après moi, rien ne peut mettre en péril la vie des voyageurs.

Ils reprirent leur marche parmi les parterres de fleurs.

— Vous en êtes sûr ?

— Si les terres coûtent plus que nécessaire, ou moins, et que les dirigeants de la compagnie empochent la différence au lieu de la distribuer entre les actionnaires, c'est du vol, mais rien n'affecte la fiabilité du chemin de fer.

— De quelle somme peut-il être question ? Sans aucun doute une véritable fortune, n'est-ce pas ? Assez pour assurer une vie d'aisance à celui qui la touchera, en tout cas.

Monk se demanda ce qu'il était advenu de l'argent empoché par Dundas. Sa veuve l'avait-elle gardé ? Non, impossible. On ne gardait jamais les gains d'un crime. Ceux-ci avaient-ils disparu ? Pour qu'on ait pu l'inculper, il devait exister des preuves attestant que Dundas les avait eus un jour en sa possession.

Monk se refusa à envisager l'autre possibilité — que lui, d'une manière ou d'une autre, les ait eus entre les mains. Vu la vie de policier qu'il avait menée par la suite, il n'avait pas pu posséder une telle fortune.

Katrina attendait une réponse. Monk interrompit sa rêverie.

— En effet, convint-il, il doit s'agir d'un montant énorme.

Elle avait les lèvres pincées, et sa bouche formait une ligne fine.

— Assez pour pousser quelqu'un à commettre un crime grave, commenta-t-elle d'une voix rauque. Assez pour que d'autres s'imaginent le pire au sujet de leurs proches... sans beaucoup de difficulté. Mr. Monk, cette réponse n'est pas satisfaisante.

Elle baissa les yeux, lui cachant ainsi ce qu'il pourrait y déchiffrer. Lorsqu'elle reprit la parole, sa voix fut à peine plus forte qu'un murmure.

— Je m'inquiète tant pour Michael que j'ai du mal à garder la tête sur les épaules. J'ai pris des risques très inhabituels pour moi, comme coller l'oreille aux portes, écouter des conversations, et même lire des documents laissés sur des bureaux. J'ai honte de l'avouer.

— Qu'est-ce que vous me cachez ? demanda Monk d'un ton un peu brusque.

— Je sais que Jarvis Baltimore a pour projet de s'acheter un domaine qui vaut deux mille livres, dit-elle, haletante. J'ai vu les plans. D'après ce que j'ai entendu, il prévoit d'obtenir la somme d'ici à deux mois, grâce aux bénéfices de leur manœuvre.

Elle fixait Monk du regard, essayant de deviner ses pensées.

— Michael et lui ont pourtant dit que rien de cette opération ne devait filtrer, sous peine de finir ruinés.

— Êtes-vous certaine d'avoir bien compris ? Était-ce après la mort de Nolan Baltimore ?

— Non… répondit-elle d'une voix à peine audible.

Ce n'était donc pas une question d'héritage.

— S'agit-il d'une vente de matériel à des compagnies étrangères ?

— Pourquoi un tel secret, alors ? Si c'était le cas, personne ne s'en cacherait, non ? Ce sont des contrats tout ce qu'il y a de plus commun.

— En effet.

— La clé de tout cela a dû vous échapper, Mr. Monk. Quelque chose qui risque de faire jeter Michael en prison, voire le mener sur l'échafaud, si nous ne découvrons pas de quoi il s'agit avant qu'il ne soit trop tard !

— Miss Harcus ! Nolan Baltimore a été assassiné il y a peu. Chacun ou presque pense que c'est arrivé parce qu'il fréquentait une maison close de Leather Lane. Mais tout n'est peut-être qu'une machination.

Elle releva la tête d'un coup et le regarda, livide, sans prêter la moindre attention à ceux qui les entouraient, à leur curiosité ou leur air inquiet.

— Vous pensez qu'il y a un rapport avec la voie ferrée ? dit-elle dans un souffle en portant la main devant sa bouche comme si cela pouvait repousser la vérité.

— Oui, répondit-il avec douceur. Si vous voyez juste, et qu'il y a en effet une grosse somme d'argent en jeu, alors il se peut qu'on ait assassiné Nolan Baltimore, s'il avait connaissance de ce qui se trame, pour le réduire au silence.

Elle était à présent si blême qu'il craignit de la voir s'évanouir. Par réflexe, il lui saisit les bras pour la retenir.

Elle se laissa faire quelques secondes à peine, puis s'écarta dans un soubresaut si brusque que Monk manqua déchirer la fine mousseline de ses manches.

— Oh non !

L'air horrifié, elle avait réagi avec une telle intensité que plusieurs personnes se retournèrent pour les regarder puis, gênées d'avoir été surprises en flagrant délit d'indiscrétion, se détournèrent de nouveau.

— Miss Harcus, je vous en prie !

— Non ! répéta-t-elle, avec moins de vigueur. Je... je refuse de croire que...

Elle ne termina pas sa phrase.

Si on avait tué Nolan Baltimore pour le faire taire — soit qu'il ait demandé à toucher une part, soit qu'il ait menacé de dévoiler l'affaire —, Michael Dalgarno offrait un suspect idéal.

Monk, qui comprenait son trouble, avait de la peine pour elle. Si cette hypothèse s'avérait, l'homme qu'elle aimait n'aurait, d'une certaine manière, jamais existé. Avant même qu'il se soit rendu à Leather Lane ce fameux soir, avant que tout devienne irrévocable, il aurait porté le germe en lui, la cruauté et la cupidité, la vanité à cause de laquelle son enrichissement primait la vie d'un homme. Il se serait trahi lui-même bien avant de trahir Katrina, ou son mentor et employeur.

Si Monk avait trahi Arrol Dundas et eu une part de responsabilité dans la collision, alors il n'avait jamais été celui qu'Hester croyait connaître, et tout ce qu'il avait construit jusqu'à présent s'effondrerait comme un château de cartes.

Soudain, il se sentit plus proche de cette femme que de personne d'autre, parce que l'un et l'autre partageaient une peur similaire.

Elle le fixait toujours d'un air terrifié.

— Miss Harcus, dit-il avec une tendresse qui le surprit.

Cette fois, il n'hésita pas à poser la main sur son bras. Ce n'était qu'un geste dérisoire, mais empreint d'une immense compréhension.

— Je vous promets encore une fois de découvrir la vérité. Je m'efforcerai aussi de démasquer le meurtrier de Nolan Baltimore.

Il posa sur elle un regard grave.

— À moins qu'il n'y ait bien eu fraude, et que Michael Dalgarno ne soit impliqué, je ne vois aucune raison pour qu'il l'ait tué. Baltimore a sans doute trouvé la mort au cours d'une bagarre à propos de quelques pièces que lui réclamait un souteneur ivre. Il est possible que ceux qui l'ont tué n'aient même pas connu son identité. Était-il prompt à s'emporter ?

Un sourire effleura les lèvres de Katrina, qui sembla enfin se détendre.

— Oui, répondit-elle dans un murmure. Il avait la tête chaude. Je ne sais comment vous remercier, Mr. Monk. Grâce à vous, au moins, j'ai espoir. Je m'en contenterai en attendant que vous en sachiez plus.

Elle baissa un instant les yeux en battant des paupières.

— Je dois sûrement vous remettre une autre avance, à présent, et de plus vous avez eu beaucoup de frais de voyage. Quinze livres, c'est assez ? C'est… c'est tout ce que je peux vous donner pour l'instant.

La gêne la fit un peu rougir.

— C'est parfait, répondit-il en prenant les billets, qu'il rangea dans sa poche intérieure avec la plus grande discrétion, sortant ensuite un mouchoir comme si c'était ce qu'il cherchait.

Le regard de Katrina indiquait qu'elle avait compris, et la lueur de reconnaissance qu'il y perçut lui parut un remerciement suffisant.

Néanmoins, il était temps pour Monk d'envisager avec plus de sérieux la possibilité que la mort de Nolan

Baltimore ne fût aucunement l'affaire de mœurs que tout le monde croyait, mais plutôt un coup monté. Si Dalgarno, ou même Jarvis Baltimore, avait voulu tuer le vieil homme, profiter des vices cachés de celui-ci permettait d'accomplir le crime parfait.

Monk n'obtiendrait rien en questionnant l'inspecteur chargé de l'enquête, qui verrait d'un mauvais œil cette intrusion. Le pauvre homme subissait déjà assez la pression de ses supérieurs et des bourgeois indignés qui se sentaient l'obligation morale de protester. Quoi qu'il fasse, rien ne saurait les satisfaire. La seule solution acceptable à leurs yeux était d'éradiquer le problème, ce qui s'avérait impossible. S'ils se taisaient, ils donnaient l'impression de cautionner la prostitution et le meurtre d'un notable ; s'ils se plaignaient, ils attiraient davantage l'attention sur des pratiques auxquelles ils souhaitaient tous avoir la liberté de s'adonner tout en le niant.

Aucun intérêt non plus à interroger les agents en faction, que l'on forçait à protéger le quartier de Farringdon Road contre les intérêts de tous. S'ils avaient connu l'identité du tueur, celui-ci aurait déjà été inculpé, et la question de la prostitution mise en suspens.

Ce que Monk voulait connaître, c'était les déplacements de Nolan Baltimore le soir de sa mort, ce que Michael Dalgarno en savait, et où il se trouvait. À quel moment s'étaient-ils quittés ? Quel rôle avait joué Jarvis Baltimore ?

Qui pouvait le savoir ? Les domestiques des Baltimore, l'agent en poste près de chez eux ou de leurs bureaux — si l'un des deux n'était pas rentré chez lui ce soir-là —, ou encore des camelots ou des cochers, des individus dont l'activité les amenait à passer dans les environs.

Il choisit de commencer par le plus facile, et sans doute celle qui serait le plus en mesure de lui fournir des renseignements de valeur. Assise au coin de la rue sur une caisse délabrée, un châle sur la tête, elle fumait une pipe en terre qu'elle tenait bien serrée entre ce qui lui restait de dents. Tout un assortiment de pastilles pour la gorge et de bonbons au brandy était disposé autour d'elle dans des plats en fer-blanc et des bols ; elle avait posé une pierre sur une pile de petits carrés de papier pour les empêcher de s'envoler.

— Bonjour, monsieur, dit-elle avec un léger accent irlandais. Alors, qu'est-ce qui vous intéresserait ?

Il s'éclaircit la voix.

— Des pastilles, s'il vous plaît, répondit-il en souriant. Pour trois pence, je pense.

Il prit une pièce dans sa poche et la lui tendit.

Après s'en être emparée, elle plongea une cuillère dans un récipient plein de bonbons visqueux. Elle en posa une portion sur un morceau de papier qu'elle torsada avant de le lui donner. Elle tira une grande bouffée de sa pipe, qui s'était éteinte. Elle plongea la main dans sa poche, mais Monk la devança et sortit une boîte d'allumettes qu'il lui présenta.

— Ça, vous êtes un gentleman, vous, dit-elle en prenant une allumette.

Elle la craqua, maintint la flamme sur le foyer de sa pipe et aspira fort. Le tabac prit, et elle inhala avec un air de profonde satisfaction. Elle voulut lui rendre la boîte.

— Gardez-les, répondit-il.

Elle ne discuta pas, mais l'amusement perçait dans ses yeux brillants, à demi cachés par les plis de sa peau tannée.

— C'est quoi que vous voulez ? demanda-t-elle de but en blanc.

Il lui adressa un grand sourire. Quand il le souhaitait, il savait user de son charme.

— Vous devez savoir que Mr. Baltimore a été tué dans Leather Lane, il y a quelques jours, commença-t-il sans détour.

Faire affront à son intelligence constituerait une grave erreur. Ceux qui travaillaient encore dans la rue à son âge n'étaient pas du genre à se laisser berner.

— Ben oui, comme tout le monde à Londres, non ? rétorqua-t-elle, d'un air qui trahissait son mépris à l'égard de Baltimore, sans doute plus pour son hypocrisie que pour ses mœurs douteuses.

— Vous deviez voir toutes ses allées et venues, poursuivit-il, en indiquant d'un signe de tête la maison des Baltimore, qui se trouvait à une trentaine de mètres plus loin.

— Pour sûr, le salaud ! M'aurait jamais filé un demi-penny, celui-là !

Qu'elle exprime ainsi ce qu'elle avait sur le cœur ou demande à être payée importait peu — si elle lui fournissait le moindre renseignement, il serait heureux de la récompenser.

— J'étudie la possibilité qu'il ait été assassiné par un membre de son entourage, admit Monk. L'avez-vous vu ce soir-là ? Savez-vous à quelle heure il est parti de chez lui, s'il était seul ou accompagné ?

Le regard fixe, elle le jaugeait.

— Ce serait un soulagement de découvrir que son meurtre n'a rien à voir avec les prostituées de Leather Lane, commenta-t-il.

Cette fois, il perçut un réel intérêt dans ses yeux.

— Ça oui… En tout cas, même si moi je l'ai vu partir, et qu'un autre le suivait, ça veut pas dire qu'il a dépassé le coin de la rue, pas vrai ?

— Non, en effet, répondit-il, en s'efforçant de garder un ton neutre, ignorant s'il ressentait un vif espoir ou de la peur.

Pourvu que Dalgarno ne soit pas coupable ! Son enthousiasme n'était aiguillonné que par la perspective de saisir le fil de la vérité dans cet embrouillamini.

— D'accord, mais si je savais quel chemin a pris Baltimore, je pourrais peut-être trouver quel cocher l'a emmené.

— Josiah Wardrup, annonça-t-elle sans sourciller. Je l'ai vu de mes yeux, tiens. Comme s'il l'attendait, l'autre fumier.

— C'est très intéressant, commenta Monk, sincère. D'ailleurs, c'était peut-être le cas. En fait, il se peut que Mr. Baltimore ait eu l'habitude de partir souvent dans cette direction à la même heure.

Elle signala son approbation d'un bruit de gorge.

— Vous êtes un malin, pas vrai ?

— Oh, de temps en temps.

Il sortit deux shillings de sa poche.

— Je crois que j'ai bien mérité quelques bonbons au brandy.

— Ouais, pour combien de pennies que vous en voulez ? demanda-t-elle en lui prenant les pièces.

— Quatre, répondit-il sans hésitation.

Elle se fendit d'un sourire radieux et lui servit une portion généreuse.

— Merci beaucoup pour votre aide. Gardez la monnaie.

Elle remit sa pipe dans sa bouche et, l'air fort satisfait, tira une grande bouffée. En plus d'avoir passé un moment agréable et gagné dix-huit pence sans se fatiguer, elle avait peut-être aidé à débarrasser des cognes les pauvres putains de Farringdon Road. Pas mal, pour moins d'une demi-heure de travail.

Bien que Monk ne mît la main sur Josiah Wardrup que le lendemain, il n'eut pas besoin d'insister beaucoup pour que le cocher admette avoir pris Nolan Baltimore à ce coin de rue au moins une fois par semaine depuis deux ou trois ans, pour le conduire à l'intersection de Theobald's Road et de Gray's Inn Road, à deux pas de Leather Lane.

Monk hésitait à se réjouir de ce renseignement. Nolan Baltimore semblait s'offrir ce petit plaisir de façon très régulière, offrant ainsi à quiconque lui aurait voulu du mal la possibilité de repérer ses habitudes et de le suivre.

Néanmoins, si Wardrup avait vu quelqu'un d'autre, il n'en dit rien. Il regardait Monk d'un air innocent et s'en remettait à son jugement. Et non, il ignorait où Mr. Baltimore se rendait une fois sur place. Il attendait toujours que Wardrup soit reparti, ce qui suscitait chez ce dernier un amusement désabusé. Quelles intentions pouvait-on bien prêter à un gentleman qui se rendait dans un tel quartier ?

Seul élément intéressant aux yeux de Monk, Nolan descendait toujours au même coin de rue. Les horaires et les jours choisis variaient, mais jamais l'emplacement.

Pourtant, tout le monde à la maison close où l'on avait retrouvé son corps niait le connaître. Il n'avait jamais mis les pieds chez Abel Smith, et surtout pas ce soir-là.

Monk passait d'un ton menaçant à un ton cajoleur, mais aucune prostituée ne revint sur ses paroles, et malgré les idées répandues concernant leur supposée malhonnêteté, ou le fait qu'on ait retrouvé Baltimore à cet endroit, il les croyait. Bien entendu, il n'ignorait pas qu'il était loin d'être le premier à les interroger, et qu'elles avaient eu tout le loisir de se mettre d'accord sur le discours à tenir.

Quoi qu'il en soit, l'établissement douteux et bien peu attirant que tenait Abel Smith n'était pas le genre d'endroit où l'on s'attendait à voir quelqu'un d'aussi riche que Baltimore. Toutefois, tous les goûts sont dans la nature. Certains aiment la crasse, d'autres le danger.

Au bout de deux jours d'enquête supplémentaire, Monk n'était pas beaucoup plus éclairé.

Monk se concentra ensuite sur Dalgarno, et fut surpris d'avoir peur à ce point de ce qu'il pourrait découvrir. De plus, les recherches en elles-mêmes s'avéraient ardues. Dalgarno semblait du genre à agir souvent seul. Établir l'heure à laquelle il avait quitté les bureaux de Baltimore & Fils n'avait pas posé de problème majeur. Il lui avait suffi de se renseigner auprès des employés de l'accueil, mais ce détail ne lui serait pas d'une grande aide. Dalgarno était parti à six heures, soit cinq heures avant que Baltimore prenne son cab.

Un petit crieur de journaux avait vu quelqu'un, sans presque aucun doute Dalgarno, entrer chez les Baltimore, suivi une demi-heure plus tard de Jarvis Baltimore, mais le garçon était reparti avant huit heures, et parmi ceux que Monk questionna, personne ne put lui en apprendre plus. Les domestiques de la famille en sauraient davantage, mais rien ne l'autorisait à les interroger, et aucun prétexte ne lui venait à l'esprit. De toute façon, on avait pu tuer Baltimore à n'importe quel moment entre minuit et le lever du jour. Rien ne prouvait que Dalgarno ait passé la nuit chez lui. Aller et venir était aisé, car à ces heures il ne se trouvait ni portier ni serviteur pour le voir.

Monk s'adressa au marchand de pain d'épice installé au coin de la rue à cinquante mètres de chez Dalgarno. C'était un homme chétif qui semblait pouvoir vivre sans rien avaler de plus qu'une belle tranche de son pain d'épice et une tasse de thé bien chaud. Le soir de la mort de Baltimore, il avait vu Dalgarno rentrer aux alentours de neuf heures et demie. Le jeune homme marchait à grands pas, un masque de rage sur le visage, le chapeau enfoncé sur sa tête, et était passé devant lui sans le saluer. Le marchand ayant terminé sa journée peu après, il ignorait si Dalgarno était ressorti.

Le constable de faction cette nuit-là, qui passait souvent dans les environs au cours de ses rondes, devait savoir, lui ! Il adressa à Monk un sourire en coin et un clin d'œil — en effet, il connaissait quelqu'un qui fréquentait ces rues pour des raisons peu officielles, et si Monk lui donnait un peu de temps, il pourrait se renseigner.

Monk lui donna une demi-couronne et lui en promit sept autres — un souverain au total —, s'il tenait parole. Néanmoins, il lui fallait plus que des informations de seconde main. Monk devrait parler au témoin direct.

Bien sûr, il ne poserait aucune question concernant les activités des éventuels indicateurs.

L'agent réfléchit quelques secondes, puis accepta. Monk le remercia, annonça qu'il repasserait dans trois ou quatre jours, et s'en alla.

À presque trois heures de l'après-midi, le temps était froid et venteux, et il promettait de pleuvoir. Pour le moment, Monk ne pouvait rien de plus pour cette partie de l'enquête. Aussi ne pouvait-il plus retarder davantage les recherches auxquelles il savait devoir procéder depuis le début concernant le procès de Dundas. En examiner les détails lui redonnerait peut-être la mémoire.

On archivait tout ce qui concernait les dettes, et les dossiers se trouvaient à Londres. Il connaissait assez d'éléments pour trouver le bon, qui lui révélerait le lieu du procès.

Tout d'abord, il devait rentrer chez lui, se laver, manger, se changer et préparer une valise au cas où.

Il s'attendait à ne trouver personne, peut-être parce qu'il le désirait, de façon à éviter de devoir faire face à ses émotions. C'était de la lâcheté, et il en avait honte, mais il ne se sentait pas prêt à affronter la réaction d'Hester quand elle découvrirait sa véritable personnalité. Sa peur était assez violente pour affecter la concentration et l'intelligence dont il avait besoin pour accomplir sa tâche.

Même sa promesse à Katrina Harcus était un prétexte. S'il se donnait autant de mal, c'était avant tout pour lui.

Il pénétra chez lui, décidé à se préparer en vitesse et à prendre une tasse de thé avec une tranche de pain et un peu de viande. Il lui laisserait un autre petit mot.

Au lieu de quoi, il faillit la percuter alors qu'elle sortait de la cuisine en souriant, prête à venir dans ses bras. Cependant, il lut l'incertitude dans son regard, preuve qu'elle prenait en considération la solitude qui le rongeait, et pâtissait de ne plus sentir cette confiance qu'ils se témoignaient auparavant. Pour l'épargner, elle lui cachait sa souffrance.

Partagé entre son dégoût du mensonge et sa peur de la vérité, il eut un temps d'arrêt. Son hésitation ne devait pas durer plus de quelques secondes. Il lui fallait prendre une décision sur-le-champ ! L'instinct l'emporta. Il s'approcha d'elle et l'enlaça ; il la serrait trop, mais il la sentit céder à son étreinte et se blottir contre lui. Voilà au moins qui était sincère. Jamais il ne l'avait aimée davantage — il adorait son courage, sa générosité, l'ardeur qu'elle mettait à protéger les autres, et sa fragilité, qu'elle croyait invisible mais qui en réalité sautait aux yeux.

La joue contre ses cheveux, il ne prononça pas un mot. Ainsi, au moins, il ne la trompait pas. Bientôt, il lui annoncerait qu'il repartait, et lui expliquerait peut-être même pourquoi, mais il choisit de se limiter un instant au contact physique, simple et franc. Plus tard, il garderait le souvenir de cette embrassade, mais en porterait aussi le souvenir dans sa chair.

Il arriva tard au bureau des archives. Tout ce qu'il connaissait, c'était l'année de la mort de Dundas, mais pas la date exacte. La découvrir pouvait prendre du temps, puisqu'il n'était pas sûr non plus de l'endroit. Au moins, il ne s'agissait pas d'un nom répandu. Lorsqu'il appartenait à la police, Monk aurait pu exiger que le bureau reste ouvert le temps qu'il ait terminé ses recherches. Anonyme à présent, il ne pouvait rien demander.

Il indiqua simplement la section des archives qu'il souhaitait consulter, et une fois qu'on l'y eut conduit, il s'assit sur un haut tabouret et entreprit de lire les innombrables pages couvertes de pattes de mouche.

L'employé approchait pour le prévenir qu'ils fermaient quand il vit le nom « Dundas », suivi de cette indication : mort de pneumonie à la prison de Liverpool en avril 1846.

Il referma le registre.

— Merci, dit-il au commis. C'est tout ce dont j'ai besoin.

Constater à quel point ce résumé froid et concis rendait la chose plus réelle le désarçonna. Cela chassait la mort de Dundas de son imagination pour l'amener dans le domaine des faits tangibles, accessibles à quiconque.

À grandes enjambées, il quitta la salle, descendit l'escalier et prit le chemin de la gare, où il dîna d'un sandwich au jambon et d'une tasse de thé, et attendit le dernier train en direction du nord.

Lorsque le train de nuit entra dans Liverpool Lime Street peu avant l'aube, Monk descendit tout engourdi et grelottant de froid, et alla prendre un petit déjeuner. Puis il se lança à la recherche d'une chambre où il pourrait se raser et passer une chemise propre avant de commencer à fouiller le passé.

Il était encore trop tôt pour que le bureau des archives soit ouvert, mais il sut sans s'être renseigné au préalable où trouver la prison. À sept heures, il brillait une lumière grise, et un vent fort s'élevait de la Mersey. Dans les rues, on se pressait pour aller travailler, la tête baissée. L'accent plat et nasal de Liverpool, l'intonation ascendante à la fin des phrases, l'humour pince-sans-rire, les critiques joyeuses à propos du temps, du gouvernement, de la cherté de la vie, tout lui parut familier. Il comprenait même l'argot. Dans le cab, c'est lui qui donna les indications rue par rue au cocher, jusqu'à ce que les murs sombres se dressent devant eux et que les souvenirs le submergent comme un raz de marée : l'odeur des vieilles pierres, le bruit de la pluie dans le caniveau, l'irrégularité des pavés, et le vent froid qui soufflait aux angles du bâtiment.

Après avoir demandé au cocher de l'attendre, il descendit de voiture et resta un instant à fixer les portes du regard. Au cours des derniers jours de Dundas, il était venu là maintes fois.

Un vieux sentiment d'impuissance lui revint avec une force prodigieuse et lui donna l'impression de suffoquer.

Derrière lui, le cheval claquait des sabots et faisait grincer son harnachement. Rester là ne lui apporterait rien. Les réminiscences de sa souffrance ne lui seraient d'aucune aide. Il n'avait jamais douté de son existence. Ce dont il avait besoin, c'était d'une piste.

D'un pas lent, il revint au cab.

— Je souhaite examiner de vieux journaux, dit-il au cocher. Ils remontent à seize ans. Emmenez-moi où je peux les trouver.

— À la bibliothèque, alors. À moins que vous vouliez tenter le palais de justice.

— Non, merci, la bibliothèque, c'est parfait.

S'il voulait demander une copie des minutes du procès, il le ferait, mais il ne s'y sentait pas encore prêt. Pour obtenir un tel document, il lui faudrait décliner son nom et fournir une raison. Les journaux offraient une source d'information anonyme. Monk s'en voulut à l'instant même où cette pensée lui traversa l'esprit. Pourtant, il savait qu'il n'agissait ainsi que pour se préserver le plus possible. La douleur réduisait les forces, et il devait honorer sa promesse envers Katrina Harcus.

Ce jour-là personne ne paraissait intéressé par les vieilles archives, aussi Monk eut-il tous les journaux pour lui. Il ne lui fallut pas plus d'un quart d'heure pour mettre la main sur ce qu'il cherchait. En gros titre, il lut : « LE FINANCIER ARROL DUNDAS JUGÉ POUR FRAUDE. »

Monk commença la lecture de l'article.

Toutes ses peurs se concrétisèrent. Les mots eurent beau se brouiller, il aurait pu réciter le texte aussi facilement que s'il était imprimé en capitales de trois centimètres. Il y avait même un croquis à la plume qui représentait Dundas sur le banc des accusés. Le dessin était excellent. Sans une seule seconde d'hésitation, Monk estima le portrait très fidèle.

Il se revit soudain dans la salle d'audience, sentit de nouveau la présence oppressante du public, le bruit, l'atmosphère de colère, entendit l'accent particulier des habitants de Liverpool, leur humour naturel soudain rendu acerbe par ce qu'ils considéraient comme une trahison.

Une fois de plus, il éprouva une grande frustration, une envie violente d'agir alors qu'on l'en empêchait sans cesse. L'espoir disparaissait comme de l'eau répandue sur du sable.

L'article était également illustré d'un portrait du procureur, homme corpulent au visage terne et placide qui masquait sa soif de succès. Grâce à une bonne éducation, il avait réussi à perdre l'accent de la région, mais lorsqu'il s'emportait ou flairait l'odeur du sang, les intonations nasales de celui-ci ressurgissaient. De temps à autre, il baissait sa garde et employait une expression locale, ce qui ravissait toujours l'auditoire. À l'époque, Monk ne s'était pas rendu compte à quel point il posait pour la galerie, mais avec le recul, et après avoir assisté à une pléthore de procès, il comprenait combien il avait joué la comédie.

L'issue d'une affaire ne dépendait-elle que de l'habileté des avocats ? Et si Dundas avait été défendu par quelqu'un comme Oliver Rathbone ?

Monk parcourut la liste des témoins et le compte rendu de leurs déclarations : tout d'abord, d'autres banquiers qui niaient avoir eu connaissance de transactions frauduleuses, seulement soucieux de s'en laver les mains et de clamer leur innocence. Il se rappelait leurs vestes bien coupées et leurs chemises à col étroit, leurs visages lisses et roses, leur belle élocution. Tous paraissaient effrayés, comme si la culpabilité était contagieuse. Monk sentit la colère s'emparer de lui, toujours vive, loin de s'être éteinte seize ans auparavant.

Avaient ensuite comparu les investisseurs lésés, ou qui du moins commençaient à comprendre qu'ils n'empocheraient pas autant de bénéfices que prévu. Leur ignorance déclarée se transforma en rage lorsqu'ils sentirent leur compétence remise en cause. Forts de leur position avantageuse, ils avaient été les premiers à accabler Dundas de leurs propos sournois, insultants, à porter sur lui des jugements dégradants. Monk se souvenait de la fureur qui l'avait consumé quand il avait été forcé de les écouter, dans l'incapacité de protester, de défendre Dundas, d'évoquer leur cupidité ou la facilité avec laquelle on les avait convaincus de transformer les itinéraires pour diminuer les coûts.

Il avait demandé à intervenir. Comme si tout s'était passé la veille, il se sentait encore bouillir de colère au souvenir de l'avocat de la défense qui, malgré son insistance, n'avait eu de cesse de refuser sa requête.

— Pour vous mettre le jury à dos ? lui avait-il répondu. Si vous attaquez Baltimore, vous ne ferez qu'aggraver les choses. C'est un pilier de la communauté. Sa famille détient des parts de tous les gros chantiers en cours dans le Lancashire. Faites-vous-en un ennemi, et vous aurez tout le comté contre vous…

Et le procès avait continué, jusqu'à ce qu'il soit appelé à son tour à la barre, pour fournir un témoignage si inoffensif qu'il en fut presque inutile. Il était monté sur le ring comme un boxeur devant garder un bras dans le dos, blessé par des coups qu'il ne pouvait rendre.

Le propriétaire terrien l'avait surpris. Au lieu du discours indigné et larmoyant auquel Monk s'attendait, celui-ci avait, l'air désorienté, tenu un récit scrupuleux de leurs marchandages et des transactions, des tentatives de modifier le tracé de la voie pour préserver certains domaines. Aucune rancune ne s'était dégagée de son discours, aucune volonté excessive de préserver sa réputation.

D'énormes sommes d'argent avaient circulé, mais malgré tous les efforts du procureur pour les faire paraître exorbitantes, elles correspondaient dans l'ensemble à la norme.

Néanmoins, lorsque tous les montants furent énumérés, Monk entendit sonner le glas de la défense. Dundas avait conduit trop de négociations, signé trop d'accords, et déposé trop d'argent sur ses comptes en banque. Il pouvait toujours nier, mais pas apporter de preuve concrète de son innocence. Son métier consistait à travailler pour les autres, et c'est ce qu'il avait fait.

Hélas, aucun autre nom ne figurait sur les documents. Il avait accordé sa confiance à ses clients, qui déclaraient avoir fait confiance eux aussi. Qui avait trahi ?

Certes, Monk connaissait le verdict — coupable.

Pourtant, il devait s'intéresser davantage aux détails, savoir comment on avait réussi à dissimuler la fraude jusqu'au dernier moment. Comment Dundas avait-il espéré s'en tirer à bon compte ?

On voyait un croquis qui montrait Nolan Baltimore en train de témoigner. Fasciné, Monk scruta les quelques traits du dessin. Bien que repoussant, ce visage dégageait une immense vitalité — il émanait de sa forte ossature une certaine puissance, et l'angle de sa bouche indiquait une grande volonté. Malgré une intelligence certaine, on ne discernait aucune sensibilité, peu de subtilité ou d'humour. Monk se sentit rebuté, pourtant il ne s'agissait que d'une esquisse, l'illustration du point de vue personnel du dessinateur. En tout cas, il ne se rappelait pas avoir vu Baltimore de son vivant.

Monk interrompit son examen et posa le regard sur les classeurs et les dossiers alignés sur les étagères devant lui. Comment la fraude de Dundas avait-elle été dévoilée ? Pourquoi n'était-elle pas restée secrète ? L'avait-on dénoncé, avait-il fait preuve de négligence ?

Si Monk l'avait su un jour, qu'on se soit confié à lui ou qu'il ait déduit la réponse, il ne put se le rappeler en dépit de ses efforts.

Malgré sa vue qui commençait à se brouiller, il reprit sa lecture et se plongea dans les comptes rendus des témoignages entendus jour après jour. Les procès pour fraude duraient toujours très longtemps — dans ce cas précis, d'innombrables éléments se révélaient nécessaires pour comprendre toute la complexité des étapes de la construction de la voie ferrée.

Il se frotta les yeux et cligna des paupières comme pour chasser une poussière.

Même s'il avait témoigné, ses déclarations n'offraient pas d'intérêt majeur pour le lecteur, et l'on n'avait pas jugé nécessaire d'intégrer un croquis le représentant. Se sentait-il blessé dans son orgueil ? Avait-il joué un rôle si accessoire ? Apparemment oui.

Il lut ce qu'on avait rapporté de sa comparution. Tout d'abord, il fut stupéfait de constater au vu des questions posées qu'on le considérait alors comme suspect, lui aussi. Cependant, en y réfléchissant, il reconnut que le procureur, en ne prenant pas cette possibilité au sérieux, aurait fait preuve d'amateurisme.

Dans ce cas, pour quelle raison son croquis n'apparaissait-il pas dans l'article ? On avait dû le disculper. Lorsque le journal était parti sous presse, Monk n'était plus du tout impliqué dans l'affaire. Pourquoi ? Cela avait-il encore de l'importance ? Sans doute pas.

Apparemment, Monk avait procédé à des négociations pour l'achat de terres. Il semblait qu'il ait avoué, malgré une immense réticence, ne pas avoir fait appel à l'arpenteur, ce qui l'avait mis hors de cause. En tout et pour tout, il était resté à la barre une demi-heure. S'il avait déclaré quoi que ce soit pour la défense de Dundas, on n'en disait rien. Considéré par l'accusation comme un témoin hostile, on ne l'avait interrogé que sur des documents qui ne pouvaient pour ainsi dire pas faire l'objet d'une contestation.

Tout ce dont il se souvenait, c'était l'impression d'être pris au piège — l'assistance le scrutait, le juge posait sur lui un regard réprobateur, les jurés tentaient de le sonder, la partie adverse le combattait, et Dundas attendait de lui une aide qu'il ne pouvait lui apporter. Voilà ce qui lui restait : la culpabilité de ne pas avoir eu l'intelligence nécessaire pour changer le cours des choses.

Puis un autre visage lui apparut à l'esprit avec une grande clarté — celui de la femme de Dundas, qui avait assisté à tout le procès avec le plus grand calme.

Quelque chose d'autre restait enfoui au fond de sa mémoire. Devant les journaux jaunis, Monk fut plusieurs fois à deux doigts de repêcher ce souvenir, mais n'y parvint pas.

Il abandonna et passa à la dernière étape de l'audience. D'autres témoins, ceux de la défense, cette fois. On appela à la barre des commis, des employés qui avaient tenu des registres à jour, émis des avis de paiement pour des achats fonciers, des frais de notaire, des rapports d'experts. Mais face à la complexité de ces éléments, la plupart d'entre eux avaient fini par hésiter sous le feu des questions. L'argument principal de la défense ne fut pas de nier la fraude mais de souligner que Baltimore pouvait en être soupçonné tout autant que Dundas.

Hélas, Nolan Baltimore se trouvait sur le banc des témoins, et Arrol Dundas sur celui des accusés — nuance qui fit toute la différence.

Il paraissait indéniable que Dundas avait acquis à son nom des terres de piètre qualité, payées au prix du marché, assez bas si on en avait besoin pour élever des moutons. Quand le tracé de la voie ferrée avait été modifié afin de contourner une colline, il avait fallu envisager de traverser ces fameuses terres, et la compagnie avait été obligée de les racheter, mais à un prix bien plus élevé cette fois. Dundas avait empoché des bénéfices énormes.

En soi, cette transaction n'était jamais qu'une spéculation heureuse, enviable mais pas condamnable. On pouvait très bien s'en vouloir de ne pas avoir eu une telle chance, mais seul un esprit mesquin pouvait en venir à détester un homme pour un tel succès.

Cependant, il était apparu que la modification du tracé, en plus d'être superflue, n'avait eu pour origine que des faux documents et des mensonges de la part de Dundas. L'itinéraire d'origine aurait pu être respecté, malgré les protestations d'un propriétaire dont le domaine de chasse et le magnifique panorama qu'il avait de chez lui allaient être gâtés par le passage du train. La butte qui avait servi de prétexte à Dundas existait bel et bien, mais on en avait modifié les coordonnées pour la faire paraître plus haute. Afin de surmonter l'obstacle de la véritable colline, il aurait suffi d'y percer une brèche et de donner une inclinaison tout à fait raisonnable à la voie ferrée. Sinon, creuser un tunnel sur une courte distance aurait été réalisable. Dundas avait surestimé le coût des travaux, bien trop pour qu'il ait pu s'agir d'incompétence.

On avait réexaminé tous les autres plans de Dundas, sans y trouver d'erreurs d'estimation, hormis quelques pieds en trop çà et là, une centaine de pieds au total. Ces erreurs de calcul s'ajoutant aux profits empochés grâce à la revente des terres, la présomption d'escroquerie était inévitable.

Face à l'évidence, le jury avait rendu le seul verdict possible. Condamné à dix ans de prison, Dundas était mort au bout de quelques mois.

À l'époque, Monk n'avait pas voulu croire à sa culpabilité. Les pièces à conviction n'étaient que des documents, que tout membre de Baltimore & Fils aurait pu rédiger, y compris Nolan Baltimore en personne. Pourtant Dundas s'était si peu battu ! Au tout début, après avoir semblé vouloir se défendre, il avait vite abandonné, comme s'il avait su la défaite inévitable avant même d'avoir engagé le combat.

Monk possédait-il alors des éléments qui, s'il avait pu les présenter au tribunal, auraient démontré qu'il n'y avait pas eu escroquerie, ou si oui, qu'elle était le fait de Baltimore ?

Après tout, rien ne prouvait que l'idée de modifier le tracé provenait de Dundas, ou que celui-ci avait rencontré le propriétaire et reçu de sa part un pot-de-vin. La police n'avait jamais contrôlé les comptes du propriétaire pour retrouver la trace d'éventuelles transactions. Sur ses comptes, Dundas ne possédait rien d'autre que les profits issus en toute légalité de la vente de ses terres. Qu'avait-il bien pu savoir ? S'il existait d'autres sommes, où se trouvaient-elles ? Pourquoi avait-il gardé le silence ? Pour couvrir Dundas, empêcher qu'on confisque l'argent ? Lequel aurait profité à qui — à la femme de Dundas, à lui-même ?

Il changea de position et sentit ses muscles le lancer tant il était engourdi. Il cligna des yeux et se les frotta de nouveau.

Il lui fallait apprendre quel rôle il avait joué dans cette affaire pour découvrir le Monk qu'il était à l'époque.

À l'époque ? Pouvait-il par ces simples mots s'affranchir de son ancienne personnalité et s'exempter de toute responsabilité ?

Pour terminer, il choisit de s'attaquer aux conséquences de cette affaire — la collision. On ne l'avait pas mentionnée au cours du procès, même de façon indirecte. Soit le lien entre les deux affaires n'apparaissait pas, soit le drame n'était pas encore survenu. Un seul moyen permettait de le savoir.

Il feuilleta tous les journaux en ne lisant que les gros titres, convaincu que la nouvelle apparaîtrait en immenses caractères gras.

Ce fut bien le cas — près d'un mois plus tard, voilà ce qu'on annonçait en haut de page : « COLLISION ENTRE UN TRANSPORT DE CHARBON ET UN TRAIN DE VOYAGEURS : QUARANTE ENFANTS TUÉS. »

Cela ne lui rappelait rien, même s'il avait sans doute pris connaissance des faits à l'époque. Il avait forcément dû entendre parler de cette catastrophe. À présent, il ne pouvait plus rester partagé entre l'envie d'apprendre la vérité et celle de la laisser enfouie, entre l'envie implacable de savoir et le refus de voir confirmer ses craintes : le cauchemar devenait réalité, une réalité qu'il ne pourrait plus jamais fuir ou nier.

> « Hier soir, alors qu'il revenait à Liverpool par la nouvelle ligne inaugurée il y a peu par Baltimore & Fils, un train qui ramenait deux cents enfants d'une classe de nature a déraillé après avoir heurté de plein fouet un autre train. L'accident est survenu dans un virage après la vieille église St.Thomas, endroit où la voie devient unique et le reste sur un peu moins d'un mile pour passer deux couloirs étroits. Un transport de marchandises chargé d'une grosse quantité de charbon n'a pu s'arrêter à temps alors qu'il descendait la pente qui précède le goulet. La collision a jeté les voitures de voyageurs au fond de la vallée en contrebas. Un grand nombre d'entre elles ont alors pris feu à cause du gaz utilisé pour l'éclairage, ne laissant aucune chance de survie aux écoliers piégés à l'intérieur des carcasses. D'autres enfants ont été éjectés hors des wagons déchiquetés — certains s'en sont sortis contusionnés et en état de choc, mais la plupart ont été blessés, mutilés ou écrasés sous les débris.
>
> Les mécaniciens, les chauffeurs et les serre-freins des deux trains ont été tués sur le coup. »

Monk sauta les deux paragraphes suivants, qui relataient les tentatives des secours et le transfert des victimes vers les lieux où l'on pourrait leur porter assistance. Enfin, après avoir décrit la terrible douleur des proches, l'article annonçait que l'on procéderait à une enquête la plus poussée possible.

Monk eut beau examiner tous les journaux des semaines et des mois suivants, il ne trouva aucune explication satisfaisante concernant les origines de l'accident. Au bout du compte, on l'avait attribué à une erreur de la part du mécanicien du train de marchandises. Celui-ci étant mort, il n'avait pu se défendre, et personne n'avait décelé d'autre cause possible. On avait sans doute conclu que les rails rompus n'avaient été endommagés que par la violence de la collision, et renoncé à chercher un éventuel défaut antérieur. Le transport de marchandises précédent, chargé de bois de charpente, était arrivé à destination à l'heure et sans rencontrer la moindre difficulté.

Comme un employé le lui avait assuré quelques jours plus tôt, la qualité de la voie était irréprochable, la collision n'avait aucun lien avec la fraude, ni avec Arrol Dundas — et donc avec Monk.

Gagné par un profond soulagement, il s'efforça de garder cette idée en tête. De retour à Londres, il certifierait à Katrina Harcus qu'aucun accident n'était à craindre sur la nouvelle ligne. La compagnie Baltimore & Fils n'avait aucune part de responsabilité dans la catastrophe de Liverpool, Baltimore ayant même été mis hors de cause lors du procès de Dundas en ce qui concernait l'escroquerie.

Ce qui ne prouvait en rien son innocence !

En tout cas, si une fraude avait lieu au sein de la compagnie dans des proportions similaires à celle de l'époque, il n'était alors pas saugrenu cette fois d'y associer Nolan Baltimore, plutôt que Michael Dalgarno. Voilà au moins ce qu'il pourrait annoncer à Katrina.

Cependant, il savait qu'elle ne se contenterait pas de mots d'espoir. Elle exigerait des preuves — tout comme lui.

De retour à la gare, il prit l'express du soir. Peut-être parce qu'il avait mal dormi la nuit précédente et passé la journée à lire, le mouvement rythmé du train et le cliquetis des roues sur la voie le bercèrent, et il s'endormit malgré l'inconfort de son siège. Il sombra dans des ténèbres où il eut davantage conscience du bruit, lequel semblait saturer l'air tout autour de lui et s'intensifier à chaque instant. Crispé, Monk sentait son visage le picoter comme si de l'air froid le fouettait, mais c'étaient des étincelles rouges, semblables à des flammèches, qu'il voyait.

Il devait trouver la clé du mystère qui le taraudait, même au péril de sa vie. Ce besoin d'agir effaçait chez lui toute considération de prudence, toute sensation de souffrance ou d'épuisement, et lui permettait de surmonter sa peur. Pourtant, il avait tout à redouter ! Ses craintes surgissaient et rugissaient partout autour de lui, le bousculaient, le meurtrissaient jusqu'à ce qu'il s'accroche de toutes ses forces, se batte pour… pour quoi ? Il lui fallait agir ! Le destin de tous ceux qui comptaient à ses yeux en dépendait… mais que faire ?

Il avait beau se creuser la tête, il ne trouvait en lui que cette compulsion qui le poussait à vouloir réussir. Le vent glissait sur lui comme un courant de glace liquide. Il luttait contre une force, y opposait tout son poids, mais en vain.

Un vacarme indescriptible retentit, puis un bruit de heurt, et il se prit à courir, à se traîner à quatre pattes, aveuglé par la terreur. De toute part, des hurlements le traversaient comme des décharges de douleur, mais il était impuissant ! Gagné par la confusion, il se débattait en vain, heurtant des objets dans l'obscurité à un moment, se trouvant aveuglé l'instant d'après, ressentant une vive chaleur sur sa figure et le froid dans son dos. Comme lestés, ses pieds restaient cloués au sol alors que tout son corps dégoulinait de sueur.

Un visage de pasteur, blême d'effroi, lui apparut. L'homme rampait dans les décombres en criant. Secoué par un violent sursaut, Monk se réveilla avec le sang qui lui cognait dans les tempes, la bouche sèche et l'impression de suffoquer. Dès qu'il bougea un peu, il se rendit compte qu'il transpirait pour de bon et que ses vêtements lui collaient à la peau, mais que la voiture était glacée et qu'il avait les pieds gourds.

Il était seul dans le compartiment. L'odeur de fumée provenait de son imagination, mais sa peur existait bel et bien, tout comme son sentiment de culpabilité. L'impression d'échec l'accablait comme si elle se fondait dans toutes les autres parties de sa vie et venait gâter toutes ses joies.

De quel échec s'agissait-il ? Il n'avait pas sauvé Dundas, mais il le savait déjà depuis des années. À présent, il doutait même que son mentor ait été innocent. Il en avait le sentiment, mais quelle valeur accorder à ses intuitions ?

À l'évidence, ce qu'il voyait en rêve était un accident ferroviaire. Provenait-il de la réalité, ou était-ce le fruit de son imagination alimentée par les récits qu'il en avait lus dans les journaux, ou encore par son passage sur les lieux après le drame dans le cadre d'une enquête ?

Pourquoi se sentait-il aussi fautif ? Qu'y avait-il de si effrayant pour qu'il ne supporte pas l'idée de s'y confronter ? Était-ce en rapport avec Dundas — ou bien avec lui-même ?

Pouvait-il percer ce secret ? Se trouvait-il dans la même situation que Katrina Harcus, dont les découvertes risquaient d'anéantir tout ce qui comptait pour elle ?

Il resta pelotonné sur son siège, grelottant de froid, ses pensées quittant les rails à toute allure pour foncer dans un tunnel — vers une autre sorte de catastrophe.

CHAPITRE VII

La maison de Coldbath Square n'accueillait presque aucune prostituée blessée, car celles-ci travaillaient toujours très peu. La plupart des vauriens opérant dans le quartier avaient trouvé un moyen de contourner le problème de la présence policière en allant se livrer à leurs activités ailleurs, mais à première vue, rien n'avait changé à Farringdon Road. Seul un œil aguerri pouvait percevoir la posture crispée des camelots, la façon dont tous étaient aux aguets, non pas pour repérer les chapardeurs, les coupeurs de bourse et autres voleurs à la petite semaine, mais pour surveiller les constables omniprésents, désœuvrés, postés là par mesure préventive plus que pour apporter une solution.

— Ils sont sur notre dos comme un cavalier qui cravache un cheval rétif, expliqua l'agent Hart d'un ton chagrin en serrant entre ses mains une grande tasse de thé. Si on veut pas galoper, c'est qu'on peut pas ! poursuivit-il.

En ce milieu d'après-midi, il pleuvait par intermittence. Sa pèlerine mouillée séchait à l'une des patères près de la porte.

— Notre boulot en fait, c'est de rester plantés en passant pour des imbéciles et d'agacer tout le monde. Tout ça pour que la famille Baltimore et ses amis aient l'impression qu'on nettoie les rues de Londres.

Sa mine dégoûtée exprimait ses sentiments à la perfection.

— Je sais, fit Hester d'un ton compatissant.

— Personne a jamais réussi, et personne le fera, ajouta-t-il. Londres veut pas qu'on la nettoie. Le problème, c'est pas les filles de joie, c'est les types qui viennent les voir !

— C'est bien vrai, reconnut Hester. Vous voulez des toasts ?

Comme à l'accoutumée, son visage s'illumina. La question était à l'évidence inutile.

Il s'éclaircit la gorge.

— Vous avez de la confiture de cassis ? demanda-t-il d'un ton plein d'espoir.

— Bien sûr.

Elle sourit, et il rougit un peu.

Quelques minutes plus tard, elle apporta le pain grillé, beurré et tartiné de confiture.

— Merci, dit-il, la bouche déjà pleine.

— Faites-vous des progrès dans l'enquête sur le meurtre de Baltimore ?

L'air dépité, il regarda les miettes sur son assiette et haussa les épaules.

— Pas que je sache. Les filles de chez Abel Smith jurent toutes qu'elles n'y sont pour rien, et en ce qui me concerne, je les crois.

Le visage fermé, il leva soudain des yeux pleins de colère.

— En tout cas, je les laisserai pas mettre la corde au cou à une pauvre petite putain juste pour contenter la famille d'un richard et relancer le commerce. Peu importe ceux qui disent, même à voix basse, que ça leur conviendrait bien !

Un frisson parcourut Hester.

— D'après vous, c'est possible que quelqu'un essaie ?

Hart perçut son ton dubitatif.

— Vous, vous êtes une dame comme il faut. Ici, c'est pas votre monde, expliqua-t-il avec douceur.

Il balaya la salle d'un coup d'œil circulaire.

— Bien sûr qu'ils le feront, s'il le faut. Ça peut pas continuer comme ça pendant des lustres. Quand on a faim depuis un petit bout de temps ou qu'on doit dormir dans la rue, on n'a plus la même notion du bien et du mal. Je sais comment ça fonctionne. Ça change les gens… comment leur reprocher ?

Elle hésita à lui parler de Squeaky Robinson et de son établissement d'un genre très différent, qui semblait être situé près de la Reid's Brewery, dans Portpool Lane, ou dans les environs. Soupesant le pour et le contre, elle l'écoutait à peine.

— Vous avez raison, répondit-elle d'un air absent.

Si elle en parlait à Hart, ce dernier se sentirait forcé de le rapporter à ses supérieurs, qui viendraient s'en mêler avec leurs gros sabots et mettraient Robinson sur ses gardes sans qu'on puisse rien apprendre sur Baltimore. À coup sûr, Robinson nierait le connaître, comme tout le monde. Il l'avait d'ailleurs sans doute déjà fait.

— Je suis même pas sûr qu'on cherche vraiment à tirer ce meurtre au clair, reprit Hart d'un air détaché. Vu ce qu'on risque d'apprendre, ça vaut peut-être mieux.

Hester eut un regain d'intérêt pour la conversation.

— Comment ça ? Vous vous contenteriez de ménager les apparences jusqu'à ce que la famille se lasse et choisisse d'abandonner ? La moitié des forces de police de Londres ne peut pas s'installer à Coldbath jusqu'à la fin des temps.

— Encore quelques semaines, au maximum. Ce serait plus facile, au bout du compte.

— Plus facile pour qui ?

Elle lui servit d'office une autre tasse, et il la remercia d'un hochement de tête.

— Pour ceux qui fréquentent les maisons closes, tiens ! Et pis surtout pour les hauts gradés.

Il grimaça et prit un air navré.

— Ça vous plairait, à vous, d'être celle qui devrait apprendre à la famille que Mr. Baltimore allait dans ce quartier pour se livrer à de petits plaisirs, et qu'il s'est battu avec un maquereau dans une venelle parce qu'il refusait de le payer ? Que le mac a eu le dessus et l'a buté ? Si ça se trouve, il en avait pas l'intention, mais voyant que c'était trop tard, il a réglé un vieux compte en déposant le corps chez Abel Smith.

Elle pinça les lèvres et fronça les sourcils.

— Il y a des chances que ce soit la vérité, tout le monde le sait, reprit-il, mais savoir et admettre, ça n'a rien à voir. Surtout, aller prévenir quelqu'un d'autre, c'est encore autre chose !

Ce commentaire scella la décision d'Hester. Si la vérité était bien celle qu'elle redoutait, à savoir que la mort de Baltimore n'était pas fortuite, soit qu'il fréquentât les prostituées, soit que lui ou un membre de sa famille fût l'instigateur d'une escroquerie, alors la police s'abstiendrait de trouver la réponse.

— Vous avez raison, reconnut-elle. Vous reprendrez quelques tartines ?

— C'est très gentil à vous, madame, accepta-t-il en se calant sur sa chaise. C'est pas de refus.

Hester savait qu'elle devait trouver un prétexte pour se rendre chez Squeaky Robinson. Hart parti, Margaret arriva un peu plus tard, et toutes les deux s'occupèrent de Fanny et d'Alice, dont la convalescence se révélait lente et irrégulière. Lorsque le jour commença à décliner et qu'une certaine fraîcheur s'installa, Hester alla chercher du charbon et envisagea de dire à Margaret de rentrer chez elle. Les rues étaient calmes, et Bessie serait là toute la nuit.

Assise à la table, l'air inconsolable, Margaret fixait l'armoire à pharmacie qu'elle venait de réapprovisionner.

— J'ai encore eu affaire à Jessop, dit-elle, le visage fermé et la bouche crispée par le mépris. Quand j'étais enfant, ma gouvernante me répétait toujours qu'une femme convenable sait voir les bons côtés de chacun, et percevoir leur vertu.

Désabusée, elle eut un petit haussement d'épaules.

— Je la croyais, sans doute parce que je l'aimais bien. La plupart des jeunes filles se rebellent contre leur préceptrice, mais elle, elle était amusante, et très intéressante. Ce qu'elle m'apprenait n'avait pas forcément d'intérêt concret, mais c'était toujours passionnant. Par exemple, je me demande bien si j'aurai besoin de parler l'allemand un jour ! Sinon, elle me laissait grimper aux arbres pour aller cueillir des pommes et des prunes, à condition que je lui en donne. Les prunes, elle adorait ça !

Hester imagina Margaret fillette, coiffée avec des couettes, les jupons retroussés, qui escaladait les pommiers dans les vergers des autres malgré l'interdiction de ses parents, encouragée par une jeune femme prête à risquer son poste pour faire plaisir à une enfant et lui procurer une joie prohibée mais inoffensive. Elle se prit à sourire. Il s'agissait d'une autre vie, d'un autre univers qu'ici, où les enfants volent pour survivre et n'ont jamais entendu parler d'une gouvernante. Peu d'entre eux fréquentaient ne fût-ce qu'une école de piètre qualité, et aucun ne connaissait le luxe de l'enseignement individuel et de la morale.

— Pourtant, je pense que même Miss Walter n'aurait rien trouvé qui puisse racheter Mr. Jessop, conclut Margaret. Ce que j'aimerais me passer de lui !

— À qui le dites-vous ! approuva Hester. Je cherche toujours un autre endroit, de façon à nous débarrasser de lui.

Les joues un peu roses, Margaret détourna le regard.

— Pensez-vous que Sir Oliver sera en mesure de nous aider à défendre les femmes dans la situation d'Alice ? s'enquit-elle.

— En tout cas, il fera de son mieux. Alors, si c'est possible, oui, il nous aidera.

Elle prit une grande inspiration.

— En attendant, et en parallèle, je veux tenter d'apprendre où Mr. Baltimore a été tué, parce que je crois Abel Smith sincère.

Saisie par une autre forme d'inquiétude, Margaret lui jeta un bref coup d'œil.

— Hester, soyez prudente, je vous en supplie. Voulez-vous que je vous accompagne ? Vous ne devriez pas y aller seule. S'il vous arrivait quoi que ce soit, personne ne le saurait jamais…

— Vous si, répliqua Hester, pour couper court aux objections de Margaret. En revanche, si vous veniez avec moi, alors en effet personne ne l'apprendrait, sauf peut-être Bessie. Je préfère compter sur vous pour venir à mon secours.

Elle sourit pour ôter tout côté alarmant à cette remarque.

— Je vous promets que je me tiendrai sur mes gardes. J'ai une idée en tête, qui même si je n'apprends rien de nouveau pourrait nous être utile. D'un point de vue financier, en tout cas. Cela pourrait même nous permettre de mettre des bâtons dans les roues de Mr. Jessop, ce qui me plairait bien.

— Et moi donc ! Sauf si vous devez vous mettre en danger.

— Ce ne sera pas plus dangereux que de recevoir des prostituées ici, mentit Hester.

D'après elle, le risque en valait la peine, et de toute façon celui-ci était maigre. Elle se leva.

— Prévenez Bessie que je ne rentrerai pas plus tard que minuit. Si ce n'est pas le cas, avertissez l'agent Hart, et envoyez quelqu'un à ma recherche !

— Je serai là, répliqua Margaret. Dites-moi où vous comptez aller, que je sache où chercher.

Malgré un demi-sourire, elle avait le regard grave.

— À Portpool Lane. J'ai l'intention de rencontrer un certain Mr. Robinson, qui dirige un établissement par là-bas.

Mettre Margaret au courant la soulagea, et lorsqu'elle passa son châle et ouvrit la porte, elle se sentit plus en confiance que quelques instants auparavant. Sur le seuil, elle se retourna.

— Merci, dit-elle.

Puis, avant que Margaret ait eu le temps de protester, elle remonta le trottoir sous la pluie et tourna à l'angle pour prendre Bath Street.

Elle choisit de ne pas ralentir sa cadence, même une fois hors de portée de vue de la placette, d'abord parce qu'il valait mieux donner l'impression d'avoir un but précis, et ensuite parce qu'elle ne voulait pas s'accorder le temps de réfléchir à ce qu'elle s'apprêtait à faire, par crainte de perdre son sang-froid. Margaret éprouvait à son égard une grande admiration, surtout pour son courage, et Hester fut surprise de constater à quel point ce sentiment lui était précieux. À lui seul, il valait la peine de maîtriser la peur qui lui nouait l'estomac afin de pouvoir annoncer, à son retour à Coldbath Square, qu'elle avait accompli sa tâche, qu'elle ait ou non obtenu des renseignements.

L'orgueil n'était pas seul en jeu, même si elle devait admettre que celui-ci entrait en ligne de compte. Sa motivation était plus noble — elle voulait se montrer à la hauteur de ce que Margaret pensait d'elle et de son propre idéal. La désillusion était une sensation amère, et elle avait déjà dû décevoir Margaret à quelques reprises. Elle avait conscience de s'être parfois montrée brusque, d'avoir eu les compliments difficiles quand ceux-ci étaient mérités. Savoir que Monk gardait sa souffrance pour lui avait provoqué chez elle une impression d'isolement inhabituelle qui affectait aussi ses relations amicales.

Elle se devait au moins de porter le masque de courage qu'on attendait d'elle. Elle aussi avait besoin de se savoir à la hauteur de ses exigences. Comparée à la force morale nécessaire pour endurer le chagrin, la bravoure ne demandait pas un gros effort.

De toute façon, Squeaky Robinson devait être seulement un homme d'affaires ordinaire qui n'avait aucune intention de s'en prendre à qui que ce soit, sauf si on le menaçait, ce qu'elle s'efforcerait d'éviter.

La pluie fouettait la masse imposante et sombre de la Reid's Brewery, et il flottait une odeur douceâtre de moisissure.

À l'endroit où Portpool Lane passait sous les murs massifs, Hester fut forcée de s'arrêter car elle ne voyait plus où elle allait. L'eau gouttait des avant-toits de façon continue. Sous les porches, elle apercevait des ombres — celles des clochards qui s'installaient pour la nuit. Sachant qu'elle se trouvait dans les environs immédiats du genre de maison close où elle aurait travaillé si elle avait dû se prostituer, il était fort probable qu'on se méprît sur son compte. Toutefois, elle avait croisé un agent de police une centaine de mètres plus avant. Même si on ne le voyait sans doute pas de là où elle se trouvait, sa seule présence suffisait à repousser les clients de ce type d'établissement encore plus que les autres.

Elle s'adossa à la brasserie, à l'écart du bord du trottoir étroit, là où le réverbère baignait les pavés humides de sa lumière pâlotte. Son châle lui recouvrant la tête et lui cachant la plus grande partie du visage, elle ne donnait pas l'impression de vouloir attirer l'attention. La rue, qui mesurait environ deux cents mètres, débouchait sur Gray's Inn Road, une artère très fréquentée jusqu'à environ minuit, heure après laquelle il passait toujours un cab de temps à autre. L'hôtel de ville se trouvait juste au coin de la rue. Squeaky Robinson avait plutôt dû s'installer dans la pénombre d'une des ruelles adjacentes à la brasserie. Ses clients devaient vouloir se montrer le plus discrets possible.

De tels individus avaient-ils honte de leurs goûts ? Ils devaient sans doute préférer que ceux-ci restent secrets pour la société en général, mais entre eux ? Viendraient-ils si leurs semblables étaient au courant ? Hester l'ignorait, mais il serait sans doute perspicace de la part du propriétaire des lieux de proposer plus d'une issue — et peut-être même plus que deux. Dans ce cas, les ruelles d'en face seraient idéales ! De ce côté, et non de l'autre, où se trouvaient un grand immeuble d'apparence respectable ainsi qu'un hôtel, un peu plus loin.

Sa décision prise, plus rien ne l'obligeait à attendre. Elle redressa les épaules et respira à fond, ce qu'elle regretta aussitôt car l'odeur de décomposition la fit tousser et haleter, et ainsi aspirer encore plus de cet air écœurant. À aucun moment elle ne devait oublier où elle se trouvait ! Maudissant son étourderie, elle traversa la rue et se rendit à grands pas au bout de la première venelle.

Celle-ci était plus propre qu'elle ne s'y attendait et, environ à mi-distance, une lampe fixée à un mur éclairait le sol irrégulier. S'agissait-il d'une coïncidence, ou bien Squeaky Robinson prenait-il soin de ses clients en s'assurant qu'ils ne trébuchaient pas sur des ordures en venant prendre du bon temps ?

Au bout de la ruelle, à la lisière de la parcelle éclairée, elle vit un escalier qui menait à une porte. Sachant comment elle allait s'y prendre, elle n'avait pas à hésiter. Elle frappa.

Un homme vêtu d'un costume foncé, élimé et trop grand pour lui malgré son assez belle carrure, lui ouvrit sur-le-champ. À sa façon de se tenir, il donnait l'impression d'être prêt à se battre dès que nécessaire. Il avait l'air d'une brute singeant un majordome de bas étage. Cela faisait peut-être partie de l'image que voulait donner la maison. Il la considéra d'un air indifférent.

— Mademoiselle ?

Hester le regarda droit dans les yeux pour éviter qu'on la prenne pour une nécessiteuse venue supplier d'être prise dans la maison close afin de rembourser ses dettes.

— Bonsoir, répondit-elle d'un ton sec. Je voudrais parler au propriétaire. Un certain Mr. Robinson, si je ne m'abuse. Il se peut que nous ayons des intérêts communs. Auriez-vous l'obligeance de l'avertir que Mrs. Monk, de Coldbath Square, désire le voir ?

Elle avait pris un air autoritaire, comme dans son ancienne vie, avant la Crimée, quand elle rendait visite à la fille d'un ami de son père, chez qui elle était connue des domestiques.

L'homme hésita. Il avait l'habitude d'obéir à la clientèle — cela faisait partie du service —, mais ici les femmes n'étaient que de la marchandise, et en tant que telle devaient se plier aux ordres.

Elle ne baissa pas le regard.

— Je vais voir, accepta-t-il avec réticence. Feriez mieux d'entrer.

À deux doigts d'ajouter quelque chose, il se ravisa au dernier moment et se contenta de la guider jusqu'à une pièce minuscule adjacente au couloir, à peine plus grande qu'un vaste placard meublé d'une seule chaise.

— Attendez ici, ordonna-t-il avant de s'éclipser.

Elle obtempéra. Ce n'était pas le moment de prendre des risques. Explorer les lieux ne lui apprendrait rien ; connaître l'intérieur d'une maison close ne lui serait d'aucun intérêt, et elle espérait que ce ne serait jamais le cas. Moins elle en saurait sur leurs vies, plus il lui serait facile de soigner les prostituées. Ce qui lui importait, c'était de prodiguer des soins, rien d'autre. De plus, si on la surprenait, elle n'aurait aucune explication valable à fournir à Squeaky Robinson, et elle devait à tout prix gagner sa confiance. Elle devrait déjà bien assez déformer la vérité comme ça.

Au bout d'un quart heure, lui sembla-t-il, la porte s'ouvrit et le majordome de pacotille l'accompagna dans le dédale du bâtiment. Dans le couloir étriqué, le plancher couvert de tapis pourpres était irrégulier mais ne grinçait pas, comme Hester aurait pu s'y attendre. Quelqu'un avait pris soin de clouer les lattes pour qu'aucune ne trahisse le passage d'un client. À part le craquement de la charpente ou le soupir d'une vieille poutre rongée à petit feu par la pourriture, aucun bruit ne venait troubler le silence. Les escaliers abrupts permettaient de passer d'un niveau à l'autre de l'unique couloir, comme si on avait relié deux ou trois maisons autrefois indépendantes pour offrir une dizaine d'issues.

Enfin, le majordome s'arrêta, ouvrit une porte et fit signe à Hester d'entrer. Alors qu'elle s'attendait à quelque chose de sombre et vulgaire, elle fut stupéfaite de voir un cabinet de vastes dimensions, pas trop haut de plafond, dont les murs disparaissaient presque derrière étagères et armoires. En son milieu trônait un immense bureau contenant d'innombrables tiroirs. Sur sa surface encombrée, une lampe à pétrole qui brûlait à feu vif diffusait une lumière jaune. Chauffée par un poêle installé contre le mur du fond, la pièce était désordonnée mais paraissait propre.

L'homme assis dans le fauteuil en cuir avait le visage émacié, le regard perçant, les cheveux gris-brun et les épaules un peu voûtées. Il examina Hester d'un air circonspect, mais ne montra pas une once de curiosité. Comme elle pouvait s'en douter, il avait entendu parler du dispensaire de Coldbath.

— Eh bien, Mrs. Monk, dit-il d'un ton suave, quels intérêts pouvons-nous donc avoir en commun ?

Il avait une voix douce et claire, un peu nasillarde, mais pas assez pour justifier son sobriquet[1]. Elle se demanda ce qui le lui valait.

Pour bien montrer qu'elle n'avait pas l'intention de se laisser éconduire et qu'elle resterait jusqu'à obtenir satisfaction, elle s'assit d'office.

— La bonne santé des prostituées, pour qu'elles soient en état de travailler, Mr. Robinson.

Il inclina la tête de façon très discrète.

— Je vous avais prise pour une dame de charité, Mrs. Monk. Vous ne préféreriez pas que toutes ces femmes retournent à l'usine ou dans des ateliers pour gagner leur vie d'une façon qu'approuvent la loi et la société ?

— Quand on a les os brisés, on ne gagne rien du tout, Mr. Robinson, rétorqua-t-elle.

Chassant toute colère et tout mépris de sa voix, elle s'efforçait d'avoir l'air le plus détendu possible. Si elle était venue là, c'était pour atteindre un but, non pas pour se plaindre.

Il hocha tout doucement la tête, et à la lumière vacillante de la lampe, Hester vit les rides que l'anxiété creusait sur son visage, son teint grisâtre malgré un rasage récent et l'heure peu tardive. Elle perçut chez lui une étincelle de surprise, si infime qu'elle avait pu la rêver.

— Et vous, qu'avez-vous à gagner ? demanda-t-il.

Il saisit un coupe-papier et se mit à jouer avec ; ses longs doigts tachés d'encre ne cessaient de s'agiter.

— Ça ne regarde que moi, répondit-elle d'un ton acerbe, se tenant bien droit, comme sur un banc d'église.

Le sentant intrigué, elle sourit.

— Je n'ai pas l'intention de vous faire de la concurrence, Mr. Robinson, précisa-t-elle, amusée. Vous avez

1. Le verbe *« to squeak »* signifie couiner. *(N.d.T.)*

sans doute entendu parler de mon dispensaire de Coldbath Square ?

— En effet, reconnut-il sans la quitter des yeux.

— J'ai soigné des femmes qui à mon avis ont peut-être travaillé pour vous, mais ce n'est qu'une déduction, reprit-elle. Elles ne me racontent rien, et de mon côté je ne pose aucune question. Si je vous en parle, c'est parce que nos intérêts se rejoignent.

— Vous l'avez déjà dit.

Il roulait toujours son coupe-papier entre ses doigts. Sur son bureau, les documents éparpillés ressemblaient à des feuilles de comptes. Elles étaient quadrillées, et les inscriptions qui y figuraient ressemblaient plus à des nombres qu'à des mots. Plus que tout autre, Robinson devait pâtir du calme qui régnait dans le quartier. Hester l'avait deviné, et cela apportait de l'eau à son moulin.

— Les affaires ne marchent pour personne, dit-elle.

— Je vous croyais bénévole, répondit-il d'un ton plat. Pour l'instant, vous me faites perdre mon temps, Mrs. Monk.

— Alors je vais aller droit au but.

Devant à tout prix éviter qu'il la renvoie, elle prit un ton catégorique et n'attendit pas qu'il acquiesce.

— Mes activités sont utiles aux vôtres. Pour les pratiquer, j'ai besoin d'un local, mais je rencontre en ce moment certaines difficultés avec mon propriétaire. Jessop cherche à me mettre des bâtons dans les roues et menace sans cesse d'augmenter mon loyer.

Voyant Robinson se crisper et bouger un peu dans son fauteuil, elle se demanda combien la situation actuelle lui coûtait. Manquait-il d'argent ? Était-il l'usurier, ou se contentait-il de gérer cet établissement ? Beaucoup dépendait de la réponse à cette question.

— Mon métier, c'est le commerce, pas la charité, Mrs. Monk.

— Je sais bien, répondit-elle en gardant un ton posé. Ce que j'attends de vous, c'est un intérêt éclairé, pas l'aumône. Dites-moi, Mr. Robinson, avez-vous fait des bénéfices depuis la mort malheureuse de… Mr. Baltimore, si je me souviens bien de son nom.

Il plissa les paupières.

— Vous le connaissiez ? s'enquit-il, suspicieux.

— Pas du tout. Si je dis « malheureuse », c'est parce qu'elle a mis un terme à une certaine prospérité du quartier, et amené ici une présence policière dont nous préférerions tous nous passer.

Il parut vouloir prendre la parole, mais se ravisa. De nouveau, il pivota un peu, comme pour soulager une douleur.

— Ils ont semble-t-il l'intention de rester jusqu'à ce qu'ils trouvent le meurtrier, reprit-elle. Et je doute de leur succès. De fait, ils croient qu'il a trouvé la mort chez Abel Smith, dans Leather Lane.

Elle soutenait toujours son regard.

— Ce qui à mon avis est peu probable.

Robinson paraissait à peine respirer.

— Ah bon ?

Voyant qu'il soupesait chacune de ses paroles, Hester se demanda s'il avait peur, et si oui, de qui, ou de quoi.

— Il existe plusieurs possibilités, que personne n'aidera les enquêteurs à découvrir, ajouta-t-elle. On a pu le tuer ailleurs, de façon intentionnelle ou malencontreuse, et le responsable, ne souhaitant pas être accusé ou attirer l'attention sur lui, a tout naturellement déplacé le corps. Chacun aurait fait de même.

— Je n'ai rien à voir là-dedans, répondit Robinson, mais Hester remarqua qu'il avait les jointures des doigts blanches.

— Peut-être, mais comme nous tous, vous aimeriez que la police déguerpisse et que nos vies reprennent leur cours.

L'éclair d'espoir qui passa un instant dans ses yeux ne put échapper à Hester.

— Et vous connaissez un moyen d'y parvenir, Mrs. Monk ?

Elle aurait bien aimé ! Tout plan aurait fait l'affaire, maintenant. Si c'était là que Fanny et Alice travaillaient, elle se démènerait pour le traîner devant les tribunaux, de sorte que lui et son éventuel associé passent le restant de leurs jours en prison, de préférence au bagne.

— J'ai quelques idées, répondit-elle, évasive. Cependant, ce qui m'importe dans l'immédiat, c'est d'obtenir un bail dans de meilleures conditions. Puisque vous y gagnez si les prostituées victimes... d'accidents... sont traitées au plus vite, gratuitement et dans la discrétion, je pensais frapper à la bonne porte en venant solliciter... vos conseils.

Immobile, Robinson l'examina pendant quelques secondes interminables. Elle essaya de le jauger aussi. Elle n'espérait pas obtenir son aide pour un local ; ce n'était qu'un prétexte pour le rencontrer et se faire une idée des lieux.

Robinson paraissait tourmenté. Toute son attitude trahissait sa nervosité. À moins qu'il ne soit souffrant, ou préoccupé pour d'autres raisons ? Au fond, s'il ne voyait jamais la lumière du jour, sa pâleur n'avait rien d'extraordinaire.

Cependant, n'ayant pas appris grand-chose, elle devait prendre davantage de risques si elle voulait avancer.

— Vous devez perdre beaucoup d'argent, lança-t-elle, téméraire.

Un infime changement s'opéra en lui, comme si une peur cachée avait resserré son emprise sur lui. Hester sentit son estomac se nouer — elle devait se trouver au mauvais endroit. Squeaky Robinson n'avait ni l'audace ni l'intelligence nécessaires pour mettre sur pied une combine aussi audacieuse et complexe que celle dont étaient victimes les semblables d'Alice. Bien au contraire, il paraissait en proie à une panique à fleur de peau.

Pourtant, s'il avait peur de quelqu'un, ça ne pouvait être d'elle. Elle n'avait proféré aucune menace, déclarée ou implicite, et ne représentait aucun danger pour lui.

Craignait-il son associé ? La tête pensante qui comptait sur lui pour engranger les bénéfices sans attirer l'attention de la police ?

— Vous devriez peut-être consulter votre associé avant de prendre une décision ?

Squeaky se redressa d'un mouvement si brusque qu'il se piqua avec le coupe-papier et poussa un petit jappement.

— Je n'ai pas d'associé !

Après avoir examiné la marque rouge sur sa main, il lança un regard noir à Hester, comme s'il s'était blessé par sa faute.

Perplexe, elle sourit.

— Vous cherchez un nouveau local ? demanda-t-il, circonspect.

— C'est possible. À condition que vous me proposiez un loyer intéressant, qui ne soit sujet à aucune modification intempestive de votre part — bref, un contrat en bonne et due forme. Si vous êtes seul à en décider, alors réfléchissez aux arguments que je vous ai exposés.

Squeaky se mordit la lèvre. À l'évidence, il se trouvait confronté à un dilemme, et devoir prendre une décision accroissait sa panique.

Hester se pencha un peu.

— La situation va empirer, Mr. Robinson. Plus la police restera, plus les clients devront trouver d'autres endroits pour s'amuser, et là…

— Qu'est-ce que j'y peux, moi ? explosa-t-il, cette fois d'une voix assez stridente pour justifier son surnom. Puisque je sais pas qui l'a tué !

— Peut-être que si. Je suis persuadée qu'un homme capable de diriger un tel établissement doit être très bien informé. Vous ne pourriez réussir si vous…

Elle s'interrompit. À le voir si tendu, elle eut peur qu'il ne se trouve mal. Une pellicule de sueur lui recouvrait la peau.

— … si vous n'aviez pas une connaissance parfaite du quartier et de tout ce qui s'y passe.

— Bien sûr ! Qu'est-ce que vous croyez ?

Il semblait sur la défensive, à présent, comme s'il avait besoin de se justifier.

— Je vais y réfléchir, Mrs. Monk. Nos activités doivent reprendre leur cours habituel. Si j'apprends ce qui est arrivé à ce Baltimore, je verrai si nous pouvons… tenter quelque chose.

Il désigna les piles de documents devant lui.

— Bon, j'ai du travail, maintenant. Je ne peux passer plus de temps à… discuter… alors qu'il n'y a rien à ajouter.

Hester se leva.

— Merci, Mr. Robinson. N'oubliez pas de parler à votre associé du local que je cherche à louer…

Il sursauta de nouveau.

— Mais je n'ai pas d'a… commença-t-il, avant de se fendre d'un sourire effrayant. Je lui dirai. Ha ha ! On verra bien.

Dehors, un brouillard épais avait envahi les rues, et un halo tremblotant entourait le lampion qui éclairait la venelle. Hester resta quelques instants au bas de l'escalier, afin de s'accoutumer au froid et à l'odeur de la brasserie dont l'ombre dense effaçait les silhouettes des autres bâtiments, de la même façon que la prison absorbait celle de la maison à Coldbath. Puis elle se mit en route en espérant ne trébucher sur personne.

Au terme de cet entretien, elle était presque convaincue que Squeaky Robinson tenait le bordel où travaillaient

Fanny et Alice. Quelle était la cause de sa panique ? Le manque d'activité passager ?

En tout cas, Hester avait une certitude : Robinson n'était pas l'usurier. Il lui manquait la subtilité et la confiance en soi pour piéger le genre de femmes qu'ils asservissaient. Squeaky avait-il peur parce que ce fameux associé avait disparu, le laissant ainsi sans le cerveau et la force motrice qui avaient permis la poursuite de ses activités ? Était-il malade, emprisonné — ou mort ? Une vague d'espoir envahit soudain Hester, qui pressa le pas. Peu importait pourquoi il était parti, ou à quel endroit, du moment que cette absence empêchait Squeaky de nuire. Et si la peur l'avait rendu violent au point de manquer tuer Fanny et Alice, ou plutôt d'en charger un autre, comme cette parodie de majordome ? En tout cas, l'autorité de Robinson serait de courte durée. En l'absence de l'usurier, il ne pourrait plus ni piéger de femmes, ni exiger d'être remboursé en prétextant la loi. En fin de compte, Oliver Rathbone pourrait leur apporter son aide !

Lorsqu'elle rentra à Coldbath Square, Margaret l'attendait en faisant les cent pas. Le visage de cette dernière s'illumina au moment où Hester passa la porte.

— Ce que je suis soulagée de vous voir ! dit-elle en se précipitant à sa rencontre. Tout va bien ?

Hester lui sourit avec un plaisir qui la surprit. Elle portait une immense affection à Margaret.

— Oui, merci. J'ai un peu froid, c'est tout. Je veux bien du thé, histoire de chasser de ma bouche le goût de cet endroit.

— Qu'avez-vous appris ? demanda Margaret en vérifiant que la bouilloire était pleine.

L'air enthousiaste, les yeux brillants, elle ne cessait de jeter des coups d'œil à Hester.

— À mon avis, la prostituée de Leather Lane m'a bien renseignée, répondit Hester en prenant deux tasses sur l'étagère. C'est bien là qu'ils satisfont les penchants plus particuliers, dit-elle non sans dégoût pour cet euphémisme, voyant que ses sentiments se reflétaient sur le visage de Margaret. J'ai rencontré Squeaky Robinson...

— Comment est-il ?

Margaret cessa de faire semblant de surveiller l'eau. La hâte d'en savoir plus lui rendait la voix rauque.

— Très nerveux, répondit Hester. En fait, je dirais même qu'il m'a semblé terrorisé.

Elle posa les tasses sur la table. Margaret ne put cacher sa surprise.

— Pourquoi ? Baltimore a été tué là-bas, d'après vous ?

Absorbée par sa théorie de la disparition de l'usurier, Hester n'avait même pas envisagé avec sérieux que Robinson ait pu avoir peur de la police plus que de la ruine. Pourtant, la potence était une perspective bien plus effrayante que la pauvreté, même pour le plus vénal des hommes.

— C'est possible, admit-elle à contrecœur, avant d'expliquer ce qu'elle espérait.

— Et si le prêteur avait tué Baltimore ? suggéra Margaret, plus par désir que par conviction. Il se peut qu'il n'ait pas pu payer, et que quelqu'un se soit mis en colère. C'était peut-être bien un accident. Après tout, ils n'ont rien à gagner en tuant un client, n'est-ce pas ? Personne n'est obligé d'aller dans cette maison. Ce ne sont pas les établissements qui manquent, même s'ils se trouvent dans d'autres quartiers.

— Ensuite ils auraient déposé le corps chez Abel Smith, comme il l'affirme, conclut Hester. Oui, ça me paraît plausible.

Elle fut incapable de dissimuler sa déception. Si on avait tué Baltimore pour une affaire de fraude, cela aurait pu aider Monk. Ce meurtre aurait relié le passé au présent, et prouvé qu'il avait eu raison de croire Dundas innocent. Même si en contrepartie sa culpabilité de n'avoir pas su le prouver à l'époque en aurait été accrue.

— Devrions-nous en parler à l'agent Hart ? s'enquit Margaret d'un ton plein d'espoir. Cela permettrait de résoudre le meurtre et de nous débarrasser de la police.

Derrière elle, la bouilloire se mit à siffler.

— Et du même coup de mettre fin à l'exploitation de ces jeunes femmes !

Après avoir ébouillanté la théière, elle y versa les feuilles de thé et l'eau.

— Pas tout de suite. D'abord, j'aimerais en savoir plus sur Mr. Baltimore. Pas vous ?

— Si, mais comment ? Puis-je vous aider ? Et si je nouais connaissance avec quelqu'un à qui je pourrais poser des questions ? Ou vous, plutôt. Moi, je ne saurais pas quoi dire.

Les joues quelque peu rosies et le regard fuyant, elle ajouta :

— Nous pourrions peut-être fournir des éléments utiles à Sir Oliver, si nous réussissions à établir un lien ?

Elle parlait d'une manière très détachée, ce qui fit sourire Hester.

— C'est une bonne idée, reconnut-elle. Je vais écrire à Livia Baltimore pour demander à lui rendre visite demain soir, afin de lui apporter du nouveau sur la mort de son père. Si je lui fais porter le billet par coursier, je recevrai la réponse bien assez tôt.

Margaret parut interdite.

— Qu'allez-vous lui dire ? Quand même pas que son père se trouvait à Portpool Lane ?

— Eh bien, je ne lui donnerai pas les raisons de sa présence là-bas, en tout cas, répondit Hester avec un sourire malicieux en servant le thé.

Hester envoya sa lettre en début de matinée et obtint une réponse de Regent Square avant midi, dans laquelle Miss Baltimore déclarait qu'elle serait ravie de la recevoir l'après-midi même.

Pendant ce temps, Margaret avait procédé à de discrètes recherches, et avait organisé pour Hester et elle un rendez-vous avec son beau-frère qui, familier du milieu des affaires, pourrait leur fournir les informations officielles sur Baltimore & Fils, et peut-être même quelques renseignements sur ce qui se disait tout bas à leur propos. La rencontre était fixée pour le lendemain soir.

En milieu d'après-midi, Hester quitta Fitzroy Street vêtue d'un ensemble bleu clair et d'un chapeau — accessoire qu'elle détestait —, et munie d'une ombrelle pour se protéger du soleil éclatant lors des éclaircies. C'était le cadeau d'une tante, mais elle ne l'avait encore jamais ouverte. Néanmoins, elle lui conférait l'air respectable des jeunes femmes qui ont le loisir de soigner leur teint.

Après avoir pris l'omnibus sur Tottenham Court Road, elle se fit un plaisir de parcourir les dernières centaines de mètres à pied. On la conduisit dès son arrivée dans un petit boudoir à l'évidence conçu pour permettre aux dames de recevoir leurs invités. La pièce était meublée d'une manière très féminine. Les fenêtres étaient agrémentées de rideaux d'un jaune clair très doux, et les fauteuils, que des coussins couleur pastel rendaient des plus accueillants, étaient bien moelleux. Dans un angle, on avait posé un cadre à tapisserie, à côté duquel se trouvait une corbeille de bobines de soie et de pelotes de laine de toutes les couleurs. Devant la cheminée, il y avait un écran décoré de fleurs peintes, et sur la table ronde placée au centre, un grand vase en porcelaine rempli de tulipes jaunes dégageait un parfum discret et agréable.

L'air plein d'espoir, Livia Baltimore l'attendait. Sa tenue de deuil lui donnait un teint livide. Dès qu'Hester entra, elle mit de côté un livre dont elle avait marqué la page et se leva pour l'accueillir.

— Quel plaisir de vous voir, Mrs. Monk ! J'espérais qu'en dépit de tout votre travail pour les indigents vous ne m'oublieriez pas. Vous prendrez bien du thé ?

Sans attendre de réponse, elle adressa un signe de tête à la bonne. Alors que la porte se refermait, elle indiqua un fauteuil à Hester et se rassit.

— Asseyez-vous, je vous prie. Vous avez l'air au mieux. J'espère que c'est le cas.

L'étiquette exigeait qu'elles discutent de toutes sortes de choses. Aucun sujet n'avait d'importance, ce n'était qu'un moyen de faire connaissance. Peu importait ce que l'on disait, seule comptait la façon dont on parlait. Cependant, leur relation n'était pas motivée par l'amitié : une fois l'affaire terminée, elles ne se reverraient sans doute pas. Seul un but commun les rapprochait.

— Oui, merci, dit Hester en se mettant à l'aise. Même si le quartier traverse une période difficile et que certains individus exaspérés à cause du manque d'activité passent leurs nerfs sur les femmes qui travaillent pour eux.

Tout en parlant, elle observait Livia. Elle la vit lutter pour cacher son dégoût envers l'« activité » en question. Les jeunes femmes de la bonne société connaissaient à peine l'existence de la prostitution, et encore moins les conditions de vie de celles qui la pratiquaient. Si on l'avait interrogée à ce sujet avant la mort de son père, elle en aurait su encore moins, mais des mauvaises langues avaient dû se charger de l'instruire un tant soit peu.

— On voit des policiers à chaque coin de rue, reprit Hester. Depuis deux semaines, plus personne ne s'est fait détrousser, mais, de toute façon, il n'y a plus grand-chose dans les poches des passants qui en vaille la peine. Les gens vont ailleurs, ce qui n'a rien d'étonnant. J'ignore pour quelle raison, mais la présence de la police dérange même les honnêtes gens.

— Je ne vois pas pourquoi. Quand on est innocent, on n'a rien à craindre.

— Trop peu d'entre nous doivent l'être complètement, répondit Hester d'un ton doux. En tout cas, j'ai continué à tendre l'oreille et à enquêter dans la mesure de mes capacités sur la mort de Mr. Baltimore.

Livia resta immobile.

— Oui ? fit-elle d'une voix à peine plus audible qu'un murmure.

Elle cligna des paupières sans se soucier des larmes qui les gonflaient.

— Je me suis rendue à la maison close de Leather Lane où l'on a retrouvé son corps, poursuivit Hester d'un ton grave, en feignant de ne rien remarquer.

Ne la connaissant pas assez, elle ne voulait pas la mettre mal à l'aise.

— Ceux qui travaillent là-bas m'ont affirmé n'être pour rien dans ce qui lui est arrivé. D'après eux, on l'a tué ailleurs, puis déplacé, afin de les incriminer à la place de quelqu'un d'autre.

— Vous les avez crus ?

Livia n'affichait ni scepticisme ni assentiment, comme si elle avait choisi de ne pas trop espérer.

— Oui, répondit Hester, catégorique.

Livia se détendit et sourit malgré elle.

Hester ressentit un tel accès de culpabilité qu'elle douta de la légitimité de sa visite et se demanda si elle faisait bien de donner à cette jeune femme des renseignements certes corrects, mais cependant très loin de représenter toute la vérité. Les découvertes auxquelles ceux-ci l'amèneraient anéantiraient à jamais les souvenirs qui avaient façonné sa jeunesse.

— Dans ce cas, il se peut qu'il ait juste été victime d'un coup monté ? s'enthousiasma Livia, qui reprenait des couleurs. Ceux qui ont tué mon père en ont profité pour se venger de Mr. Smith. En avez-vous parlé à la police ?

Hester resta circonspecte.

— Pas encore. Je préfère d'abord en savoir plus, de façon à pouvoir les convaincre. Savez-vous quelle pouvait être la raison de sa présence dans le quartier de Farringdon Road ? S'y rendait-il souvent ?

— Je l'ignore. Le soir, Père s'absentait régulièrement, au moins deux ou trois fois par semaine. Il allait parfois à son club, mais en général, lorsqu'il se déplaçait, c'était pour affaires. Il était… enfin nous étions…

Rattrapée par l'émotion, elle ravala ses larmes et s'efforça de conserver une voix à peu près égale.

— Nous sommes à deux doigts de connaître un grand succès. Lui qui a travaillé si dur, il nous est pénible de savoir qu'il ne sera pas là pour le voir.

— L'inauguration de la nouvelle ligne dans le Derbyshire ?

Livia parut surprise.

— Vous êtes au courant ?

Hester se rendit compte qu'elle en avait trop dit.

— J'ai sans doute entendu quelqu'un en discuter. La possibilité de voyager étendue au plus grand nombre et la construction de voies ferrées de meilleure qualité concernent tout un chacun.

La bonne apporta le thé et Livia la congédia, préférant le servir elle-même.

— En effet, c'est très excitant, acquiesça-t-elle en tendant une tasse à Hester.

L'espace d'un instant, son visage trahit des émotions contradictoires : d'une part l'exaltation, le sentiment d'être sur le point de vivre un changement formidable, et d'une autre le regret de quitter le domaine du familier.

Que cela pût ou non avoir un rapport avec la mort de Baltimore ou ce que Monk cherchait à découvrir, Hester voulait en apprendre davantage.

— Votre vie va-t-elle en être changée ? Cette demeure me paraît charmante. J'ai du mal à imaginer mieux.

Elle but une gorgée de la boisson brûlante et parfumée.

Livia sourit. Son visage en fut adouci, et elle ressembla soudain à la jeune femme assez timide qu'elle avait dû être encore un mois plus tôt.

— Je suis contente qu'elle vous plaise. J'ai toujours été heureuse, ici. Pourtant, mon frère affirme que ce sera encore mieux quand nous aurons déménagé.

— Vous allez partir ? s'étonna Hester.

— Nous garderons cette maison pour la saison londonienne, expliqua Livia en désignant les lieux d'un petit geste de la main. Mais nous aurons bientôt un grand domaine à la campagne. La seule ombre à mon bonheur, c'est que mon père ne pourra en profiter. Tout ce qu'il a construit, c'était pour nous ; c'est injuste qu'il ne puisse profiter des fruits de toute une vie d'effort, après tous les risques qu'il a dû prendre et l'adresse dont il a dû faire preuve.

Elle prit sa tasse à son tour mais ne but pas.

— Ce devait être quelqu'un de remarquable, la relança Hester, consciente que son hypocrisie devait être manifeste.

Elle éprouvait le plus profond mépris à l'égard de Baltimore.

— En effet, acquiesça Livia avec empressement, comme si son père pouvait encore en être flatté.

Hester se demanda s'ils avaient été proches ; sa réponse signifiait-elle qu'elle s'en tenait moins à ses souvenirs qu'à l'image idéalisée qu'elle voulait donner de son père ?

— Il devait être très intelligent, poursuivit Hester. Et très solide. Un faible n'aurait jamais pu diriger les autres comme il est nécessaire de le faire pour construire une voie ferrée. Au moindre signe d'hésitation ou de manquement à un principe, il aurait échoué. On se doit d'admirer un tel… esprit.

— C'est vrai, il avait un caractère très fort. À ses côtés, on se sentait en sécurité. Il ne doutait jamais de lui. Ce doit être une qualité propre aux hommes… en tout cas aux meilleurs, aux chefs.

— D'après moi, les chefs sont ceux qui savent cacher leurs incertitudes. Si l'on n'est pas capable d'afficher sa confiance en soi, comment espérer que les autres nous suivent ?

Livia réfléchit un instant.

— C'est exact. Vous êtes très perspicace. En effet, Père s'est toujours montré… courageux — je pense que c'est le mot juste. Nous avons connu des périodes plus difficiles, quand j'étais enfant. Cette inauguration va couronner des années de patience.

Un sourire fugace passa sur ses lèvres.

— De plus, il ne s'agit pas que de la nouvelle ligne, vous savez. Il est aussi question d'une innovation concernant le matériel roulant… les voitures, les wagons, etc. Enfin, pardonnez-moi si je vous raconte ce que vous savez déjà.

— Non, pas du tout. Je ne sais que ce qu'on a écrit dans la presse et ce qui se raconte. De quelle innovation s'agit-il ?

— Je crains de ne pas pouvoir vous éclairer beaucoup. À la maison, Père n'en parlait presque jamais. Il répétait toujours que ce n'était pas un sujet à évoquer en présence de femmes. D'après lui, on devait savoir séparer famille et travail.

Sa voix redevint plus faible.

— Ça lui tenait très à cœur… la maison devait rester un lieu paisible et agréable, où les histoires d'argent et la rudesse du commerce n'avaient pas leur place. Nous n'abordions que les sujets qui comptent vraiment : la beauté et l'intelligence, l'exploration de nouvelles contrées, les domaines de l'esprit.

— C'est admirable, commenta Hester, s'efforçant de paraître sincère.

Elle ne voulait pas froisser Livia, mais elle savait qu'il était nécessaire de prendre en considération la laideur du monde et de tenter de comprendre la douleur pour atteindre le genre de vérité qui rend possible la vraie beauté. Cependant, ce n'était ni le moment ni l'endroit pour tenir ce discours.

— Vous deviez être très heureux, ajouta-t-elle.

— Nous l'étions. Mrs. Monk… dit-elle, hésitante.

— Oui ?

— Pensez-vous que la police va arrêter le coupable ? Je vous en prie, répondez-moi en toute franchise… je ne veux pas que vous me mentiez sous prétexte de me ménager.

— C'est possible. En revanche, je ne sais pas quelles sont leurs chances de réussite. Tout dépend si on a assassiné votre père pour des raisons personnelles, ou s'il est passé dans la mauvaise rue au mauvais moment. Savez-vous s'il se rendait à un rendez-vous ?

C'était la question pour laquelle elle souhaitait le plus obtenir une réponse, et pourtant elle avait conscience que l'élucidation du meurtre de Baltimore serait synonyme de mort sociale pour sa famille, en particulier pour Livia, qui n'était pas encore mariée.

Livia parut stupéfaite puis, sur le point de répondre, elle s'interrompit et réfléchit.

— Je n'en ai aucune idée. Je doute qu'il nous l'ait dit. D'après vous, c'est un détail important ?

— Peut-être.

— Je sais bien ce que tout le monde pense, dit Livia d'un ton posé, les joues très roses. Pourtant je ne crois pas à cette version. Je m'y refuserai toujours.

— Bien sûr, fit Hester, compréhensive. Et votre frère… il se peut qu'il sache s'il avait l'intention de rencontrer quelqu'un, ou du moins où il se rendait.

— J'ai déjà tenté de le lui demander, répondit Livia, gagnée à la fois par la gêne et la colère. Il m'a répondu de ne pas m'inquiéter et de n'écouter personne.

— C'est un bon conseil, admit Hester. La dernière partie, du moins.

On frappa à la porte, qui s'ouvrit presque tout de suite. Un homme au teint hâlé, âgé d'une trentaine d'années, fit son apparition, hésitant un instant à la vue d'Hester. Malgré une assurance qui confinait à l'arrogance, il avait un certain charme. C'était peut-être son énergie qui le rendait attirant ; il était comme le feu, à la fois dangereux et vivant. Il se mouvait avec grâce et donnait l'impression que son élégance était innée. Hester lui trouva une ressemblance avec Monk, mais l'impression ne dura pas. Il manquait à cet individu la profondeur des sentiments. Le feu qui l'animait ne brûlait que dans sa tête, pas dans son cœur.

Le visage de Livia s'illumina dès qu'elle le vit.

— Michael ! Je ne m'attendais pas à votre visite.

Elle se tourna vers Hester.

— Je vous présente Michael Dalgarno, l'associé de mon frère. Michael, voici Mrs. Monk, qui a eu la gentillesse de passer me voir pour discuter d'une œuvre de charité à laquelle je souhaite me joindre.

Rompue aux exigences de l'étiquette, elle rougit à peine en proférant son mensonge.

— Enchanté, Mrs. Monk.

Dalgarno fit un léger salut.

— Veuillez m'excuser de vous déranger. J'ignorais que Miss Baltimore avait de la compagnie, sinon je me serais montré moins hardi.

Il se détourna et adressa à Livia un sourire d'un charme irrésistible, empreint d'une telle sincérité qu'il parut aussi intime qu'une caresse.

Livia rougit tant que ni Hester ni Dalgarno n'auraient pu douter de ses sentiments pour lui.

Il posa la main sur le dossier du fauteuil de Livia, aussi doucement que s'il s'agissait de son épaule. Son geste avait un curieux côté possessif.

Fille d'un homme fortuné, sur le point de le devenir davantage, Livia Baltimore devait s'attendre à recevoir les sollicitations d'un grand nombre de prétendants, dont beaucoup poussés par une motivation des moins nobles. Elle devait connaître Dalgarno depuis assez longtemps. S'agissait-il d'un véritable amour, qui avait pris racine dans une amitié nouée bien avant les promesses de richesse, ou d'un exemple classique d'opportunisme de la part d'un jeune ambitieux ?

Même si elle ne le saurait jamais, et n'en aurait pas besoin, elle espérait du fond du cœur que la première hypothèse se vérifierait. Sachant qu'elle ne pourrait obtenir davantage de renseignements, elle ne voulait pas s'attarder et risquer de trahir le mensonge de Livia. La seule œuvre de charité à laquelle elle participait était la maison de Coldbath Square, et il serait difficile à Dalgarno de croire que la jeune femme la voyait d'un bon œil !

Elle se leva.

— Merci, Miss Baltimore, dit-elle en souriant. Vous avez été très aimable, et je reviendrai si vous le souhaitez, à moins que vous estimiez que nous…

— Mais non, voyons ! s'empressa de l'interrompre Livia, qui se leva à son tour dans un bruissement de jupons. J'aimerais beaucoup que nous nous revoyions, si… si vous le voulez bien.

— Bien entendu, accepta Hester. Merci encore pour votre bienveillance.

Elle se tourna vers Dalgarno.

— Ce fut un plaisir…

Il lui ouvrit la porte, et un domestique la reconduisit. En sortant, elle croisa un jeune homme grand et blond. Ce qui frappait chez lui, c'était sa vigueur et ses oreilles immenses. Il passa sans lui prêter attention, mais se dirigea à grands pas vers Dalgarno et prit la parole avant d'arriver à sa hauteur. Hélas, Hester fut forcée de quitter les lieux avant de pouvoir surprendre la moindre bribe de conversation.

Le lendemain soir, Hester et Margaret se rendirent comme convenu chez la sœur de cette dernière.

Hester choisit de revêtir son ensemble le plus sobre, celui qu'elle aurait mis pour proposer ses services d'infirmière chez des particuliers. Margaret portait une robe lie-de-vin de coupe très à la mode qui lui allait à ravir. Leur cab les déposa peu après six heures à Weymouth Street, au sud de Regent's Park. Tandis qu'elles remontaient l'allée et gravissaient les marches de l'imposante demeure, Hester sentit un changement subtil s'opérer en Margaret. Sa démarche se fit moins vive, ses épaules se voûtèrent, et, lorsqu'elle tira sur la poignée de la cloche, ce fut d'un geste presque hésitant.

À peine eut-elle sonné qu'un valet de grande taille aux jambes admirables, qualité des plus prisées dans ce métier, vint leur ouvrir.

— Bonsoir, Miss Ballinger, dit-il d'un ton guindé. Mrs. Courtney vous attend, Mrs. Monk et vous. Si vous voulez bien me suivre…

En entrant, Hester ne put s'empêcher de jeter un regard de curiosité au couloir aux proportions parfaites, dallé de marbre noir et blanc, qui menait à un escalier majestueux, et aux murs ornés d'armures anciennes, d'épées ouvragées et de fusils à silex aux crosses filigranées d'or et de nacre.

Le domestique ouvrit la porte du salon et les annonça. Hester vit Margaret prendre une profonde inspiration et s'avancer.

À l'intérieur de la pièce parquetée de chêne et lambrissée, de lourds rideaux prune encadraient les hautes fenêtres qui surplombaient des jardins à la française. Trois personnes les attendaient. La sœur de Margaret n'était pas aussi grande qu'elle et, à en juger par sa peau et sa silhouette un peu plus généreuse, elle devait être son aînée de quelques années. D'une beauté conventionnelle, elle donnait l'impression d'être très satisfaite de tout ce qui l'entourait. Habillée à la mode, sa tenue n'en demeurait pas moins discrète, comme si elle n'avait pas besoin de faire preuve d'ostentation pour attirer l'attention.

Dès qu'elle vit Margaret, elle s'approcha d'un air accueillant. Revoir sa sœur l'enchantait au plus haut point, ou elle jouait la comédie à la perfection.

— Ma chérie ! s'exclama-t-elle en posant un bref baiser sur la joue de Margaret, avant de s'écarter un peu pour l'observer avec grand intérêt. Comme je suis contente que tu sois venue ! La dernière fois remonte à bien trop longtemps. Je dois t'avouer que j'étais à deux doigts de perdre espoir !

Elle se tourna vers Hester.

— Vous devez être Mrs. Monk, la nouvelle amie de Margaret.

Loin d'être aussi chaleureux, l'accueil qu'elle lui réserva fut tout juste courtois. Hester perçut une certaine circonspection dans son regard, et comprit sur-le-champ que Marielle Courtney craignait qu'elle puisse exercer une influence néfaste sur sa sœur. De plus, ne pouvant situer Hester dans l'échelle sociale, cela lui rendait difficile de juger si elle était la bienvenue ou non.

— Enchantée, Mrs. Courtney, dit Hester en affichant un sourire poli. Mon estime pour Margaret est telle que rencontrer un membre de sa famille m'est très agréable.

— C'est fort aimable à vous, murmura Marielle, qui se tourna vers celui qui se tenait un peu en retrait à sa droite. Permettez-moi de vous présenter mon mari, Mr. Courtney.

— Enchanté, Mrs. Monk, dit-il avec respect.

C'était un homme d'une quarantaine d'années, au visage terne et déjà gagné par l'embonpoint, mais très sûr de lui et tout à fait enclin à recevoir les proches parents de sa femme et leurs invités.

Le dernier individu présent était celui qui serait peut-être en mesure de leur en apprendre davantage sur Nolan Baltimore. Grand et mince, il avait un aspect inhabituel. Malgré des cheveux abondants et souples, coiffés en arrière, qui dégageaient son front haut, ses tempes grisonnantes indiquaient qu'il était plus âgé que ne le laissaient supposer son maintien fier et son élégance. Il avait les traits pointus et la bouche rieuse. Marielle le leur présenta sous le nom de Mr. Boyd, et fit un éloge appuyé de Margaret qui surprit Hester.

Cette dernière vit Margaret se crisper et rougir, bien qu'elle fît de son mieux pour dissimuler sa gêne.

Après les rafraîchissements d'usage, Marielle leur offrit de rester à dîner, mais Margaret refusa l'invitation sans même consulter Hester, prétextant un engagement fictif.

— C'est très aimable à vous de nous apporter votre aide, Mr. Boyd, dit-elle d'un ton un peu sec. J'espère que cela ne vous aura pas gâché la soirée.

— Pas du tout, Miss Ballinger, répondit-il en lui adressant un discret sourire, mais son regard pétillait d'humour, comme s'il gardait pour lui une plaisanterie. Je vous en prie, posez-moi vos questions, et si cela m'est possible, je tâcherai de vous éclairer.

— Je sais que vous ne pouvez tout dire, s'empressa-t-elle de préciser. Vous savez sans nul doute que Mr. Baltimore est mort dans des circonstances tragiques il y a un peu plus de deux semaines… dans Leather Lane ?

— En effet.

S'il éprouvait la moindre aversion, il possédait une trop grande maîtrise de soi pour la laisser paraître.

Le respect d'Hester à son égard en fut accru. Elle jeta un bref coup d'œil à Marielle et perçut chez elle un intérêt intense. Son regard ne cessait de passer de Boyd à Margaret, comme si elle accordait la plus grande importance à l'issue de la discussion. Hester comprit soudain pourquoi Margaret tenait tant à partir de chez elle et à fuir la pression qu'on exerçait sur elle pour qu'elle se marie… comme Marielle, et peut-être ses autres sœurs si elle en avait. Hester se rappelait l'avoir entendue parler d'une cadette, à n'en pas douter impatiente de prendre son tour.

Boyd était-il aussi au courant ? Savait-il qu'on manœuvrait pour le guider avec douceur mais fermeté là où on voulait le voir ? Il paraissait tout à fait capable de prendre lui-même ses décisions. Aucune mère ou sœur ambitieuse ne réussirait à le manipuler, Hester en avait la certitude. C'était plutôt des sentiments de Margaret qu'elle s'inquiétait.

— Je travaille pour une œuvre de charité dans ce quartier, reprit Margaret avec une franchise qui fit tressaillir Marielle et suscita la désapprobation de son mari.

— Vous savez, Margaret, dit-il, recueillir un peu d'argent pour les indigents est une chose, mais je vous déconseille de trop donner de votre personne, ma chère.

Margaret, qui concentrait toute son attention sur Boyd, l'ignora.

— Mrs. Monk a été infirmière en Crimée, poursuivit-elle sans se démonter. Elle offre des soins aux femmes qui ne peuvent payer un médecin. J'ai la chance de l'assister du mieux que je peux, en plus de récolter des fonds pour le loyer du local et les médicaments.

— C'est admirable, commenta Boyd d'un air sincère. Je ne vois pas en quoi je pourrais vous aider, si ce n'est de manière financière, ce que je ferais avec plaisir. Cependant, quel est le rapport avec la société de Baltimore ? Il connaissait une certaine réussite, mais rien d'extraordinaire. De toute façon, comme vous l'avez mentionné, il est mort.

Hester scruta son visage mais n'y décela aucun chagrin, ni aucune trace de surprise ou d'inquiétude. Elle n'y lut pas non plus l'indignation à laquelle elle s'attendait.

— On l'a assassiné, ajouta Margaret. Comme vous l'imaginerez sans peine, cet événement a plongé le quartier dans le trouble et entraîné une présence policière massive.

— Quoi de plus normal ! s'écria Marielle en avançant d'un pas comme pour s'intercaler entre Margaret et Hester, qui incarnait à ses yeux l'engagement regrettable de sa sœur. Il est tout à fait inacceptable qu'un gentleman puisse être attaqué et tué en pleine rue par les prédateurs dépourvus de morale qui hantent ces endroits.

Elle tourna à demi le dos à Hester.

— J'ignore pourquoi tu souhaites aborder ce sujet, Margaret. Tu ne t'es jamais montrée aussi hardie, auparavant.

Elle regarda Boyd.

— Je crains le bon cœur de Margaret ne la pousse parfois à emprunter des chemins étranges, pour ne pas dire tortueux.

— Marielle… commença Courtney.

— Je n'ai pas besoin que tu t'excuses à ma place ! lâcha sèchement Margaret.

Puis elle posa un regard franc sur Boyd avant que sa sœur ait pu répliquer.

— Mr. Boyd, Mrs. Monk et moi avons des raisons de croire que Mr. Baltimore a été assassiné par un concurrent plutôt que par une prostituée — elle ne prêta pas attention à Marielle qui manqua s'étouffer en entendant ce mot —, et nous vous serions toutes deux reconnaissantes si vous pouviez nous en apprendre davantage sur sa compagnie et sur sa personnalité. Est-il possible qu'il ait choisi Leather Lane plutôt que ses bureaux comme lieu de rendez-vous d'affaires ?

Hester se sentit forcée d'intervenir.

— Nous connaissons la version de sa famille. Je connais sa fille. Mais leur point de vue, par manque d'objectivité, ne peut nous être utile. Quelle réputation avait-il, dans la City ?

— Vous êtes très directe, Mrs. Monk.

Lorsque Boyd tourna le regard vers elle, Hester sut sur-le-champ que sa remarque était motivée par le respect et non par la désapprobation, même si une infime ombre d'amusement subsistait dans ses yeux.

— C'est vrai, reconnut-elle. L'affaire en question n'autorise aucun malentendu. Je suis navrée si cela vous heurte.

Elle savait qu'il n'en était rien.

— Hélas, la profession d'infirmière a émoussé mes bonnes manières. Enfin, j'exagère. Je n'en ai jamais eu, ajouta-t-elle en lui adressant un sourire radieux.

— Dans ce cas, je vais suivre votre exemple, Mrs. Monk, répliqua-t-il avec un très léger hochement de tête, proche du salut. Nolan Baltimore nourrissait de très grandes ambitions et prenait d'énormes risques pour parvenir à ses fins. Il possédait courage et imagination, ce qui lui valait l'admiration de ses pairs.

Tout en parlant, il l'observait et tentait d'évaluer l'effet qu'avaient sur elle ses commentaires.

— Et… ? le pressa-t-elle.

— Quelques-unes de ses opérations se sont révélées payantes, d'autres non. Il a réussi à survivre plutôt mieux que certains de ses amis. Ce n'est pas la loyauté qui le caractérisait.

— En règle générale ? Ou est-ce un avis personnel ?

— Je n'ai jamais traité avec lui.

Hester savait que, s'il faisait preuve de tant de tact, ce n'était pas pour l'épargner elle, mais plutôt Courtney. Il s'attendait à ce qu'elle le comprenne à demi-mot.

— Par choix ? s'empressa-t-elle de demander.

— Oui.

Il lui sourit.

— Certaines de ces… opérations hasardeuses… ont-elles pu le conduire à Leather Lane ?

— Vous pensez à un financement véreux ?

Il ouvrit les yeux un peu plus grand.

— C'est possible. Si on manque d'argent et qu'on n'a pas accès aux voies habituelles, on va chercher ailleurs. Dans ce genre d'endroit, on peut obtenir un prêt à courte échéance, que l'on rembourse quand un investissement a engendré de gros bénéfices. Le vice rapporte beaucoup d'argent. Ceux qui l'empochent sont toujours friands de placements légaux.

— Voyons, Boyd ! fulmina Courtney. Je ne crois pas qu'il soit décent de tenir une telle discussion devant des dames !

— James, si Mrs. Monk a été infirmière dans l'armée et travaille à présent dans le quartier de Coldbath, je doute pouvoir lui apprendre grand-chose qu'elle ne sache déjà mieux que moi, fit remarquer Boyd avec plus d'humour que d'agacement.

— Je pensais à ma belle-sœur, dit Courtney d'un ton un tantinet hargneux, en jetant de brefs coups d'œil à Marielle, comme s'il intervenait davantage pour la contenter que par conviction. Et à ma femme, ajouta-t-il, peut-être sans avoir conscience de l'insulte implicite faite à Hester.

Boyd lui lança un regard froid, le vit s'empourprer, puis se tourna vers Margaret.

— Veuillez m'excuser si je vous ai heurtée, Miss Ballinger, dit-il d'un air interrogateur.

— Mr. Boyd, il faudra me présenter vos excuses si vous me croyez moins à même que Mrs. Monk d'affronter la vérité ! rétorqua Margaret avec vigueur.

Boyd poursuivit comme si Courtney et Marielle n'étaient pas là :

— Dans ce cas, vous devez savoir qu'à mon sens Mr. Baltimore pouvait tout aussi bien se rendre à Leather Lane pour les raisons qui poussent la plupart des hommes à s'y rendre que pour un rendez-vous d'affaires, honorable ou non. Son train de vie, le coût de ses habits, ses voitures et la qualité de sa table ne permettent pas d'envisager qu'il ait eu besoin d'un quelconque financement.

D'un geste agacé, il repoussa la tentative de protestation de Courtney, et poursuivit sans quitter Margaret des yeux.

— Depuis que je le connais, je ne l'ai jamais vu se restreindre. La rumeur veut que sa compagnie soit sur le point de connaître un grand succès. Peut-être a-t-il emprunté en prévision de cette rentrée d'argent, ou bien il avait un commanditaire qui pouvait se permettre d'attendre. Avant que vous me demandiez de qui il pourrait s'agir, sachez que je n'en ai pas la moindre idée. Je ne peux même pas tenter une conjecture fondée sur mon expérience. Navré.

Une idée singulière vint à Hester, au départ simple intuition qui lui parut moins absurde à mesure que les secondes s'écoulaient.

— Je vous en prie, ne vous excusez pas, Mr. Boyd, dit-elle, sincère. Votre aide nous a été fort précieuse.

Elle ne prêta pas attention au regard étonné de Margaret, ni à l'air réprobateur de Marielle.

Boyd lui sourit de nouveau. Satisfaction et curiosité se lisaient sur son visage.

— Tant mieux, intervint Marielle d'un ton froid, signifiant ainsi que la discussion était close. As-tu vu la dernière exposition du British Museum, Margaret ? Mr. Boyd nous racontait à l'instant à quel point c'est fascinant. L'Égypte est un pays que j'ai toujours voulu visiter. Le passé doit nous paraître à portée de main, là-bas. Notre perception du temps doit en être bouleversée, vous ne pensez pas ?

— Hélas, ce n'est pas ce qui m'en donnera davantage, rétorqua Margaret, s'efforçant de cacher sa gêne face à une telle pirouette. Merci de votre franchise, Mr. Boyd. J'espère que vous nous excuserez de prendre congé si tôt, mais personne n'est là pour assurer la permanence à Coldbath Square.

Elle se tourna vers sa sœur.

— Merci pour ta générosité, Marielle. Je te suis très reconnaissante.

— La prochaine fois, il faudra vraiment que tu restes plus longtemps. Tu viendras dîner, ou voir une pièce de théâtre. On en joue d'excellentes, ces temps-ci. Tu limites trop tes champs d'intérêt, Margaret. Ça ne peut être que mauvais pour toi !

Sans relever la critique, Margaret salua tout le monde. Une fois dehors, Hester et elle se dirigèrent vers le coin de la rue, où les cabs seraient plus nombreux.

— Qu'a-t-il dit de si précieux ? s'enquit Margaret. Je ne vois pas en quoi nous sommes plus avancées.

— Mr. Boyd a insinué que Baltimore avait d'autres sources de revenus que sa compagnie, répondit Hester, un peu hésitante.

Margaret restait sceptique :

— Il s'est rendu à Leather Lane pour affaires ? On ne sait même pas pour quelle raison ni avec qui. D'ailleurs, ne m'avez-vous pas dit qu'il était mort ailleurs ?

— Si. À Portpool Lane, sans doute.

— Dans la maison close dirigée par l'usurier, c'est ça ?

— Tout à fait.

— Il aimait… humilier des jeunes femmes autrefois respectables ?

Dégoût et colère déformaient le visage de Margaret.

— C'est possible. Mais si c'était là son autre source de revenus ? Ni sa famille ni le percepteur n'en sauraient rien. Voilà qui expliquerait à merveille pourquoi il pouvait dépenser plus que ce que Baltimore & Fils lui permettait, et pourquoi Squeaky Robinson a paniqué de la sorte lors de ma visite. Si ça se trouve, toute cette affaire n'a rien à voir avec la construction de voies ferrées ! Il reste donc à savoir si on l'a tué parce qu'il a été trop loin en tant que client, ou parce qu'il s'est montré trop avide en tant qu'usurier.

— Que faire, alors ? demanda Margaret, la voix tremblante. Comment découvrir la vérité ?

— Je n'ai encore rien prévu. Mais je vais bientôt trouver quelque chose !

CHAPITRE VIII

Monk revint à Londres exténué. Sa tête lui faisait si mal qu'il n'avait qu'une envie : rentrer chez lui, se plonger dans un bain brûlant, puis passer une bonne nuit de sommeil sur un matelas confortable et dans des draps propres. Pourtant, confronté à la perspective de retrouver Hester et de continuer à faire comme si de rien n'était, il décida d'aller plutôt aux bains publics. Il se rendrait ensuite chez le barbier et achèterait une chemise pour être présentable lorsqu'il retrouverait Katrina Harcus.

Il se sentait si fatigué qu'il aurait été prêt à dormir sur un banc, mais il craignait de sentir la terreur s'emparer de son esprit au moment où il s'assoupirait. Il acheta un café à un marchand de rue, puis retourna voir le vendeur de pain d'épice pour l'interroger sur ce que lui avait appris son fameux ami à propos de Dalgarno. Le voyant occupé à distribuer des tranches bien chaudes à un groupe d'enfants, Monk attendit quelques mètres plus loin qu'il ait terminé, puis lui demanda :

— Alors ?

Aucun doute, le vendeur se souvenait de lui — son visage disgracieux s'illuminait déjà.

— Un peu qu'il est sorti ! annonça-t-il d'un air triomphant. Vers minuit. L'air en rogne. Il est revenu une demi-heure après, pas plus.

Une demi-heure. Pas assez longtemps pour se rendre à Leather Lane, trouver Nolan Baltimore, le tuer et revenir. Un immense soulagement submergea Monk. Il pourrait affirmer à Katrina que Dalgarno était innocent.

— Ensuite, il est ressorti ?

— Pas avant l'aube, affirma le vendeur. Les guetteurs ont des yeux de lynx. Y loupent rien, y peuvent pas se permettre !

Monk le remercia vivement et lui donna un souverain, auquel il ajouta une demi-couronne, puis lui acheta un morceau de pain d'épice.

À deux heures, malgré ses pieds douloureux, Monk passa les grilles des Royal Botanic Society Gardens d'un pas léger. Il ne dut attendre que cinq minutes. Lorsqu'elle arriva, elle resta un instant immobile à le chercher. Plusieurs personnes se retournèrent pour la regarder. Cette réaction n'étonna point Monk — elle se démarquait par son maintien noble et l'expression dramatique de son visage. Quelques gentlemen lui sourirent plus longtemps que le permettait la politesse, mais leur admiration ôtait toute insolence à leur comportement.

Quand elle vit enfin Monk, elle eut l'air réjouie, presque soulagée. Elle devait venir tous les jours depuis quelque temps. Monk sentit la satisfaction le gagner à l'idée de lui annoncer que, d'après ses investigations, Dalgarno n'était impliqué dans aucune fraude, et que même si d'autres l'étaient, leurs malversations ne pouvaient engendrer aucun accident. Les craintes de Katrina étaient tout à son honneur, mais infondées.

Celle-ci s'approcha d'un pas vif et s'arrêta si près qu'il sentit son parfum suave et musqué.

— Vous avez du nouveau, dit-elle, haletante. Ça se voit.

— En effet, répondit-il en lui rendant son sourire.

Voyant qu'elle tentait de maîtriser son souffle, il voulut la rassurer en posant la main sur son bras, mais se ravisa. Qu'il comprenne ses craintes et se sente en communauté d'esprit avec elle ne les rendait pas intimes pour autant. Un tel geste lui aurait paru inconvenant, à juste titre.

— Tout d'abord, j'ai acquis la certitude que Mr. Dalgarno n'a pu s'absenter assez longtemps la nuit du meurtre de Baltimore pour être le coupable.

— Comment ? demanda-t-elle, perplexe. Qui peut bien savoir cela ?

— Les cambrioleurs ont des guetteurs, expliqua-t-il. On les appelle des corbeaux. Cette nuit-là, il y en avait au moins un dans cette rue entre minuit et l'aube.

Blême, elle expira très lentement.

— Merci. Merci beaucoup. Mais… en ce qui concerne la…

— J'ai procédé à toutes les recherches possibles à Londres comme à Liverpool, où la compagnie possédait ses locaux par le passé, sans rien trouver qui indique l'existence d'une fraude quelconque.

— Aucune… commença-t-elle d'une voix haut perchée, secouant la tête d'un air sceptique.

— Rien de plus que quelques bénéfices superflus au cours de certaines transactions, admit-il. Cependant, rien que de très commun, affirma-t-il, se rendant compte après coup qu'il ne se livrait à aucune conjecture et parlait en connaissance de cause.

« Tout a été signé au nom de la société, non à celui de Mr. Dalgarno. C'est un homme d'affaires prospère pas moins honnête qu'un autre.

— En êtes-vous certain ? insista Katrina, stupéfaite et gagnée par la joie. Pouvez-vous le certifier ?

— Je suis sûr qu'il n'existe aucune raison de mettre en cause son intégrité. Soyez rassurée, rien ne menace sa réputation.

Les yeux écarquillés, elle eut un brusque mouvement de recul. À son air d'incrédulité, qui donnait presque l'impression qu'elle était en colère, on aurait pu croire qu'il venait de l'insulter.

— Me rassurer ? s'offusqua-t-elle. Que faites-vous de cette terrible collision à Liverpool ? Et des risques qu'elle se reproduise ?

— La cause de cette catastrophe n'est pas la qualité de la voie, répondit-il avec patience. C'est un mécanicien qui a commis une faute, et peut-être aussi un serre-frein...

— Quoi !... ils auraient choisi le même moment pour se tromper ? fulmina-t-elle.

— Non, pas du tout. L'un a fait une erreur, et l'autre, pris de panique, n'a su la corriger.

— Alors Baltimore & Fils n'a jamais rien eu à se reprocher ? Ni par le passé, ni aujourd'hui ?

— En ce qui concerne la collision, non.

Il se rendit compte de l'incertitude qui perçait dans sa voix. Pourquoi ? Rien ne permettait d'impliquer Nolan Baltimore ni dans cet accident ni dans la fraude qui avait conduit Arrol Dundas à sa perte. C'étaient ses propres émotions, son sentiment de culpabilité qui le poussaient à rejeter la faute sur quelqu'un ne représentant rien à ses yeux.

L'air presque agressive, elle fit un pas vers lui. Elle saisit avec force les pans de sa veste.

— Possédez-vous la preuve irréfutable de leur innocence ? Une preuve qui tiendrait devant un tribunal ? Je dois en être certaine. On a déjà accusé un innocent, à l'époque !

Monk se crispa et sentit le sang lui cogner dans les veines. Lui saisissant les poignets avec fermeté, il fut surpris de constater qu'il tremblait.

— Comment le savez-vous ? demanda-t-il entre ses dents.

Se dégageant d'un coup, elle arracha dans son empressement un des boutons de la veste de Monk, ce dont il ne se soucia guère. L'air fiévreux et les yeux fous, elle le regarda un long moment, puis tourna les talons et repartit vers la grille d'un pas vif.

Plusieurs promeneurs les observaient, mais Monk ne leur prêta aucune attention. Que savait-elle d'Arrol Dundas ? Cette question chassait toute autre pensée de son esprit. Il se lança à sa poursuite, la rattrapant presque à la sortie qui donnait sur l'Inner Circle, mais elle marchait trop vite. Elle prit le chemin bordé d'arbres qui passait à gauche des terrains de tir à l'arc de la Toxophilite Society, en direction du pont qui traversait le plan d'eau. Monk parvint à l'arrêter sur l'autre berge, causant de nouveau l'inquiétude des passants.

— Comment le savez-vous ? répéta-t-il. Qu'avez-vous entendu ? De la bouche de qui… Dalgarno ?

— Dalgarno ? s'esclaffa-t-elle, à deux doigts du fou rire.

Sans lui répondre, elle se détourna de nouveau, passa la York Gate et se dirigea vers Marylebone Road.

— Je rentre chez moi ! lui cria-t-elle.

Alors qu'il arrivait à sa hauteur, elle leva son ombrelle pour héler un cab. L'un d'eux s'arrêta presque tout de suite ; Monk l'aida à monter et grimpa derrière elle.

Elle n'émit aucune protestation, comme si elle n'en attendait pas moins de lui.

— Si ce n'est pas de la bouche de Dalgarno, alors comment ? insista-t-il après qu'elle eut ordonné au cocher de l'emmener à Cuthbert Street, dans le quartier de Paddington.

Elle se tourna face à lui.

— Vous voulez parler de l'affaire de fraude qui a éclaté il y a très longtemps ?

— Bien sûr, voyons !

Il ne réussit à garder son calme qu'au prix d'un grand effort. C'était primordial. Que savait-elle ? Comment pouvait-elle être au courant de cette histoire, hormis en ayant consulté les archives de Baltimore & Fils, ou en ayant surpris les propos de Dalgarno ?

Regardant droit devant elle, elle souriait, mais semblait tout à fait maîtresse d'elle-même.

— Pensiez-vous que je ne procéderais à aucune recherche, Mr. Monk ? demanda-t-elle d'un ton coupant. Croyiez-vous que je ne m'intéresserais pas à l'histoire de Baltimore & Fils alors que Michael est impliqué à ce point dans cette compagnie et compte sur sa position chez eux pour faire fortune ?

— Vous m'avez parlé d'un innocent qu'on a accusé à tort ! Comment êtes-vous au courant ? Personne ne le savait, à l'époque !

— Ah bon ?

— Bien sûr que non, sinon il ne serait pas mort en prison ! Répondez-moi. Que s'est-il passé ?

— On s'est livré à une grande supercherie, Mr. Monk, dit-elle d'une voix tremblante, presque dans un souffle. On a trompé beaucoup de monde, et c'est encore le cas, mais l'heure de la vengeance sonnera... je vous le promets ! Je le jure sur la tombe de ma mère... et même sur la mienne s'il le faut.

— Miss Harcus...

— Descendez, je vous prie.

Sa peau avait pris un teint terreux.

— J'ai besoin de réfléchir, seule.

Avec son ombrelle, elle cogna à la paroi du cab.

— Je vous raconterai tout... ce soir.

— Oui, mademoiselle ? fit le cocher.

— Mr. Monk descend ici. Arrêtez-vous, s'il vous plaît.

— Bien, mademoiselle, obéit-il.

Ils se trouvaient au carrefour de Marylebone Road et d'Edgware Road.

Monk ressentit une profonde inquiétude à l'égard de Katrina, en proie à de telles émotions contradictoires qu'elle en paraissait fébrile. Il tenait à tout prix à savoir ce qu'elle entendait quand elle affirmait que Dundas était innocent et que l'heure de la vengeance sonnerait, ou encore de quelle malversation elle voulait parler, mais maintenant qu'il connaissait son adresse, il pourrait au moins la retrouver à un moment où elle serait plus calme. Il pourrait peut-être même lui apporter son aide.

— Je vous rendrai visite, Miss Harcus, dit-il avec douceur. Il vous faut du temps pour réfléchir.

Katrina dut fournir un effort intense pour recouvrer son sang-froid.

— Merci, Mr. Monk. Ce sera très aimable de votre part. J'admire votre patience. Si vous voulez bien passer dans la soirée, après huit heures, je vous expliquerai ce que vous voulez. Je vais m'entretenir de nouveau avec Michael Dalgarno, et nous allons tirer cette affaire au clair. Vous avez rempli votre rôle à la perfection, Mr. Monk. Je n'aurais pu espérer mieux. Après huit heures, donc ? C'est promis ?

— Promis.

— Parfait.

L'ombre d'un sourire effleura les lèvres de Katrina.

— Au 23 Cuthbert Street. J'ai votre parole !

— J'y serai.

Il descendit et regarda le cab disparaître dans la circulation.

De retour à Fitzroy Street, Monk trouva la maison vide. Une fois lavé, il put enfin dormir. À huit heures dix, il prit un cab. Il fut arraché à sa rêverie lorsque le cocher arrêta brusquement la voiture et lui annonça qu'ils ne pouvaient plus avancer.

— Désolé, monsieur. La police bloque la rue. Je sais pas qu'est-ce qui s'est passé, mais y a un drôle de chambard, devant. Vous allez devoir terminer à pied, si y vous laissent passer.

Monk le paya et se dirigea vers les silhouettes qui se détachaient sous les réverbères. Il s'agissait de trois hommes, dont deux semblaient en proie à une vive discussion. Le troisième, dont l'allure raide lui était familière, regardait ce qui ressemblait à un tas de vêtements à ses pieds. C'était Runcorn, son rival d'autrefois qui, devenu son supérieur, avait toujours éprouvé inimitié et crainte à son égard jusqu'à la querelle au terme de laquelle il avait démis Monk de ses fonctions, alors qu'au même moment ce dernier, en fureur, lui donnait sa démission. Puis, il y avait quelques mois de cela, leurs chemins s'étaient de nouveau croisés lors de l'affaire du modèle[1] et, mus par la même révolte, ils avaient dû prendre sur eux et s'allier.

Qu'est-ce que Runcorn pouvait bien fabriquer là ?

Monk allongea le pas et dut fournir un effort pour ne pas courir sur les derniers mètres.

— Que se passe-t-il ? demanda-t-il, bien qu'il pût en juger par lui-même lorsque Runcorn se tourna vers lui.

Le corps d'une femme était étendu au sol. Monk reconnut les vêtements de Katrina Harcus, froissés, sales et ensanglantés. Comme brisée, elle gisait sur le ventre, la tête à moitié tournée de côté, selon un angle insolite. Ses jambes étaient difformes, et elle avait un bras replié sous son buste.

Par réflexe, Monk regarda en l'air et vit le balcon à l'avant-dernier étage. Il ne voyait pas la porte, cachée dans l'ombre.

La nausée le gagna, puis une tristesse accablante. La bouche trop sèche pour parler, il fixa Runcorn.

— On dirait qu'elle est tombée de là-haut, déclara-t-il en réponse à la question initiale de Monk. Le hic, c'est qu'à première vue elle est un peu loin du bord. De plus, on tombe en arrière, en général. Elle a dû se retourner pendant la chute.

Il leva les yeux et plissa les paupières.

— On ne voit rien, d'ici. On se rendra mieux compte de là-haut. Il est possible qu'elle ait sauté.

Monk faillit prendre la parole mais se ravisa.

1. Voir *Funérailles en bleu*, 10/18, n° 3640.

— Qu'y a-t-il ? s'enquit Runcorn d'un ton sec.

— Rien, s'empressa de répondre Monk.

Il ne devait parler de rien… pas encore. Il avait l'esprit en ébullition — qu'avait-il bien pu arriver ? Pourquoi se serait-elle jetée dans le vide ? Elle était sur le point de dévoiler une vieille injustice. La vengeance qu'elle voulait obtenir se trouvait à portée de sa main. De plus, Dalgarno était innocent, ce qu'elle désirait par-dessus tout depuis le début.

Un agent en uniforme vint jusqu'à eux en jouant des coudes pour se faufiler parmi les badauds qui commençaient à s'agglutiner sur le trottoir.

— On a un témoin, commissaire, annonça-t-il à Runcorn.

Les ombres jetées par la lumière des réverbères accentuaient son air renfrogné.

— Il affirme avoir vu deux personnes là-haut, et qu'elles se sont battues. Après avoir crié quelque chose, elle a reculé pour se protéger, et juste après, il lui a foncé dessus, et elle est passée par-dessus la rambarde.

Il regarda le corps.

— Pauvre petite. Elle avait l'air jeune… et drôlement jolie, en plus. Tu parles d'un gâchis.

— Et l'homme, où est-il ? demanda Runcorn, qui jeta un bref coup d'œil à Monk.

Le constable se redressa.

— J'en sais rien, inspecteur. Notez, j'ai posé la question au témoin, mais il a pas vu. C'était pas très bien éclairé. La femme, il l'a vue grâce à sa robe blanche. Le type, lui, il portait des habits très foncés, et puis il avait une espèce de cape. Le témoin dit qu'il l'a vue onduler pendant la bagarre.

Imaginer la scène révolta Monk : Katrina qui se défend contre un agresseur, appelle à l'aide, sans que personne vienne lui porter secours ! Ils ne savaient même pas qui se trouvait avec elle sur le balcon… Dalgarno ? Sans doute. Lui seul jouait un rôle dans cette affaire. Il avait dû venir chez elle à sa demande. Là, une des paroles de Katrina, un des éléments qu'elle avait découverts et que Monk avait manqué malgré ses recherches méticuleuses avait incité Dalgarno à la réduire au silence.

Mais quoi ? De quelle fraude s'était-il rendu coupable ? Pourquoi Monk n'avait-il pas réussi à la dévoiler ? Pourquoi se montrait-il si stupide, qu'est-ce qui l'aveuglait de nouveau ? Par sa faute, quelqu'un d'autre était mort — celle qu'il s'échinait à aider. Il avait manqué à sa promesse.

Runcorn discutait toujours avec le constable. Monk s'agenouilla près du cadavre. Katrina avait les yeux grands ouverts. La partie visible de son visage était à peine abîmée ; seul un filet de sang y coulait. Bien qu'il se gardât de la toucher, il aurait voulu chasser les cheveux de sa joue, comme s'ils pouvaient la gêner. En observant de plus près son bras tendu, Monk vit qu'elle serrait dans sa main un tout petit objet. Avait-elle arraché quelque chose à son assassin en l'empoignant juste avant de tomber ?

Profitant de l'inattention de Runcorn et du constable, Monk fit pivoter le poing de Katrina, juste assez pour que l'objet s'en échappe et tombe sur les pavés. Il s'agissait d'un bouton, qui provenait d'une veste d'homme. Alors qu'il s'apprêtait à prévenir Runcorn, une vague de chaleur fit perler la sueur sur sa peau, et l'instant d'après, le froid l'envahit. C'était son bouton, celui qu'elle lui avait arraché aux Botanic Gardens. C'était absurde — la scène remontait à plusieurs heures !

— Qu'avez-vous trouvé ?

La voix de Runcorn brisa son état d'hébétement et mit fin à son indécision. Impossible de cacher sa découverte ! D'un geste maladroit, il boutonna sa veste pour qu'on ne puisse remarquer le bouton manquant. Les jambes en coton, il se leva.

— Un bouton, dit-il d'une voix rauque, avant de s'éclaircir la gorge. Elle serrait un bouton dans sa main.

Runcorn se pencha pour le ramasser et, l'air intrigué, le fit tourner encore et encore entre ses doigts.

Monk retenait son souffle. Pourvu que Runcorn ne remarque pas qu'il en avait d'identiques ! Il faisait sombre, et le réverbère ne l'éclairait que de côté. Dès que possible, il partirait.

— Ça vient d'une veste d'homme, apparemment, commenta Runcorn. Elle a dû l'arracher pendant la lutte. C'est une belle pièce à conviction.

Il fourra l'objet dans sa poche de poitrine et s'adressa de nouveau au constable :

— Discutez avec les gens du quartier. Tâchez d'obtenir des renseignements. Connaissons-nous l'identité de la jeune femme ?

— Pas encore, monsieur. Les voisins la voyaient aller et venir, mais personne ne semble lui avoir adressé la parole. En tout cas, d'après eux, elle était tout à fait respectable. Elle s'appelait Miss Barker, ou Marcus, quelque chose comme ça, mais je suis pas sûr.

Sachant que cacher la vérité était inutile et qu'on le lui reprocherait tôt ou tard, Monk décida d'intervenir :

— Harcus, précisa-t-il d'un ton posé. Katrina Harcus.

Runcorn le dévisagea.

— Vous la connaissiez ?

— Oui. Je menais une enquête pour elle.

À présent, le sort en était jeté. Après tout, il ne s'agissait que d'un bouton, à propos duquel il pourrait sans mal s'expliquer. Certains promeneurs des jardins se rappelleraient peut-être même le mouvement d'irritation de Miss Harcus qui lui avait valu de le perdre.

— Je peux vous offrir mon aide, poursuivit-il.

Maintenant qu'une vive colère avait supplanté le choc initial, il ne demandait qu'à participer à l'enquête. Il voulait la venger, trouver le coupable et le faire inculper. Il lui devait bien ça.

— Alors vous n'étiez pas là par hasard ! s'exclama Runcorn. J'aurais dû m'en douter. Qu'auriez-vous bien pu fabriquer à Cuthbert Street à cette heure-ci ? Cette enquête, là, c'est quoi ? Savez-vous qui lui a fait ça ?

— Non, je l'ignore. Néanmoins, j'ai ma petite idée, et je compte bien le découvrir… et en apporter la preuve ! Elle était fiancée à un certain Michael Dalgarno, associé de Baltimore & Fils, une compagnie de construction de chemins de fer…

— Attendez un peu ! l'interrompit Runcorn. C'est bien un certain Nolan Baltimore qu'on a assassiné il y a quelques semaines à Leather Lane, non ? Y a-t-il un lien avec cette histoire ?

— En tout cas, je n'ai pas réussi à l'établir, reconnut Monk. Baltimore a dû être victime d'une rixe qui a mal tourné. Si ça se trouve, il n'avait pas payé assez ou, plus probable, il était ivre et a cherché la bagarre.

— Dans ce cas, qu'est-ce qui vous amène ici ? insista Runcorn.

— Rien qui soit en rapport avec cette affaire.

— Inutile de faire des secrets, Monk. La pauvre petite est morte. Si vous voulez l'aider, le seul moyen, c'est de retrouver son meurtrier.

— Je le sais bien ! rétorqua Monk d'un ton acerbe. Elle craignait que son fiancé, Michael Dalgarno, soit impliqué dans une escroquerie concernant la construction d'une voie ferrée reliant Londres à Derby.

Il sentit poindre l'intérêt chez Runcorn.

— En particulier en rapport avec l'acquisition des terres…

— C'est le cas ?

— Je n'ai rien trouvé qui l'atteste, pourtant Dieu sait que j'ai cherché.

Monk avait conscience d'être sur la défensive. S'il avait découvert la vérité, Katrina serait peut-être encore en vie.

Runcorn avait l'air dubitatif.

— Si ces malversations sautaient aux yeux, d'autres s'en seraient rendu compte.

— Je m'y connais davantage en matière de chemins de fer que la plupart, répliqua Monk, qui se sentit immédiatement vulnérable.

Il livrait trop d'éléments à son sujet, dévoilait des parts de lui-même qu'il ne connaissait pas encore assez, où il ne faisait que tâtonner — et à Runcorn, en plus !

Leur trêve restait fragile ; leur vieux ressentiment ne demandait qu'à ressurgir.

— Tiens donc ! s'étonna Runcorn. Comment ça ? Je vous croyais banquier d'affaires, avant d'intégrer la police.

Malgré la courtoisie de ses paroles, Monk savait que Runcorn lui enviait la fortune et l'assurance, l'élégance et l'aisance en société qu'il n'avait jamais connues.

— Parce qu'il faut bien fournir les fonds pour les voies ferrées, répondit-il. Mon dernier travail avant mon départ de la banque a été de financer la construction d'une ligne près de Liverpool.

Runcorn resta silencieux un instant. Peut-être avait-il perçu la tension dans la voix de Monk, sa tristesse et sa colère. Puis il reprit la parole :

— Donc, vous n'avez décelé aucune fraude. Est-ce pour autant la preuve qu'il n'en existe aucune ?

— Non, admit Monk. Tout ce que ça signifie, c'est que s'il y en a eu une, leurs auteurs l'ont très bien cachée. En tout cas, Miss Harcus, elle, était convaincue de son existence — lors de notre dernière rencontre plus que jamais.

— Donc, elle avait découvert quelque chose, contrairement à vous ! dit Runcorn en lui lançant un regard en biais. Vous a-t-elle donné des indices ?

— Aucun. Cependant, sa certitude à ce sujet provenait de bribes de conversations qu'elle avait surprises dans les bureaux de Baltimore, ou chez lui. En tant que fiancée de Dalgarno, elle avait accès à beaucoup plus d'informations que moi.

Runcorn grogna.

— Dans ce cas, nous ferions mieux de monter voir ce que nous pourrons trouver — sauf qu'à mon avis il aura tout emporté ! C'est sans doute là la motivation de son crime.

Il se dirigea vers l'immeuble.

Ne pouvant se permettre de refuser l'invitation, Monk revint sur sa décision de partir et emboîta le pas à Runcorn.

À présent, la nouvelle qu'une femme était tombée ou avait été poussée du balcon s'était répandue dans le voisinage. Certains badauds, sous le choc, attendaient en silence, et d'autres chuchotaient des commentaires furtifs. Les agents en uniforme les interrogeaient tous, l'un après l'autre, au cas où l'un d'eux aurait remarqué quelque chose dans la soirée ou plus tôt.

On conduisit Runcorn et Monk jusqu'à l'appartement de Katrina.

— Bon ! fit le policier dès qu'ils furent seuls à l'intérieur.

Malgré la lampe à gaz qui brûlait encore, la pièce restait sombre. Aussi gêné par son bouton manquant que s'il s'agissait d'une tache de sang, Monk s'en réjouit.

— Où rangeait-elle ses documents, les papiers qui pourraient nous éclairer sur cette histoire de chemin de fer ?

— Je n'en sais rien. C'est la première fois que je mets les pieds ici, répondit Monk, en se détournant de la lumière.

— Je croyais qu'elle vous avait embauché... Et tout à l'heure, c'est bien ici que vous veniez ! C'est vous qui me l'avez dit, lui fit remarquer Runcorn d'un ton de défi.

— Je ne lui avais encore jamais rendu visite, expliqua Monk. C'est elle qui est venue à mon bureau, et ensuite nous nous retrouvions aux Royal Botanic Society Gardens.

Alors même qu'il prononçait ces mots, cette façon d'agir lui parut étrange.

— Pourquoi ça ? s'étonna Runcorn, sceptique.

— Elle tenait à préserver sa réputation. Étant fiancée à quelqu'un d'ambitieux, elle ne voulait pas qu'on sache qu'elle m'avait confié une enquête. À mon avis, elle avait l'intention de faire croire que nous étions de simples connaissances.

Il voulut mettre les mains dans les poches, mais se rendit compte que cela risquait de dévoiler son bouton manquant.

— Nous nous retrouvions toujours dans un lieu public, sans convenir d'un rendez-vous. Elle se promenait dans les jardins tous les jours à la même heure, et si je voulais lui faire part des progrès de l'enquête, je savais où la trouver.

— Quelle prudence, en effet ! Elle savait peut-être que ce Dalgarno était dangereux.

Il secoua la tête.

— C'est drôle ce qui peut attirer une femme, chez un homme. Je n'y comprendrai jamais rien. Bon, nous ferions mieux de nous y mettre. Il suffit de fouiller.

Monk examina la pièce. Décorée avec simplicité mais beaucoup de goût, elle ne contenait que des meubles de qualité et dégageait une impression d'espace inhabituelle. Il n'en fut pas surpris. Katrina était une femme de caractère dotée d'une grande personnalité. En proie à une colère débordante contre Dalgarno, Monk se dirigea vers le secrétaire. Il resta dos à Runcorn qui, après avoir observé les lieux un peu plus longtemps, alla droit aux portes-fenêtres qui donnaient sur le balcon.

Le tiroir contenait un grand nombre de documents, que Monk se mit à feuilleter. Il se demandait si Dalgarno, après l'avoir tuée, avait emporté les preuves qu'elle lui aurait montrées. Néanmoins, il existait peut-être d'autres papiers dignes d'intérêt, qu'il lui fallait chercher.

Il trouva quelque chose étonnamment vite, mais pas ce à quoi il s'attendait. Il s'agissait d'une lettre qu'on n'avait jamais envoyée, adressée à une certaine Emma.

Ma chère Emma,

Je t'ai promis de te tenir au courant de tout ce que j'apprendrais, alors je vais tenir ma parole, même si reconnaître une telle méprise m'est fort pénible. J'ai déniché des documents en rapport avec la première fraude, celle de Liverpool, et il semble désormais incontestable que Mr. Monk, en qui j'avais une immense confiance, ait lui-même joué un rôle dans cette tragédie. J'ai trouvé parmi les papiers des Baltimore un vieux reçu signé de sa main !

Après de plus amples recherches, j'ai appris qu'il était autrefois banquier d'affaires, et qu'il s'était chargé du prêt accordé à Baltimore & Fils pour la construction de la voie ferrée. Jamais il ne m'en a fait part, ce qui ne m'étonne point — c'était une fraude de très grande envergure. Un homme est mort pour y avoir pris part, mais encore à ce jour, on ignore ce qu'est devenu l'argent. Mr. Monk est profondément impliqué. Tu te doutes à quel point cela m'affecte.

Je n'ai pas encore exigé d'explications de sa part, mais il le faudra bien. Comment rester droite, sinon ?

Ma chère Emma, j'aimerais tant que tu sois ici à Londres, afin de pouvoir te demander conseil sur la marche à suivre. J'ai tout à coup très peur.

La lettre se terminait là.

Monk la fixa du regard. Qui était cette Emma ? Où vivait-elle ? Aucune adresse ne figurait nulle part. Que Katrina avait-elle pu lui raconter d'autre ?

Poursuivant sa fouille du premier tiroir, Monk trouva des factures, une vieille invitation, et une autre missive, rédigée d'une minuscule écriture penchée.

Très chère Katrina,

C'est comme toujours un grand plaisir de recevoir de vos nouvelles, mais je dois avouer que ce Monk ne me dit rien qui vaille, et tout ce que vous me racontez ne fait qu'accroître mon mauvais pressentiment. Je vous en prie, ma chère, soyez très prudente. Méfiez-vous de lui.

Il survola la suite, mais il ne s'agissait que de potins concernant des connaissances communes, qu'elle ne mentionnait que par leur prénom. Si Runcorn tombait sur les lettres, il soupçonnerait Monk d'être l'assassin ! Les doigts tremblants, agissant avec le plus de discrétion possible, il les sortit de la pile.

Runcorn revint du balcon avec une grande cape d'homme un peu froissée. À la lumière de la lampe à gaz, elle paraissait noire.

— Qu'est-ce que c'est ? demanda Monk.

Il se détourna pour cacher les lettres à la vue de Runcorn, et les plia en vitesse d'une main tandis que de l'autre il feuilletait les documents pour couvrir le bruit du frottement, puis les glissa sous sa chemise, contre son flanc, là où il ne les ferait pas craquer en bougeant.

— C'était dehors, expliqua Runcorn, les sourcils froncés. Par terre, près de la rambarde, là où elle a dû passer par-dessus bord.

Il regarda le vêtement.

— C'est trop long pour elle, et de toute façon ça n'appartient pas à une femme.

Monk était perplexe.

— C'est très négligent, ça, de l'avoir laissée ici.

— L'homme a dû la perdre pendant la lutte.

Runcorn la retourna pour faire apparaître la doublure.

— Il n'y a pas l'étiquette du tailleur, mais nous trouverons d'où elle provient et à qui elle appartient. Et vous, vous avez quelque chose ?

— Rien de probant, pour l'instant, répondit Monk d'une voix si égale qu'elle manquait de naturel.

Il examina quelques autres feuilles et repéra une note griffonnée :

> *Parler à Monk de la conversation que j'ai surprise et qui corrobore mes craintes concernant l'implication de Michael dans la fraude à laquelle se livre Baltimore & Fils. Ont mentionné grosse somme d'argent à la clé, mais tout doit rester secret.*
>
> *Dans les grandes lignes, fraude identique à la première — il comprendra quand il y regardera d'assez près. Questions à poser : est-il illégal de modifier tracé voie ferrée pour amoindrir coûts sans reverser la différence aux investisseurs ? Ont-ils reçu pots-de-vin de la part de propriétaires pour utiliser ou ne pas traverser leurs terres ? Plusieurs possibilités. Là encore, Michael forcément au courant ! Feuilles de paie et bons de commande signés de sa main.*

Runcorn regardait Monk.

— Alors ? demanda-t-il. Ce sont les documents que vous avez examinés ?

— Oui.

— Et pourtant vous n'avez rien trouvé qui incrimine ce Dalgarno ? fit Runcorn, sceptique. Ça ne vous ressemble pas de passer à côté de quelque chose — surtout si vous vous y connaissez en chemins de fer ! Vous perdez la main, non ?

— Il n'existe aucune fraude du même genre que la première, se défendit-il.

— Ah ! La première, vous l'avez quand même trouvée, donc…

— Bien sûr, voyons !

Monk voulait à tout prix éviter d'évoquer Dundas ou quoi que ce soit en rapport avec son passé.

— À l'époque, il y avait eu fraude pour de bon lors de l'acquisition des terres, et cette fois-ci les machinations semblaient être les mêmes, mais ce n'est pas Dalgarno qui a acheté les terrains, alors il ne pouvait attendre aucun profit.

Runcorn le dévisagea d'un air pensif.

— En quoi consistait l'escroquerie, au juste, la première fois ?

— Quelqu'un a obtenu à bas prix une terre de piètre qualité, fait en sorte que la ligne y passe sans que ce soit justifié, puis l'a revendue beaucoup plus cher à la compagnie constructrice, expliqua Monk à contrecœur.

— Et Katrina Harcus pensait à tort que l'histoire se répétait, conclut Runcorn.

— Il semblerait.

— Alors pourquoi votre Dalgarno l'a-t-il tuée ?

— Je l'ignore.

Monk n'envisageait même pas qu'un autre puisse être le meurtrier.

— En tout cas, j'ai bien l'intention de le découvrir, annonça Runcorn d'un ton fougueux. Je vais le traquer et le mener à la potence ! Vous pouvez me croire, Monk !

— Parfait. Je vous aiderai, si je le peux.

— Pour l'instant, restez avec moi au cas où j'aurais besoin d'explications concernant les voies ferrées, etc. Ensuite vous pourrez rentrer chez vous, et de mon côté j'irai cuisiner Mr. Dalgarno !

À dix heures et quart, Monk arriva à Fitzroy Street. Assise près de la cheminée, où brûlait un petit feu, Hester se précipita à sa rencontre. L'air fatigué et pâle, elle avait les cheveux épinglés de guingois, comme si elle s'était coiffée à l'aveuglette. Elle posa sur lui un regard interrogateur. Si elle avait eu l'intention de lui parler, la mine sombre de Monk suffit à l'en dissuader.

La souffrance engendrée par son échec l'enveloppait comme un brouillard grisâtre. Il brûlait de pouvoir tout lui raconter et de se laisser réconforter, de l'entendre dire que ça ne comptait pas, que ce n'était qu'un mauvais concours de circonstances qui ne reflétait en rien sa vraie personnalité.

Cependant, même si elle le rassurait de la sorte, il ne la croirait pas. Il craignait que ce ne soit faux, et redoutait encore plus qu'elle le nie par pitié et loyauté envers lui au lieu d'être convaincue de son innocence.

Quoi qu'il en soit, il devait lui livrer au moins une part de vérité.

— Je reviens de chez Miss Harcus.

Il ôta sa veste, dont il allait devoir remplacer le bouton ou se débarrasser.

— Je voulais lui annoncer que je ne trouvais aucune preuve d'une quelconque culpabilité de Dalgarno. Elle était morte. On l'a poussée du balcon de son appartement. Runcorn se trouvait sur les lieux.

— William… quel malheur !…

Son chagrin pour lui, mais surtout pour la jeune femme, était sincère.

— As-tu une idée de qui…

— Dalgarno.

Prenant soudain conscience qu'il était gelé, il s'approcha du feu.

— Michael Dalgarno ?

— Oui. Pourquoi ?

Il scruta son visage plus triste encore que l'instant précédent.

— Hester ?

— Qu'est-ce qui la lie à Dalgarno ? demanda-t-elle en le regardant droit dans les yeux. Pourquoi le croyait-elle coupable de quelque chose, et pourquoi crois-tu qu'il l'ait tuée ?

— Ils étaient fiancés. Je ne t'avais rien dit à ce sujet ?

— Non, pas du tout.

— Pourquoi cette question, alors ? Je t'écoute !

Elle baissa les yeux, puis les releva aussitôt, l'air très affectée.

— J'ai rendu visite à Livia Baltimore pour lui faire part d'une partie de ce que j'ai appris concernant la mort de son père. Ce n'est pas grand-chose, mais...

Elle sentit son impatience.

— J'ai rencontré Michael Dalgarno. Il était là-bas.

— Il travaille chez Baltimore & Fils. Ça n'a rien de surprenant.

Il comprit qu'elle ne lui avait pas dit le plus important.

— Il faisait la cour à Livia, et vu la façon dont elle l'a reçu, elle n'en attendait pas moins, alors ça ne doit pas dater d'hier. S'il était fiancé à Miss Harcus, il jouait double jeu.

Monk savait que, dans ce domaine, Hester ne pouvait se tromper. Donc, Dalgarno avait aussi trahi Katrina en amour. Le savait-elle ? L'avait-elle découvert au moment où elle l'avait interrogé sur la fraude ? Sachant qu'en parfait opportuniste il n'avait plus aucune intention de l'épouser maintenant que la fille de Baltimore allait accepter ses avances, avait-elle menacé de dévoiler ses malversations ?

Monk se pencha pour tisonner le feu, content de le voir se raviver et de trouver une excuse pour fuir le regard d'Hester.

— Pauvre Katrina, dit-il. Elle est tombée de Charybde en Scylla. D'abord elle découvre que Dalgarno est un voleur, puis il l'abandonne pour une autre, et pour finir, il la tue.

— Mais tu vas lui arracher son masque... n'est-ce pas ? dit Hester d'un ton calme. Tu ne vas pas le laisser s'en tirer à bon compte...

— Jamais de la vie ! affirma-t-il en se redressant. Je n'ai su la protéger, mais je jure devant Dieu qu'elle sera vengée !

— Si seulement cela pouvait te consoler davantage…

Presque hésitante, Hester approcha de lui, puis posa la tête contre son épaule et l'enlaça avec une grande douceur, comme si elle risquait de lui faire mal.

Toutefois, la douleur qu'il ressentait était bien trop enfouie pour cela. L'amour d'Hester lui était si précieux qu'il était prêt à tout donner pour ne pas le perdre, mais à qui ? Il lui caressa les cheveux et le cou, puis l'étreignit.

Monk se réveilla tard. C'était la première fois depuis longtemps qu'il dormait dans son lit avec Hester à ses côtés et l'esprit en paix, même si cette tranquillité n'était due qu'à son extrême fatigue et au fait de savoir sa mission pour Katrina Harcus terminée. La venger était une autre histoire. Il y tenait tout autant, mais il ne se battait plus seul. Runcorn ne baisserait pas les bras. Monk l'aiderait dès que l'occasion se présenterait.

Il proposa à Hester de nettoyer le poêle et de mettre le feu en route pour le petit déjeuner. Quelque peu surprise, Hester accepta. Monk lui portait toujours volontiers les objets lourds, mais il s'occupait rarement des tâches domestiques. Habitué à ce qu'on prenne soin de lui, il acceptait volontiers cet ordre des choses, sans prêter grande attention aux détails.

Une fois seul dans la cuisine, il s'escrima pour vider les cendres. Il apporta des brindilles pour que le feu prenne vite, puis du charbon de bois. Dès que les flammes furent assez vives, il sortit les lettres qu'il avait cachées sous sa chemise en s'habillant et les mit à brûler. En quelques secondes, il n'en resta plus rien, mais, à n'en pas douter, il en existait d'autres ! Qui était Emma ? Comment la trouver ? Où commencer les recherches ? Alors qu'il fermait la porte du foyer et se relevait, Hester entra dans la pièce.

— Ça marche bien, annonça-t-il en souriant.

— Ça n'a pas traîné ! Puisque tu es si doué, tu devrais peut-être t'en charger tous les jours, non ?

Sachant qu'elle le taquinait, il se détendit, content de retrouver leur vieille complicité ne serait-ce qu'un instant.

— C'est le hasard, dit-il d'un ton détaché. Un coup de chance. Si ça se trouve, ça ne fonctionnera pas la prochaine fois.

— Ne sois pas aussi modeste.

Bien qu'il se sentît coupable d'avoir détruit les documents, qui somme toute étaient des pièces à conviction, il éprouva un soulagement passager. Cela lui accordait un sursis. Il ignorait encore ce qu'il ferait de sa veste.

— Je croyais que tu appréciais la modestie ! commenta-t-il en haussant les sourcils.

Hester prit un faux air agacé et sourit.

Quand Runcorn arriva, ils venaient de terminer leur petit déjeuner. Il paraissait sur les nerfs. Tout d'abord, il refusa le thé que lui proposait Hester, mais changea presque aussitôt d'avis et s'assit lourdement à la table pendant qu'elle en préparait.

— Ce Dalgarno, c'est un vrai salaud ! ragea-t-il.

Il n'avait même pas ôté son veston.

— Je le ferai pendre ! C'est un menteur éhonté. Il affirme n'avoir jamais eu l'intention de demander sa main à Katrina Harcus ! C'est incroyable, non ?

— En effet, répondit Monk d'un ton froid. En tout cas, quand il a compris qu'il avait une chance d'épouser la fille de Baltimore, il a saisi l'occasion à pleines mains, et il a tout à coup considéré Katrina comme un boulet.

Runcorn se raidit.

— Vous saviez ! s'exclama-t-il d'un ton accusateur. Vous m'avez menti. Bon sang, Monk, qu'est-ce qui vous a pris ? Vous souhaitiez la protéger, préserver sa dignité ? Elle est morte, nom d'un chien ! Et je vous fiche mon billet que c'est Dalgarno qui l'a tuée ! C'est…

— Je ne l'ai appris qu'hier soir à mon retour ici ! le coupa Monk, énervé par les préjugés de Runcorn, par la vénalité, la malhonnêteté et la cruauté de Dalgarno, et la naïveté de Katrina, qui aimait un homme indigne d'elle.

Runcorn le dévisageait d'un air dubitatif.

— C'est Hester qui me l'a expliqué, dit-il sèchement.

Voyant que Runcorn doutait toujours, il poursuivit.

— Elle savait que quelque chose clochait. Je lui ai annoncé la mort de Miss Harcus, et l'apparente culpabilité de Dalgarno. Quand elle a entendu son nom, elle m'a raconté qu'elle avait rendu visite à Livia Baltimore…

— Pourquoi ? l'interrompit Runcorn.

— Parce que le père de celle-ci a été tué, selon l'avis de tous, par une prostituée, dans Leather Lane, répondit Monk d'un ton brusque. Vous le savez. Hester s'occupe d'un dispensaire, à Coldbath Square, où elle procure des soins médicaux aux femmes souffrantes.

Une certaine satisfaction le gagna lorsqu'il lut chez Runcorn d'abord la stupéfaction puis l'admiration. Il se rappelait le profond changement d'attitude qui s'était opéré chez le policier par rapport à la condition des prostituées lorsqu'ils avaient enquêté sur l'assassinat du modèle. La mort dans l'âme, Monk avait alors dû reconnaître l'existence d'une part de bonté chez Runcorn.

— Donc elle est allée voir Miss Baltimore… le pressa ce dernier.

Hester revint et, en silence, servit une tasse à Runcorn qui, sans quitter Monk des yeux, la remercia d'un signe de tête.

— Oui. Dalgarno était là, et leurs sentiments l'un pour l'autre étaient flagrants.

Tous les deux jetèrent un coup d'œil à Hester, qui hocha la tête.

Runcorn émit un grognement de dégoût.

— Où était-il, hier soir ? demanda Monk, sachant que Runcorn détiendrait la réponse.

Celui-ci se fendit soudain d'un sourire.

— Chez lui, seul, déclara-t-il, l'air fort satisfait. Enfin, c'est ce qu'il prétend. Il ne peut le prouver ! Son valet de chambre était absent, il n'a pas de portier, et personne ne lui a rendu visite.

— Il pouvait être à Cuthbert Street, alors… Qu'a-t-il dit d'autre ? Comment a-t-il réagi ?

— À la mort de Miss Harcus ?

Runcorn ne tentait même pas de cacher sa répulsion.

— Avec une surprise forcée, puis de l'indifférence. Je n'ai jamais vu un tel monstre de sang-froid. À le voir, on aurait cru qu'il s'agissait d'un malheur qui l'affectait à peine, qu'il montrait un certain regret par seul souci des convenances. Tout ce qui l'intéresse, c'est Baltimore & Fils. Je le coincerai, Monk, je le jure !

— Il faut établir son motif, dit Monk, qui tentait de rester pragmatique.

Colère, indignation et tristesse avaient beau être des sentiments louables, ils ne les avanceraient à rien.

— La cupidité, se contenta de répondre Runcorn, comme s'il pouvait le damner en prononçant ce simple mot.

Il but un peu de thé, du bout des lèvres pour ne pas se brûler.

— Ça ne prouve pas qu'il l'ait tuée, fit remarquer Monk en s'efforçant de ne pas s'emporter. Les gens cupides, ça court les rues. Il ne serait pas le premier à revenir sur son engagement auprès d'une femme modeste pour lui préférer une héritière. C'est abject, mais ça n'a rien d'un crime.

Runcorn posa sa tasse et commença à énumérer ses arguments, qu'il compta sur ses doigts.

— Primo, il n'a aucun alibi pour hier soir, et son allure correspond à la description de la silhouette qu'ont vue les témoins, à savoir, même si tout cela reste approximatif, quelqu'un d'élégant, brun, plus grand qu'elle, mais pas beaucoup. Secundo, pour la tuer, il n'a eu besoin que de sa force et de son poids. Et bien sûr, il y a le bouton que nous avons retrouvé dans la main de la victime. Nous irons inspecter tous ses vêtements.

Monk fut saisi d'un frisson et se mit à transpirer. Il pria pour que Runcorn n'ait rien remarqué. Sa veste était suspendue dans la penderie de leur chambre. Dieu soit loué, il ne l'avait pas mise à brûler. Il avait prévu une éventuelle visite du policier.

— J'espère qu'il ne s'en est pas débarrassé, reprit ce dernier. Enfin, dans ce cas-là, certaines personnes de son entourage sauront qu'il en avait une autre, et il lui faudra expliquer sa disparition.

Monk resta silencieux. L'angoisse lui asséchait la bouche. Où pourrait-il trouver de quoi remplacer ce bouton ? S'il allait chez le tailleur, Runcorn risquait de l'apprendre.

Le policier avança un troisième argument.

— De plus, elle l'a accusé de prendre part à une fraude. Elle vous a même engagé pour le prouver !

Monk s'humidifia les lèvres.

— Plutôt pour établir son innocence, en fait.

— Pour couronner le tout, il voulait l'abandonner pour épouser la fille de Baltimore, poursuivit Runcorn, implacable. C'est un motif plus que suffisant.

Hester, silencieuse, les regardait tour à tour.

— Seulement si nous réussissons à prouver qu'il y a bien eu fraude, rétorqua Monk. En outre, Livia Baltimore est sans doute plus qu'à l'aise, mais elle n'a rien d'une riche héritière.

— Ça ne saurait tarder, une fois que Baltimore & Fils aura vendu son matériel en Inde, répondit Runcorn avec véhémence. Ce contrat va leur rapporter une fortune, et ce ne sera qu'un début. Dès lors, l'argent ne cessera d'affluer.

Quelque chose traversa en un éclair l'esprit de Monk.

— Qu'y a-t-il ? s'enquit Runcorn en le scrutant davantage.

Comme figé, Monk essayait de rappeler à lui cette bribe de sensation, d'en rattraper au moins une partie, mais en vain.

— Je ne sais pas, avoua-t-il.

Une lueur de colère brilla un instant dans le regard de Runcorn, puis il comprit.

— Bref, si ça vous revient, faites-moi signe. En attendant, il me faut trouver des preuves tangibles contre Dalgarno…

Le ton de sa voix semblait indiquer qu'il attendait de Monk qu'il complète sa phrase pour lui.

— Je vous aiderai, s'empressa de répondre ce dernier.

Runcorn avait dû fouiller le reste de l'appartement de Katrina. Avait-il trouvé d'autres lettres de la fameuse Emma ? Son adresse figurerait peut-être au dos des enveloppes. Devait-il le lui demander ? Quel prétexte avancer ?

L'occasion de se lancer passa.

Runcorn eut un sourire désabusé.

— J'y comptais bien.

Lorsqu'il tira de sa poche une liasse de documents, Monk eut un instant l'impression d'avoir pensé tout haut.

— J'ai dégoté ça chez Miss Harcus, dit-il.

Tout soupçon d'humour, même amer, avait disparu de son regard.

— Ce sont des bons de commande et des reçus qui proviennent de chez Baltimore & Fils. Ses soupçons, ce n'était pas du chiqué. Pour obtenir tout ça, elle a dû prendre beaucoup de risques. C'était une femme courageuse dotée d'un grand sens de l'honnêteté, dit-il en brandissant les papiers. Malgré tout son amour pour lui, elle ne comptait pas cautionner ses agissements.

Il secoua la tête d'un air dépité.

— Pourquoi les gens sont-ils de tels imbéciles, Monk ? Pourquoi préférait-il de l'argent malhonnête à une femme de cette qualité, qui pour ne rien gâcher était jeune et belle ?…

— Justement à cause de son honnêteté, à mon avis, répondit Hester à sa place. Elle l'aimait malgré, et non pour, ce qu'il était. Il était peut-être trop orgueilleux pour l'accepter. Ce qu'il recherche, c'est une admiration sans faille.

— Dans ce cas, il lui faudrait être un saint, déclara Runcorn. Enfin, il finira au bout d'une corde pour son crime. Navré, Mrs. Monk, mais c'est la vérité.

Il tendit les documents à Monk.

— Tenez, prenez ça, et voyez ce que vous pourrez en tirer. De mon côté, je vais m'intéresser à l'argent des Baltimore, calculer combien touche Dalgarno, et ce qu'il peut attendre d'un mariage avec Miss Baltimore. Merci pour le thé, Mrs. Monk. Désolé de vous avoir dérangés.

Elle sourit et le reconduisit.

Monk resta immobile, les mains tremblantes, serrant si fort les papiers qu'il finit par les froisser.

Monk étudia méticuleusement les documents, mais, encore une fois, il ne décela rien qui démontrât la culpabilité de Dalgarno.

Ce qui le marqua le plus, alors qu'il lisait à Hester les passages essentiels, fut de constater que les profits, selon les critères de la construction de chemins de fer, n'avaient rien d'extraordinaire.

Il crut se souvenir qu'on avait reproché à Dundas des bénéfices bien supérieurs. Mais il ne s'agissait encore que de bribes de réminiscences qui s'évaporaient avant qu'il ait le temps de comprendre leur signification. Même sans avoir aucun lien avec le présent, elles représentaient peut-être la clé, le chaînon manquant. Elles lui glissaient des mains et se transformaient en peur diffuse.

En revanche, une autre peur le taraudait, bien concrète celle-là : Emma, à qui Katrina avait confié ne pas faire confiance à Monk. Pourquoi ne s'était-elle pas manifestée ? Elle allait forcément apprendre la mort de la jeune femme — par des amis, le bouche à oreille, ou encore un notaire que Katrina aurait chargé de la gestion de ses biens. À en juger par son intérieur, elle ne manquait pas de moyens.

La franchise de leur correspondance témoignait d'une grande complicité. Katrina devait avoir noté son adresse quelque part, ou au moins laissé un indice à partir duquel la retrouver.

Avec un peu de chance, cette femme en connaissait assez sur Dalgarno pour aider Runcorn.

Il devait à tout prix retourner chez Katrina, mais il lui fallait résoudre ce problème : devait-il y aller en plein jour et mentir sur son autorité, ou s'introduire dans l'appartement la nuit en se fiant à son habileté pour ne pas être pris ? En tout cas, il n'avait aucune explication valable. Le pire serait de se faire surprendre muni de l'adresse d'Emma ou d'autres lettres peu flatteuses à son égard.

Quoi qu'il en soit, ne rien tenter était trop dangereux : outre le risque que Runcorn tombe sur ce courrier, il avait pour la première fois les nerfs assez à vif pour se trahir, du moins auprès d'Hester, qui comptait bien plus à ses yeux que la loi.

Sans savoir s'il s'agissait du choix le plus courageux, il décida d'agir en plein jour. Il lui serait plus facile d'inventer des explications plausibles en cas de nécessité, et surtout, il voulait en finir au plus vite. L'attente était presque aussi pénible que l'action.

Personne ne montait la garde devant chez Katrina, mais il y avait un agent en faction vingt mètres plus loin. Il hésita. Devait-il attendre qu'il s'éloigne et tenter de se faufiler à l'intérieur ? Ou devait-il aller le voir carrément, mentir sur ses intentions et avancer qu'il avait l'aval de Runcorn pour fouiller ? C'était en quelque sorte le cas. Runcorn voulait qu'il prouve la culpabilité de Dalgarno. Il choisit la deuxième solution, malgré la peur qui devait se voir sur son visage et que le constable, s'il était doué, ne manquerait pas de remarquer.

— Bonjour, monsieur l'agent, dit-il avec un discret sourire de politesse. Je m'appelle Monk. Vous me reconnaissez peut-être, j'étais là le soir de la mort de Miss Harcus.

Avec soulagement, il vit que l'agent se souvenait de lui.

— Comme je connaissais Miss Harcus et menais une enquête pour elle, Mr. Runcorn m'a demandé de l'aider. J'aurais besoin de retourner chez elle afin d'approfondir mes recherches. Je n'ai pas besoin de votre assistance. Je viens juste vous prévenir pour que vous ne vous inquiétiez pas de ma présence.

— Très bien, monsieur. Merci. En cas de besoin, vous me trouverez ici.

— Parfait. Je n'y manquerai pas. Bonne journée.

Avant que le policier ait pu déceler sa nervosité, il fit volte-face et s'éloigna le plus vite qu'il put sans paraître suspect. Comme il ne possédait aucune clé du bâtiment, il allait devoir forcer la serrure, mais c'était un art que lui avait enseigné un maître de la discipline avant son accident, et ce savoir-faire ne l'avait pas quitté.

Quelques secondes lui suffirent, et moins de temps encore à ouvrir la porte de chez Katrina. Dès qu'il entra, il fut pénétré par l'atmosphère de malheur qui régnait là — le silence, la fine pellicule de poussière sur le bois dévoilée par la lumière qui passait par les fenêtres en saillie. Un autre n'y aurait peut-être vu que l'appartement d'une femme partie en vacances ; aux yeux de Monk, la mort était aussi palpable que la présence d'une personne en train de le regarder.

Il s'efforça de se concentrer sur l'instant présent. Le temps pressait trop pour se perdre en considérations sur ce qui s'était passé là, pour tenter d'imaginer Dalgarno, s'il s'agissait bien de lui, se tenant à ce même endroit, en pleine discussion avec elle — il tente de l'amadouer, ils se disputent, puis ils passent sur le balcon, il s'emporte, ils se battent, elle tombe…

Où trouver documents, lettres et carnet d'adresses ? Dans le bureau que Runcorn avait déjà examiné, ou dans un meuble similaire ? Monk alla droit au secrétaire, et commença par fouiller les casiers, puis les tiroirs. Il s'étonna de trouver aussi peu de correspondance — et rien qui remontât à plus de quelques mois — pour une femme qui gérait elle-même ses biens. Peut-être ne vivait-elle pas à Londres depuis longtemps.

Aucun autre courrier n'était destiné à Emma, ce qui n'avait rien de surprenant. Tout avait dû être posté. Monk frissonna à l'idée des renseignements que cette femme pouvait avoir en sa possession. Katrina ne semblait pas non plus avoir conservé d'autres lettres de son amie, du moins pas dans ce meuble-là. Monk ne vit son adresse nulle part. La connaissait-elle par cœur, au point qu'il lui fût inutile de la noter ?

Immobile au milieu de la pièce, il regardait tout autour de lui. Où d'autre pouvait-elle bien ranger des papiers ? Tenait-elle un journal ? Où les femmes les gardent-elles ? Dans une table de chevet, dans leur bibliothèque ? Sous leur matelas, si leurs écrits sont très intimes ?

Monk fouilla avec une frénésie croissante, s'efforçant de procéder avec méthode, de ne rien laisser passer, et de tout remettre en place. Dans la cuisine, il ne trouva rien d'autre que des indications manuscrites portant sur des temps de cuisson et un livre de recettes qu'elle avait récupéré d'une certaine Eveline Mary M. Austin, et de brefs mémentos où l'on expliquait comment laver certaines étoffes délicates.

Alors qu'il allait abandonner, il trouva le journal. Assis dans la chambre, le visage en sueur, les mains raides et maladroites tant il était énervé, il sentit quelque chose de rigide dans le coussin à ruban posé sur le couvre-lit. Il plongea la main dans le repli et en sortit le petit livre. Le souffle court, inquiet de ce qu'il risquait de découvrir et répugnant à s'immiscer ainsi dans le jardin secret de la jeune femme, il l'ouvrit.

Sur la page de garde, il vit une dédicace :

« À ma chère Katrina, de ta tante Eveline. »

Monk ne fit que survoler le début du journal. La première date indiquée remontait à plus de dix ans, et les entrées restaient le plus souvent succinctes, même si certaines atteignaient une page ou un peu plus, voire deux quand l'événement comptait aux yeux de Katrina. N'ayant pas le temps de tout lire, Monk se concentra sur la partie la plus récente, en particulier celle où Katrina mentionnait Dalgarno.

Il trouva la lettre d'Emma presque à la fin. Bien plus commune que l'autre, elle ne contenait que les mots de gentillesse habituels.

Monk la lut deux fois, puis la replia et la remit dans le journal, qu'il fourra avec précaution dans sa poche. Il pourrait ainsi l'étudier plus tard et y chercher ce qui peut-être le mènerait à Emma.

Une demi-heure après être entré dans l'appartement, il ressortit et alla annoncer au constable qu'il n'avait hélas rien trouvé, lui souhaita une bonne journée et repartit d'un bon pas à la recherche d'un cab.

La nouvelle éclata dans la dernière édition du soir :

DEUXIÈME TRAGÉDIE POUR BALTIMORE & FILS : MICHAEL DALGARNO ARRÊTÉ POUR LE MEURTRE DE KATRINA HARCUS.

Runcorn devait penser posséder assez d'éléments pour aller au tribunal. Pourvu qu'il voie juste !

Pourtant, le commissaire doutait. Même s'il le niait, Monk le sut dès qu'il lui adressa la parole le lendemain matin. Des papiers couvraient le bureau de Runcorn, et les rayons de soleil dessinaient des motifs lumineux sur le sol.

— Bien sûr que c'est suffisant ! affirmait Runcorn. Il se livrait à une fraude au préjudice des investisseurs de Baltimore & Fils, et Katrina Harcus le savait. Il avait plusieurs raisons de souhaiter sa mort.

Un fois encore, il procéda à leur énumération.

— Et la cape ? demanda Monk, qui le regretta aussitôt.

Cette question allait rappeler le bouton à Runcorn.

Celui-ci soupira d'un air agacé.

— Ça n'a rien donné. Personne ne l'a jamais vu vêtu d'une cape de ce genre. Il n'en a qu'une pour aller à l'opéra.

À entendre le ton de sa voix, on savait ce qu'il en pensait.

— Mais il l'a toujours.

Monk fut déçu.

— Rien pour le bouton, non plus, reprit Runcorn. Tous ses manteaux et vestes sont intacts, et, d'après son valet, sa penderie est au complet.

— Dans ce cas, tout ce que nous avons à avancer, c'est cette histoire de fraude, et nous n'avons aucune preuve.

Monk répugnait à l'avouer, mais c'était la vérité.

— Et le terrain ! s'exclama Runcorn d'un ton agressif, le menton en avant. Vous m'avez dit qu'il y a des lapins, là-bas ! Quel genre de lapin peut bien creuser des galeries dans une colline que des terrassiers n'arrivent même pas à faire sauter à la dynamite, bon sang de bois ?

— J'espère bien qu'il n'en existe pas, répondit Monk d'un air désabusé. En tout cas, même si quelqu'un a tiré un grand bénéfice de cette manœuvre, ce n'est pas parce que Dalgarno possédait la terre par laquelle ils ont dû passer.

— S'il n'y a eu aucun profit, à quoi ça a servi ?

Monk resta patient.

— Attention, j'ai dit qu'on n'avait pas modifié le tracé parce que Dalgarno possédait les terres, c'est tout. Ni lui ni les Baltimore. C'est peut-être une histoire de pot-de-vin. Quelqu'un a dû payer une coquette somme pour épargner son domaine, mais nous n'en avons aucune preuve, et, d'après moi, Katrina n'en avait pas non plus. Du moins, elle ne m'en a pas parlé…

Il s'interrompit.

— Quoi ? fit Runcorn sur-le-champ. Qu'y a-t-il, Monk ? Un détail vous revient ?

— À mon avis, elle en savait plus que ce qu'elle a bien voulu me dire.

Runcorn jubilait.

— Alors c'est ça ! C'est la preuve qu'elle allait vous fournir, mais Dalgarno l'a tuée avant ! Elle voulait tenter une dernière fois de le ramener à la raison…

— Nous n'en savons rien ! le coupa Monk.

Runcorn serra le poing et se retint de le cogner contre la table.

— Écoutez ! Cette fraude est la réplique exacte de la première, pour laquelle Arrol Dundas a été condamné il y a seize ans — c'est juste ?

Monk se crispa.

— C'est juste, murmura-t-il.

— Fraude dont Nolan Baltimore n'a pu qu'entendre parler, soit au moment même des faits, soit quand toute l'affaire a été portée au tribunal, n'est-ce pas ? insista Runcorn.

— Oui…

— Très bien. Voyez-vous, ce Dundas n'était pas un imbécile. Il a bien failli s'en tirer à bon compte… Nolan Baltimore connaissait tous les arcanes de cette escroquerie, et l'on peut supposer que Jarvis Baltimore aussi — et donc, sans presque aucun doute, Michael Dalgarno. Tout cela fait partie de l'histoire de la compagnie, en fait. Découvrez comment Dundas est tombé, Monk. Dans les moindres détails.

— C'était sa terre, expliqua Monk d'un ton las. Il l'avait achetée avant qu'on dévie la trajectoire de la voie ferrée, puis il l'a revendue beaucoup plus cher à la compagnie, après avoir falsifié les données du relevé topographique concernant l'altitude et la composition de la colline.

— Et voilà que Baltimore & Fils choisirait le même subterfuge ? fit remarquer Runcorn d'un air dubitatif. Vous voudriez que je croie à une coïncidence ? Balivernes ! C'est Dalgarno qui, connaissant tout de la première fraude, a choisi de la réitérer à l'identique… pour une très bonne raison. D'une façon ou d'une autre, il va en tirer profit. Ce dont Katrina Harcus a découvert la preuve. Les chemins de fer et la finance, ça vous connaît, alors trouvez-la à votre tour, avant le procès ! Je vous paierai vos frais de voyage pour Liverpool ou je ne sais où. Tout ce que je vous demande, c'est de me rapporter de quoi me mettre sous la dent.

Monk ne pouvait refuser, dans son intérêt autant que dans celui de Runcorn, ou de Katrina. Il tendit la main, et au bout d'un moment de silence où les deux hommes se dévisagèrent, Runcorn ouvrit un tiroir de son bureau et en sortit six guinées.

— Au besoin, je vous enverrai davantage, promit-il. Cependant, ne vous attardez pas plus que de raison. Le procès, c'est pour bientôt.

CHAPITRE IX

Lorsque Hester rentra chez elle, elle trouva un mot de Monk lui disant qu'il était parti pour Liverpool chercher des preuves de l'implication de Dalgarno dans la fraude. Elle comprit sans peine sa motivation : à sa place, elle aurait fait de même. Pourtant, elle sentit un grand vide dans la maison, ainsi qu'en elle. Elle n'avait pas réussi à l'aider au cours de cette enquête, et, malgré le peu qu'elle s'en expliquait, elle savait qu'il gardait en lui des sentiments intenses, pour la plupart douloureux.

Trop plongée dans ses problèmes à Coldbath Square, elle n'avait pas insisté comme il en aurait eu besoin. Monk peinait à se livrer parce que ses démons provenaient de cette part de sa vie qui l'effrayait tant.

Pourquoi ne la croyait-il toujours pas capable de se montrer compréhensive, de ne pas se soucier de ce qu'il valait mieux laisser enfoui ? Une part de lui persévérait-elle à la croire critique, infatuée d'elle-même, comme il avait pu le lui reprocher par le passé ?

Avait-elle échoué à lui faire comprendre que, si elle l'avait accusé d'arrogance, de cynisme et d'opportunisme, c'était par peur de sa propre vulnérabilité ? Ce qu'elle cherchait à l'époque, c'était quelqu'un qu'elle pût aimer sans abandonner son indépendance. Un amour agréable, gage de sécurité, n'exigeant jamais d'elle plus qu'elle voulait bien donner, ne lui causant jamais de souffrance qui pèserait plus lourd dans la balance que ses rires et ses joies.

S'il avait pris ses distances, c'était pour ces mêmes raisons !

À son retour, elle s'en sortirait mieux — elle cesserait de jouer au petit jeu des compromis et de la politesse, de contourner la vérité.

En attendant, elle devait s'occuper, et tenter d'aider les prostituées battues. Elle nourrissait la quasi-certitude que Squeaky Robinson était le coupable. Mais, tant qu'elle ne lui aurait pas parlé de nouveau ni enquêté davantage, ses soupçons ne suffisaient pas. Il lui serait très utile de savoir ce qu'il redoutait tant.

Dehors, il faisait si doux qu'un châle était presque superflu, et une veste encore plus. Les rues étaient noires de monde jusqu'à Tottenham Court Road, où elle chercha un cab.

Elle hésita à s'acheter une bouteille de menthe à l'eau — c'était tentant —, mais elle répugnait à dépenser son argent. En passant devant un petit crieur de journaux, un gros titre traitant de l'Amérique lui attira l'œil. Malgré un sentiment de culpabilité, elle ralentit assez pour lire la manchette. Apparemment, les forces de l'Union s'étaient trouvées fort embarrassées de constater qu'un grand nombre des canons pointés sur elles depuis plusieurs miles de fortifications confédérées n'étaient en fait que des troncs d'arbres peints. Les artilleurs s'étaient retranchés plus au sud depuis longtemps.

Souriant du côté comique de l'événement, elle pressa le pas et trouva un cab au coin de la rue.

Une fois à Coldbath, elle annonça à Bessie où elle comptait se rendre, de façon à ce qu'on puisse la trouver en cas de besoin, ou en cas de pépin. C'est tout ce qu'elle pouvait pour sa protection. Non qu'elle considérât Squeaky Robinson comme un danger. Il n'avait aucune raison de lui vouloir du mal ; à première vue, ils étaient dans le même camp — du moins le croyait-il. Néanmoins, mieux valait prendre ses précautions.

Bras croisés et lèvres retroussées, Bessie se montrait fort perplexe.

— Bon ben, en tout cas, si vous êtes pas revenue saine et sauve dans deux heures — et je sais lire une pendule —, moi je fonce voir l'agent Hart ! Et j'irai pas par quatre chemins ! Je lui expliquerai où que vous êtes et qu'est-ce qui se passe. Parole ! Comme ça y viendra vous chercher tout de suite ! Ça, y vous aime bien, le cogne, dit-elle d'un ton vindicatif, comme s'il s'agissait d'une menace en soi.

Le simple fait que Bessie soit prête à parler à un policier, et même à se confier à lui et lui demander de l'aide, prouvait à quel point elle estimait l'entreprise risquée.

Lorsque Bessie jugea qu'elle en avait suffisamment dit, Hester la remercia, s'enveloppa de son fichu malgré le beau temps, et prit le chemin de Portpool Lane.

Assis raide comme un piquet dans le fauteuil de son bureau, Squeaky se montra sec. On avait posé un plateau de thé au seul endroit qui ne fût pas encombré de papiers. Des lunettes perchées au bout de son long nez, les doigts tachés d'encre, il semblait d'une humeur massacrante. Ses cheveux se dressaient en épis, comme s'il n'avait cessé d'y fourrager.

— Qu'est-ce que vous voulez ? demanda-t-il d'un ton brusque. J'ai rien à vous dire !

— Moi si, répondit Hester du tac au tac, en s'asseyant en face de lui.

Elle arrangea ses jupons comme si elle avait l'intention de s'attarder.

— Jessop réclame toujours plus d'argent — que nous n'avons pas.

— Personne n'en a ! pesta Squeaky. Surtout pas moi, en tout cas, alors c'est pas la peine de venir me solliciter. Les temps sont durs ! Vous êtes bien placée pour le savoir.

— Pourquoi moi ? s'étonna Hester en feignant l'innocence.

— Parce que vous savez que les rues sont presque désertes ! dit-il d'un ton hargneux. Les rupins commencent à aller se divertir ailleurs ! On va tous finir à l'asile des pauvres, voilà ce qui nous attend !

Affirmation exagérée, car il aurait recours au vol bien avant d'en arriver là, mais une note de panique perçait pour de bon dans sa voix.

— Je sais que la situation est grave, dit Hester. À cause de pressions politiques, le quartier grouille toujours de policiers, même si personne ne s'attend à ce qu'ils arrêtent le meurtrier de Nolan Baltimore.

Une drôle d'expression traversa le visage de Robinson, une sorte de rage contrôlée. Pourquoi ? S'il connaissait le coupable, pourquoi n'en informait-il pas les enquêteurs, secrètement bien sûr, mettant ainsi un terme à toute l'affaire ?

La réponse s'imposait : parler l'impliquerait, ou du moins son établissement. Protégeait-il ses prostituées au prix de voir son commerce péricliter ? Hester en doutait fort. Comme tous les souteneurs, il exploitait ces femmes, puis s'en débarrassait dès qu'elles n'avaient plus de valeur. Elles n'étaient rien d'autre que de la main-d'œuvre.

Cependant, il s'agissait d'une main-d'œuvre précieuse et difficile à remplacer. Il ne pouvait aller les chercher ; c'est elles qui devaient se prendre dans sa nasse.

— Ils ne trouveront rien. S'ils étaient sur une piste, ils auraient bouclé le problème depuis un bout de temps. S'ils sont là, c'est pour contenter les richards qui supportent pas qu'une putain ait osé se défendre.

Ses yeux flamboyaient de colère, mais Hester ne sut dire contre qui elle était dirigée.

Qu'était-il advenu de celle qui avait tué Baltimore, s'il s'agissait bien d'une femme ?

— Quelqu'un a dû la prendre sous son aile, dit-elle tout haut, avant de s'interrompre lorsqu'elle vit Squeaky prendre un air de dénégation. Vous ne croyez pas ?

Il chassa toute expression de son visage.

— Comment je le saurais ? C'est possible.

— Le découvrir vous serait bénéfique, répliqua-t-elle, sans détourner le regard du sien. Souhaitez-vous qu'on vous taxe d'incompétence — ou de stupidité ? ajouta-t-elle pour enfoncer le clou.

La colère, à moins que ce ne fût l'embarras, le fit rougir.

— Vous avez une réputation à maintenir, reprit-elle.

— Qu'est-ce que vous voulez, bon sang ? lâcha-t-il, la voix haut perchée sous l'effet de la tension à peine contenue. Je ne peux rien contre Jessop, vous le savez déjà. Si vous avez envie que quelqu'un aille le secouer un peu pour lui apprendre le respect, il va falloir mettre la main à la poche ! Je me contrefiche que vous soyez fauchée ou pas, on n'a rien sans rien.

Ce n'était pas que l'appât du gain qui le motivait, mais aussi cette peur qu'Hester sentait en lui depuis le début et qui emplissait toute la pièce. La peur de quoi ? Pas de la police, en tout cas, qui se heurtait à une impasse. L'agent Hart le lui avait avoué. Redoutait-il son associé ? Un tel individu ne pouvait qu'être cruel et dangereux. Menaçait-il Squeaky de représailles si ce dernier ne lui remettait pas les recettes habituelles, malgré les circonstances ?

Un sourire se dessina sur les lèvres d'Hester. L'idée d'envoyer le faux majordome ficher une bonne correction et une frousse de tous les diables à Jessop n'était pas pour lui déplaire. La tentation était forte.

Squeaky la regardait comme un chat guette une souris.

— Cinq livres ! annonça-t-il.

Toutes proportions gardées, il s'agissait d'une somme assez modeste. Margaret réussirait sans mal à la réunir. Pourquoi Squeaky lui proposait-il un tel service pour si peu ? Son associé se montrait-il si exigeant ? C'était un usurier. L'argent était son fonds de commerce. En manquait-il au point d'être à cinq livres près ?

— Pour vous ou votre associé ?

— Pour moi, voyons ! lâcha-t-il. Lui il…

Son incertitude s'envola et il choisit de jouer franc jeu.

— Pour moi, répéta-t-il.

Hester mit un certain temps à comprendre la portée de sa réponse — il faisait cavalier seul. Pour une raison ou une autre, il n'avait plus d'associé. Voilà d'où provenait sa panique — il ignorait comment diriger l'établissement sans aide.

L'hypothèse folle qui avait traversé l'esprit d'Hester chez Marielle Courtney se mua en certitude. Nolan Baltimore était l'associé de Squeaky, et depuis sa mort, qu'elle soit d'origine criminelle ou accidentelle, celui-ci devait se charger lui-même du côté financier de leur affaire.

Il lui fallait un nouvel associé, capable d'approcher le genre de jeunes femmes susceptibles de s'endetter, possédant les manières nécessaires pour gagner leur confiance, et la pugnacité requise pour exiger qu'elles le remboursent par la prostitution.

Presque sortie de nulle part, une idée plus insensée encore lui vint à l'esprit. C'était osé, mais si elle tenait debout et qu'Hester parvenait à le convaincre, leur problème s'en trouverait peut-être résolu. Le stratagème ne permettrait pas de démasquer le meurtrier de Baltimore, mais, à sa grande surprise, Hester se rendit compte qu'elle ne s'en souciait guère. Si Baltimore était bien l'usurier et qu'il profitait du commerce répugnant qu'il organisait lui-même, elle n'allait pas le pleurer.

— Je vais réfléchir à votre proposition, Mr. Robinson, dit-elle avec assurance, avant de se lever.

Maintenant qu'elle avait un plan, elle brûlait de le mettre à exécution.

Robinson eut un vague air réjoui. Était-ce dû à l'argent, ou à la perspective de voir Jessop tout déboussolé ? Peu importait.

— Tenez-moi au courant, dit-il en esquissant un sourire.

Hester dut attendre le soir pour exposer ses desseins à Margaret. Le travail de routine terminé au dispensaire, Alice et Fanny se reposaient sans être trop gênées par leurs blessures, et discutaient ; de temps à autre, Hester entendait de discrets gloussements. Lorsqu'elle s'assit pour prendre un thé avec Margaret, elle ne put se retenir davantage.

Margaret la regarda avec des yeux ronds.

— Il n'acceptera jamais ! Jamais, c'est certain !

— C'est possible, reconnut Hester, qui attrapa le beurre et la confiture. Cependant, ça pourrait fonctionner, non ?... s'il voulait bien.

— Si... Pensez-vous que... ?

Margaret n'osait y croire, mais paraissait s'exalter à la pensée de ce projet.

— M'accompagnerez-vous ? demanda Hester.

Margaret hésita. Malgré son enthousiasme flagrant, la peur de l'embarras et de l'échec la freinait. Elle craignait de paraître trop directe, et d'essuyer une rebuffade trop douloureuse pour qu'elle puisse l'accepter.

Hester attendit.

— D'accord, fit Margaret, qui prit ensuite une inspiration comme pour revenir sur sa décision, mais se contenta de pousser un soupir et but un peu de thé.

— Parfait. Nous irons demain matin. Je vous attendrai à Vere Street à neuf heures.

Hester ne laissa aucune occasion à Margaret de changer d'avis. Elle emporta son pain grillé et alla parler à Fanny, comme si l'affaire était réglée.

Margaret étant en retard, Hester s'était mise à faire les cent pas. Le cab arriva enfin, et Margaret, très élégante, s'en extirpa avec un peu moins de grâce que d'habitude.

— Je suis désolée ! s'empressa-t-elle de s'excuser après avoir payé le cocher. Il y avait une circulation affreuse. La roue d'un fiacre a heurté celle d'un autre, un axe s'est cassé, et les conducteurs ont commencé à se crier dessus. Quelle pagaille ! Sommes-nous quand même…

— Oui, répondit Hester, c'est bon. Allez, venez !

Saisissant Margaret par le bras, elle fonça chez Rathbone.

Comme prévu, elles arrivaient trop tôt. Hester ressentit un immense soulagement en apprenant que Sir Oliver ne plaidait pas au tribunal ce matin-là, et que, si elles patientaient, il pourrait sans doute les recevoir après son premier client, qui devait arriver à neuf heures et demie, heure à laquelle Rathbone était censé arriver aussi, d'après son commis.

On les introduisit dans son cabinet peu après dix heures, mais Hester eut l'impression qu'en l'absence de Margaret il l'aurait fait attendre davantage.

Rathbone vint à leur rencontre et eut un instant d'hésitation, ne sachant qui saluer en premier. Ce fut très bref et presque imperceptible, mais Hester, qui le connaissait bien mieux que Margaret, ne fut pas dupe. Il s'adressa à Hester, vieille amitié oblige, mais son cœur le portait davantage vers Margaret.

— Hester, c'est un plaisir de vous voir, dit-il en souriant. Même si à cette heure il s'agit sans doute d'une visite professionnelle concernant votre dispensaire.

Un soupçon de rouge aux joues, il se tourna vers Margaret.

— Bonjour, Miss Ballinger. Je suis content que vous soyez venue aussi, bien que je n'aie encore trouvé aucun moyen légal d'empêcher votre usurier de nuire. Croyez-moi, ce n'est pas faute d'avoir essayé.

Margaret lui rendit son sourire et le regarda droit dans les yeux, puis se rendit compte de sa hardiesse et détourna le regard.

— Je suis sûre que vous avez fait tout votre possible… commença-t-elle avant de s'interrompre. De notre côté, nous y avons beaucoup réfléchi aussi, et certains événements donnent à l'affaire une tournure tout à fait différente. Hester va vous le raconter. L'idée vient d'elle… même si j'y adhère en tout point.

Les sourcils haussés et une certaine appréhension dans le regard, Rathbone les invita à s'asseoir.

— Alors ? fit-il.

Le temps pressait, aussi Hester devait-elle aller droit au but et bien choisir ses mots. Réparer une erreur se révélerait difficile. Elle était prête à exagérer un peu. Si elle se trompait, elle pourrait s'excuser plus tard.

— Je sais qui est… ou plutôt qui était l'usurier, annonça-t-elle avec assurance. Cet homme trouvait des femmes en détresse et leur prêtait de l'argent, et il confiait à son associé, qui de son côté dirige la maison close, le soin de collecter les traites et de punir celles qui payaient en retard.

— Cette affaire n'a plus cours, alors ? demanda-t-il, l'air dubitatif. L'autre ne va-t-il pas trouver un nouvel usurier, ou se charger lui-même de ce rôle ?

— Il ne peut pas. Il ne possède pas les compétences nécessaires, et n'a pas l'occasion de rencontrer le type de jeunes femmes qui l'intéressent. Ce n'est qu'un tenancier de maison close, il en a l'allure et les manières.

Elle se pencha un peu en avant.

— Ce dont il a un cruel besoin, pour l'instant, c'est quelqu'un qui ait l'apparence d'un gentleman et soit capable d'attirer des femmes dans leur piège.

Elle examinait ses réactions avec attention pour s'assurer qu'elle se faisait bien comprendre, sans pour autant dévoiler trop vite où elle voulait en venir. Elle ne voulait pas risquer qu'il devine et refuse avant qu'elle ait pu lui exposer son plan dans sa totalité.

— À mon avis, il n'aura aucun mal à trouver. Penser le contraire serait fort plaisant, mais peu réaliste. Navré.

— Je sais. Sinon, nous ne nous en inquiéterions pas.

— Je ne peux l'empêcher, Hester. Ni savoir qui cela va être. Je le voudrais bien, pourtant. Ou alors voulez-vous dire que si nous souhaitons mettre fin à ses activités il faut agir très vite ?

Il eut l'air peiné.

— Je ne m'en priverais pas, si j'en avais les moyens. Cependant, fermer son établissement ne rime à rien. La prostitution est commune, à Londres, et ce sera sans doute toujours le cas, comme dans toutes les grandes villes.

— Je le sais. Je ne suis pas idéaliste au point de vouloir changer la nature humaine, Oliver. Tout ce que je veux, c'est empêcher Squeaky Robinson de nuire.

— Miss Ballinger a mentionné tout à l'heure une idée que vous auriez, dit-il avec précaution, les sourcils froncés.

Elle ne put s'empêcher de s'en amuser. S'étant déjà impliqué dans quelques-uns de ses projets par le passé, il avait des raisons de se montrer prudent. Elle se lança.

— Nous devons frapper avant qu'il déniche un nouvel associé, dit-elle avec fermeté, en priant qu'elle pût formuler ses intentions de façon que Rathbone croic la manœuvre non seulement possible, mais tout à fait morale et raisonnable, ce qui allait s'avérer ardu !

— Frapper ? répéta-t-il avec circonspection.

Il jeta un coup d'œil à Margaret, qui lui adressa un sourire d'ange.

L'air mal à l'aise, il reporta son attention sur Hester.

Elle respira à fond. Le moment était venu.

— Nous devons lui proposer nous-mêmes un associé… qui bien sûr aura besoin d'examiner les livres de comptes avant de s'engager dans l'entreprise…

Rathbone resta silencieux.

— … et aura ainsi la possibilité d'y mettre un terme, conclut-elle.

Il avait l'air perplexe.

— Il ne vous croira pas, commenta-t-il avec un profond regret. En outre, à moins qu'il ne soit un fieffé imbécile, il ne croira pas Monk non plus.

— Je le sais. En revanche, il vous croirait, vous, si vous vous y preniez bien.

Les yeux ronds, il se figea.

Hester n'avait d'autre choix que de poursuivre.

— Vous vous présenteriez comme un éventuel investisseur intéressé par une activité aussi lucrative que la sienne qui, si l'examen de sa comptabilité et le montant des dettes courantes se révélaient satisfaisants, pourrait à l'avenir le fournir en jeunes femmes. Grâce à votre métier, vous en fréquentez beaucoup…

— Hester ! s'offusqua-t-il, outré. Bon sang… Veuillez m'excuser, Miss Ballinger, mais je ne puis m'impliquer dans le prêt à usure et la prostitution. Sans parler de cautionner la brutalité avec laquelle on punit ces femmes.

— Vous n'auriez pas à aller jusque-là ! intervint Margaret, sincère. Une seule visite suffirait.

Elle le regardait droit dans les yeux.

— De toute façon, un avocat a le plus souvent affaire à des individus fort douteux. Comment défendre quelqu'un s'il n'a pas d'abord été accusé d'un crime, qu'il soit coupable ou non ?

Il tenta de protester :

— D'accord, mais c'est…

Le sourire de Margaret illuminait son visage. L'eût-elle souhaité, elle n'aurait pu cacher son admiration pour lui.

— Si quelqu'un venait à dévoiler votre manœuvre, vous pourriez expliquer vos actes en toute franchise. Qu'y a-t-il de plus noble que de vouloir arracher des jeunes femmes à la prostitution ?

Le trouble de Rathbone sautait aux yeux.

— Ce n'est pas tout à fait ce que vous suggérez, fit-il remarquer avec réticence, en les regardant l'une après l'autre. Il faut que j'aille chez ce… Squeaky ?

— Squeaky Robinson, oui, confirma Hester.

— … lui proposer de m'associer à lui ?

— Oui, mais vous n'aurez pas à aller plus loin ! précisa Hester, comme s'il s'agissait d'une démarche des plus banales.

— La différence entre l'acte et l'intention sera difficile à établir, commenta-t-il avec une pointe de sarcasme.

— Aux yeux de qui ? répliqua Hester. À part Robinson, qui ne sera pas en mesure de riposter, et Margaret et moi, qui vous serons infiniment reconnaissantes, personne n'en saura rien.

— Hester, c'est…

— Astucieux et déplaisant, poursuivit Margaret à sa place. Certes.

Dans sa voix, on percevait compréhension et déception. Elle avait l'air contrite, comme si elle savait qu'elle avait nourri un trop grand espoir.

Rathbone rougit en pensant à ces deux femmes qui travaillaient presque chaque jour à Coldbath Square sans se soucier de la crasse, du danger ou des risques auxquels elles soumettaient leur réputation.

— Quand comptiez-vous agir ? s'enquit-il, hésitant.

— Ce soir ! répondit Hester sans hésiter.

Pleine d'espoir, Margaret souriait. Rathbone resta pris de court un instant.

— Ce soir ! Je… Enfin je…

— Merci, murmura Hester.

— Voyons, Hester ! protesta-t-il, même si tous trois savaient qu'il avait déjà accepté.

Margaret paraissait ravie, que ce soit en prévision d'une victoire éventuelle ou parce que Rathbone avait cédé en grande partie grâce à elle.

Hester se leva, et les deux autres l'imitèrent.

— Merci beaucoup, dit-elle avec chaleur. Où voulez-vous nous retrouver ? Coldbath Square n'est pas l'endroit le plus recommandable.

— Pourquoi pas Fitzroy Street ? suggéra Margaret. Votre heure sera la mienne.

— Dans ce cas, j'y serai à neuf heures ce soir, répondit Rathbone. Comment s'habille-t-on, quand on veut investir dans une maison close ?

Hester examina son costume gris et sa chemise blanche très élégants, agrémentés d'une cravate nouée à la perfection.

— Je ne me changerais pas, à votre place. Vêtu ainsi, ça vous donne l'air riche et influent.

— Et comment afficher mon côté avide, immoral et pervers ? demanda-t-il avec un léger rictus.

— Comme on dit, l'habit ne fait pas le moine, répondit-elle avec un grand sérieux. Hélas !

— *Touché* [1], fit-il à voix basse. Bon, on se voit à neuf heures, donc. Je suppose que vous m'expliquerez alors ce que je dois savoir.

— Bien entendu. Merci, Oliver. Au revoir.

Il leur adressa un salut discret.

— À ce soir.

Lorsque le cab les déposa à Farringdon Road peu après neuf heures et demie, Hester, Margaret et Rathbone savaient dans les moindres détails quel rôle chacun allait jouer dans ce qui allait amorcer, ils l'espéraient, la chute du commerce de Squeaky Robinson. À la lumière vacillante des réverbères, ils remontèrent Hatton Wall, puis traversèrent Leather Lane pour s'enfoncer dans l'obscurité de Portpool Lane, sous l'ombre de la brasserie. Tous trois restaient silencieux et se concentraient sur ce qu'ils allaient dire.

1. En français dans le texte.

Hester avait le trac. Cette idée lui avait paru bonne, au départ. Pourtant, à présent que ce projet allait se concrétiser, les difficultés, dont elle avait mis tant d'énergie à minimiser l'importance aux yeux de Margaret et de Rathbone, lui apparaissaient soudain.

Ils pénétrèrent dans la petite ruelle, d'une propreté toujours aussi surprenante, puis gravirent l'escalier. Comme à l'accoutumée, ce fut l'homme de main déguisé en majordome qui leur ouvrit. Son accueil fut quelque peu grossier :

— Encore vous, fit-il, avant de regarder les deux autres derrière Hester.

Son visage s'assombrit.

— Qui c'est ?

— Des amis, répondit-elle d'un ton assuré. Ce monsieur travaille dans un domaine susceptible d'intéresser Mr. Robinson. J'ai connaissance de certains de ses…

Par souci de délicatesse, elle fit exprès d'hésiter.

— … besoins. Vous devriez m'annoncer auprès de lui.

Le majordome possédait un pouvoir de décision, cela se voyait. En outre, il était plus que probable qu'il était aussi au courant des problèmes occasionnés par la mort de Baltimore. C'est lui qui avait dû transporter le corps chez Abel Smith. L'air quelque peu surpris, il ouvrit la porte en grand.

— Entrez, alors. Mais prenez pas trop vos aises. Je vais voir si Mr. Robinson peut vous recevoir.

Ils restèrent dans le vestibule exigu où Hester avait déjà patienté lors de ses précédentes visites. Quand bien même y eût-il eu assez de place, il n'y avait aucun fauteuil dans lequel s'asseoir.

Rathbone examina les lieux avec curiosité et un petit air de répulsion.

— Êtes-vous venue seule ici, Hester ?

— Bien sûr, voyons. Personne ne pouvait m'accompagner. Allons, ne faites pas cette tête. J'y ai survécu.

— Monk était au courant ?

— Sûrement pas ! Et vous vous garderez de lui en parler ! C'est moi qui le lui apprendrai, le moment venu.

Il esquissa un sourire.

— Et quand comptez-vous le faire ?

— Quand tout sera terminé. Il n'est pas toujours bon de tout dire. On doit parfois savoir garder ses projets pour soi.

Il lui lança un regard lourd de sens.

— Hester est très courageuse, la défendit Margaret. Bien plus que moi… par certains côtés.

— En tout cas, j'espère que vous êtes moins imprudente ! lâcha-t-il sèchement.

Gênée, Margaret baissa les yeux, puis les releva aussitôt.

— Vous ne devriez pas critiquer Hester, Sir Oliver. Elle se donne beaucoup de mal pour venir en aide à celles dont personne ne se soucie. Qu'elles aient pu commettre des erreurs ne justifie pas qu'on les mette au ban de la société.

Soudain, il se fendit d'un sourire charmant et chaleureux.

— C'est très juste. Je n'ai pas l'habitude des femmes qui prennent autant de risques. C'est la peur que je ressens pour elle qui parle. J'ai du mal à me rentrer dans le crâne que même si mon inquiétude la touche peut-être, elle ne l'arrêtera en aucun cas.

— Vous le souhaiteriez ? le provoqua Margaret.

Il réfléchit un instant.

Hester attendit, fort curieuse de connaître sa réponse.

— Non, finit-il par reconnaître. Autrefois, oui, mais j'en suis revenu.

Le majordome réapparut.

— C'est bon, venez, dit-il en leur indiquant le couloir d'un brusque signe de tête.

Squeaky Robinson se leva lentement, n'accordant qu'un bref regard à Hester avant de se fixer sur Rathbone. Il sembla à peine voir Margaret. S'il ne les inspectait pas comme une marchandise éventuelle, les femmes étaient peut-être invisibles à ses yeux.

— Bonsoir, Mr. Robinson, commença Hester le plus calmement possible. Je vous amène ce gentleman, dont pour l'instant vous n'avez pas à connaître le nom, car il souhaite investir dans un domaine sortant un peu de l'ordinaire, qui lui permette de toucher des bénéfices rapides et sûrs. Il serait aussi souhaitable que ceux-ci échappent à l'attention des inspecteurs des impôts, et restent inconnus de certains membres de sa famille, sans quoi il se verrait forcé de les partager.

Elle désigna Margaret.

— Et cette dame est très bonne comptable, ce qui représente un atout dès lors que l'on envisage un investissement.

Squeaky avait l'air d'un homme qui vient de traverser un désert et croit enfin apercevoir une oasis. Il examina Rathbone de la tête aux pieds, ses souliers impeccables, son costume coupé à la perfection et sa cravate immaculée.

— Enchanté, Mr. Robinson, fit Rathbone sans lui présenter sa main. Mrs. Monk m'a expliqué que votre ancien associé a été victime d'un accident malheureux, et que par conséquent sa place est désormais vacante. C'est bien cela ?

Squeaky se passa la langue sur les lèvres. Son incertitude était palpable. Quelle que soit sa réponse, un risque existait. Soit il en dévoilait trop sur lui, soit il perdait tout intérêt aux yeux de Rathbone, et donc le nouvel associé dont dépendait sa survie.

Le silence se fit pesant. Le bâtiment paraissait s'affaisser et grincer comme s'il s'enfonçait dans de la boue.

Rathbone lança un regard impatient à Hester et fronça les sourcils.

Squeaky s'en aperçut.

— Oui, c'est ça ! répondit-il soudain. Il est mort. Ç'a été subit.

— C'est un euphémisme, bien sûr. On l'a assassiné, n'est-ce pas ?

— Ah ! fit Squeaky d'une voix étranglée. Oui. Ça n'a aucun rapport avec son investissement ici, attention ! C'était une affaire d'ordre privé. Une dispute... à propos... ses goûts personnels, quoi... Vraiment pas de chance.

— Je vois.

Rathbone donnait l'impression de comprendre, mais Hester savait qu'il n'en était rien.

— Enfin, cela ne me concerne pas. Je n'ai aucune intention de profiter des services que vous proposez. Tout ce qui m'intéresse, c'est d'investir et de ramasser la mise. Cependant, j'ose espérer que les accidents sont rares, ici. Ils attirent sur nous des regards dont il vaut mieux se passer. Je veux bien avoir à endurer une période de présence policière, mais pas deux.

— Oh, ça ne se reproduira pas ! lui certifia Squeaky. C'était jamais arrivé avant, et j'ai fait le nécessaire. La coupable ne travaille plus ici.

— Parfait !

Rathbone sourit presque.

— Pour l'instant, tout me semble satisfaisant. Bien entendu, avant de m'engager, il faudra que j'en sache davantage sur votre affaire, notamment vos finances, les entrées et les sorties d'argent, tout l'historique.

Squeaky dodelina du chef avec vigueur.

— Bien sûr, bien sûr ! C'est normal. Il faut se montrer prudent.

— Je le suis.

Hester soupçonna soudain Rathbone de prendre plaisir à jouer la comédie. Il avait adopté une posture élégante mais décontractée. Lorsque tout serait terminé, elle le taquinerait peut-être à ce propos, et probablement il ne voudrait rien reconnaître.

— C'est un bon filon. C'est très rentable, et tout à fait légal, en plus ! Il s'agit juste de prêter un peu d'argent à celles qui en ont besoin. On pourrait presque considérer ça comme de la charité.

Voyant l'air réprobateur de Rathbone, il revint sur ses propos.

— Enfin bon, on se fiche de ce que les gens pensent, parce que personne sera au courant !

— Ce ne serait pas de mon fait, en tout cas, répliqua Rathbone d'un ton sec. Ni du vôtre, si vous êtes malin.

— Vous inquiétez pas, monsieur ! Y a pas de danger !

— Vous n'aurez pas un sou tant que moi je n'aurai rien touché, le prévint-il. Comment votre ancien associé est-il entré dans l'affaire ?

Hester lui décocha un bref coup d'œil. Peu importait comment Baltimore avait commencé.

— Certains gentlemen ont des goûts particuliers, dit Squeaky d'un air entendu. C'était son cas.

— Et vous vous confiez à ce genre d'individus ? demanda Rathbone, l'air écœuré.

Hester le vit serrer le poing et craignit que la réponse de Squeaky le dissuade de poursuivre leur plan. Il était allé trop loin. Devait-elle intervenir ? Que dire ?

— Vous avez lancé cette entreprise avec lui, n'est-ce pas ? J'imagine que l'idée venait de lui ? demanda-t-elle.

— Mais non, voyons ! répondit Squeaky d'une voix stridente. Ça marchait déjà à merveille quand il est arrivé.

Il n'appréciait pas qu'elle vienne mettre son grain de sel dans la conversation.

— C'est difficile à croire, rétorqua-t-elle d'un ton cinglant.

Il pointa son doigt sur elle.

— Écoutez, ma petite dame, occupez-vous de vos bonnes œuvres à Coldbath, et laissez les affaires à ceux qui s'y connaissent ! Tout se passait très bien, ici, avant même que Mr. Baltimore participe. C'est juste que j'ai pas eu de veine. Mon associé de l'époque — Preece, qu'il s'appelait —, il était avide. Il a essayé de faire chanter quelques-uns de nos clients les plus riches, y compris Baltimore. Une sacrée ânerie ! Ça revient à tuer la poule aux œufs d'or ! Faut savoir se contenter de ce qu'on a ! Bref, Baltimore a vu rouge, et ils ont commencé à se chercher des noises.

Il retroussa les lèvres d'un air dédaigneux, mais le souvenir semblait encore l'affecter.

— Preece, une vraie barrique, a voulu attaquer. Il est passé par toutes les couleurs, et puis il s'est effondré en s'agrippant la poitrine. Il est mort là, juste derrière vous. Le cœur ! s'exclama-t-il. Trop de bedaine et pas assez de cervelle. C'était de sa faute.

Rathbone hocha la tête.

— À vous entendre, en effet.

Bien que le changement fût à peine perceptible, Hester le vit se détendre. Elle jeta un bref regard à Margaret, qui se tenait dans l'ombre derrière elle, et lut aussi le soulagement sur son visage.

— Bref, reprit Squeaky, il me fallait quelqu'un pour le remplacer, et de son côté Baltimore avait besoin que mon petit commerce continue, pour son intérêt personnel. Comme on était les seuls à fournir le genre de services qu'il voulait, si on fermait boutique, il aurait dû repartir de zéro et chercher ailleurs. Tout ça s'est très bien goupillé.

— Jusqu'à ce qu'il meure à son tour, commenta Rathbone.

— Lui aussi, il l'a cherché ! s'empressa de préciser le souteneur. Il s'est mis à débloquer — il croyait que détenir des parts dans l'affaire lui donnait le droit d'aller aussi loin qu'il voulait avec les filles.

— C'est l'une d'elles qui l'a tué ?

— Ouais, mais elle bosse plus ici. Trop incontrôlable, celle-là. Elle l'a poussé par la fenêtre. Du dernier étage, en plus.

Il grimaça.

— Quel cirque ! Enfin, c'est pas grave. La police sait même pas que ça s'est passé ici.

Il eut un sourire carnassier.

— On a déposé le corps chez le père Abel Smith, pour faire croire qu'il était tombé dans l'escalier.

— Très ingénieux, commenta Rathbone. Vous savez vous tirer d'un mauvais pas.

Robinson fit une courbette.

— Merci, monseigneur.

Margaret prit son inspiration d'un air impatient.

— À présent, j'aimerais consulter vos livres de comptes, s'il vous plaît, dit Rathbone.

Robinson hésita, fixant l'avocat du regard comme pour retenir son attention pendant qu'il réfléchissait. Puis il jeta un coup d'œil à Margaret.

Rathbone comprit tout de suite ce qui le gênait.

— Miss…

Puis il se ravisa.

— Je ne puis m'engager sans avoir obtenu l'avis d'un expert, Mr. Robinson… un expert en qui j'aie confiance. Vous comprendrez que je ne souhaite pas consulter mes banquiers habituels pour ce projet-là.

Squeaky sourit de toutes ses dents, puis hocha la tête, l'air satisfait. Il se dirigea vers une armoire, à l'autre bout de la pièce. Dans sa poche, il prit une clé accrochée à une chaînette, puis ouvrit une porte. Il revint muni d'un énorme livre.

Margaret s'avança.

— J'aurai besoin d'être au calme, déclara-t-elle d'un ton posé.

Néanmoins, elle avait conscience que tout se jouait à cet instant précis, Hester le voyait bien — ses épaules tendues et sa voix un peu plus aiguë que d'ordinaire l'attestaient.

— Et je ne veux pas être dérangée. Si tout est satisfaisant, vous pourrez prendre vos dispositions.

Squeaky la considéra d'un air intrigué. À l'évidence, elle ne correspondait en rien à ce qu'il avait imaginé d'elle, ce qui le troublait. Elle ne rentrait dans aucune des cases qui constituaient son univers.

Elle attendit. Personne ne brisa le silence.

Rathbone se balançait d'un pied sur l'autre. Hester retenait presque son souffle.

— D'accord, capitula enfin Robinson.

Il tendit le livre à Margaret qui, les mains tremblantes, le saisit et le plaqua contre sa poitrine.

Le souteneur leur indiqua un angle de la pièce, où un rideau cachait en partie une autre porte.

— Allez là-bas.

À la satisfaction flagrante de Robinson, Hester et Margaret le laissèrent donc seul en compagnie de Rathbone.

La pièce d'à côté était exiguë. La lampe à pétrole fit apparaître une fenêtre nue qui donnait sur des toits qu'on distinguait à peine dans la nuit. On avait installé une chaise et une table aux pieds branlants. Margaret ouvrit le livre, et Hester vint lire par-dessus son épaule. Tout était inscrit en petits caractères bien nets un peu inclinés en arrière.

Un seul coup d'œil suffisait à se rendre compte des gains. Néanmoins, c'était les reconnaissances de dette dont elles avaient besoin. Ces colonnes de chiffres ne leur servaient à rien. On n'y reportait rien d'illégal.

Margaret se mit à faire défiler les pages fébrilement, puis retourna le registre et le maintint en l'air. Rien n'en tomba.

— Elles n'y sont pas ! constata-t-elle avec une touche de désespoir dans la voix.

— Restons encore un peu ici, comme si nous lisions tout. Ensuite j'irai les lui demander. Je prétendrai que vous souhaitez vous renseigner sur l'avenir autant que le passé.

Margaret obtempéra et additionna à la va-vite les montants consignés.

— Baltimore empochait gros, conclut-elle d'un ton amer au bout d'un moment. Tiens, on dirait les remboursements d'Alice, ici.

Elle les lui montra du doigt.

— Tout cesse aux environs de la mort de Baltimore. En fait, après cette date, plus aucun gain n'est inscrit. À part celui-ci.

— Parfait, fit Hester. C'est tout ce qu'il me faut. Je vais voir Mr. Robinson.

Sans frapper, elle revint dans le bureau, où Squeaky et Rathbone semblaient plongés dans une discussion sérieuse. Tous les deux se retournèrent lorsqu'elle entra.

— Qu'y a-t-il ? demanda Robinson.

Rathbone fronça les sourcils et chercha le regard d'Hester.

— Votre affaire a l'air fort rentable, Mr. Robinson. Il reste cependant un point sur lequel nous souhaiterions obtenir des précisions.

— Tiens donc ? Et lequel, s'il vous plaît ?

— Ces derniers temps, vous n'avez presque plus enregistré de remboursements… depuis les trois dernières semaines, pour être exacte.

— Et ça vous étonne ? fulmina Robinson. Bon sang, y a des cognes dans tous les coins ! Comment vous voulez qu'on gagne notre pain ? Qu'est-ce que vous avez dans le crâne, nom de Dieu !

— Je souhaiterais voir les documents prouvant qu'on vous doit toujours des dettes, répondit Hester d'un ton tout à fait posé, en fuyant le regard de Rathbone. Personne ne veut d'une affaire dont les entrées d'argent sont irrégulières.

Squeaky se leva d'un bond et brandit l'index.

— L'argent coule à flots, ici, mais rien n'est éternel ! Pourquoi j'ai besoin d'un associé, à votre avis ? Quand ces filles auront tout remboursé, il faudra en trouver d'autres !

Il alla de nouveau à l'armoire, y fouilla un instant, puis en sortit un liasse de feuillets. Laissant cette fois la porte du meuble grande ouverte, il revint vers Hester.

— Voilà ! Une montagne de dettes ! s'exclama-t-il en les lui agitant sous le nez.

— Très bien, dit-elle, en résistant à l'envie de les lui arracher des mains. Nous allons en faire la somme, en déduire une partie pour les... accidents, et déciderons d'un montant à proposer.

Elle adressa un signe de tête à Rathbone, en prenant bien soin de ne pas prononcer son nom.

Squeaky ne lâchait toujours pas ses papiers.

Hester regarda de nouveau Rathbone, qui pinça les lèvres et fit mine de se lever.

— Bon, d'accord ! pesta Robinson en tendant brutalement les documents à Hester. Mais ça ne doit pas sortir d'ici. Ça vaut une fortune.

— C'est évident, acquiesça Rathbone. Sinon je ne souhaiterais pas investir dans cette entreprise.

S'attendant à entendre les pas de Robinson derrière elle, Hester fonça dans la pièce d'à côté. Blême et crispée, Margaret leva la tête. Elle eut un sursaut quand elle vit les feuilles entre les mains d'Hester, et se détendit un peu.

Hester s'assura qu'il s'agissait bien des reconnaissances de dette signées, et non de quelconques documents rédigés par Robinson. Une fois rassurée au sujet de leur authenticité, elle adressa un hochement de tête à Margaret.

Celle-ci se dirigea vers la cheminée, alluma une fine bougie à la flamme de la lampe, l'abrita de sa main et, dans le plus grand silence, mit le feu aux papiers.

Adossée à la porte, le cœur battant à tout rompre, Hester contemplait la scène.

Lorsque tout eut brûlé, Margaret écrasa les restes calcinés à l'aide du tisonnier, puis se retourna vers Hester d'un air triomphant.

Hester lui tendit le livre.

— Vous voulez y aller ?

Margaret secoua la tête.

— Je vous laisse ce plaisir, répondit-elle. Mais je ne veux pas en perdre une miette.

Hester lui fit signe de la suivre et passa dans la pièce d'à côté.

Squeaky redressa la tête.

— Alors ? fit-il. Qu'est-ce que je vous avais dit ?

Hester posa le registre sur son bureau.

— En effet. On vous devait beaucoup d'argent. Toutefois, vu que je viens de tout réduire en cendres, il ne faut plus compter dessus.

Squeaky la fixa du regard sans comprendre. La nouvelle le dépassait.

Même Rathbone parut stupéfait. Dans son esprit, ils allaient laisser Robinson s'en rendre compte par lui-même une fois qu'ils seraient loin.

— Vous… vous êtes folle à lier ! s'exclama Squeaky d'une voix grinçante lorsqu'il prit la mesure de ce qui lui arrivait. Vous… espèce de…

— Je ne suis pas folle, Mr. Robinson, rétorqua Hester avec calme, même si elle avait les mains moites et qu'elle tremblait. C'était là mon intention depuis le début.

— Je suis ruiné !

Le visage écarlate et les yeux fous, il tenait les mains en l'air comme s'il voulait l'étrangler.

Elle recula, et, au même moment, Rathbone se leva.

— Mais non, dit-elle, le souffle court. Je sais comment vous pourriez utiliser votre établissement… à très bon escient.

— Pardon ?

— Je… J'ai une idée pour vous. Nous avons besoin de nouveaux locaux, de meilleure qualité et gratuits.

— Gratuits ? hurla Robinson. Vous devriez me payer une compensation ! Voilà ce que vous devriez faire… espèce de… d'aliénée !

— Ne dites pas n'importe quoi ! Au moins, vous échapperiez à la prison. Ce bâtiment peut servir d'hôpital. Il y a toute la place nécessaire.

Il manqua s'étouffer.

— On pourra récolter l'argent grâce aux bonnes œuvres, poursuivit-elle dans un silence de plomb. Toutes les jeunes femmes d'ici pourraient apprendre le métier d'infirmière… Ce serait…

— Nom d'un chien ! explosa Squeaky.

— Hester, voyons ! protesta Rathbone.

— Ça m'a l'air d'un marché tout ce qu'il y a de raisonnable.

Robinson se tourna vers Rathbone pour solliciter son soutien.

— Je suis navré, dit l'avocat avec une curieuse intonation, comme s'il hésitait entre s'offusquer et éclater de rire. Je n'ai aucune intention d'investir dans votre affaire. À moins bien sûr que vous n'acceptiez la proposition de Mrs. Monk. J'ignorais qu'elle avait ce projet en tête, mais c'est une entreprise à laquelle certaines de mes connaissances et moi pourrions apporter notre soutien financier.

Il respira à fond.

Je comprends qu'un tel revirement ruinerait votre réputation auprès de vos semblables, mais il pourrait bien vous valoir la clémence d'une tout autre sphère.

— Laquelle ? gémit Robinson. Ce que vous me demandez, c'est pire que de me ranger ! Ce ne serait même plus de l'honnêteté, mais de la charité ! dit-il, horrifié, comme si cela lui vaudrait de brûler en enfer.

— La sphère dont je parle, c'est la justice. Dont je fais partie.

Il esquissa un salut.

— Sir Oliver Rathbone, avocat de la Couronne.

Squeaky Robinson poussa un long soupir plaintif.

— Tout le monde en sortirait gagnant, conclut Hester, satisfaite.

— Nous pourrons même annoncer à Mr. Jessop qu'il peut garder son local, ajouta Margaret. Ce dont je me ferai un plaisir. Certes, nous ne pourrons vous payer beaucoup, Mr. Robinson, mais puisque nous n'aurons plus la charge du loyer les dons suffiront à vous fournir de quoi vivre et vous vêtir comme il faut. La gestion de l'établissement vous donnera de quoi vous occuper.

— Vous êtes tous de mèche ! les accusa Squeaky, outré.

— Tout à fait, reconnut Rathbone. Et désormais, vous avez la chance d'être aussi des nôtres, Mr. Robinson. Si je puis vous donner un conseil, que je ne vous facturerai pas, c'est de vous en accommoder au mieux.

CHAPITRE X

Le voyage jusqu'à Liverpool fut semblable aux autres. Pressé d'arriver, Monk descendait à chaque arrêt. Il atteignit Liverpool Lime Street peu avant la nuit, engourdi et fatigué.

Lorsqu'il sortit dans la fraîcheur piquante du matin, il était résolu à prendre le taureau par les cornes. Il devait en premier lieu se pencher sur le passé d'Arrol Dundas, quelle que soit la souffrance que cela pourrait entraîner, quoi qu'il pût découvrir sur son mentor comme sur son passé à lui. Où Dundas habitait-il à l'époque ? Qui étaient ses amis, ses associés ? Quel genre d'existence menait-il ?

L'adresse de Dundas au moment de son arrestation figurait dans les archives du tribunal. Rien n'était plus simple que de se rendre dans l'élégante rue bordée d'arbres. Monk resta dans la calèche, devant le numéro 14, à observer les splendides demeures, spacieuses et entretenues avec grand soin. Des bonnes battaient des tapis dans les allées de derrière, riant et badinant avec les livreurs, ou bien discutant le prix du poisson ou des légumes. Çà et là, on pouvait voir un cireur de chaussures momentanément inoccupé, ou un domestique à l'air important. De toute évidence, il s'agissait d'un quartier très huppé.

— C'est bien ici, monsieur ? demanda le cocher.

— Oui. Je ne souhaite pas entrer. Stationnez un peu ici, c'est tout.

Monk voulait réfléchir, s'imprégner de l'atmosphère des lieux, de tout ce qu'il voyait et entendait. Un détail viendrait peut-être arracher le voile qui recouvrait sa mémoire et lui montrer ce qu'il voulait connaître tout en le redoutant — l'ancien Monk : généreux ou cupide, d'une loyauté à toute épreuve ou perfide. Le passé se rapprochait à grands pas. Bientôt, il le verrait en face.

Qui occupait cette maison, à présent ? Y avait-il toujours un vitrail au sommet de l'escalier ? Le poirier du jardin était-il toujours là, couvert de fleurs blanches ? On avait dû remplacer le tapis rouge et bleu du salon et les rideaux pourpres.

Soudain, dans un accès de lucidité, il se revit assis à la table de la salle à manger : tout le long de la rangée de fenêtres en face de lui, les rideaux sont bleus. La lumière étincelante des chandeliers illumine le linge de maison et se reflète sur l'argenterie. Comme s'il les tenait à la main en ce moment même, Monk distingue la forme des couverts, au manche sophistiqué gravé d'un *D* en son milieu. Il y a aussi des couteaux à poisson, une invention récente. Avant, on se servait de deux fourchettes. Mrs. Dundas en est très contente. Il revoit son visage, calme et joyeux. Elle porte une robe de couleur prune, qui va bien à son teint plutôt cireux. Sans être d'une grande beauté, elle possédait une grâce et une personnalité marquée que Monk avait toujours appréciées. Cependant, c'était sa voix, grave et un peu rauque, qui plaisait le plus, surtout quand elle riait. Il s'en dégageait alors une joie des plus communicatives.

Une dizaine de convives sont réunis, tous habillés avec une élégance irréprochable — les bijoux scintillent, tout le monde est gai et bien portant, et Arrol Dundas préside l'assemblée.

Tout respire l'argent, en abondance.

Provenait-il de la fraude ? Toute cette opulence et tout ce raffinement avaient-ils été achetés au détriment de certains ? Cette perspective lui paraissait si pénible qu'il fut étonné de ne pas s'en indigner davantage. Peut-être était-il trop insensibilisé par la mort de Katrina, ou encore par les bribes de souvenirs de la catastrophe, qu'il imaginait susceptible de le blesser plus encore.

Il cogna contre la paroi pour attirer l'attention du cocher.

— Merci. Conduisez-moi aux Archives, s'il vous plaît.

— Bien, monsieur.

Des excentriques, le conducteur en avait vu plus qu'à son tour, et, tant qu'on le payait, il se fichait de ce qu'on lui demandait. Il donna un petit coup de fouet, et le cheval se mit en marche, content de ne pas s'attarder plus longtemps sous le soleil éblouissant. Sur les pavés, à l'ombre, la gelée blanche n'avait pas encore fondu.

Dundas était-il à l'époque propriétaire de cette demeure, ou la louait-il ? Monk savait par expérience que toutes sortes d'hommes vivaient à crédit, parfois même ceux à propos de qui on s'y attendait le moins. En tout cas, lorsque Mrs. Dundas lui avait annoncé la mort de son mari, c'était dans un tout autre endroit. Avait-elle quitté cette maison pour des raisons financières, ou parce qu'elle ne supportait plus de vivre si près de ses anciens amis après la disgrâce de Dundas ? Plus personne ne devait l'inviter, lui rendre visite ou lui adresser la parole dans la rue. Tout le monde dans de telles circonstances choisirait de s'en aller — lui le premier !

Dundas avait dû laisser un testament. Et l'acte de vente de la maison, daté, devait se trouver quelque part.

Monk ne trouva l'objet de sa recherche qu'en milieu d'après-midi. Perplexe, il replongea alors dans un mystère qu'il avait déjà dû résoudre par le passé mais dont il ne gardait aucun souvenir. La demeure avait été vendue avant la mort de Dundas. Ses biens se résumaient à la modeste maison que sa veuve occupait et une rente qui suffisait à peine à lui procurer le nécessaire.

Monk resta interdit en constatant qu'il était l'exécuteur testamentaire.

Qu'était-il advenu pour l'essentiel des gains de la vente de la maison ? Et quant à ceux de la revente des terres ? Le tribunal ne les avait pas saisis. Monk s'évertua à chercher, en vain. S'il s'était chargé lui-même des transferts d'argent, semblait-il avec l'accord de Dundas, il en avait alors caché toute trace. Pourquoi ? En général, on ne dissimule ses opérations financières que lorsqu'elles sont malhonnêtes.

Il s'agissait d'une fortune ! Si Monk se l'était appropriée, il aurait dû être immensément riche. Comment aurait-il pu l'oublier ? À son entrée dans la police, il ne possédait rien d'autre que les vêtements qu'il avait sur le dos et quelques autres.

Alors qu'était devenu tout cet argent ?

Combien Mrs. Dundas avait-elle légué à sa mort ?

Rien de plus facile que de répondre à cette question lorsqu'il trouva son testament : très peu. La rente s'était éteinte avec elle. Le peu que valait sa maison avait servi à rembourser quelques dettes. La pauvre veuve avait vécu au maximum de ses maigres revenus.

En tant qu'exécuteur testamentaire, avait-il transmis le legs ? À qui ? Et surtout, pourquoi ? Cette question le torturait à chaque instant, comme le cuir d'un soulier sur une ampoule à vif.

Il réussit à boire un café, mais la crainte lui coupait l'appétit.

Quel rapport y avait-il avec Baltimore ? Se pencher sur les affaires de Baltimore & Fils lui fournirait peut-être un élément de réponse, ou une nouvelle piste.

Il lui fallut attendre le lendemain pour trouver quelqu'un qui fût en mesure d'en discuter avec lui, et disposé à le recevoir : un certain Mr. Carborough, qui étudiait les finances d'entreprises du genre de Baltimore & Fils, en vue d'investir lui-même.

— Ça marche bien pour eux, répondit-il, enthousiaste, en agitant un crayon en l'air. C'est une petite compagnie, mais rentable. Ils ont tiré un bon profit de leurs ventes foncières, sans que celui-ci soit pour autant exagéré, et un meilleur encore grâce aux voies ferrées. Ils sont basés à Londres, si je ne m'abuse. Ils sont en train de construire une belle ligne qui reliera la capitale à Derby.

Le bureau de Carborough donnait sur une rue étroite et encombrée, non loin des docks. L'odeur de l'iode leur parvenait par la fenêtre entrouverte, ainsi que les bruits de la circulation, des treuils qui chargeaient et déchargeaient les marchandises.

— Que savez-vous de Dundas et de la fraude dont on l'a accusé ? demanda Monk en s'efforçant de rester aussi naturel que possible.

Carborough fit la moue.

— C'est bête de s'être fait prendre pour quelque chose d'aussi minime, déclara-t-il en secouant la tête. En ce qui me concerne, je n'ai jamais compris. C'était quelqu'un de brillant. Un des meilleurs banquiers d'affaires de la City, si ce n'est *le* meilleur. Et voilà qu'il se met à modifier les coordonnées d'une carte pour faire détourner le tracé d'une voie, tout ça pour gagner quoi ? Allez, mille livres tout au plus... On ne peut pas dire que ça lui manquait ! À l'époque, en outre, il aurait dû toucher une part des bénéfices que la compagnie allait faire grâce à leur nouveau modèle de freins. C'est lui qui avait fourni l'argent pour les concevoir.

— Quels nouveaux freins ?

— Oh, ils ont inventé leur propre système de freinage pour les voitures et les wagons de marchandises. Bien moins coûteux que les modèles standard qu'on utilise aujourd'hui. Ils auraient pu amasser une fortune, mais ils n'ont pas persévéré.

— Pourquoi ?

Une étincelle de souvenir crépita une nouvelle fois dans son esprit avant de s'éteindre aussitôt.

— Ça, je l'ignore, Mr. Monk. Après le procès de Dundas, tout est resté en suspens. Ensuite, il est mort… le savez-vous ?

Il posa son crayon à côté de son sous-main.

— En prison, le pauvre bougre. Le contrecoup, si ça se trouve. Bref, ils se sont ensuite concentrés sur la construction de nouvelles lignes. Il semblerait qu'ils aient tout à fait abandonné leurs autres projets. Ils se sont mis à construire eux-mêmes leurs wagons, etc. Ça leur a réussi. Comme je vous l'ai dit, ils se sont installés à Londres.

Monk lui posa quelques questions supplémentaires, mais Carborough ne savait rien de plus précis concernant Dundas, et ne se souvenait pas d'avoir jamais entendu le nom de Monk auparavant.

Monk ne trouva aucune trace de la somme effective que Dundas avait dû toucher à la vente de sa maison, comme si tous les billets étaient partis en fumée.

L'étape suivante consistait à retrouver le révérend William Colman, ancien témoin à charge au procès de Dundas. La rencontre risquait d'être désagréable, sachant que Colman allait sans doute se rappeler avoir vu Monk au tribunal. Ce dernier allait se trouver confronté à son ancienne personnalité et ne pourrait échapper aux souvenirs que le pasteur aurait de lui.

Monk en avait-il voulu à cet homme ? L'avait-il combattu en ennemi, en cherchant à le discréditer ? Colman l'avait-il cru complice de Dundas, sans pouvoir en apporter la preuve ?

Colman était toujours pasteur, et il fut aisé de le trouver dans le *Crockford's Clerical Directory*[1]. En fin d'après-

1. Annuaire qui recense les ministres anglicans. *(N.d.T.)*

midi, Monk gravissait le chemin qui menait au presbytère d'un petit village des abords de Liverpool, l'estomac noué, les mains moites et douloureuses à force de serrer les poings. Il s'efforça de se détendre et actionna la cloche.

La porte s'ouvrit étonnamment vite, et un homme de grande taille vêtu d'une tenue de religieux quelque peu froissée posa sur lui un regard interrogateur. Plutôt mince, il avait les cheveux gris et un visage vigoureux, intelligent. Tous les deux se reconnurent avec la même stupéfaction.

— Monk ? fit Colman. C'est bien ça ?

Monk éprouva le plus grand mal à garder une voix normale.

— Oui, Mr. Colman. J'aimerais que vous m'accordiez un peu de votre temps.

Après un instant d'hésitation, Colman ouvrit la porte en grand.

— Entrez. Que puis-je pour vous ?

Monk avait déjà conclu que lui dire toute la vérité, y compris ce qui concernait son amnésie, serait le seul moyen d'obtenir ce qu'il voulait, si c'était possible.

Colman le conduisit dans la pièce où il recevait ses paroissiens et l'invita à s'asseoir. Chose peu surprenante, il examinait Monk avec curiosité. Ne l'ayant pas revu depuis seize ans, il devait prendre note des changements qui s'étaient opérés en lui : le caractère davantage marqué sur ses traits, la différence sensible de la texture de sa peau, la façon dont sa chair peu épaisse épousait la forme de son ossature.

Monk se souvenait très bien de la personnalité de Colman, de la puissance des sentiments qu'il avait autrefois perçus en lui — ceux-ci n'avaient d'ailleurs pas perdu en intensité. Le chagrin était toujours vivace, et le souvenir des morts qu'il avait enterrés et des familles qu'il avait tenté tant bien que mal de consoler.

Colman attendait.

Monk commença son récit. Ce fut d'une voix trébuchante qu'il résuma les années écoulées depuis la catastrophe, terminant par Baltimore & Fils et leur nouvelle ligne.

Colman l'écouta avec circonspection, sous le poids de sa vieille colère. Tout dans son attitude et sa posture indiquait qu'ils avaient été adversaires à l'époque et le restaient aujourd'hui.

— Nolan Baltimore a été assassiné, l'informa Monk.

Il lut tout d'abord la surprise chez Colman, puis une lueur de satisfaction, tout de suite chassée par la culpabilité, laquelle le fit même un peu rougir. Néanmoins, il se garda d'exprimer la moindre sympathie à son égard. Son honnêteté l'en empêchait.

— Par une prostituée, précisa Monk. Alors qu'il venait s'adonner à quelque vice singulier.

Le dégoût de Colman était flagrant.

— C'est ce qui vous amène ici ? demanda le pasteur, dubitatif.

— De façon indirecte. Cependant, sa mort signifie que nous ne pouvons l'interroger sur ce qui semble se tramer chez Baltimore & Fils et qui ressemble comme deux gouttes d'eau à la première fraude.

Colman se redressa d'un coup.

— Une autre ? Pourtant Dundas est mort. Vous êtes bien placé pour le savoir. Votre mémoire ne peut être atteinte à ce point… enfin…

Monk le tira de son embarras.

— Je m'en souviens très bien. Ce que j'ai oublié, c'est la façon dont cette fraude a été exposée au grand jour, du moins dans les détails. Voyez-vous, il semblerait cette fois-ci qu'un certain Dalgarno en soit responsable, mais la personne qui nourrissait le plus de soupçons à son égard est morte elle aussi… assassinée.

Colman eut un air de compassion sincère.

— C'était sa fiancée, reprit Monk. Ce qui lui a permis de découvrir des éléments concernant les affaires de la compagnie, de surprendre des conversations et de voir des documents, à partir desquels elle a compris qu'il se passait quelque chose de très grave. Malgré une enquête poussée, je n'ai réussi à déceler aucune irrégularité. Tout juste ai-je remarqué quelques profits discutables.

— Pourtant on l'a assassinée ? le coupa Colman en se penchant vivement vers lui.

— Oui. Et on a accusé Dalgarno du meurtre. Cependant, afin de prouver sa culpabilité, il faut démontrer l'existence de l'escroquerie.

— Je comprends. Qu'attendez-vous de moi ?

— C'est vous qui aviez soupçonné la fraude le premier. Pourquoi ?

Colman fronça les sourcils. Qu'une telle amnésie puisse frapper Monk alors qu'il avait été très impliqué dans cette affaire le stupéfiait.

— Vous ne vous rappelez rien du tout ?

Sa gorge se serra sous l'effet de l'émotion et son corps se crispa.

— Vous ne vous souvenez pas de mon église ? Dans la vallée, entourée de vieux arbres ? Et le cimetière ?

Monk eut beau essayer, rien ne lui revint. Il se la représentait, mais ce n'était que le fruit de son imagination, pas de sa mémoire. Il secoua la tête.

— Elle était magnifique. Une très vieille église, bâtie à l'origine par les Vikings, sous laquelle se trouvait une crypte où ils enterraient déjà leurs morts il y a près de mille ans. Le cimetière accueillait les familles de la paroisse depuis plus de quinze ou vingt générations. Cette église, c'était l'histoire du pays. L'histoire, ce sont les hommes qui la font, vous savez.

Il scrutait Monk, cherchant l'homme derrière la façade, les passions enfouies au plus profond de lui.

— Ils ont fait passer la voie ferrée en plein dessus.

Une image revint à Monk — un évêque modéré et sensé, qui reconnaissait à regret le besoin de travail pour la population, de nouveaux moyens de transport, d'une marche en avant de la société. Monk revit aussi un vicaire, à la fois réservé et enthousiaste, qui désirait conserver l'ancien tout en laissant place au progrès, et refusait d'admettre l'impossibilité d'une telle coexistence.

Puis, opposé aux deux, le révérend Colman, un passionné, partisan de la continuité de l'histoire, qui voyait dans le chemin de fer une force destructrice qui allait briser les liens des familles avec leurs morts, anéantir l'édifice qui permettait de garder intactes les attaches spirituelles. Monk entendait des voix qui s'élevaient, pleines de colère et de peur.

Pourtant, Colman avait fait plus que protester, il avait apporté la preuve d'un crime. Celle-ci était-elle le souvenir qui échappait toujours à Monk ? Sur qui jetterait-elle la faute — Baltimore, ou lui ? Il s'éclaircit la gorge, laquelle lui paraissait comprimée, comme s'il ne pouvait respirer.

— Ils ont détruit l'église ?

— Oui. La nouvelle ligne passe à l'endroit même où elle se trouvait.

Colman n'ajouta rien ; l'émotion dans sa voix parlait d'elle-même.

— Comment avez-vous découvert la fraude ?

Monk s'efforça de prendre un ton assuré. À présent, il tenait la vérité à portée de main.

— C'est simple. Quelqu'un m'a raconté qu'il avait vu des lapins sur la colline que la compagnie devait contourner parce que y percer un tunnel aurait coûté trop cher. C'était un de mes paroissiens qui s'était attiré des ennuis en braconnant. Quand je lui ai demandé où on l'avait surpris, il m'a tout expliqué. Les lapins ne creusent pas le granit, Mr. Monk. Les terrassiers, eux, peuvent se frayer un chemin dans n'importe quoi à coup de dynamite… C'est juste une question de temps et d'argent.

« J'ai trouvé le relevé topographique d'origine. En examinant de près celui dont se servait Baltimore, on se rendait compte qu'il était falsifié. L'auteur de la fraude n'avait pas commis l'erreur grossière de modifier les altitudes ou la composition du sol — il avait trouvé ailleurs une colline de granit de dimensions à peu près identiques et modifié les coordonnées de la carte. Une manipulation très adroite.

Monk posa la question à laquelle il ne pouvait se dérober, mais il dut faire un effort pour parler.

— C'était Arrol Dundas ?

— Selon toute vraisemblance, oui, répondit Colman à contrecœur, comme s'il eût préféré que ce fût un autre.

— A-t-il avoué ?

— Non. Il n'a jamais accusé personne d'autre, non plus, mais d'après moi, c'est par dignité, voire par droiture, et non parce qu'il ignorait l'identité du coupable.

Monk mit un moment avant de saisir la signification des propos de Colman. Alors qu'il posait une autre question, il s'interrompit en plein milieu :

— Vous voulez dire que vous doutiez de la culpabilité de Dundas ?

Colman cligna des paupières.

— Vous avez toujours clamé son innocence ! Même après que le verdict a été rendu, vous juriez qu'il n'était pas responsable de la falsification, et que ses bénéfices étaient le fruit d'une spéculation heureuse mais en rien malhonnête. D'après vous, il n'avait fait qu'acheter à bas prix et revendre cher.

— Alors qui a falsifié le relevé ? demanda Monk, perplexe. Baltimore ? Pourquoi ? Il ne possédait aucune terre !

— Et il n'a touché aucune somme par la suite, convint Colman. Je ne connais pas la réponse. Si Dundas n'y était pour rien, alors l'argent a sans doute servi à verser des pots-de-vin çà et là, mais personne ne pourra jamais le prouver.

— Pourquoi truquer le relevé, alors ? insista Monk.

Colman choisit ses mots avec grand soin.

— Mon église se trouvait sur la trajectoire de la voie ferrée, et c'est tout ce qui m'importait à l'époque.

Ses yeux s'emplirent soudain de larmes.

— Et puis il y a eu la collision… les enfants…

Il se tut. Rien ne permettait de décrire une telle catastrophe ; peut-être vit-il que Monk partageait son horreur, et les mots devinrent inutiles.

Les souvenirs de Monk le concernant devenaient plus précis. Il avait tout d'abord éprouvé pour lui de la sympathie, mais son témoignage contre Dundas y avait mis fin. À présent, tous ces événements appartenaient au passé, et plus rien ne justifiait la discorde.

Colman cligna des yeux et sourit d'un air d'excuse.

— Je crains de ne pas pouvoir vous aider beaucoup à prouver que Dalgarno a assassiné la jeune femme ou que Baltimore était coupable de la fraude. Enfin, si je comprends bien, ce dernier était déjà mort quand elle a été tuée ?

— Oui, depuis deux ou trois semaines.

— Dans ce cas, si Dalgarno était impliqué aux côtés de Baltimore, une fois ce dernier disparu, il pourrait empocher tous les gains, non ? suggéra Colman.

— Ou bien les partager avec le fils, Jarvis Baltimore. Ce qui paraît plausible, surtout que Dalgarno courtise la fille Baltimore, Livia, d'après ce qu'a pu observer ma femme.

Colman parut surpris.

— Votre femme est une amie des Baltimore ?

Monk ne prit même pas la peine de cacher son sourire, ni l'accès de fierté qui monta en lui, accompagné d'une vive douleur à l'idée de ce qu'il pouvait perdre.

— Non. Elle dirige un dispensaire qui offre refuge et assistance aux prostituées du quartier de Coldbath Square, et Livia Baltimore, bouleversée, est venue solliciter son aide après la mort de son père. Ayant obtenu des renseignements, Hester lui a rendu visite, et c'est chez elle qu'elle a rencontré Dalgarno.

— Elle m'a tout l'air d'une femme peu ordinaire, commenta Colman.

— En effet. Elle a servi comme infirmière en Crimée. Une fois convaincue du bien-fondé de sa décision, il n'y a pas grand-chose qui puisse la dissuader d'agir.

Colman secoua la tête, mais ses yeux brillaient.

— J'espère qu'elle n'aura pas à révéler à Miss Baltimore la véritable personnalité de son père. À mon avis, il est possible qu'il ait tenté de répéter la même fraude. Cependant, sans preuve d'un quelconque profit, j'ignore comment vous pourrez en convaincre un jury. Il n'a pas été inquiété la première fois parce qu'il n'en avait tiré aucun profit, contrairement à Dundas.

— Dundas est mort pauvre, fit remarquer Monk, submergé par la colère et le chagrin.

Colman prit un ton grave.

— Je l'ai appris, même si c'est surprenant. C'était un banquier brillant. Enfin, vous ne pouvez l'avoir oublié, n'est-ce pas ?

— Avant, si, mais ça m'est revenu. Où est passé l'argent ?

Colman posa sur lui un regard maussade.

— Je n'en ai aucune idée. De plus, peu après, la collision a chassé cette affaire de l'esprit de tous.

Soudain, son visage se ferma et il pâlit.

— De ma vie, je ne connaîtrai rien qui puisse davantage ressembler à l'enfer. Jamais je n'oublierai les hurlements. L'odeur de cheveux brûlés me met en nage et me donne la nausée. Enfin, vous le savez. Vous étiez là.

Le pasteur semblait au plus mal. Monk baissa les yeux. Lors de ses cauchemars, il éprouvait la même sensation. Entendre Colman lui confirmer sa présence lors de la catastrophe lui parut étrange, car ses rêves l'avaient déjà fait de façon bien plus terrible.

— Qu'est-ce qui l'a provoquée ? demanda-t-il.

— On ne l'a jamais découvert. En tout cas, pas la nouvelle voie ferrée, qui n'avait aucun défaut. Autant qu'on ait pu en juger, du moins.

Le peu qui lui restait de couleurs disparut de son visage, et il se raidit.

— Oh non ! Vous ne pensez quand même pas que cela va se reproduire ? Par pitié ! Est-ce ce que vous craignez ?

— C'est ce que Katrina Harcus redoutait. Cependant, j'ai procédé à toutes les recherches possibles, examiné la voie ferrée moi-même, sans rien trouver de défectueux. Dites-moi, Mr. Colman, comment puis-je apporter la preuve de cette fraude ?

— Je n'en sais rien ! Sinon, pensez-vous que j'aurais gardé le silence pendant toutes ces années ? Quelles qu'aient pu en être les conséquences, pour qui que ce soit, j'aurais parlé. Tâchez de découvrir quels pots-de-vin ont été versés. Je ne vois pas ce que ça peut être d'autre !

Monk ne tenta pas de contester l'existence de ces transactions frauduleuses. Colman en était persuadé depuis des lustres. Au bout d'un moment, il remercia le pasteur et s'en alla, la démarche plus souple, le pas plus léger. Une vieille inimitié venait d'être exorcisée. Désormais, il ne redouterait plus de voir le visage de Colman surgir dans ses rêves.

Cependant, il n'avait toujours pas découvert la clé qui, il en était convaincu, déverrouillerait sa mémoire. Il existait un élément qu'il n'osait déterrer par peur de souffrir, mais tant qu'il ne saurait pas de quoi il s'agissait, tant qu'il n'y ferait pas face, tout le reste demeurerait hors de sa portée.

Cette part d'inconnu était-elle un défi… ou une protection ?

Il repartit pour Londres en passant par Derby afin d'examiner une fois de plus les plans du tracé original et voir sur quelles propriétés passait la ligne. Au départ, celle-ci devait couper en deux une grande ferme prospère, ce qui aurait rendu impossible le déplacement du bétail d'un côté à l'autre et détruit toute l'unité de l'exploitation.

La voie ferrée devait aussi passer au milieu d'un bois, l'un des meilleurs de la région pour débusquer le renard, un des domaines de chasse favoris des habitants. La corruption aurait-elle été nécessaire pour détourner le tracé quelques kilomètres plus loin, sur un terrain vierge ? Tout bien réfléchi, Monk pensait que non. Ce choix paraissait couler de source. Ne pas l'adopter aurait relevé du saccage, qui de plus aurait valu aux constructeurs une hostilité dangereuse des habitants de la ville voisine.

Qu'y avait-il de criminel à tout cela ?

Michael Dalgarno ne s'était pas montré correct envers Katrina Harcus, mais son comportement n'avait rien d'un crime non plus — un péché, sans nul doute, dont se rendaient coupables nombre d'hommes et de femmes, et rien de tout cela ne lui offrait un mobile pour le meurtre de cette dernière.

— Bien sûr qu'il est coupable ! s'indigna Runcorn lorsque Monk passa le voir dès son arrivée pour lui signaler son échec.

Comme toujours, son bureau était encombré de mille papiers, mais tous étaient rangés en piles bien nettes. Il était trop débordé pour proposer un thé à Monk. En tout cas, il semblait le considérer davantage comme un collègue que comme un invité. Il le regarda d'un air à la fois perplexe et déçu.

— Que vous n'ayez pas rapporté de preuves ne signifie pas qu'il soit innocent, déclara-t-il d'un ton maussade, seulement qu'il a trop bien couvert ses arrières. Il faut croire qu'il a tiré des enseignements des erreurs de

Dundas. Deux fermes, ou des domaines ou je ne sais quoi, c'est ça ?

— Oui, répondit Monk d'un ton sec. Si j'avais dessiné le tracé de cette ligne, il serait inutile de me corrompre pour contourner une colline au lieu de la dévaster.

Runcorn prit un air incrédule.

— Et d'après vous, Dalgarno et vous, vous êtes de la même trempe ?

Monk hésita. Malgré le côté sarcastique de cette question, il se rendit compte qu'elle n'était pas si saugrenue qu'il y paraissait. Il y avait entre eux une certaine ressemblance, accrue par leur assurance — que d'aucuns auraient pu qualifier d'arrogance —, leur amour des beaux habits, et une certaine grâce. Si le témoin du meurtre de Katrina avait pour de bon vu quelqu'un sur le balcon et que le signalement correspondait à Dalgarno, il pouvait tout aussi bien correspondre à Monk. Des passants par dizaines l'avaient vu en compagnie de Katrina dans les jardins botaniques ! Un badaud aurait pu les croire en train de se disputer. L'estomac noué, il se rappela le moment où elle avait agrippé sa veste et arraché le bouton. Pourtant, elle le tenait dans sa main au moment de sa mort ! Pourquoi ?

— Monk ! tonna Runcorn. Insinuez-vous que Dalgarno et vous êtes semblables ?

Monk revint soudain à la réalité.

— D'une certaine manière.

— Ah bon ? fit Runcorn, stupéfait de constater qu'il ne plaisantait pas.

Monk eut l'impression de se trouver au bord d'un précipice et de reculer d'un coup.

— En apparence, c'est tout, répondit-il, l'esprit déjà empêtré dans ses pensées, ses doutes et ses impératifs.

Il avait envie de prendre congé le plus tôt possible. Consulter Rathbone lui paraissait de plus en plus urgent. Il était peut-être déjà trop tard.

— C'est tout ce que j'ai pu trouver. Il faudra vous fier au procureur. Désolé.

Runcorn émit un grognement.

— Enfin, je vous remercie quand même d'avoir essayé.

Monk dut patienter une heure et demie avant que Rathbone puisse le recevoir. Lorsque l'avocat arriva enfin et le conduisit dans son bureau, Monk alla droit au but.

— Avez-vous lu l'article sur la mort de Katrina Harcus ? Dalgarno a été accusé du meurtre, mais, pour prouver sa culpabilité, il faudrait découvrir son mobile.

— Certes, répondit Rathbone en regardant Monk avec un intérêt croissant, dans l'attente d'explications.

Tous les deux savaient que Monk n'était pas venu simplement pour proférer de telles évidences, et qu'il ne serait pas aussi tendu si la raison de sa visite ne le touchait pas de près.

— D'après Runcorn, c'est parce que Katrina possédait des preuves de son implication dans l'acquisition et la vente frauduleuses de terres pour la ligne de chemin de fer que construit Baltimore & Fils jusqu'à Derby. Je partageais sa théorie, au départ, mais j'ai effectué des recherches approfondies, y compris sur les transactions en rapport avec la fraude perpétrée au sein de Baltimore & Fils à Liverpool il y a seize ans, lorsque je travaillais pour les banques concernées.

Il vit la surprise de Rathbone avant que celui-ci ait le temps de la masquer.

— Malgré cela, je n'ai trouvé aucun élément à charge. En tout cas, rien qui soit suffisant pour convaincre un jury de sa culpabilité.

Rathbone regarda ses mains, puis releva les yeux vers Monk.

— Quel rôle avez-vous joué dans la première fraude, au juste, si vous le savez ?

L'heure était à la vérité. Toute esquive risquait de se retourner contre lui.

— Arrol Dundas, celui qui m'a tout appris et que je considérais presque comme mon père, a été accusé d'avoir falsifié des relevés topographiques pour détourner le tracé de la voie ferrée afin de tirer de gros bénéfices en revendant des terres qu'il avait achetées à bas prix. On l'a déclaré coupable, et il est mort en prison. Pendant qu'il purgeait sa peine, une catastrophe ferroviaire des plus terribles a eu lieu. Un convoi de marchandises a percuté un train de voyageurs plein d'enfants.

Rathbone fut si secoué qu'il ne put prononcer un mot.

— Mon Dieu, dit-il enfin, d'une voix presque inaudible. Y avait-il un rapport avec la fraude ?

— Pas que je sache. On l'a mise sur le compte d'une erreur de manœuvre — peut-être de la part d'un des deux mécaniciens ou d'un serre-frein.

Rathbone haussa les sourcils.

— On a trouvé des preuves ?

— Aucune. Personne n'en a jamais eu la certitude. Cependant, les terrassiers n'ont pas la réputation de construire des voies défectueuses. Il y a trop de vérifications et de personnes compétentes impliquées.

— Très bien. Et Dundas, lui, était-il coupable de la fraude, ou est-ce quelqu'un qui vit encore aujourd'hui ? Dalgarno, par exemple ?

— Pas Dalgarno. Il était écolier, à l'époque. En ce qui concerne Dundas, je l'ignore. J'étais convaincu de son innocence, à l'époque… enfin, je crois.

Il regardait Rathbone droit dans les yeux.

— Je me suis battu pour obtenir son acquittement… et je me souviens du chagrin et du sentiment d'impuissance que j'ai ressentis quand on l'a rejeté.

— Mais… ? le pressa Rathbone.

— Mais je ne m'en souviens pas. Je me sens coupable de quelque chose. J'ignore si c'est à cause de mon incapacité à l'aider. Je reviens tout juste de Liverpool, où j'ai examiné ses finances du mieux que cela m'était possible sans y être officiellement autorisé. Il était très riche tout le temps que je l'ai connu, et ce jusqu'au procès. On disait à l'époque qu'il avait touché de gros bénéfices lors de la revente de ses terres.

Rathbone hocha la tête.

— Évidemment. L'accusation a dû présenter cela comme pièce à conviction. Qu'en était-il de sa fortune, alors ?

— À sa mort, il ne possédait presque plus rien. Il a vendu sa grande demeure, et sa veuve a vécu dans des conditions très modestes dans un quartier bien moins huppé. Elle n'a rien laissé. Elle vivait d'une petite rente qui a pris fin à sa mort.

— Vous ne savez pas où est passée la totalité de l'argent ?

— Non. J'ai tout tenté pour réveiller ma mémoire, je me suis rendu sur les lieux, j'ai lu les journaux, mais en vain.

— Que craignez-vous ?

Comme le médecin qui appuie pour localiser la douleur, Rathbone ne comptait pas le ménager.

Monk pouvait-il mentir ? Du moins à ce sujet ? À quoi bon ? Il lui fallait avouer à Rathbone qu'il avait brûlé les lettres qui le compromettaient — à tort —, sans savoir s'il en existait d'autres !

— D'avoir connu la vérité à l'époque, répondit-il. J'étais son exécuteur testamentaire. Il devait m'accorder sa confiance.

Malgré une réticence évidente, Rathbone ne put s'empêcher de poser la question :

— C'est vous qui auriez pu récupérer sa fortune ?

— Je n'en sais rien ! C'est possible. Je ne m'en souviens pas.

Monk posa les coudes sur ses genoux et fixa le sol.

— Tout ce qui me revient, c'est le visage de sa veuve quand elle m'a annoncé sa mort. Nous nous trouvions dans une maison très commune, petite et ordonnée. Je ne possédais pas l'argent, mais j'ignore si je m'en étais servi. J'ai beau me creuser la tête, c'est le noir complet !

— Et si Dundas était innocent, comme vous l'affirmiez au moment des faits, cela signifiait-il qu'aucune fraude n'avait eu lieu, ou alors qu'un autre en était responsable ?

— À mon avis, toute la différence est là, dit Monk en se redressant. Il y a bien eu malversation. Quelqu'un avait modifié les coordonnées du relevé topographique. Si ce n'était pas Dundas, alors c'était peut-être Baltimore…

— Pourquoi ? le coupa Rathbone. Si c'est Dundas qui en a tiré profit, quel intérêt aurait eu Baltimore à falsifier la carte ?

— Je n'en ai aucune idée. À mes yeux, ça n'a aucun sens, reconnut Monk, de nouveau désemparé. En tout cas, en ce qui nous concerne à présent, je ne crois pas qu'il y ait eu fraude. L'itinéraire de la ligne a bien été dévié, mais Dalgarno ne possédait pas la terre concernée. Si quelqu'un a touché des bénéfices illégaux, alors c'est sous forme de pot-de-vin.

Rathbone le fixa du regard, l'air grave.

— Si je comprends bien, Dalgarno n'avait à votre connaissance aucune raison de tuer cette femme. S'il n'avait pas de mobile et que personne ne l'a vu sur les lieux du crime, rien ne permet de l'impliquer.

— Si, mais très peu, répondit Monk en détachant bien ses mots qui, comme des cailloux tombant dans l'eau, lui parurent irrécupérables.

Il lui fallait tout raconter à Rathbone.

— Katrina Harcus a laissé un document dans lequel elle l'accuse, et deux lettres qui, d'après les apparences, m'incriminaient moi. Et puis il y a le bouton.

À présent, il était impossible de faire machine arrière. Rathbone le pousserait à tout raconter.

— Quel bouton ?

— Quand elle est morte, elle tenait un bouton de veste d'homme à la main.

— Elle l'aurait arraché pendant la lutte ? Pourquoi diable ne me l'avez-vous pas dit tout de suite ? Ça le mouille complètement, mobile ou pas !

— Non, au contraire, répondit Monk d'un ton plat, conscient de l'ironie de la situation.

Rathbone s'apprêta à prendre la parole, mais il sentit un sens caché derrière les mots de Monk et se tut.

— Je l'avais retrouvée aux Royal Botanic Society Gardens un peu plus tôt, reprit Monk. Elle était bouleversée, et toujours convaincue de l'innocence de Dalgarno. Nous nous sommes en quelque sorte disputés à ce sujet, du moins c'est ce qu'ont pu croire les badauds, qui étaient nombreux.

Rathbone se pencha, l'air très concentré.

Monk eut chaud, puis froid. Il tremblait.

— Elle s'est agrippée à moi, comme pour exiger mon attention. Quand elle s'est écartée, elle a arraché par inadvertance un bouton de ma veste. Celui qu'on a retrouvé dans sa main.

— Plusieurs heures plus tard ? Après la lutte contre son meurtrier ? Monk, est-ce que vous me racontez bien toute la vérité ? Si je suis amené à vous défendre, je dois tout connaître.

Inquiet de ce qu'il allait voir, Monk leva les yeux vers lui.

— Je suis venu vous demander de défendre Dalgarno, annonça-t-il, sans prêter attention à l'air surpris de Rathbone. À mon avis, il se peut qu'il soit innocent. Quoi qu'il en soit, il faut qu'il soit défendu au mieux. Si on le pend, il me faudra la preuve irréfutable qu'il l'a bien tuée.

— C'est plus à votre cou à vous que je veux éviter le nœud coulant. Vous connaissiez cette femme, on vous a vus vous quereller le jour de sa mort, et on a retrouvé un de vos boutons sur elle. Vous ne m'avez pas dit ce que sont devenues les lettres vous incriminant.

— Je les ai prises. Runcorn m'a demandé de l'accompagner chez Miss Harcus. Je les ai trouvées avant lui. Je les ai emportées et je les ai brûlées en rentrant chez moi.

Rathbone poussa un profond soupir.

— À qui étaient adressées ces lettres ?

— À une certaine Emma, dont je ne sais rien. Je suis retourné à son appartement à la recherche d'autres lettres, mais je n'en ai pas trouvé.

— Elles correspondaient de façon régulière ?

— Comment voulez-vous que je le sache ? répondit Monk d'une voix rauque.

Il ne mentionna pas le journal intime. Personne n'en savait rien, et il nourrissait toujours le faible espoir d'y trouver un début de solution. De plus, ce journal contenait une part des rêves de Katrina qu'il souhaitait préserver. S'il était honnête, c'était peut-être là la vraie raison.

— En somme, vous craignez que vos actes ne mènent un innocent à la potence.

— Oui. Allez-vous m'aider ?

— Il a peut-être déjà un avocat. En tout cas, je ferai de mon mieux, je vous le promets.

Rathbone esquissa un sourire, semblable à un rayon de soleil passager sur un paysage hivernal.

— Dans ce cas, mettons-nous au travail. Si ce n'est pas Dalgarno l'assassin, alors qui ? Vous en avez une idée ?

— Non, se contenta de répondre Monk.

C'était la stricte vérité. Il se rendit compte à quel point il en savait peu sur Katrina Harcus, même s'il aurait pu la décrire dans les moindres détails — ses cheveux, son visage, ses yeux magnifiques, sa façon de se mouvoir et les inflexions de sa voix. Il aurait pu raconter à Rathbone ce qu'elle avait porté à chacune de leurs rencontres. Pourtant, lui avoua-t-il, il n'avait appris où elle habitait que le jour de sa mort, et ne connaissait rien de ses habitudes, de sa famille ou de son passé.

Rathbone pinça les lèvres un instant, puis réussit à s'abstenir de tout commentaire sur la crédulité de Monk. En y réfléchissant bien, lui aussi en savait parfois aussi peu sur certains clients.

— Bon, ce qui importe, c'est d'en apprendre autant que possible à son sujet, dans les plus brefs délais, dit-il d'un ton maussade. Allez partout où il faudra, mais tenez-moi au courant tous les jours !

Il savait ne pas avoir besoin d'insister sur ce point.

Monk se leva. Rathbone lui tendit l'argent dont il aurait besoin pour ses recherches.

— Merci, fit Monk.

Que Dalgarno rembourse Rathbone ou non restait incertain, mais Monk ne pouvait se permettre de refuser. Il ignorait où son enquête le conduirait. En plus du sort de Dalgarno, sa conscience à lui, son identité, voire sa vie, en dépendaient. Si le procès tournait au désavantage du jeune homme, Monk se verrait dans l'obligation de mentionner les lettres qu'il avait brûlées, et avouer que le bouton de veste lui appartenait. Dès lors, comment Rathbone, aussi brillant fût-il, pourrait-il lui éviter la corde ?

Pourtant, il était innocent !

— En tout cas, c'est par Dalgarno que je dois commencer, déclara Monk. Obtenez-moi une entrevue avec lui !

Neuf heures venaient de sonner et Monk se trouvait dans la cellule de la prison de Newgate, accompagné de Rathbone, assis un peu à l'écart dans le seul siège disponible. Dalgarno, blême et pas rasé, faisait les cent pas, la mine défaite à l'idée qu'il risquait la potence.

— Je ne l'ai pas tuée ! se défendait-il avec la rage du désespoir, la voix près de se casser.

Dans un souci d'objectivité, Monk s'efforçait de taire ses émotions.

— Dans ce cas, quelqu'un d'autre s'en est chargé, Mr. Dalgarno, rétorqua-t-il. Aucun juré ne voudra vous acquitter, à moins que vous ne fournissiez le nom du coupable.

— J'ignore qui est l'assassin, nom d'un chien ! Vous croyez que je croupirais ici, sinon ?

Il regardait Monk comme s'il s'agissait du dernier des imbéciles.

Bien qu'il ressentît de la pitié à son égard, ainsi qu'une certaine culpabilité pour le rôle qu'il jouait dans cette affaire, Monk ne parvenait pas à éprouver de la sympathie envers cet individu. Qu'il ait ou non tué Katrina Harcus, son comportement envers elle restait condamnable.

— Vous emporter ne servira à rien, le rabroua-t-il. Tâchez de garder la tête froide. Que savez-vous d'elle ? Je vous prierai de n'omettre aucun détail, et de ne raconter que la vérité, qu'elle soit flatteuse ou non pour vous. Votre vie en dépend peut-être. Le moment serait mal choisi de chercher à préserver votre réputation et ménager votre vanité.

Dalgarno leur lança un regard noir.

Rathbone hocha la tête de façon quasi imperceptible.

— Je l'ai rencontrée lors d'une garden-party, commença Dalgarno d'un ton plus posé. Elle m'a paru charmante, rayonnante. Jamais je n'avais rencontré une femme aussi intéressante. Cependant, je ne savais rien de sa situation, à part qu'elle avait reçu une bonne éducation et qu'elle disposait d'assez de moyens pour se vêtir à la toute dernière mode.

— Qui fréquentait-elle ?

Dalgarno débita une demi-douzaine de noms. Ceux-ci n'évoquèrent rien à Monk, mais Rathbone semblait en connaître quelques-uns.

— C'est peut-être l'un d'eux qui l'a tuée ! déclara Dalgarno d'un ton misérable. Il n'y a pas de raison ; en tout cas, ce n'est pas moi. Elle a peut-être cru que j'allais l'épouser.

« Mais il n'y a jamais eu aucune fraude — je vous en donne ma parole !

Il agita les mains nerveusement.

— On a grappillé quelques livres çà et là, mais c'est une pratique commune.

Monk n'émit aucun commentaire à ce sujet. Ça n'avait pas d'intérêt, à présent.

— C'est bien pour cette raison que je veux en savoir davantage sur elle. Quelqu'un l'a assassinée. Que savez-vous de ses origines et de sa famille ?

— Rien du tout ! Nous n'en avons jamais discuté.

— Pourtant, vous aviez l'intention de l'épouser, non ? fit remarquer Monk. Ambitieux comme vous êtes, j'ai peine à croire que vous ne vous soyez pas renseigné.

Dalgarno s'empourpra.

— Je crois qu'elle était originaire de la région de Liverpool. Elle m'a dit avoir perdu ses deux parents.

Tout cela paraissait fort cohérent. La fraude dont elle accusait Dalgarno était une copie presque conforme de celle pour laquelle on avait condamné Dundas. Si elle avait grandi dans cette région, elle en avait sans doute entendu parler, ainsi que de la collision, qu'elle évoquait avec tant d'effroi.

Il lui posa d'autres questions, mais pour quelqu'un qui prétendait avoir été amoureux, Dalgarno en savait étonnamment peu au sujet de Katrina. Cependant, Monk se fit alors la remarque que lui non plus ne savait pas forcément grand-chose des jeunes femmes qu'il avait cru aimer.

C'était peut-être parce qu'il avait rencontré Hester à peine quelques mois après son accident, et qu'elle avait évincé toutes les autres de ses pensées. Hester était bien réelle, alors que les autres n'avaient été que des femmes idéalisées.

Comme Katrina Harcus pour Dalgarno ? Si c'était le cas, Monk ne pouvait le lui reprocher. Il ne servirait à rien de l'interroger sur leur relation — il leur raconterait ce qu'il voudrait, et rien ne permettrait de vérifier ses propos.

— Que pouvez-vous nous dire de votre famille, Mr. Dalgarno ? Lui avez-vous présenté Miss Harcus ? Votre mère a dû se renseigner sur elle ?

Dalgarno détourna le regard.

— Ma famille vit à Bristol. Mon père étant de santé fragile, il ne voyage guère, et ma mère reste à ses côtés.

— Miss Harcus et vous pouviez leur rendre visite, non ?

L'air furieux, Dalgarno fit volte-face.

— Je n'ai jamais demandé Miss Harcus en mariage ! rétorqua-t-il d'un ton sec. Il se peut qu'elle se soit mis cette idée en tête, mais c'est bien les femmes, de s'imaginer des choses pareilles !

— Surtout quand on leur donne de bonnes raisons ! répliqua Monk avec la même dureté.

Dalgarno parut s'apprêter à nier, mais se tut et pinça les lèvres.

Monk n'apprendrait rien de plus qui fût digne d'intérêt. Lorsqu'ils quittèrent l'atmosphère oppressante de la prison et prirent Newgate Street, ni lui ni Rathbone ne firent part d'une éventuelle sympathie ou antipathie pour Dalgarno. Ils n'évoquèrent pas non plus le fait que le jeune homme n'avait témoigné aucune tristesse à l'égard de Katrina Harcus, ni aucun regret d'avoir mal agi envers elle.

— Liverpool, fit Rathbone. Si cette affaire est liée à son passé, c'est de là que tout partira. La police va se charger des recherches à Londres, alors ne perdez pas votre temps à ça. D'un autre côté, je vous avouerai que je ne vois pas bien ce que vous cherchez, Monk.

Ce dernier ne répondit pas. Il l'ignorait tout autant, mais l'admettre eût équivalu à une capitulation qu'il ne pouvait se permettre.

À son retour à Fitzroy Street, la maison était vide, mais à peine dix ou quinze minutes après son arrivée Hester revint tout enjouée. L'air ravie de le voir, elle posa son cabas sur la table et se dirigea droit vers lui.

Ils s'étreignirent, puis elle s'écarta et le regarda dans les yeux.

— William, j'ai résolu le meurtre de Nolan Baltimore, du moins en partie. Je ne sais pas qui l'a tué, mais je sais pourquoi !

Il ne put réprimer un sourire.

— Comme nous tous, ma chérie. C'est clair depuis le début ! Va demander au premier marchand ou cireur de chaussures venu. C'est parce qu'il a refusé de payer. Un souteneur s'est emporté et ils se sont battus.

— Faux, dit-elle comme une préceptrice mécontente. Ça, ce n'est qu'une conjecture. L'autre jour, je t'ai parlé d'une maison close où l'on force des jeunes femmes respectables à travailler pour rembourser une créance…

— Je m'en souviens, oui. Quel est le rapport ?

— Baltimore possédait des intérêts dans cet établissement ! Je croyais que tu y aurais pensé. C'est lui qui prêtait l'argent, et Squeaky Robinson s'occupait de la gestion. Le problème, c'est que Baltimore en était aussi client ! C'est pour cela qu'on l'a tué, parce que ses goûts le menaient trop loin. Une des filles s'est rebellée et l'a poussé par une fenêtre. Ensuite, Squeaky a fait déplacer le cadavre jusque chez Abel Smith.

— Tu as prévenu la police ?

— Oh non ! J'ai eu une bien meilleure idée.

Elle jubilait. L'estomac de Monk se serra à l'idée d'avoir à la détromper.

— Tiens donc ?

— J'ai brûlé toutes les reconnaissances de dette et ainsi forcé Squeaky à cesser ses activités. Nous allons récupérer ses locaux, sans loyer à payer, et les jeunes femmes qui travaillaient pour lui pourront désormais apporter des soins à celles qui seront blessées ou malades.

— Tu as fait ça ? demanda-t-il, perplexe. Comment ?

— On m'a aidée…

Il haussa le ton malgré lui.

— Vraiment ? Et qui as-tu enrôlé, cette fois ? À moins qu'il vaille mieux que je ne le sache pas ?

— Ne t'inquiète pas, ce sont des gens tout à fait respectables ! Il s'agit de Margaret Ballinger et d'Oliver.

— Quoi ?

Il n'en revenait pas.

Elle lui sourit et l'embrassa sur la joue avec douceur. Puis elle lui raconta tout en détail et termina son récit en s'excusant.

— Hélas, ça ne va pas t'aider. Le meurtre n'a aucun rapport avec la fraude.

— Non, en effet.

En son for intérieur, il ressentait une pointe de fierté.

Puis, à son tour, il lui fit le même récit qu'à Runcorn. Elle le regarda droit dans les yeux.

— Que vas-tu faire ?

Qu'elle ne doute pas un seul instant qu'il n'allait pas rester les bras croisés lui facilitait la tâche.

— Retourner à Liverpool. Je vais tenter de découvrir quelles erreurs Arrol Dundas a commises pour qu'on le démasque.

Il la vit ouvrir de grands yeux et prendre une brusque inspiration, mais elle se retint de parler.

— Pour éclaircir cette affaire-ci, ajouta-t-il. Pas pour remuer le passé.

À Liverpool, il prit la même chambre que lors de ses précédents séjours — elle finissait par lui paraître familière, et même accueillante. En premier lieu, il lui faudrait vérifier si Katrina Harcus était bien née là. À en juger par son âge, ce devait être dans les années 1830, juste avant que le recensement des naissances devienne obligatoire. Il allait donc falloir trouver un acte de baptême. La seule solution était de se rendre de paroisse en paroisse. Il envoya un télégramme à Rathbone pour l'en prévenir.

Il lui fallut quatre jours de recherches ennuyeuses pour trouver ce qu'il cherchait dans les archives d'une petite église gothique des abords de la ville. Katrina Mary Harcus. Sa mère s'appelait Pamela Mary Harcus. Le nom de son père ne figurait pas dans le registre. La conclusion s'imposait d'elle-même. L'illégitimité représentait une tare dont peu parvenaient à se défaire, aussi n'était-il peut-être pas si étonnant que Katrina se soit exilée à Londres, où personne ne la connaissait. Il ressentit une pointe de pitié à la vue de cette seule inscription. Dans l'allée quelque peu poussiéreuse, où le soleil filtrait par les vitraux et tombait en rais de lumière chatoyants, Monk regarda le pasteur approcher de lui.

— Vous avez trouvé ? demanda ce dernier, serviable.

— Oui, merci. Mrs. Harcus est-elle toujours l'une de vos paroissiennes ?

Le visage pâlot mais affable du révérend Rider s'assombrit.

— Non, elle est morte il y a environ trois mois.

Il poussa un soupir.

— C'était une femme charmante, très gaie et toujours optimiste. Quand son…

Il choisit le terme avec précaution.

— … bienfaiteur est mort, elle ne s'est jamais tout à fait remise.

S'agissait-il d'un euphémisme pour désigner son amant, le père de Katrina ?

— A-t-elle eu une vie difficile, à la suite de cela ? demanda Monk en feignant la compassion, car il ne pouvait se permettre de se laisser distraire par ses émotions.

Rider pinça les lèvres et hocha la tête.

— Oui… en effet. Rester seul, quand on a la santé qui décline et peu de moyens, c'est dur pour tout le monde. Les gens peuvent se montrer fort cruels, Mr. Monk. On a tendance à faire preuve de beaucoup d'indulgence envers nos propres faiblesses, mais de très peu envers celles des autres. D'après moi, c'est parce qu'on connaît la puissance de la tentation qui nous assaille, et toutes les raisons qui rendent compréhensible cette exception à la règle. Quand il s'agit des autres, on ne sait que ce qu'on voit, ce qui n'est même pas toujours la vérité.

— C'est vrai, admit Monk, pour éviter d'avoir l'air brusque. C'est une petitesse commune au plus grand nombre d'entre nous. Être jugé plutôt que de juger, fût-ce un instant, voilà qui serait bénéfique à tous.

— C'est très perspicace de votre part, Mr. Monk.

— Connaissez-vous l'identité de son bienfaiteur ? Peut-être le père de sa fille, que je connaissais, et à qui je tentais d'apporter mon aide dans une affaire particulière.

— Que vous connaissiez ?

— Elle est morte elle aussi, hélas.

Cette fois, Monk n'eut pas à feindre le chagrin.

Rider parut abattu.

— Quel malheur !… Je suis navré. Elle qui était si fringante. Était-ce un accident ?

Monk se risqua à lui dévoiler la vérité.

— Non. On l'a assassinée.

Il s'interrompit lorsqu'il lut la stupéfaction dans les yeux de Rider.

— Veuillez m'excuser. J'aurais dû vous l'annoncer moins abruptement. Je suis inquiet parce que je crains qu'on n'ait arrêté un innocent, et j'ai peu de temps pour établir la vérité.

— En quoi puis-je vous aider ?

Monk n'en était pas sûr, mais il posa la question évidente.

— Qui était son père ? Quand a-t-elle quitté la région pour Londres ?

— Il y a environ deux ans, répondit le pasteur, les sourcils froncés dans son effort de concentration.

— Et son père ? insista Monk.

Rider lui lança un regard contrit.

— Je ne vois pas le rapport avec sa mort. Tout cela remonte à bien longtemps. Toutes les personnes concernées sont mortes, à présent, même la pauvre Katrina. Laissez-les reposer en paix, Mr. Monk.

— Puisqu'elles sont mortes, rétorqua Monk, évoquer le passé ne leur portera pas préjudice. Je n'en parlerai à personne, à moins que ce ne soit nécessaire pour sauver la vie de celui qu'on va pendre pour le meurtre de Katrina.

Rider soupira de nouveau, la figure décomposée par le regret.

— Je suis navré, Mr. Monk, mais je suis tenu au secret, même quand mes paroissiens ne sont plus de ce monde. Grâce aux actes baptismaux, vous en savez déjà plus que je n'aurais dû vous en dire. Si l'accusé est innocent, alors la justice le reconnaîtra comme tel et, pour le salut de Katrina, trouvera le véritable coupable. Peut-être pour son salut à lui aussi, bien qu'il ne nous revienne pas d'en juger.

Il respira à fond.

— Sa mort m'affecte beaucoup, Mr. Monk, mais je ne peux rien pour vous.

Monk n'insista pas. Il vit sur le visage doux et triste de Rider qu'il ne céderait pas.

— Désolé de vous avoir appris une telle nouvelle, dit-il posément. Je vous remercie du temps que vous m'avez consacré.

Rider hocha la tête.

— Bonne journée, Mr. Monk. Et puisse Dieu vous aider dans vos recherches.

Monk hésita, puis prit son courage à deux mains, et se retourna.

— Dites-moi, Mr. Rider, Katrina avait-elle une amie nommée Emma ?

Son cœur battait si fort qu'il le sentait cogner dans sa poitrine. Le regard de Rider lui donna la réponse avant même qu'il prenne la parole.

— Pas que je sache. Navré. À ma connaissance, elle n'avait que sa mère, et sa tante, Eveline Austin, qui est morte elle aussi il y a quelques années. Bien entendu, je ferai part de sa disparition dimanche durant l'office, et la nouvelle circulera.

Il eut un sourire peiné.

— Les mauvaises nouvelles se répandent à la vitesse de l'éclair.

La bouche sèche, Monk déglutit. Il sentait tout ce qui lui était cher lui filer entre les doigts.

— Tout va bien, Mr. Monk ? demanda Rider, inquiet. Vous n'avez pas l'air dans votre assiette. Je suis désolé de… de ne pas pouvoir vous aider davantage.

Monk se reprit.

— Non, ce n'est rien !

Il était pourtant loin d'être tiré d'affaire.

— Je vous remercie. Vous n'avez fait que me dire la vérité. Bonne journée.

— Au revoir, Mr. Monk.

CHAPITRE XI

L'arrangement convenu avec Squeaky Robinson fonctionnait à merveille, du moins jusqu'à présent. Déménager les lits, les meubles, les médicaments et tout le reste de l'équipement de Coldbath Square jusqu'à Portpool Lane avait été une entreprise colossale, mais les jeunes femmes, à présent délivrées de leurs dettes, se réjouissaient de pouvoir gagner leur vie grâce à une activité tout à fait honorable qui en outre n'exigeait aucun mensonge ou faux-fuyant de leur part. De plus, elles n'avaient pas à craindre de se faire congédier par une patronne qui aurait découvert leur passé jugé trop honteux.

Squeaky se plaignait, mais, selon Hester, c'était en partie parce que, s'imaginait-il, on n'en attendait pas moins de lui. Son souci principal envolé, il était soulagé plus qu'il ne voulait bien l'admettre.

Hester avait tiré grande satisfaction d'annoncer à Jessop qu'il n'aurait plus à s'inquiéter de la présence de ses douteuses locataires, puisqu'elles avaient trouvé des locaux plus grands et gratuits, et qu'elles allaient quitter les lieux le plus tôt possible, d'ici un jour ou deux.

Il avait eu l'air stupéfait.

— Nous avions un contrat, Mrs. Monk ! avait-il protesté. Vous me devez quand même un mois de préavis !

— Pas du tout, avait-elle répondu d'un ton plat. Vous avez menacé de nous expulser, et je vous ai pris au mot.

J'ai donc trouvé un autre endroit pour nos activités, comme je vous l'avais promis.

Furibond, il avait refusé de lui rembourser le loyer de la semaine en cours. Le sourire aux lèvres — peut-être pas aussi doux qu'elle l'aurait voulu —, elle avait déclaré que cela ne lui importait pas le moins du monde. Il en était resté perplexe et d'autant plus rageur. À la fin de la discussion, un public dont les sympathies, à n'en pas douter, allaient à Hester s'était formé pour assister au spectacle.

Malgré sa colère, Jessop avait eu le bon sens de ne proférer aucune menace. Dans ce genre de quartier, mieux valait ne pas se faire d'ennemi plus puissant que soi, et Jessop connaissait ses limites. Celui qui prêtait des locaux à Hester et à Margaret devait avoir de l'argent à jeter par les fenêtres, et l'argent était synonyme de pouvoir.

Une immense joie s'empara d'elles lorsqu'il s'en alla, et Bessie gloussa de satisfaction.

Elle certifia à Hester et à Margaret qu'elle pourrait très bien se débrouiller sans elles dans la journée pendant le procès de Michael Dalgarno. En cas d'urgence, elle enverrait un des gamins du quartier chercher Mr. Lockwood, et l'une d'elles si ça ne suffisait toujours pas.

L'agent Hart promit lui aussi son aide. Hester le remercia avec une telle effusion qu'il en fut gêné, et lui offrit un pot de confiture de cassis. Même Bessie reconnut que les règles relatives à ces ordures de policiers ne s'appliquaient pas à lui.

À l'ouverture de l'audience, Margaret, Hester et Monk étaient donc assis dans les tribunes du public. Dans le box des accusés, Dalgarno était livide. Jarvis Baltimore, installé quelques rangées devant eux, remuait d'un air mécontent, avec à côté de lui sa sœur Livia, silencieuse et abattue. Le procureur Talbot Fowler entama son réquisitoire.

Efficace en diable, il appela ses témoins les uns après les autres pour montrer que Dalgarno était talentueux, ambitieux, doué en affaires, et qu'il s'était chargé de la plupart des négociations concernant les terres destinées à la construction de la ligne Londres-Derby.

Le lendemain, il démontra que Dalgarno avait courtisé Katrina Harcus, de façon cependant moins ouverte qu'il n'aurait pu. On les avait vus ensemble assez souvent pour étayer l'hypothèse qu'elle ne doutait pas des sentiments de Dalgarno à son égard. De fait, deux témoins s'attendaient à ce qu'ils annoncent leurs fiançailles dans le mois.

À côté d'Hester, Margaret se tenait légèrement penchée en avant. À plusieurs reprises, elle parut sur le point de prendre la parole, et Hester sut qu'elle se demandait pourquoi Rathbone ne soumettait pas les témoins à un contre-interrogatoire, pour donner au moins l'impression de défendre son client. Son attachement à Rathbone seul l'empêcha de formuler son inquiétude, qui alors n'aurait pas pu ne pas apparaître comme une critique.

Monk était tout aussi tendu, les épaules crispées, les yeux plissés tant il était attentif. Il partageait l'appréhension de Margaret, mais pour une tout autre raison. Si Rathbone échouait, le risque alors n'était pas d'être déçu par quelqu'un dont il était en train de tomber amoureux : il prendrait sans doute la place de Dalgarno dans le box.

Pourtant, alors que la danse des témoins se poursuivait, Rathbone ne réagissait toujours pas.

— Bon sang ! s'exclama Monk ce soir-là, alors qu'il faisait les cent pas dans le salon. Si ça continue, on va finir par se retrouver avec une condamnation par défaut ! Il ne peut pas se contenter d'espérer qu'ils n'auront pas de preuves suffisantes ! Qu'est-ce qu'il cherche, qu'on le récuse ?

Blême, il avait les yeux caves.

— Ce n'est pas pour m'épargner qu'il fait ça, si ?

— Bien sûr que non ! répondit Hester sur-le-champ.

— Pas par souci pour moi ! précisa Monk d'un ton à la fois rieur et amer. Pour toi !

Elle l'attrapa par le bras.

— Il n'est plus amoureux de moi.

— Alors c'est encore pire !

— C'est de Margaret qu'il est amoureux, expliqua-t-elle. Enfin, ça ne saurait tarder.

Monk la fixa du regard.

— Je n'étais pas au courant !

Un éclair d'agacement passa sur le visage d'Hester.

— Tu ne pouvais pas le savoir. J'ignore comment il compte s'y prendre, William, mais il va tenter quelque chose, que ce soit pour l'honneur ou par orgueil. Il ne va pas baisser les bras comme ça.

Pourtant, Rathbone resta indisponible durant toute la fin de la semaine. Le samedi matin, lorsque Hester alla chercher du lait, Monk en profita pour examiner de nouveau le journal de Katrina. Cela lui déplaisait, mais il était prêt à tout pour trouver le moindre indice.

Hélas, il n'en comprenait toujours que des fragments. Tout demeurait énigmatique : elle n'avait noté que des mots épars, comme destinés à lui permettre de se remémorer certains sentiments, dont ceux qui les lui inspiraient étaient si présents dans sa vie qu'elle n'avait besoin de rien d'autre. Rien n'offrait le moindre soupçon de cohérence.

Monk fouilla sa mémoire. Quelque chose lui échappait, un élément qui donnerait un sens au tout, mais les ombres de ses souvenirs se dissolvaient, et plus il se concentrait, plus vite elles se perdaient dans le néant, le laissant à la merci de la procédure légale lente et méticuleuse.

Le lundi matin, lorsque l'audience reprit, Rathbone donnait vraiment l'impression de vouloir se rendre sans combattre.

Monk, Hester et Margaret bouillaient d'impatience quand Fowler convoqua à la barre les témoins de la police, d'abord l'agent qui avait découvert le corps, puis Runcorn, qui décrivit son rôle dans l'enquête.

Rathbone accepta enfin l'invitation, à présent émise avec une pointe de sarcasme, à soumettre le témoin à un contre-interrogatoire.

— Voyez-vous ça ! s'exclama Fowler, jouant pour les jurés, à qui on n'avait jusqu'alors présenté que des éléments incontestés.

— Commissaire Runcorn, commença Rathbone d'un ton courtois. Merci pour ce récit fort détaillé. Il semblerait que vous n'ayez rien négligé.

Runcorn l'observa d'un œil suspicieux. Il avait une trop grande expérience des procès pour croire à un compliment sincère.

— Merci, monsieur, répondit-il d'un ton plat.

— À n'en pas douter, vous avez cherché les preuves indiquant que la cape retrouvée sur le balcon d'où Miss Harcus est tombée appartient à Mr. Dalgarno.

— Bien entendu.

— Les avez-vous trouvées ?

— Non, monsieur.

— Mr. Dalgarno ne possède pas de cape ?

— Si, mais pas celle-là.

— En a-t-il deux, alors ?

— Pas que nous sachions, monsieur. En tout cas, cela ne signifie guère qu'il ne s'agit pas de la sienne ! se défendit Runcorn.

— Certes. Il l'a donc achetée en secret dans le but de l'abandonner sur le balcon après avoir poussé Miss Harcus dans le vide.

On entendit des rires étouffés. Plusieurs membres du jury parurent troublés. Jarvis Baltimore posa la main sur celle de Livia.

— Si vous le dites, monsieur, répondit Runcorn.

— Non, pas du tout ! rétorqua Rathbone. C'est vous qui l'insinuez. D'après moi, elle appartient à un autre… qui se trouvait sur le balcon ce soir-là, qui est l'assassin de Miss Harcus, et que vous n'avez jamais pensé à rechercher !

— Personne d'autre n'a de mobile, déclara Runcorn avec calme.

— À votre connaissance, c'est tout ! le défia Rathbone. Je vous présenterai un peu plus tard une interprétation des faits tout à fait différente, commissaire, une interprétation que vous n'auriez jamais osé envisager, et que vous n'auriez jamais cherché à prouver pour la simple et unique raison qu'elle dépasse l'entendement de tout un chacun. Je vous remercie. J'ai terminé.

L'air stupéfait, Monk se tourna vers Hester.

— J'ignore ce qu'il a en tête, chuchota-t-elle.

Les jurés eux aussi échangeaient des regards intrigués. Un bourdonnement de conjectures s'éleva dans la salle.

— C'est du chiqué ! commenta Fowler, semblant écœuré.

Rathbone eut un petit sourire, mais Hester ne put s'empêcher de penser que cela pouvait bien être le cas, et que Fowler ne fanfaronnait pas.

Les articulations des doigts crispées au point d'en être blanches, Margaret se tenait comme à l'accoutumée légèrement penchée en avant.

Fowler appela le témoin suivant — le médecin légiste, à qui Rathbone ne posa aucune question —, puis passa aux voisins qui avaient vu ou entendu quelque chose le soir du meurtre.

De temps à autre, Rathbone consultait sa montre.

— À quoi joue-t-il ? pesta Monk.

— Je n'en sais rien ! répondit Hester d'un ton plus brusque qu'elle ne l'aurait souhaité.

Que pouvait bien espérer Rathbone ? Quelle autre solution existait-il ? Il n'avait remis en cause aucun des témoignages, et encore moins révélé l'autre interprétation des faits qu'il avait évoquée avec tant d'emphase.

On leva la séance pour la journée, et tout le monde se pressa dans les couloirs du tribunal. Hester en surprit plus d'un qui affirmait ne pas compter revenir.

— Je ne sais pas pourquoi un avocat de la trempe de Rathbone a accepté une telle affaire, commenta un homme d'un air dépité alors qu'ils descendaient les larges marches menant à la rue. C'est la défaite qui l'attend, rien d'autre, et il en a conscience.

— Il ne peut pas s'en tirer aussi bien qu'on le pensait, ajouta son compagnon.

— Il sait que Dalgarno est coupable ! reprit le premier en pinçant les lèvres. En tout cas, je croyais qu'il essaierait quand même, histoire de sauver la face !

Hester enrageait tant qu'elle fit un pas vers eux, mais s'arrêta quand elle sentit la main de Monk la retenir. Elle fit volte-face.

— Qu'est-ce que tu comptais leur dire ? demanda-t-il.

Elle s'apprêta à répondre, puis se rendit compte qu'elle n'avait rien de sensé en tête. Elle vit l'air abattu de Margaret.

— Il ne va pas baisser les bras ! déclara-t-elle, sachant à quel point celle-ci voulait y croire.

Après avoir esquissé un sourire, Margaret les salua et alla chercher un cab qui la conduirait chez elle avant qu'elle se rende à Portpool Lane.

Hester entama le quatrième jour de procès la mort dans l'âme. S'étant réveillée en pleine nuit, elle avait hésité à se rendre chez Rathbone, mais avait conclu qu'elle ne pourrait rien apprendre d'utile de sa part, et qu'en tout cas elle n'avait rien à lui offrir. Elle ignorait qui avait pu tuer Katrina Harcus, et pourquoi. Tout ce qu'elle savait, c'est que ce n'était pas Monk, mais sa certitude de la culpabilité de Dalgarno s'effritait à chaque instant, même si elle ne pouvait se résigner à éprouver de la sympathie à son égard. En le regardant au fil des jours dans son box, elle avait lu la peur sur son visage et dans son maintien, mais n'avait perçu aucun chagrin pour la jeune femme décédée. Il ne lui avait pas non plus paru se soucier de Livia Baltimore, qui semblait plus misérable à chaque nouveau témoignage confirmant combien Dalgarno s'était mal comporté envers Katrina Harcus, à l'évidence très amoureuse de lui et convaincue qu'il l'aimait en retour.

Dans la salle d'audience ce matin-là, Hester observa Livia. Toute pâle, cette dernière avait les yeux gonflés et une posture raide. Hester savait qu'elle se raccrochait encore à quelque espoir. Pourtant, même si Rathbone réussissait le miracle d'obtenir l'acquittement de Dalgarno, comment effacer sa duplicité et son opportunisme ?

Fowler conclut son réquisitoire.

Hester posa un court instant la main sur celle de Monk. Ne sachant quoi dire, cela lui fut plus facile que de chercher des paroles de réconfort.

Rathbone se leva et entama sa plaidoirie. Les tribunes du public étaient à moitié vides. Il appela de nouveau le géomètre à la barre.

Fowler protesta, déclarant qu'il faisait perdre du temps à la cour. L'arpenteur avait déjà fourni un témoignage fort détaillé. On avait traité le sujet de manière plus qu'exhaustive.

— Monsieur le juge, répondit Rathbone d'un ton patient, mon confrère sait comme nous tous que je n'ai pu interroger le témoin que sur les points qu'il avait déjà évoqués.

— J'ai du mal à imaginer quel sujet nous pourrions aborder de surcroît ! commenta Fowler, dont la remarque provoqua une cascade de rires dans l'assemblée. Nous en savons déjà plus que nécessaire sur la construction des voies ferrées, et sans doute bien plus que nous le voudrions.

— Plus que nous le voudrions, c'est possible, mais sûrement pas plus que nécessaire, répliqua Rathbone. Nous ne sommes encore parvenus à aucune conclusion irréfutable.

— Vous êtes avocat, répondit le juge d'un ton sec. Vous pouvez réfuter toutes les conclusions du monde ! Quoi qu'il en soit, procédez à l'interrogatoire, Sir Oliver, mais s'il s'avère que vos questions n'ont pas de raison valable, je retiendrai l'objection de Mr. Fowler — d'ailleurs, je me chargerai moi-même de la formuler.

Rathbone sourit et adressa un léger signe de tête à l'intention du juge.

— Je m'efforcerai d'apporter des éléments intéressants et pertinents, monsieur le juge.

Ce dernier parut sceptique.

— Mr. Whitney, commença Rathbone, nous savons que vous avez effectué des études topographiques pour l'itinéraire initial de la voie ferrée construite par Baltimore & Fils, et celui qui a en fin de compte été adopté. Existe-t-il une différence notable de prix entre les deux ?

— Non, monsieur, rien de significatif.

— Qu'entendez-vous par significatif ?

Whitney réfléchit un instant.

— Un montant supérieur à quelques centaines de livres. Disons à partir d'un millier de livres.

— Une somme importante, commenta Rathbone. De quoi acheter plusieurs maisons pour une famille ordinaire.

Fowler se leva, mais le juge lui ordonna de se rasseoir et regarda Rathbone.

— Si vous avez l'intention de parvenir à une conclusion, Sir Oliver, vous vous êtes trop éloigné de la voie ferrée en question. J'espère que vos détours à vous sont justifiés.

Une vague de gloussements parcourut l'assemblée. Voilà au moins qui était un tant soit peu amusant. Les membres du public se réjouissaient de voir Sir Oliver ainsi bousculé — il offrait un meilleur gibier que l'accusé, qui avait depuis longtemps perdu la moindre compassion de leur part.

Rathbone respira à fond et s'efforça de garder son sang-froid.

— Mr. Whitney, serait-il possible, d'un point de vue technique, en modifiant le tracé initial d'une ligne de chemin de fer, d'accomplir une fraude de bien plus grande envergure que celle que nous avons évoquée, et dont les gains se monteraient à plusieurs milliers de livres ?

Whitney eut l'air déconcerté.

— Oui, bien sûr ! On n'a que très peu rallongé la longueur. Dans le but de gagner de l'argent, on peut aller beaucoup plus loin.

— Par exemple ?

— Acheter des terres, modifier le tracé de la ligne pour l'y faire passer, et les revendre à un prix revu à la hausse. Ou encore, on peut sélectionner une parcelle où de nombreux travaux seront nécessaires, par exemple la construction d'un viaduc ou d'un pont, le percement d'un tunnel ou de longues excavations, et prendre un pourcentage sur le coût du matériel. Si l'on a l'imagination et les relations nécessaires, ce ne sont pas les moyens qui…

— Monsieur le juge ! s'exclama Fowler. Mon confrère ne fait que démontrer que l'accusé n'a pas les compétences pour pratiquer une fraude ! Ce n'est pas une excuse !

Des éclats de rire fusèrent. Personne ne fit l'effort de cacher son amusement.

Une fois le calme revenu, Rathbone se défendit.

— J'essaie de prouver qu'il est innocent du meurtre dont on l'accuse, répondit-il en restant courtois, malgré la colère qui couvait en lui. Pourquoi cherchez-vous à m'en empêcher ?

— Ce sont les éléments de l'enquête qui vous en empêchent, pas moi, fit Fowler, suscitant de nouveau l'hilarité.

— Les éléments que vous soulignez ! répliqua Rathbone d'un ton sec. Ceux dont j'ai connaissance, en plus de me le permettre, m'y obligent.

— Mr. Fowler ! tonna le juge. Sir Oliver a raison. À moins que vous n'ayez une objection valable, veuillez cesser de l'interrompre, ou nous n'aurons jamais fini !

— Merci, dit Rathbone d'un ton ironique.

D'après Hester, il cherchait à gagner du temps, mais elle ignorait pourquoi. Qu'attendait-il, ou qui ? Pour la première fois depuis le début du procès, elle ressentit une pointe d'espoir.

— Vous nous avez donné des exemples de diverses escroqueries possibles, reprit Rathbone. À votre connaissance, a-t-on déjà eu recours à ces pratiques — je parle d'un événement précis ?

Whitney eut l'air perplexe.

— Par exemple, reprit Rathbone pour l'aider, à Liverpool, il y a environ seize ans. La compagnie impliquée n'était autre que Baltimore & Fils. On a falsifié un relevé topographique, en en modifiant les coordonnées…

Fowler se leva encore une fois.

— Asseyez-vous, Mr. Fowler ! ordonna le juge, avant de poser un regard sévère sur Rathbone.

— J'ose espérer que vous possédez des preuves de ce que vous avancez, Sir Oliver. Prenez garde à ne diffamer personne.

— Elles existent, monsieur le juge. Un dénommé Arrol Dundas a été inculpé pour ce crime, et il est hélas mort en prison. Cependant, les détails de la fraude ont été rendus publics au cours du procès.

— Je vois. Nous devinons aisément le rapport avec l'affaire qui nous concerne, néanmoins, je vous demanderai de nous le démontrer.

— Bien, monsieur le juge. Je démontrerai que Baltimore & Fils en a archivé les preuves, et qu'elles étaient donc connues de certains dirigeants de la société, même s'ils ne pouvaient être impliqués, puisqu'ils allaient encore à l'école, à l'époque.

— Très intéressant. Veillez aussi à ce que cela ait un rapport avec l'innocence de Mr. Dalgarno.

Rathbone demanda encore quelques précisions à Whitney, puis le libéra. Fowler parut hésiter à lui poser une question, mais il se ravisa, et Whitney quitta la barre.

Hester lança un regard à Monk, mais la tension et la pâleur de son visage, ainsi que sa confusion manifeste, indiquaient qu'il ne savait pas plus qu'elle ce que mijotait Rathbone. Les sourcils froncés, il observait le greffier qui, la main droite bandée et l'air débordé, prenait des notes. Par chance, il était gaucher.

Rathbone appela ensuite à comparaître un jeune employé de chez Baltimore & Fils, qui déclara que les archives des faits mentionnés peu avant étaient disponibles.

— Cette affaire a-t-elle eu un grand retentissement ? demanda enfin Rathbone.

— Ça oui, monsieur.

Fowler tenta d'établir qu'il s'agissait d'une information abstruse jamais soumise à discussion, et qui avait peu de chances d'être connue de Dalgarno.

— Je n'en sais rien, répondit l'employé avec simplicité. D'après moi, les dirigeants devraient être au courant de ce genre d'affaire, ne serait-ce que pour indiquer les erreurs à ne pas commettre.

Fowler battit en retraite.

— En tout cas, monsieur le juge, je maintiens qu'incapacité n'est pas synonyme d'innocence ! La Couronne ne prétend pas qu'il a commis une fraude avec habileté, elle affirme juste qu'il s'en est rendu coupable.

— Si la Couronne le veut bien, monsieur le juge, intervint Rathbone, je peux appeler plusieurs témoins afin de démontrer que Mr. Dalgarno est quelqu'un d'ambitieux et de fort compétent, parti d'un poste assez bas dans la hiérarchie pour devenir un des associés…

Le juge leva la main pour l'interrompre.

— C'est chose faite, Sir Oliver. Le seul élément qui paraisse nous intéresser, c'est que Mr. Dalgarno a pu avoir connaissance de la première affaire, et on se demande pourquoi il n'a pas reproduit le même stratagème s'il avait l'intention de commettre une fraude. Pour l'instant, vous n'avez pas accompli votre tâche, Sir Oliver. Soyez concis, je vous prie !

Rathbone rappela le contremaître de l'équipe de terrassiers ayant travaillé sur la ligne de Derby, et obtint de sa part de nouveaux détails encore plus ennuyeux sur le dynamitage nécessaire au passage d'une voie ferrée dans une hauteur, qui s'ajoutait aux travaux et au coût inhérents à la construction d'un viaduc. Il aurait aussi bien pu interroger Jarvis Baltimore, mais, outre qu'il était plus qualifié, le contremaître offrait l'avantage d'apparaître tout à fait impartial.

La cour ne prit même pas la peine de dissimuler son manque absolu d'intérêt pour le sujet.

On leva la séance pour le déjeuner. Monk dit à Hester d'aller manger avec Margaret, et promit de les rejoindre un peu plus tard. Il s'éloigna ensuite à grands pas jusqu'au pupitre du greffier, se frayant un chemin dans la foule qui marchait dans le sens opposé.

— Excusez-moi, fit-il d'une voix sèche, malgré ses efforts pour ne pas sembler trop brusque.

L'homme fit de son mieux pour se montrer courtois. Il essayait toujours de rattraper son retard. Son écriture, minuscule et maladroite, penchait d'une drôle de façon vers l'arrière. Monk ressentit un étrange étourdissement, comme si elle lui était familière. Sa théorie pouvait-elle se révéler juste ?

— Oui, monsieur ? fit le greffier d'un ton patient.

— Qu'est-il arrivé à votre main ?

Le greffier rougit un peu.

— Je me suis brûlé, monsieur. Sur le poêle de la cuisine.

— Hier, vous écriviez de l'autre, n'est-ce pas ?

— Oui, monsieur. Par chance, je suis ambidextre. Je ne suis pas aussi habile de la gauche, mais ça fera l'affaire.

— Merci, dit Monk, qui venait d'avoir une illumination.

Il se représentait en détail les caractéristiques des *G* et des *E* majuscules de Katrina dans son journal, qui étaient identiques, bien qu'inclinés dans l'autre sens, à ceux des lettres d'Emma. Soudain, il se rappela l'inscription dans le livre de cuisine — Eveline Mary M. Austin — EMMA ! Elle avait eu beaucoup d'affection pour Katrina, et cette dernière l'avait fait vivre dans son imagination en lui écrivant, et en s'adressant des lettres en son nom avec la main gauche.

Voilà qui était ardu et singulier, et, malgré l'explication qu'il en avait, Monk fut troublé.

En début d'après-midi, les tribunes du public s'étaient encore vidées un peu plus.

— J'appelle à la barre Miss Livia Baltimore, annonça Rathbone, suscitant sur-le-champ une rumeur faite de conjectures et de marques d'antipathie.

Livia elle-même parut stupéfaite, mais un regain d'intérêt gagna l'assemblée. Lorsqu'elle traversa la salle et monta sur l'estrade en s'aidant de la rambarde, comme si elle avait besoin de soutien, plusieurs membres du jury se redressèrent.

— Je regrette de vous imposer cette épreuve, Miss Baltimore, déclara Rathbone avec douceur. Si c'était possible, je m'en serais passé, mais la vie d'un homme est en jeu.

— Je sais, répondit-elle d'une voix si faible qu'on l'entendit à peine.

Dans la salle d'audience, l'agitation cessa, comme si tous se concentraient pour ne rien manquer.

— Je ferai tout pour vous aider à prouver l'innocence de Mr. Dalgarno.

— Votre témoignage me sera fort précieux. À condition que vous vous en teniez à la stricte vérité ! Je vous prie de me faire confiance sur ce point, Miss Baltimore.

— Je vous crois, murmura-t-elle.

Le juge lui demanda de parler plus fort, et elle répéta sa réponse.

Rathbone sourit.

— J'imagine que vous éprouvez une compassion toute naturelle à l'égard de Miss Harcus. Elle était jeune, d'à peine quatre ou cinq ans votre aînée, et très amoureuse d'un homme séduisant et dynamique. Vous devez savoir ce qu'elle ressentait — elle savait que l'avenir, pour elle, était très prometteur.

Nerveuse, elle déglutit et hocha la tête.

— Veuillez m'excuser, mais nous avons besoin de vous entendre, dit Rathbone.

— Oui, répondit-elle d'une voix étranglée. Je comprends tout à fait.

— Avez-vous déjà été amoureuse, Miss Baltimore, même si votre amour n'a jamais dépassé le stade de la simple bonne entente ?

Fowler bondit.

— Monsieur le juge, cette question n'a aucun rapport avec l'affaire qui nous intéresse, et elle est d'une indiscrétion révoltante ! Les sentiments de Miss Baltimore n'ont pas leur place ici et devraient être respectés par…

Le juge le fit asseoir d'un geste impatient.

— Oui, c'est bon, Mr. Fowler. Sir Oliver, venez-en au fait. Sinon, je vous demanderai de mettre un terme à vos digressions.

Rathbone leva les yeux vers Livia.

— Miss Baltimore, Mr. Dalgarno vous a-t-il courtisée ? Je vous prie de ne pas faire preuve d'une pudeur ou d'une discrétion qui nuirait à la vérité. Ayez confiance ! Ne m'obligez pas à demander à d'autres témoins de réfuter toute dénégation de votre part visant à préserver votre réputation. Il n'y a rien de honteux à recevoir des déclarations d'amour ou une demande en mariage.

Malgré sa figure écarlate, Livia regarda Rathbone droit dans les yeux.

— Oui. Mr. Dalgarno m'a fait l'honneur de me demander ma main. Nous préférions seulement ne pas annoncer notre union si tôt après le décès de mon père. Ç'aurait été indélicat… et… mal.

La stupeur gagna l'assemblée. Enfin, Rathbone obtenait son attention. Le juge ouvrit de grands yeux et secoua la tête de surprise.

Fowler se leva, mais se rassit avant même qu'on lui en ait donné l'ordre.

— En effet, commenta Rathbone lorsque le bruit se fut atténué. Sans parler de la mort de sa précédente fiancée, qui n'avait appris sa décision de ne plus l'épouser que quelques semaines plus tôt, et éprouvait toujours envers lui de profonds sentiments. Je suppose, Miss Baltimore, que, si elle avait dû entendre parler de vous, de votre côté vous ne saviez rien d'elle ?

Hester regarda Dalgarno et vit son air tendu, désespéré. Il devait sentir le mépris croissant des jurés à son égard. Aux yeux de la loi, avoir dupé et rejeté une femme, à moins qu'il y ait eu une promesse, ne constituait pas un délit. Cependant, il devait savoir que la logique ne l'emporte pas toujours sur la spontanéité. Il lança un regard de haine absolue à Rathbone qui, si ce dernier l'avait vu, l'aurait réduit au silence.

Livia semblait avoir reçu un coup. Elle blêmit et parut à bout de souffle.

— Michael ne l'a pas tuée ! s'écria-t-elle, haletante. Ce n'est pas un assassin !

Malgré leur véhémence, ses propos sonnaient davantage comme une supplication que comme une certitude.

— Bien entendu, Miss Baltimore, acquiesça Rathbone d'une voix puissante et claire. Il n'avait aucune raison de lui vouloir du mal, tout juste le désir qu'elle le laisse en paix afin de pouvoir se lier à une femme plus intéressante à ses yeux. L'avez-vous vue chez vous après que Mr. Dalgarno a commencé sa cour ?

Au bord des larmes, elle secoua la tête.

— Non, dit Rathbone à sa place. Ni dans aucun lieu public, où elle aurait cherché à importuner Mr. Dalgarno ?

— Non, murmura-t-elle.

— En fait, vous ignoriez tout de l'intérêt qu'elle lui portait ?

— Oui… C'est cela.

— Merci, Miss Baltimore. Je n'ai plus de questions à vous poser.

Fowler prit un air agacé.

— Tout cela n'a aucun intérêt, monsieur le juge ! On ne va nulle part ! Tout ce que mon confrère a démontré, c'est que Dalgarno a rompu son engagement auprès d'une femme plutôt modeste pour une autre plus riche.

— Non, monsieur le juge, le contredit Rathbone. Je montre à la cour que Miss Harcus avait toutes les raisons de se sentir trahie au plus profond d'elle-même par celui qu'elle aimait et dont elle se croyait aimée. Cela, avec d'autres faits, que des témoins et des documents viendront établir, permettra d'expliquer ce qui s'est passé le soir du drame et pourquoi, et prouvera aussi que Mr. Dalgarno n'a joué aucun rôle volontaire dans cet événement. Il n'est coupable que d'avoir abusé de l'amour d'une femme, ce qui hélas est une chose courante, et dont de nombreux hommes se tirent à bon compte. La plupart d'entre nous considèrent un tel acte comme fort méprisable, mais ça n'a rien de criminel.

— Dans ce cas, continuez, Sir Oliver. Pour l'instant nous sommes loin du compte.

— Oui, monsieur le juge, obtempéra Rathbone.

C'était de l'esbroufe, Hester en était persuadée. La crainte lui glaça les sangs.

— Présentez-nous un témoin, s'il vous plaît, Sir Oliver, dit le juge d'un ton pressant. Avançons un peu. Il nous reste au moins une heure avant de lever la séance.

— Bien, monsieur le juge. J'appelle à la barre Mr. Wilbur Garstang.

— Nous avons déjà entendu Mr. Garstang — fort longuement, qui plus est ! protesta Fowler.

— Nous avons entendu tout le monde très longuement, vous y compris, rétorqua le juge. Veuillez limiter vos interventions, Mr. Fowler. Sir Oliver, Mr. Garstang peut-il faire autre chose que combler le temps qui nous reste ?

— Oui, monsieur, répondit Rathbone, même s'il y avait plus de vrai dans la remarque du magistrat qu'il ne pouvait l'admettre.

— Qu'on fasse venir Mr. Garstang, céda le juge d'un ton las.

Garstang monta les marches, et le juge lui rappela qu'il était toujours sous serment. C'était un homme de petite taille, méticuleux, râleur et chicanier.

— Je vous ai déjà raconté ce que j'avais vu, dit-il à Rathbone, en le regardant par-dessus ses lunettes à monture dorée.

— En effet, reconnut l'avocat. Cependant, j'aimerais rafraîchir la mémoire des jurés, en présentant les faits sous un angle différent. Vous êtes excellent observateur, Mr. Garstang, ce pour quoi je vous fais venir de nouveau. Veuillez m'excuser pour le désagrément occasionné.

Garstang ronchonna, mais un air satisfait adoucit un peu ses traits. Il ne se considérait pas comme perméable à la flatterie — un point sur lequel il se méprenait.

— Je ferai de mon mieux, dit-il en lissant les revers de sa veste et en affichant un air volontaire.

Rathbone réprima un sourire, mais il restait tendu. Même ses mouvements manquaient de leur grâce habituelle.

— Merci. Mr. Garstang, vous vous trouviez à votre fenêtre le soir de la mort de Miss Harcus. Pouvez-vous nous en rappeler la raison ?

— Volontiers. Mon salon se trouve un peu en contrebas de son appartement, juste en face. J'ai entendu du bruit, comme des cris. Au cas où, je suis allé ouvrir mes rideaux afin de voir ce qui…

— Très bien, le coupa Rathbone. À présent, veuillez nous relater en détail ce que vous avez vu, avec la précision d'un peintre. Ne nous racontez pas ce que vous croyez avoir vu, ou ce que vous pourriez déduire après avoir entendu les autres témoignages. Je suis conscient qu'il s'agit d'un exercice difficile, qui exige un esprit très scrupuleux et prosaïque.

— Oh, voyons… grommela Fowler.

Garstang lui lança un regard noir. Il se sentit insulté, interrompu et désavoué avant même d'avoir commencé.

— Je vous en prie, Mr. Garstang, l'encouragea Rathbone. C'est d'une importance capitale.

Garstang prit un air très concentré jusqu'à ce que la salle soit silencieuse, puis il s'éclaircit la voix et prit la parole.

— Sur le balcon d'en face, j'ai vu une masse sombre qui paraissait remuer et changer de forme avec violence, et se diriger vers le bord. Elle a décrit de brusques mouvements d'avant en arrière pendant un moment, mais je ne saurais dire combien de temps, parce que j'étais horrifié à l'idée de ce qui allait arriver.

— Pour quelle raison ? demanda Rathbone.

— Vous m'avez demandé d'être précis, répliqua Garstang d'un ton agacé. Je vous ai décrit de façon exacte ce que j'ai vu, mais il me semble évident qu'il s'agissait de deux personnes en train de lutter, l'une cherchant à précipiter l'autre dans le vide.

— Pourtant, vous n'avez pas vu deux silhouettes distinctes, n'est-ce pas ?

— Non. Ils étaient aux prises l'un avec l'autre, dit-il du ton du maître d'école s'adressant à un benêt. S'il l'avait lâchée ne serait-ce qu'une seconde, elle aurait pu s'échapper, et nous ne serions pas ici pour que justice soit rendue.

— Ne perdons pas de vue que c'est justement dans ce but que nous sommes ici, lui rappela Rathbone. Pas pour exprimer nos sentiments personnels sur le sujet. Avez-vous vu une silhouette tomber du balcon, Mr. Garstang ?

— Et comment ! C'est à ce moment-là que j'ai filé dehors voir si je pouvais aider la jeune femme, ou au moins appréhender son meurtrier.

Rathbone leva la main.

— Un instant, Mr. Garstang. Je crains que vous ne deviez vous montrer plus précis. Je m'excuse de vous imposer cela.

Fowler se leva.

— Monsieur le juge, le témoin nous a déjà raconté avec force détails ce qu'il a vu. Mon confrère cherche à flatter…

— Loin de moi l'idée de le flatter ! le coupa Rathbone. Mr. Garstang est peut-être le seul à avoir assisté à la scène, et à être en mesure de nous relater non pas ses conjectures, mais les faits exacts !

— Soyez plus direct, Sir Oliver, ou je me montrerai moins clément envers vous ! l'avertit le juge. Continuez, mais soyez bref.

Le soulagement de Rathbone fut visible même depuis la place où se tenait Hester, mais cette dernière ignorait ce qui le motivait. À ses yeux, rien ne justifiait cette réaction. Elle jeta un coup d'œil à Monk, qu'elle sentit aussi perplexe qu'elle.

— Mr. Garstang, vous l'avez vue tomber du balcon. Êtes-vous sûr qu'il s'agissait bien d'elle ?

L'assemblée, surprise, resta silencieuse un instant, puis il y eut une avalanche de bruit, un brouhaha où se mêlaient dégoût, rire et colère.

Garstang le fixa du regard, la surprise laissant peu à peu la place à un souvenir atroce.

Le vacarme s'atténua. Même Fowler s'enfonça dans son siège.

Monk se pencha en avant.

Hester serrait ses mains sur ses genoux.

— J'ai vu son visage, dit Garstang d'une voix rauque. Je l'ai vue qui chutait… toute blanche… Elle allait…

Il fut secoué par un tremblement violent.

— … elle allait mourir.

Il porta les mains à ses yeux.

— Je suis navré, Mr. Garstang, lui dit Rathbone avec une sincérité soudaine qui sembla réchauffer la salle.

L'espace d'un instant, il ne s'adressa qu'à Garstang.

— Néanmoins, votre témoignage est la clé de la vérité, aussi terrible et tragique soit-elle, et nous vous remercions tous pour votre courage, monsieur. Vous venez de sauver la vie d'un homme.

Fowler bondit et pivota sur lui-même comme pour chercher quelque chose qu'il ne pouvait voir.

Rathbone se tourna vers lui en souriant.

— Vous pouvez interroger le témoin, Mr. Fowler.

— À quel sujet ? Il n'a rien dit ! On se fiche qu'il ait vu son visage ! Nous savons tous que c'est elle qui est tombée ! Tout ceci est grotesque, monsieur le juge. Sir Oliver transforme cette tragédie en farce. Que cela constitue un outrage à la cour ou non, c'est en tout cas un outrage à la morale.

— Je suis plutôt d'accord, dit le magistrat avec une réticence évidente. Sir Oliver, il est clair que vous avez obtenu notre attention, mais vous n'avez encore rien prouvé. Je ne puis vous laisser continuer ainsi. Si le public est autorisé à suivre les procès, c'est pour pouvoir constater que la justice de ce pays est compétente, pas pour assister à un spectacle. Je ne vous permettrai pas de céder davantage à la tentation de jouer la comédie, malgré tout votre talent pour cela.

Un murmure de rires nerveux traversa la salle.

Rathbone s'inclina comme par contrition.

— Je vous promets de bientôt démontrer en quoi le fait que Mr. Garstang ait vu le visage de Miss Harcus est d'une importance capitale.

— Mettez-vous son identité en doute ? s'étonna le juge.

— Non, monsieur. Puis-je appeler le témoin suivant ?

— Faites, mais il vaudrait mieux que son témoignage soit utile à notre affaire, sinon, je me verrai dans l'obligation de vous rappeler à l'ordre.

— C'est le cas, monsieur, merci. J'appelle à la barre le révérend David Rider.

Monk en eut le souffle coupé.

Margaret lança un regard interrogateur à Hester, puis à Monk.

L'assemblée observa en silence le pasteur qui gravissait les marches de l'estrade en s'agrippant à la rambarde comme pour garder l'équilibre. Il avait l'air abattu. Il regardait Rathbone comme s'il existait entre eux une profonde entente, comme s'ils partageaient le poids d'un fardeau accablant.

Rider prêta serment.

— Quelle est la raison de votre présence ici, Mr. Rider ? demanda Rathbone d'un ton grave.

Le pasteur s'exprima avec un grand calme.

— Ma conscience est en proie à un conflit depuis que Mr. Monk est venu me rendre visite il y a un peu plus d'une semaine, et j'ai conclu qu'il était de mon obligation de livrer la part de vérité que je connais au sujet de Katrina Harcus. Mon devoir envers les morts ne peut prévaloir sur celui que j'ai envers les vivants.

Un léger bruissement parcourut la salle, puis laissa place à un silence absolu.

Comme plusieurs membres du jury, Hester regarda Dalgarno, mais ne vit chez lui que la plus grande perplexité.

— Connaissiez-vous Katrina Harcus ? demanda Rathbone.

— Depuis sa naissance, oui.

Fowler remua dans son siège mais n'intervint pas.

— Dans ce cas, je suppose que vous connaissiez aussi sa mère.

— Oui. Pamela Harcus appartenait à ma paroisse.

— Vous parlez au passé, fit remarquer Rathbone. Est-elle décédée ?

— Oui, il y a environ trois mois. Je… je me réjouis qu'elle n'ait pas eu à affronter cette épreuve.

— Je vous comprends, Mr. Rider. Connaissiez-vous aussi le père de Katrina Harcus ?

— Pas personnellement, mais je sais de qui il s'agissait.

Puis, sans que Rathbone ait à le lui demander, il ajouta :

— Il s'appelait Arrol Dundas.

Monk laissa échapper une exclamation — Hester posa la main sur son bras et sentit la tension de ses muscles.

Le juge se pencha en avant.

— S'agit-il de l'Arrol Dundas condamné pour fraude il y a seize ans, Sir Oliver ?

— Oui, monsieur le juge.

— Que je comprenne bien, poursuivit le magistrat. Était-elle sa fille légitime ou illégitime ?

Rathbone se tourna vers Rider.

— Illégitime, monsieur le juge, répondit le pasteur.

— Quel rapport avec sa mort ? s'exclama Fowler. Tout le monde sait que c'est une tare désastreuse pour l'avenir de ces enfants. Qu'on le veuille ou non, on les punit pour les péchés de leur père, mais ça n'a rien à voir avec la mort de cette pauvre petite. Cela n'excuse rien !

— Je n'ai jamais suggéré que c'était le cas, rétorqua Rathbone d'un ton acerbe. D'après vous, Mr. Rider, reprit-il, Miss Harcus connaissait-elle l'identité de son père ?

— Sans le moindre doute. Il pourvoyait avec générosité aux besoins de Pamela Harcus et de sa fille. Il était fortuné, et loin d'être avare. Elle connaissait aussi son collègue, qui semblait la considérer comme sa nièce.

— Il s'agissait donc d'un homme de l'âge de son père ?

— À peu près, oui.

— Malgré cela, Dundas n'a pu la reconnaître ?

Rider eut l'air encore plus accablé. Agrippé à la balustrade du box, il remua un peu. De toute évidence, dévoiler de tels secrets lui était pénible.

Hester vit Monk, frappé par la désillusion, qui luttait pour retrouver des bribes de souvenirs susceptibles de repousser l'obscurité qui se refermait sur lui. Elle mourait d'envie de l'aider, mais rien ne saurait le protéger de la vérité.

— Il aurait pu, dit Rider d'une voix si basse que le silence devint encore plus épais tant tout le monde se concentrait pour entendre ses paroles. Ç'aurait peut-être été un acte déshonorant. Il n'avait rien à reprocher à sa femme. La quitter alors qu'elle avait une cinquantaine d'années aurait été cruel, un manquement à ses devoirs. Toutefois, ça n'aurait pas été impossible. C'est d'ailleurs chose courante. Avec de l'argent et des mensonges, on y parvient.

— Pourtant, Arrol Dundas n'en a rien fait.

Rider paraissait misérable.

— Il en avait l'intention. Il a beaucoup hésité. Sa femme n'avait pas d'enfant. Pamela Harcus lui en avait donné un, et aurait pu en porter d'autres. Mais Dundas avait un protégé, un jeune homme qu'il considérait comme son fils, et en fin de compte celui-ci l'en a dissuadé. Pour préserver Mrs. Dundas, à mon avis.

Monk était si blanc qu'Hester eut peur de le voir s'évanouir. Il paraissait à peine respirer, et ne réagit pas quand elle lui serra très fort le bras.

— Connaissez-vous son nom ? demanda Rathbone.

— Oui… il s'agit de William Monk.

D'un geste lent, Monk se cacha le visage dans les mains. Rathbone ne se retourna pas, mais il ne pouvait ignorer quel effet ces mots auraient sur lui.

— À votre connaissance, Pamela Harcus ou encore Katrina savaient-elles qui s'était opposé à une décision qui leur aurait valu un grand confort matériel, et bien plus encore, l'honneur, la reconnaissance de leur légitimité, de leur place dans la société ?

— Katrina ne devait pas avoir plus de sept ou huit ans, à l'époque. En revanche, Pamela était au courant, j'en suis certain. C'est elle qui m'en a parlé, et j'ai vérifié auprès de Dundas en personne.

— Avez-vous tenté de le faire changer d'avis ?

— Bien sûr que non ! Je lui ai juste conseillé de prendre des dispositions financières pour elles, au cas où il mourrait. Il m'a alors juré s'en être déjà chargé.

— Donc, à sa mort, elles touchaient un revenu.

La voix de Rider se fit presque inaudible.

— Non, maître.

— Non ? répéta Rathbone.

— Arrol Dundas est mort en prison, inculpé pour une escroquerie qu'à mon sens il n'avait pas commise, mais à l'époque les preuves semblaient irréfutables.

— Qu'en est-il de son testament ? On a sans doute exécuté ses dernières volontés ?

— Je pense, oui. Les dispositions en faveur de Pamela et Katrina ne devaient pas apparaître, afin de ne pas heurter sa veuve. De toute façon, qu'elle ait été ou non au courant de leur existence, un testament relevant du domaine public, les y mentionner leur aurait porté préjudice, répondit Rider, qui regarda ses mains. En fait, il y a eu une note écrite, c'est du moins ce qu'il m'a affirmé. Des instructions personnelles laissées à son exécuteur testamentaire.

— Qui était ?

Rathbone le fixait du regard, sans jamais se retourner vers la tribune où se trouvait Monk.

— Son protégé, William Monk.

— Pas le collègue que vous avez évoqué tout à l'heure ?

— Non. Il n'accordait son entière confiance qu'à Mr. Monk.

— Donc, tout l'argent est allé à la veuve de Dundas ?

— Non plus. Même elle n'a touché qu'une somme dérisoire. Au moment de son procès, Dundas était riche. À sa mort, quelques semaines plus tard, il lui restait à peine de quoi acheter une petite maison et fournir à sa femme une maigre rente, qui a pris fin lorsque celle-ci est décédée à son tour.

Un grondement sourd s'empara du tribunal. Plusieurs personnes lancèrent un regard noir à Monk. Insultes et sifflets fusèrent.

— Silence ! tonna le juge, qui abattit son marteau. Je ne tolérerai pas un tel vacarme. Vous êtes ici pour écouter, non pour porter un jugement. Si vous ne cessez pas, je ferai évacuer la salle.

Le bruit s'estompa, mais pas la colère ambiante.

Hester s'approcha un peu plus de Monk, mais aucun mot de réconfort ne lui vint. Sa douleur semblait se dégager de lui comme de la chaleur.

Avec douceur, Margaret posa la main sur celle d'Hester, témoignage d'amitié.

— Donc, à moins qu'un autre ne leur ait apporté son aide, Pamela et Katrina Harcus ont vécu dans un dénuement extrême ? poursuivit Rathbone, implacable.

— Tout à fait, convint Rider. Je crains qu'il n'y ait eu personne pour s'occuper d'elles. La tante de Katrina, Eveline Austin, était morte elle aussi, à ce moment-là.

— Je vois. Une dernière chose, Mr. Rider. Auriez-vous l'amabilité de nous décrire Katrina Harcus ?

— La décrire ?

Pour la première fois, Rider eut l'air interdit. Jusqu'à présent, il s'était montré compréhensif, mais l'utilité de cette requête lui échappait.

— S'il vous plaît, oui.

Rider bredouilla un peu. À l'évidence, le côté personnel d'une telle chose le mettait mal à l'aise.

— Elle… était… elle était très grande… pour une femme, s'entend. Et belle, très belle, d'une beauté hors du commun…

— De quelle couleur étaient ses cheveux ?

— Euh, foncés, châtain foncé, et plutôt brillants.

— Ses yeux ?

— Ah… oui, ses yeux sortaient de l'ordinaire. D'une sorte de brun doré, magnifiques.

— Merci, Mr. Rider. J'ai conscience que tout ceci vous a été fort pénible.

Toujours sans regarder Monk, Rathbone s'adressa à Fowler :

— Vous pouvez interroger le témoin.

Fowler considéra Rider en secouant la tête.

— Il s'agit là d'une bien triste histoire, mais qui n'a rien d'extraordinaire. A-t-elle le moindre rapport avec ce que l'on reproche à Mr. Dalgarno ?

— Je l'ignore, maître. Je pensais que nous cherchions à l'établir. D'après les éléments qu'a fournis Sir Oliver, je crois que c'est possible.

— Eh bien, à mon sens, cette tragédie très émouvante est cependant sans intérêt pour le cas qui nous intéresse, déclara Fowler d'un ton cassant. Cette pauvre femme est morte — elles le sont toutes les deux. Arrol Dundas et son épouse aussi, et tous, à l'exception de Katrina, l'étaient avant le crime qui nous amène ici.

— Dois-je comprendre que vous n'avez aucune question à poser, Mr. Fowler ? s'enquit le juge.

— Oh si, j'en ai bien une, monsieur le juge, mais je doute que Mr. Rider soit en mesure d'y répondre, dit Fowler d'un ton acerbe. La voici : quand Sir Oliver va-t-il se charger de la défense de son client ?

— Ce que je vise va bien au-delà, mais le résultat sera le même, monsieur le juge, se défendit Rathbone.

Hester fut peut-être la seule à percevoir la tension dans sa voix. Malgré ses craintes, et la peine qu'elle ressentait pour Monk, elle savait que Rathbone avait peur lui aussi. Il avait misé bien plus qu'il ne pouvait se permettre de perdre — la vie de Monk était toujours en jeu. Rathbone avançait toujours, du moins partiellement, en aveugle.

Elle sentit une vague de chaleur l'envahir, aussitôt suivie d'un frisson.

— La vérité, conclut Rathbone. Je m'efforce d'établir la vérité.

Avant que Fowler ait eu le temps de proférer autre chose qu'un ricanement, Rathbone annonça :

— J'appelle à la barre William Monk, monsieur le juge.

CHAPITRE XII

Monk mit un instant à comprendre ce que Rathbone venait de dire.

— William ! chuchota Hester, nerveuse.

Monk se leva. Il ne pouvait pas ne pas percevoir l'animosité de l'assemblée. Hester la sentait, la lisait dans les yeux de ceux qui l'observaient tandis qu'il se dirigeait d'un pas lent, presque vacillant, vers l'estrade.

Rathbone posa sur lui un regard dépourvu d'expression, comme s'il se contrôlait au point de ne même pas laisser paraître un mépris tout naturel.

— Je n'ai pas grand-chose à vous demander, Mr. Monk, à part de décrire à la cour ce que portait Katrina Harcus lors de vos différentes rencontres pour la tenir au courant des avancées de votre enquête concernant la fraude.

— Monsieur le juge ! s'exclama Fowler dans un accès d'exaspération. C'est grotesque !

Monk parut tout autant déconcerté. Il était aussi pâle que Dalgarno, et les jurés le regardaient comme s'ils auraient aimé le voir à ses côtés dans le box des accusés.

— Vous permettez ? fit Rathbone d'un ton pressant, la panique prenant enfin le dessus. Ses habits étaient-ils de bonne ou de piètre qualité ? Portait-elle la même chose à chaque fois ?

— Non ! s'empressa de répondre Monk, comme s'il venait de se remettre de sa stupeur. Elle s'habillait très bien ! J'aimerais pouvoir offrir d'aussi beaux vêtements à ma femme !

L'estomac noué par la colère, la pitié et un sentiment d'impuissance, Hester ferma les yeux. Elle était furieuse qu'il s'inquiète de choses aussi triviales, et surtout qu'il le dévoile en public. Ça ne regardait personne !

— Vous rétribuait-elle convenablement ? poursuivit Rathbone.

Monk eut l'air surpris.

— Oui, très bien !

— Avez-vous une idée de la provenance de tout cet argent ?

— Non… pas du tout.

— Merci. C'est tout. Maître Fowler ?

— Je me sens aussi perdu que tout le monde ! déclara Fowler, plus que jamais de méchante humeur.

Le juge considéra Rathbone d'un air amer.

— Vous soulevez beaucoup de questions sans réponse, Sir Oliver, mais je ne vois pas le rapport avec ce qui nous intéresse.

— Tout va devenir clair, monsieur le juge, grâce aux déclarations de mon dernier témoin. J'appelle Hester Monk à la barre.

Elle n'en crut pas ses oreilles. Ça ne rimait à rien. Que diable Rathbone manigançait-il ? Monk la fixait. Blafarde de peur, Margaret avait les lèvres rougies à l'endroit où elle se les était mordues. Sans savoir comment y remédier, elle se sentait tiraillée par ses sentiments envers l'un et l'autre.

Les jambes flageolantes, Hester se leva. Elle avança parmi les rangées du public, sentant le poids des regards sur elle, l'antipathie à son égard parce qu'elle était la femme de Monk, et elle fut révoltée par un jugement aussi hâtif. Hélas, elle n'avait pas le pouvoir de se défendre.

Elle ne cessait de se répéter qu'il fallait avoir confiance en Rathbone. Jamais il ne trahirait l'amitié qui les liait, pas pour Dalgarno, ni pour gagner un procès.

Et s'il croyait pour de bon à l'innocence de Dalgarno et à la culpabilité de Monk ? L'honneur passait avant tout. On ne laissait pas pendre un homme pour en sauver un autre !

Se tenant à la rambarde comme Rider, elle gravit les marches. Arrivée en haut, elle haletait, non pas à cause de l'effort, minime, mais parce que son cœur battait trop vite, trop fort, et que la salle semblait tournoyer devant ses yeux.

Elle entendit Rathbone prononcer son nom, et se concentra sur son visage.

— Est-ce vrai, Mrs. Monk, que vous dirigez un dispensaire destiné à soigner les prostituées souffrantes ou blessées dans le quartier de Coldbath Square ?

— Oui…

Pourquoi diable lui posait-il cette question ?

— Vous avez il y a peu changé de locaux, mais le soir de la mort de Nolan Baltimore, votre établissement se trouvait-il bien à Coldbath Square ?

— Oui.

— Margaret Ballinger et vous étiez de service ce soir-là ?

— Tout à fait.

Fowler commençait visiblement à s'agiter. Rathbone mit un point d'honneur à l'ignorer et s'efforça de lui tourner le dos.

— Mrs. Monk, poursuivit-il, avez-vous eu des patientes, cette nuit-là ?

Elle ignorait pourquoi il l'interrogeait à ce sujet. Pensait-il, en fin de compte, que la mort de Nolan Baltimore était liée à la fraude ? Monk était-il passé à côté de quelque chose ?

Tout le monde l'observait et attendait sa réponse.

— Oui. Trois femmes sont venues ensemble, puis deux autres, un peu plus tard.

— Grièvement blessées ?

— Pas plus que la plupart. L'une d'elles avait le poignet cassé.

Elle essayait de tout se remémorer en détail.

— Les autres ne portaient que des marques de coups et des coupures.

— Savez-vous comment elles se sont blessées ?

— Je ne le leur demande jamais.

— Connaissez-vous leur nom ?

Fowler ne put contenir son agacement plus longtemps.

— Monsieur le juge, tout cela est très intéressant, mais c'est une perte de temps absolue pour la cour ! Je…

— C'est un témoignage essentiel pour la défense ! le coupa Rathbone. Je ne peux avancer plus vite et rester cohérent.

— Cohérent ! explosa Fowler. C'est la plaidoirie la plus incohérente que j'aie vue en vingt ans de métier !

Il se tut brusquement.

Le juge haussa les sourcils.

— Je vous prierai de bien vouloir reformuler votre objection, Mr. Fowler. Pour l'instant, elle est quelque peu maladroite. De plus, vous aurez l'amabilité de laisser poursuivre Sir Oliver, si nous voulons parvenir à une conclusion avant ce soir.

Fowler se rassit.

— Connaissez-vous leur nom, Mrs. Monk ? reprit Rathbone.

— Ceux qu'elles m'ont donnés : Nell, Lizzie et Kitty. Tant que j'ai un moyen de m'adresser à elles, je ne leur en demande pas plus.

— Vous arrive-t-il de leur en dire plus à votre sujet ?

Le juge fronça les sourcils.

— Alors ? insista Rathbone. Ces femmes peuvent-elles savoir qui vous êtes, ou encore où vous habitez, par exemple ? Veuillez répondre de façon très précise, Mrs. Monk !

Elle tenta de remonter dans sa mémoire, de se rappeler les badinages de Nell, son admiration pour Monk.

— Oui, dit-elle. Nell le savait. Elle a parlé de mon mari, de son physique, de son caractère, et puis elle m'a appelée par mon nom.

Le soulagement inonda le visage de Rathbone.

— Merci. Savaient-elles aussi, par hasard, dans quel quartier vous vivez, ne serait-ce qu'à peu près ?

— Oui, grosso modo.

— Quelqu'un a-t-il mentionné le métier de Mr. Monk ?

— Oui… Nell. Elle… euh… elle le trouve intéressant.

Le juge regarda Rathbone.

— Approchez-vous d'une conclusion, Sir Oliver ? Pour l'instant, je vous avouerai que je n'en vois aucune se profiler à l'horizon. Je ne me montrerai pas aussi patient indéfiniment.

— J'y viens, monsieur le juge. Veuillez m'excuser pour le temps que ça prend, mais si je ne présente pas l'histoire dans sa totalité, elle n'aura aucun sens.

Le juge fit une petite grimace, puis se cala dans son siège.

Rathbone reporta son attention sur Hester.

— Avez-vous continué à recevoir des femmes blessées dans votre dispensaire, Mrs. Monk ?

— Oui.

Cherchait-il à révéler que Baltimore était l'usurier complice de Squeaky Robinson ? Pourquoi ? Sa mort n'avait aucun lien avec Dalgarno. Ni Katrina Harcus !

— Certaines souffraient-elles de blessures plus graves que les autres ?

— Oui. Deux en particulier… nous ne savions d'ailleurs pas si elles s'en remettraient. La première avait reçu un coup de couteau dans le ventre, et l'autre avait été battue si fort qu'elle souffrait de quatorze fractures. Nous craignions qu'elle ne meure d'une hémorragie interne, répondit-elle d'une voix pleine de colère et de compassion.

Un murmure de protestation parcourut l'assemblée ; certains se mirent à remuer sur leur siège, gênés d'en apprendre autant, mais ne purent s'empêcher d'être émus.

Le juge lança un regard réprobateur à Rathbone.

— Tout cela est effroyable, mais vous n'êtes pas dans ce tribunal pour mener une croisade morale, Sir Oliver, aussi légitime soit-elle.

— Ce n'est pas mon propos, monsieur le juge. Mon seul but est d'expliquer la mort de Katrina Harcus. J'ai bientôt terminé.

Sans attendre, il s'adressa de nouveau à Hester.

— Mrs. Monk, avez-vous appris comment elles ont reçu de telles blessures ?

— Ces femmes étaient autrefois respectables. L'une d'elles, une ancienne gouvernante, a épousé un homme qui l'a abandonnée après avoir contracté des dettes. Toutes les deux ont emprunté de l'argent à un usurier, et lorsqu'elles n'ont plus eu la possibilité de le rembourser, il les a forcées à travailler dans la maison close dont il détenait des parts, et où elles devaient satisfaire une clientèle aux goûts particuliers…

L'assemblée indignée fit tant de bruit qu'elle ne put poursuivre.

Le juge abattit son marteau à deux reprises. Le brouhaha s'atténua, mais l'atmosphère resta chargée de fureur.

— Des jeunes femmes respectables, éduquées, dignes et soucieuses d'honnêteté ? commenta Rathbone, la voix rauque.

— Oui. Les victimes de ces manigances sont nombreuses. Il suffit qu'elles se retrouvent seules, sans emploi, sans références à présenter…

— D'accord, l'interrompit-il. Ceci vous a-t-il amenée à intervenir, Mrs. Monk ?

— Oui.

Elle savait que la patience du juge atteindrait bientôt ses limites.

— J'ai réussi à découvrir l'adresse de cet établissement, et grâce à quelques questions, le nom de l'associé qui pratiquait l'usure. Je n'ai jamais appris par contre qui était l'auteur des coups et des blessures.

Sans savoir s'il le voulait ou non, elle ajouta :

— Tout est terminé, à présent. Nous avons réussi à faire fermer la maison close, et transformé les lieux en locaux de meilleure qualité pour notre dispensaire.

Il esquissa un sourire.

— Fort bien. Qu'est devenu l'usurier ?

— Il a été tué…

Devait-elle expliquer qu'il s'agissait de Baltimore ? Elle scruta en vain son visage.

— Qu'en est-il des reconnaissances de dette de ces femmes ?

— Nous les avons détruites.

— À ce moment-là, saviez-vous qu'il était mort ?

— En plus d'être usurier, il était client de la maison close. Il est allé trop loin dans ses exigences, et une des prostituées s'est sentie si révoltée qu'elle s'est débattue, et il est tombé par la fenêtre.

Un grand émoi s'empara du prétoire. Quelqu'un alla jusqu'à pousser un hourra.

— Silence ! tonna le juge. J'exige le silence ! Je comprends votre indignation, et je la partage, mais j'exige le respect de la loi ! Sir Oliver, cette histoire est affreuse, mais je cherche toujours le rapport avec la mort de Katrina Harcus et le rôle qu'y a joué ou non Mr. Dalgarno.

Rathbone pivota pour faire face à Hester.

— Mrs. Monk, parmi ces reconnaissances de dette, avez-vous retrouvé celle de la jeune Kitty, qui s'est présentée tailladée et couverte d'ecchymoses la nuit où l'on a découvert le corps de Nolan Baltimore à Leather Lane ?

— Oui.

— Faisait-elle partie des jeunes femmes réduites à vendre leur corps afin de rembourser une dette sans cesse croissante, dont elle n'aurait jamais pu s'acquitter vu le taux d'usure exorbitant pratiqué ?

— Oui.

— Pourriez-vous la décrire à la cour, s'il vous plaît ?

Cette fois-ci elle comprit. C'était si terrible qu'elle en eut mal au cœur. La salle se mit à tanguer devant ses yeux comme si elle se trouvait en mer, le silence rugissait à ses oreilles. La voix de Rathbone lui semblait lointaine.

— Mrs. Monk ? Tout va bien ?

Elle s'agrippa fort à la rambarde pour que la douleur l'aide à retrouver ses esprits.

— Mrs. Monk !

— Elle était...

Elle déglutit et se passa la langue sur les lèvres.

— Elle était assez grande, et très belle. Elle avait les cheveux foncés et les yeux d'un brun doré... magnifiques. Elle m'a donné le nom de Kitty... et les registres donnaient celui de Kitty Hillycr.

Rathbone se tourna lentement face au juge.

— Monsieur le juge, il me semble que nous savons à présent comment Katrina Harcus obtenait l'argent nécessaire pour se vêtir aussi bien qu'il est nécessaire pour une belle jeune femme sans le sou, illégitime, sans ressources depuis la mort de son père, et qu'on avait privée de son héritage. Elle est venue à Londres pour tenter de faire un beau mariage. Hélas, en l'espace de deux mois sa mère est morte, son fiancé l'a délaissée pour une femme plus fortunée, et ses dettes sont devenues telles qu'elle a dû se livrer à la forme la plus dégradante de prostitution pour contenter son usurier, l'ancien collègue de son père, qu'elle connaissait depuis l'enfance et vers qui elle s'était tournée pour obtenir de l'aide dans une ville inconnue, et qui l'a trahie. Peut-être à cause de cela, ses exigences l'ont révoltée à un tel point qu'elle s'est défendue, avec les conséquences que nous connaissons.

Le juge ordonna le silence, mais il lui fallut plusieurs bonnes secondes avant de l'obtenir, tant l'émotion dans le prétoire était forte. D'un signe de tête, il demanda à Rathbone de poursuivre.

— Cette fameuse nuit, quand deux autres prostituées l'ont amenée pour soigner ses blessures, reprit l'avocat, en s'adressant cette fois aux jurés, voilà que l'infirmière qui lui vient en aide n'est autre que la femme de celui qui à ses yeux est responsable de son malheur, de toutes les injustices qui la frappent depuis l'enfance. Elle entend le nom de Mrs. Monk, apprend à quoi ressemble Monk et quel métier il exerce aujourd'hui. C'est à cet instant qu'elle commence à échafauder une vengeance machiavélique.

Une idée terrifiante, incroyable, vint effleurer l'esprit d'Hester.

Fowler se leva mais ne sut quoi dire. De toute façon, plus personne ne l'écoutait. Hester ne pensait plus qu'à Monk. Dalgarno, le jury, et même Rathbone, disparurent de son champ de vision. Immobile, Monk avait le regard vague, toute trace de couleur avait déserté son visage. Bien qu'elle se fût rapprochée de lui, Margaret ne savait quelle attitude observer.

Rathbone reprit d'une voix douce, mais, dans le silence de plomb, ses paroles furent clairement entendues de tous.

— Katrina Harcus n'avait plus rien. Sa mère venait de mourir, celui qu'elle aimait l'avait délaissée, et elle n'avait plus aucun espoir qu'il revienne à elle, puisqu'à l'évidence il n'était capable ni d'amour ni d'honneur. Endettée jusqu'au cou, elle se voyait forcée de se livrer à une forme de prostitution dont elle craignait peut-être de ne jamais se remettre. De plus, voilà qu'elle se retrouvait responsable de la mort d'un homme. Elle connaissait assez bien le fonctionnement de la société pour savoir qu'on l'accuserait de meurtre, peu importe qu'elle ait été poussée à bout ou que cet homicide ait pu être accidentel. Son arrestation n'était qu'une question de temps.

Il écarta les mains.

— Tout ce qui lui restait, c'était la vengeance. Et le destin lui a offert l'occasion rêvée de l'exercer quand elle est tombée sur Mrs. Monk à Coldbath Square. Elle connaissait tous les détails de la fraude de Liverpool pour laquelle son père, Arrol Dundas, avait été condamné. Elle a feint de craindre une escroquerie du même type, sachant que Monk ne pourrait résister à l'envie d'enquêter sur ce sujet. Les probabilités qu'il la reconnaisse étaient très minces. La dernière fois qu'ils s'étaient vus, elle n'était qu'une enfant de huit ans, à supposer que cela se soit produit un jour.

Rathbone regarda alternativement le juge puis le jury.

— Elle a bien pris soin de ne le rencontrer que dans des lieux publics, où seuls des témoins impartiaux pourraient les remarquer. Elle s'est aussi assurée que Mr. Monk se rende chez elle, à Cuthbert Street, ce fameux soir. Nous pouvons appeler Mr. Monk à la barre pour nous le confirmer, si nécessaire.

Il respira à fond et s'adressa de nouveau au juge.

— C'est là, monsieur le juge, tout l'intérêt du témoignage de Mr. Garstang. Quand elle est tombée, il a vu son visage. Le commissaire Runcorn a décrit la façon dont elle gisait par terre, sur le côté… pas sur le dos ! Si personne n'a vu deux silhouettes distinctes et qu'on a retrouvé la cape sur le balcon, monsieur le juge, c'est parce qu'on ne l'a jamais poussée… elle a sauté !

Un moment, le tumulte qui suivit cette affirmation l'empêcha de continuer. Pourtant, le bruit cessa peu à peu, à mesure que l'assemblée comprenait qu'il s'agissait de la terrible vérité.

Lorsqu'il reprit la parole, un silence absolu régnait dans la salle d'audience.

— Monsieur le juge, Mr. Dalgarno est innocent du crime dont on l'accuse — pour la simple et bonne raison qu'il n'y a pas eu meurtre —, du moins en ce qui concerne Katrina Harcus. Quant au soir où elle a tué Nolan Baltimore, nous allons…

Il ne fut pas en mesure de terminer sa phrase, car ce fut au tour de Livia, livide, de bondir.

— C'est faux ! hurla-t-elle. C'est une insinuation monstrueuse ! Un mensonge !

Des sanglots lui étouffaient la voix.

— Mon père…

Elle jetait les bras à droite et à gauche comme pour écarter un obstacle.

— Mon père n'aurait jamais fait une chose pareille ! C'est… c'est abominable ! Répugnant ! Ces femmes, je les ai vues de mes yeux — elles étaient…

Les larmes vinrent lui zébrer les joues.

— … elles étaient brisées, en sang… Seul un monstre peut se livrer à de telles horreurs !

Rathbone avait l'air misérable. Il chercha quelque chose à lui dire pour apaiser sa douleur, en vain.

— Il ne peut avoir trouvé la mort de cette façon ! poursuivit Livia, en se tournant vers le juge. Ce soir-là, il a eu une terrible dispute avec Michael et Jarvis ! dit-elle, mue par le désespoir. À propos du chemin de fer, de cette grosse commande que nous avons reçue pour les nouveaux freins qu'ils ont inventés. Michael et Jarvis s'en sont chargés entre eux, et Papa venait de le découvrir, monsieur le juge ! Il est parti dans une rage noire en affirmant qu'ils allaient mener la compagnie à la ruine, parce que Mr. Monk l'avait forcé à signer une lettre où il promettait de ne plus jamais fabriquer ces freins ! Il avait payé une fortune pour acheter le silence de quelqu'un, et en contrepartie personne ne devait plus jamais les utiliser…

Monk se leva d'un coup.

— Où est Jarvis Baltimore ? cria-t-il à Livia. Où est-il ?

Elle le fixa du regard.

— Le train… dit-elle d'une voix chevrotante. Le trajet inaugural…

Mais oui ! C'était aujourd'hui le grand jour ! Monk adressa quelques mots à Margaret, lança un regard à Hester, bouscula les personnes assises à côté de lui pour sortir de la rangée, puis quitta la salle en courant.

— Comprenez-vous ce qui se passe, Sir Oliver ? demanda le juge.

— Non, monsieur.

Rathbone se tourna vers le box des témoins.

— Et vous, Hester ?

— Il s'agit de la collision d'il y a seize ans, répondit-elle. Je crois… je crois que mon mari en connaît la cause, à présent.

Elle s'adressa à Livia.

— Je regrette. J'aurais aimé que vous n'appreniez pas la vérité concernant votre père. D'ordinaire, on a le droit à ses secrets.

Livia resta un moment immobile, les joues zébrées par les larmes, puis se rassit avec lenteur et plongea la tête dans ses mains.

— Je suis navrée, s'excusa de nouveau Hester.

Elle en voulait à Nolan Baltimore autant pour ce qu'il avait infligé à sa propre famille que pour les blessures de Katrina, Alice, Fanny et toutes les autres. Elles s'en remettraient peut-être. Ce qu'elle ignorait, en revanche, c'était si Livia en serait capable.

Dalgarno était pâle, rongé par l'amertume.

— Monsieur le juge, lança Rathbone, je demande que l'on déclare le non-lieu. Katrina Harcus n'a pas été assassinée. Elle s'est donné la mort dans l'ultime espoir d'atteindre le seul but qui lui restait : exercer sa vengeance.

Le juge interrogea Fowler du regard.

— Je suis d'accord, concéda ce dernier en haussant les épaules. Que Dieu ait pitié de son âme !...

La rue étant quasi déserte, il ne fallut que cinq minutes à Monk pour trouver un cab. Il cria au cocher de l'emmener à la gare d'Euston le plus vite possible, lui promettant une livre de pourboire s'il arrivait à temps pour prendre le train qui allait effectuer le trajet inaugural jusqu'à Derby. Monk lui aurait volontiers offert davantage, mais il ne pouvait se permettre de dépenser trop. Au cas où il lui faudrait soudoyer quelqu'un pour réussir à monter en voiture, mieux valait garder ce qui lui restait.

Le conducteur le prit au mot — avec un cri d'encouragement destiné au cheval et un grand coup de fouet qu'il lui plaça presque entre les oreilles, il démarra comme s'il se trouvait sur la ligne de départ d'un hippodrome.

Ce fut une course effrayante au cours de laquelle ils passèrent plusieurs fois à deux doigts de la collision, et de nombreux passants durent bondir pour sauver leur vie, certains les injuriant copieusement à leur passage. Estimant que le cocher le méritait, qu'ils soient arrivés à l'heure ou non, Monk lui jeta l'argent, puis partit à toutes jambes en direction du quai.

En fait, il arriva avec plus de cinq minutes d'avance. Il lissa sa veste, se passa la main dans les cheveux, et approcha d'un pas nonchalant de la dernière voiture, comme s'il avait tout à fait le droit d'être là.

Sans même jeter un coup d'œil alentour pour voir si on l'observait, ce qui aurait pu le trahir, il monta à bord.

L'intérieur était aménagé de fort belle manière. Le train avait beau être long, il ne comportait que deux classes. Monk se trouvait en seconde, et pourtant le luxe y était déjà fabuleux. Jarvis voyagerait en première. Depuis la mort de son père, le train lui appartenait, c'était son œuvre. Il allait devoir discuter avec tous les dignitaires présents, leur vanter les mérites de la ligne, des nouvelles voitures, voire du nouveau système de freinage, dont il ne connaissait sans doute pas le défaut mortel.

Au cours du voyage, Monk profiterait des différents arrêts pour progresser vers l'avant.

D'un signe de tête, il salua les autres passagers du compartiment, et s'assit sur l'un des bancs en bois poli.

Le train s'ébranla. Un peu plus loin, le sifflet retentit et, après quelques mouvements brusques, les voitures commencèrent à prendre de la vitesse. Des volutes de vapeur s'élevèrent. Des cris de joie retentirent au-dehors et dans les autres compartiments, et, par la fenêtre d'une des voitures, quelqu'un porta un toast et lança un « hourra ! ».

Estimant qu'au moins une heure s'écoulerait avant qu'il ait une occasion de trouver Jarvis Baltimore, Monk s'installa, content de savoir qu'ils rouleraient sur une double voie pendant tout ce temps.

Les rues et les toits gris de la ville s'éloignaient. On commençait à voir plus d'arbres et d'espaces vierges.

Malgré le chauffe-pieds, Monk avait toujours froid — il commençait même à trembler. Il se mit à réfléchir à ce qu'il chassait de son esprit depuis qu'il s'était rendu compte qu'à cause des freins la catastrophe pouvait se reproduire.

On n'avait pas assassiné Katrina Harcus, du moins pas sur le balcon de son logement. Il revoyait ses yeux éclatants comme si elle se trouvait en face de lui. Il s'était complètement trompé à son sujet. Tout lui paraissait clair, à présent : elle avait tout orchestré avec volonté et adresse, allant jusqu'à lui arracher un bouton de sa veste et le serrer dans sa main en tombant — ou plutôt en sautant.

Savoir qu'elle le haïssait au point de se jeter dans le vide avec l'espoir de le détruire en même temps qu'elle lui fit froid dans le dos.

Dieu, ce qu'elle avait été près de réussir !

Quel sentiment terrible que de se savoir détesté ! Maintenant qu'elle était morte, il ne pourrait plus jamais se racheter à ses yeux. Il ne pourrait pas s'expliquer, se justifier, apaiser sa douleur.

Savoir qu'elle était la fille d'Arrol Dundas ! Voilà une blessure qui ne se refermerait jamais.

Recroquevillé sur lui-même, il évita le regard de l'homme qui partageait son compartiment jusqu'au premier arrêt où, comme tout le monde, il descendit. Lorsque le sifflet retentit pour signaler le départ, Monk monta dans une des voitures de première et passa d'un compartiment à l'autre sans trouver Baltimore.

Aux deux gares suivantes, il remonta un peu plus vers l'avant du train. Le temps était compté. Il ressentit un accès de panique. Enfin, il le trouva dans la deuxième voiture. Lui aussi avait dû se déplacer, afin de parler à chacun de ses invités. D'ailleurs, il discutait avec un gentleman replet qui tenait une coupe de champagne à la main.

Monk devait attirer son attention, si possible sans le mettre dans l'embarras. Il s'approcha de lui en toute discrétion jusqu'à se trouver assez près pour l'attraper par le coude, avec fermeté, de façon qu'il ne puisse le repousser.

Surpris qu'on l'agrippe ainsi, Baltimore se tourna vers lui. Après un instant d'hésitation, il reconnut Monk, dont il avait appris la véritable identité lors du procès, et son visage se durcit.

— Mr. Baltimore, dit Monk d'un ton neutre en le regardant droit dans les yeux. J'ai pour vous une nouvelle de Londres que je dois vous transmettre au plus vite. En privé serait le mieux.

Baltimore, comprenant que l'affaire était sérieuse, n'avait pas envie qu'un entretien gênant vienne gâcher son triomphe.

— Veuillez m'excuser, dit-il avec un sourire forcé. Je reviens tout de suite. Amusez-vous. Profitez de notre hospitalité.

Il se tourna vers Monk puis marmonna quelque chose en le poussant à moitié dans un compartiment inoccupé.

— Qu'est-ce que vous fabriquez ici ? Je croyais qu'on serait en train de vous interroger sur l'argent de Dundas ! À moins que vous ayez pris la fuite ? Eh bien, plutôt mourir que vous aider ! Le soir de sa mort, mon père m'a raconté comment vous avez tenté de le pousser à cesser ses activités. Pourquoi ? Par vengeance parce qu'il avait dénoncé Dundas ?

— J'ai voulu sauver des centaines de vies — sans vous mettre sur la paille ! se défendit Monk, sans lâcher le bras de Baltimore. Bon sang, taisez-vous un peu et écoutez-moi ! Le temps presse. Si…

— Vous mentez ! lança Baltimore d'un ton hargneux. Je sais que vous avez forcé mon père à s'engager par écrit à ne plus jamais fabriquer ses nouveaux freins. De quoi l'avez-vous menacé ? Il n'était pas du genre à se laisser impressionner — que lui avez-vous fait ?

D'un mouvement brusque, il se libéra de l'étreinte de Monk.

— En tout cas, ça ne fonctionnera pas avec moi. Vous finirez plutôt en prison.

— Pourquoi votre père a-t-il accepté de signer, à votre avis ? s'enquit Monk, qui avait le plus grand mal à garder son calme devant l'air hautain et furieux de Baltimore, sachant que le train fonçait vers une longue pente et un viaduc. Juste parce que je le lui ai demandé ?

— Je l'ignore. Moi, je ne vous céderai pas !

— Votre père n'accordait de faveurs à personne. S'il a cessé la fabrication des freins après la collision, c'est parce que j'ai payé un pot-de-vin pour que l'enquête conclue à la défaillance humaine afin d'éviter la faillite à votre compagnie, à la seule condition qu'il signe la fameuse lettre.

Monk s'étonna de la clarté de ses souvenirs — il revoyait Nolan Baltimore dans son bureau majestueux donnant sur la Mersey, le visage écarlate, secouant la tête sous l'effet du choc et de la colère tandis qu'il rédigeait la lettre que Monk lui dictait. Les rayons du soleil se déversaient sur le sol et faisaient ressortir les parties usées de l'épais tapis vert. Il revoyait le cuir des livres sur les étagères et le noyer lustré du bureau. Enfin il trouvait la pièce manquante ! Celle qui donnait sens à tout le reste !

Jarvis le fixait du regard, les yeux écarquillés, le souffle court. Il déglutit et tenta de se racler la gorge.

— Que… que dites-vous ? Que la collision de Liverpool… ?

Il s'interrompit, incapable de formuler sa pensée.

— Oui, répondit Monk d'un ton sec, trop pressé pour le ménager. L'accident était dû à un défaut du système de freinage. Deux cents enfants voyageaient dans ce train !

Il vit le sang quitter le visage de Baltimore, qui devint d'un blanc pâteux.

— Et il doit bien y avoir une centaine de passagers à bord de celui-ci. Donnez l'ordre au mécanicien de s'arrêter pendant qu'il en est encore temps.

— Avec quel argent ? répliqua Baltimore, qui refusait d'y croire. Comment avez-vous pu trouver la somme nécessaire pour acheter une commission d'enquête ? C'est absurde ! J'ignore pourquoi, mais vous essayez de vous protéger ! Vous avez volé la fortune de Dundas. C'est vous qui en aviez l'entière responsabilité ! Vous n'avez pas laissé le moindre sou pour sa veuve !

Monk tenta de ne pas s'emporter. Tous les deux tanguaient, à présent. Le train prenait de plus en plus de vitesse.

— La fortune de Dundas ! Il m'avait donné son accord. Vous ne croyez quand même pas que je me serais servi comme ça ! À ce moment-là, il était en prison, pas mort ! Je leur ai tout remis, hormis la petite part réservée à sa femme, qui ne se montait pas à grand-chose ! Acheter leur silence nous a presque tout coûté.

Baltimore refusait toujours d'accepter les faits.

— Dundas était un escroc. Il avait déjà spolié la compagnie de…

La vérité éclata enfin aux yeux de Monk.

— C'est faux ! Il était innocent ! Il a prévenu votre père qu'on n'avait pas démontré la fiabilité absolue des freins, mais personne ne voulait l'écouter. Même s'il ne possédait aucune preuve, il les aurait trouvées, mais ils l'ont fait accuser de fraude. Il m'a tout raconté, pourtant je ne pouvais rien faire non plus. C'était sa parole contre la leur, et, à ce moment-là, on le considérait comme un malfaiteur.

Baltimore eut beau secouer la tête, son assurance disparut.

— Ça m'a coûté tout l'argent que j'ai pu réunir, mais ça a sauvé la réputation de la compagnie. Votre père m'avait juré que si j'échouais, il ferait plonger Dundas avec eux. Comme le mécanicien ne risquait aucun procès, mieux valait rejeter la faute sur lui. Nous avons dédommagé sa famille.

Monk ressentit un accès de honte.

— Bref, ça ne suffisait pas. Le pauvre homme n'y était pour rien, votre père était le seul responsable. Et voilà que vous allez recommencer — à moins que vous n'arrêtiez ce train.

— Mais nous allons fournir ces freins partout en Inde ! protesta Baltimore d'une voix stridente. Il y en a pour des dizaines de milliers de livres de commandes !

— Annulez tout ! lui cria Monk. Mais d'abord, donnez l'ordre au conducteur d'arrêter ce fichu train avant que les freins lâchent et que nous dégringolions du haut du viaduc !

— Vous… vous en êtes sûr ? demanda Baltimore d'une voix éraillée. Ils ont fonctionné à merveille lors des essais ! Je ne suis pas un imbécile.

— Ils ne lâchent que lorsque la voie est en pente, lui expliqua Monk, des bribes de souvenirs lui revenant de façon plus claire à chaque seconde.

Il se rappelait ce sentiment d'urgence, ce même bruit de ferraille des roues, le rugissement du train lancé à toute vapeur, la peur de la catastrophe imminente.

— En règle générale, ils sont excellents, reprit-il, mais quand le poids et la vitesse dépassent un certain seuil et que la voie est courbe, ils ne tiennent pas. Ce train est bien plus lourd que la normale, et il y a un virage juste avant le viaduc. Nous ne devons plus en être très loin, maintenant. Bon Dieu, ne restez pas planté là ! Allez dire au mécanicien de ralentir ! Allez !

— Je ne vous crois pas… protesta Baltimore.

C'était un mensonge, et cela se voyait à son regard fou et à ses lèvres sèches.

— Êtes-vous assez sûr de vous pour risquer votre vie ? lui demanda Monk d'un ton cinglant. Moi pas. Avec ou sans vous, j'y vais.

Il manqua perdre l'équilibre en se dirigeant vers la voiture la plus proche de la locomotive.

Baltimore lui emboîta le pas.

Monk traversa le compartiment à grandes enjambées, écartant les quelques membres de la compagnie qui gênaient son passage, trop stupéfaits pour lui bloquer la route.

Il fut pris d'une euphorie comme il n'en avait pas ressenti depuis des années. La mémoire lui revenait ! Malgré le côté terrible de certains souvenirs, chargés de douleur, de chagrin et d'un grand sentiment d'impuissance, la confusion ne régnait plus dans son esprit. Tout était aussi clair que l'instant présent. Bien qu'il ait failli envers Dundas, il ne l'avait jamais trahi. Il avait agi avec honnêteté. Il le savait, non pas grâce à une preuve extérieure ou au témoignage d'un autre, mais parce que son esprit le lui disait.

Il se fraya un chemin parmi les voyageurs irrités par son intrusion. Il revoyait Dundas lui raconter qu'il avait essayé de persuader Nolan Baltimore de procéder à des essais de freins plus poussés, mais que ce dernier avait refusé. La requête de Dundas ne reposait sur aucun élément concret, seulement sur ses craintes.

— Pardon ! Pardon ! cria-t-il.

Les invités s'écartèrent. L'un d'eux le saisit par la manche.

— Qu'est-ce qui se passe ? demanda-t-il d'un ton inquiet, sentant la voiture qui tanguait.

— Rien du tout ! mentit Monk. Excusez-moi !

Il se dégagea d'un geste sec et poursuivit son avancée, suivi de près par Baltimore.

Par la suite, on avait accusé Dundas de fraude, et Monk, absorbé par son combat pour prouver son innocence, en avait oublié cette histoire de freins. Hélas, on avait pris soin de fabriquer des preuves accablantes contre Dundas.

Moins d'un mois plus tard, la collision avait eu lieu… Monk l'avait prévue, mais trop tard pour l'empêcher.

Lorsqu'il avait remis l'argent à Baltimore pour acheter les responsables de l'enquête, il ignorait les motivations réelles de son mentor — il ne les avait apprises que par la suite, trop tard. Ce n'était pas pour protéger sa propre réputation ou celle de la compagnie de Baltimore, même si un millier d'employés et leurs familles étaient concernés. Nolan Baltimore avait menacé d'impliquer Monk. Sa signature figurait au bas des documents bancaires par lesquels ils avaient obtenu les fonds nécessaires à la réalisation des freins. Si Dundas avait choisi de sacrifier tout ce qui lui restait, c'était pour sauver Monk.

Il eut du mal à ouvrir la porte que la force du vent repoussait et, s'agrippant au cadre, posa le pied sur l'étroit rebord. Il tenta d'estimer la distance sur laquelle il aurait à se faufiler avant de pouvoir grimper sur les plates-formes qui reliaient la voiture à la réserve de charbon et à la locomotive.

Derrière lui, Baltimore criait quelque chose.

Dundas savait quel serait le prix à payer. Peut-être avait-il même senti la pneumonie le gagner, et deviné qu'il mourrait en prison. Il devait bien avoir conscience de la haine éprouvée par les blessés et les proches des victimes. Être tenu pour responsable de la collision aurait anéanti et hanté n'importe qui. La pauvreté était peu cher payer en comparaison. Peut-être avait-il eu la certitude que sa femme la supporterait mieux que la disgrâce de Monk. Il se pouvait même qu'il en ait discuté avec elle.

Cela expliquait peut-être pourquoi elle souriait et pleurait en même temps quand elle lui avait annoncé sa mort.

Il lui fallait agir. Le train continuait à gagner de la vitesse. S'il lâchait prise, il mourrait sur-le-champ. Surtout, il ne devait pas regarder en bas. Le paysage alentour était flou, comme s'il le voyait au travers d'une vitre zébrée de pluie.

Avec précaution, il se mit à se déplacer sur le rebord. L'avant de la voiture se trouvait à deux mètres à peine, mais il s'agissait des deux mètres les plus longs qu'il ait jamais connus.

N'ayant pas le temps d'hésiter ni de réfléchir, il tendit le bras aussi loin que possible, et avança le pied pour trouver un appui. Il lâcha l'autre main et se projeta vers l'avant. La voiture tangua et le fit glisser, mais il réussit à se rattraper. Il manqua tomber sur la plate-forme située derrière le tender, en nage, ses habits froids et humides lui collant à la peau.

Derrière lui, Baltimore tâtonnait sur le rebord, livide — Monk tendit la main pour l'aider. Les genoux de Baltimore cédèrent, et il s'effondra à côté de lui.

Le bruit était indescriptible. Monk désigna le tender.

Baltimore se releva avec difficulté et agita les mains.

— Il ne nous entendra jamais ! cria-t-il d'une voix empreinte de désespoir.

Monk repartit vers la tête du train.

— Vous n'y arriverez pas ! hurla Baltimore en se recroquevillant contre la paroi de la voiture.

— Bien sûr que si ! Et vous aussi ! Allez !

Baltimore était terrifié à l'idée de devoir escalader le wagon et ramper dans le charbon, le visage fouetté par la vapeur étouffante, pendant que le train, lancé à pleine allure, faisait de brusques embardées. Devant eux, la longue pente augmentait, et Monk vit le virage qui menait au viaduc.

Il se tourna vers Baltimore.

— Un autre train doit-il passer sur cette ligne ? demanda-t-il, en agitant la main dans le sens inverse de leur progression pour illustrer son propos.

Livide, Baltimore se prit le visage dans les mains. Il hocha la tête. Comme au cœur d'un cauchemar, il fit un pas en avant, tituba, reprit son équilibre et s'accrocha au wagon. Sa réaction fut plus parlante et plus terrible que n'importe quelle parole.

Monk le suivit et avança à quatre pattes sur les gros morceaux de charbon.

Lorsqu'il se retourna, le chauffeur n'en crut pas ses yeux. Il jeta sa pelle et se précipita à l'aide de Baltimore. Celui-ci lui cria quelque chose, mais le son fut arraché à ses lèvres sur-le-champ.

Dans un ultime effort, Monk tenta de rattraper Baltimore. Le charbon roulait sous ses genoux. Un gros agrégat se décrocha et glissa sur le côté, précipitant vers le bas Monk, qui faillit se blesser l'épaule contre la paroi.

Sans se soucier de ses mains meurtries, il se redressa et se jeta en avant.

Baltimore était presque perché sur le chauffeur. Monk voulut lui dire quelque chose, mais le vacarme l'empêcha de se faire entendre, lui aussi.

Baltimore tomba et entraîna le chauffeur dans sa chute. Monk descendit du wagon. Le visage trempé de sueur, le serre-frein le fixait du regard tout en tirant de toutes ses forces sur le levier, qu'il sentit céder. Le mécanicien approchait en leur adressant de grands signes.

Soudain, Monk sut quelle décision prendre. Il avait déjà connu cette situation par le passé. Ce souvenir lui donna la nausée. Cependant, à l'époque, il se trouvait dans la voiture de queue, le choc l'avait projeté au-dehors, et il avait dévalé la pente, en sang et couvert d'ecchymoses, mais en vie. C'est la culpabilité d'avoir survécu alors que les autres mouraient dans cet enfer de flammes et d'acier qui restait le plus douloureux.

— Alimentez la machine ! cria-t-il de toutes ses forces.

Il ne leur restait plus qu'une seule chance.

— Les freins ont lâché ! Ils ne servent plus à rien ! Il faut accélérer !

Derrière lui, Baltimore et le chauffeur se relevaient tant bien que mal. Il fit volte-face.

— Du charbon ! Plus vite !

Baltimore avait l'air terrifié. Le chauffeur avança vers Monk pour l'empêcher d'agir. Baltimore se jeta sur lui, et tous les deux luttèrent en titubant.

Monk ramassa la pelle et se mit à lancer du charbon dans la chaudière. Le foyer était déjà incandescent, et le souffle de chaleur lui brûla la figure, mais il continua. Ils devaient à tout prix passer le viaduc avant de croiser l'autre train. Plus rien ne pourrait les ralentir, à présent.

Baltimore criait en agitant les bras dans tous les sens. Le chauffeur paraissait stupéfait. Tout à coup, son royaume était envahi par des fous, son train fonçait dans la pénombre comme une flèche, prêt à traverser un viaduc à voie unique alors qu'un train allait arriver en face d'ici à quelques minutes.

Enfin, le serre-frein se rangea à leur avis. Il saisit une pelle à son tour et aida Monk.

Ils ne cessaient de prendre de la vitesse. Le bruit était assourdissant, presque palpable, la chaleur leur cuisait la peau, et, au bout d'un moment, le chauffeur saisit Monk par l'épaule et le força à reculer. Il secoua la tête. Il serra les bras contre la poitrine puis les écarta d'un coup brusque.

Monk comprit. S'ils insistaient, la chaudière allait exploser. Il ne leur restait plus qu'à attendre, et peut-être prier. Ils avaient poussé la locomotive au maximum de sa puissance. Des étincelles volaient partout, des nuages de vapeur s'élevaient de la cheminée pour être dispersés par le vent. Le frottement des roues contre les rails produisait un grondement permanent.

Le viaduc apparut, et l'instant d'après ils se trouvaient dessus.

Monk regarda Baltimore et lut la terreur sur son visage, ainsi qu'une sorte de jubilation. Soit ils atteindraient l'autre bout de la voie unique à temps, soit une collision les pulvériserait et projetterait les débris tellement loin qu'on ne retrouverait aucune trace des passagers sur les rochers en contrebas.

Quoi qu'il en soit, Monk avait vu juste : Dundas était innocent. Comme il l'avait affirmé, les freins étaient défectueux. En connaissance de cause, il avait payé le prix fort pour sauver un jeune protégé envers qui il nourrissait une affection immense — bien plus grande que la haine de Katrina, et qu'il pourrait garder en mémoire pour toujours.

À présent, son nom serait blanchi !

Le vacarme s'intensifia, quelque chose passa à côté d'eux à une telle vitesse que Monk se rendit compte seulement après coup qu'ils roulaient de nouveau sur une double voie. Ils venaient de croiser l'autre train. Ils étaient saufs.

Autour d'eux, les autres poussèrent des cris de joie, mais il n'entendit rien — il ne vit que le foyer éclairer leurs bras levés et l'air de triomphe sur leur figure noircie. Chancelant, le mécanicien s'adossa contre la paroi, tenant à peine les manettes. Le chauffeur et le serre-frein s'étreignirent.

Jarvis Baltimore tendit la main à Monk, qui la saisit.

— Merci ! dit Baltimore en détachant bien les syllabes. Merci, Monk ! Pour toute votre aide, passée et présente !

Monk se prit à sourire benoîtement et ne trouva rien à répondre. De toute façon, il n'aurait pu prononcer aucune parole tant l'émotion lui serrait la gorge.

Anne Perry

A l'ombre de la guillotine

17 janvier 1793, à Paris, la Convention s'apprête à rendre son verdict quant au sort qui sera réservé au roi. Célie Laurent, une jeune blanchisseuse, assiste aux débats. Dans la soirée, la sentence de mort est prononcée. Dès lors commence pour un petit groupe de républicains, dont fait partie la jeune femme, une haletante course contre la montre : ils ont quatre jours pour sauver Louis XVI de la guillotine. Anne Perry nous entraîne dans l'atmosphère tumultueuse de la Révolution française pour suivre les aventures d'une héroïne dont le destin croise la trajectoire de l'Histoire.

n°3690 – 8,50 €

Impression réalisée sur Presse Offset par

BRODARD & TAUPIN

GROUPE CPI

La Flèche (Sarthe), 25889
N° d'édition : 3643
Dépôt légal : octobre 2004

Imprimé en France